The   Long Goodbye

漫长的告别

The Long Goodbye

〔美〕雷蒙德·钱德勒 著
刘勇军 译

RAYMOND CHANDLER
THE LONG GOODBYE

图书在版编目(CIP)数据

漫长的告别/(美)雷蒙德·钱德勒著;刘勇军译.—北京:人民文学出版社,2022
ISBN 978-7-02-017184-2

Ⅰ.①漫… Ⅱ.①雷… ②刘… Ⅲ.①推理小说—美国—现代 Ⅳ.①I712.45

中国版本图书馆CIP数据核字(2022)第082935号

责任编辑　马冬冬
装帧设计　刘　静
责任印制　苏文强

出版发行　人民文学出版社
社　　址　北京市朝内大街166号
邮政编码　100705

印　　刷　北京盛通印刷股份有限公司
经　　销　全国新华书店等

字　　数　297千字
开　　本　880毫米×1230毫米　1/32
印　　张　12.375　插页2
印　　数　1—10000
版　　次　2022年6月北京第1版
印　　次　2022年6月第1次印刷

书　　号　978-7-02-017184-2
定　　价　59.00元

如有印装质量问题,请与本社图书销售中心调换。电话:010-65233595

雷蒙德·钱德勒 Raymond Chandler

1

我第一次见到特里·伦诺克斯，是在舞者俱乐部的露台外。他喝多了，坐在一辆劳斯莱斯银魂车里。停车场服务员已经把车开了出来，却还一直把着车门，因为特里·伦诺克斯的左脚还悬在外面，好像他忘了自己还有一条腿似的。他的五官倒是年轻，头发却是骨白色的。一看他那双眼睛，就知道他已经喝得不省人事了，不过除此之外，他看起来跟那种身着晚礼服、在专供人们一掷千金的娱乐场所里挥霍的年轻人没什么两样。

他旁边有个姑娘。那姑娘留着一头迷人的暗红色秀发，一抹疏离的微笑挂在唇边，她肩上披着的蓝色貂皮大衣几乎把劳斯莱斯都反衬得黯然失色。不过这自然是不可能的事。论贵气，没什么能比得过劳斯莱斯。

服务员是那种常见的粗鲁家伙，穿着白色外套，前襟上用红线绣着餐馆的名字。他有点儿不耐烦了。

"我说，先生，你能不能把腿伸到车里，我好关上门？"他很不客气地说，"还是我把车门开大点儿，那你整个人就该掉出来了？"

女孩瞪了他一眼，犀利的眼神仿佛可以刺穿他的身体。不过这并没有把他吓住。舞者俱乐部的人就是有这个本事，能让你不再相信花大钱打高尔夫球可以磨炼出稳重的性格。

这时，一辆进口低底盘敞篷跑车驶进了停车场，一个男人从车里出来，用仪表盘上的点烟器点燃了一根细长的香烟。他穿着套头格子衬衫、黄色便裤，脚穿一双马靴。他信步走开，香烟的烟雾在他身后飘荡，他甚至懒得朝那辆劳斯莱斯看上一眼。八成是觉得那种车太老土。他走到露台台阶前停下，戴上了一副单片眼镜。

姑娘使出万种的风情，说："亲爱的，我有个很棒的主意。不如我们打车去你家，开你的敞篷车出去转转吧？今天天气好极了，正适合沿着海岸一路开去蒙特西托。我在那里有不少熟人，他们正开泳池派对呢。"

白发年轻人彬彬有礼地说："非常抱歉，没有敞篷车了，我实在没办法，就卖掉了。"听他的声音，加上清晰的吐字，你准会以为他只是喝了点橙汁。

"卖了，亲爱的？你这是什么意思？"她从他身边移开，而她的声音听起来离得更远。

"我的意思是不卖不行，不然就要饿肚子了。"他说。

"明白了。"现在就算把一块千层冰激凌放在她身上，也融化不了。

这下子，服务员便把白发年轻人划到了和自己差不多的阶层，认定他是个穷光蛋。"听着，小子。"他说，"我得去停车了。回头见吧……也许再也见不着了。"

他手一松，车门随即四敞大开。醉汉立刻从座位上滑出，跌坐在了柏油路上。于是我走过去，伸出了援手。我很清楚，和酒鬼打交道向来都是个错误。即使他们认识你、喜欢你，也总会退后两步，随即扑过来打得你满地找牙。我搭住他的腋下，搀扶他站起来。

"非常感谢你。"他礼貌地说。

女孩坐到方向盘前。"这家伙一喝醉酒，就会化身成该死的英国绅士。"她的声音像是一块不锈钢板,"谢谢你拉他起来。"

"我把他抬到后座吧。"我说。

"我很抱歉。我还有个约会,要迟到了。"她踩下油门,劳斯莱斯慢慢开动,"这家伙就是一条丧家之犬。"她冷冷一笑,又说道,"也许你能给他找个家。他多少还是懂点规矩的。"

劳斯莱斯沿着入口车道驶入日落大道,向右一转开走了。就在我看着的当口儿,那个服务员回来了。我还搀着男人站在原地,这会儿,他睡得正香。

"这倒也是个法子。"我对白外套说。

"当然了。"他冷嘲热讽道,"小姑娘挺标致,何苦巴着一个酒鬼不放呢。"

"你认识他?"

"我听到那女的叫他特里,别的就一无所知了。我才来了两个礼拜。"

"把我的车开过来,好吗?"我把停车票给了他。

等他把我的奥兹车提来时,我已经开始觉得自己是在拖着一袋铅了。白外套帮我把男人抬到前座。那位顾客睁开一只眼,跟我们道了一声谢,又睡着了。

"我还是第一次见这么懂礼貌的醉鬼。"我告诉白外套。

"他们有胖有瘦,有高有矮,举止也各不相同,一个个全都是无赖。"他说,"看起来这家伙做过整容手术。"

"是的。"我给了白外套1美元小费,他谢了我。整容手术的事,他倒是说对了。我这位新朋友的右半边脸看起来很僵硬,惨白惨白的,布满了细细的伤疤。疤痕周围的皮肤极为光滑。的确做过整容手术,还是个大手术。

"你打算拿他怎么办?"

"带他回家,等他清醒一点儿,告诉我他住在哪里。"

白外套朝我咧嘴一笑。"好吧,你就是个冤大头。换了是我,就把他扔进阴沟里,自己一走了之。酒鬼只会惹来很多麻烦,一点儿也不好玩。对付他们那种人,我有自己的一套理论。现如今什么都得去争去抢,必须保存体力,关键时候才能自保。"

"看得出来,你干得不错。"我说。

他一开始似乎没听明白,跟着大为光火,但此时我早已开车走远了。

当然,他有一点说对了。特里·伦诺克斯的确给我惹了不少麻烦。可话又说回来,我就是干这个的。

———◆———

那年,我住在月桂峡谷区的丝兰大道。房子不大,位于山坡上,所在的街道是个死胡同,要经过一段很长的红木台阶才能走到前门,马路对面是一片桉树林。房子里家具齐备,我是从一个女人那里租来的,她自己去了爱达荷州,陪寡居的女儿住一段时间。租金很低,一是因为房主希望她随时招呼一声,我就能搬出去,再者就是因为那段台阶。她上了年纪,每次回家爬上爬下太吃力了。

我费了很大的劲儿才把醉汉弄上了台阶。他很想配合,只是他的双腿不听使唤,一句道歉的话还没说完,他就又睡着了。我打开门,把他拖进屋里,让他躺在长沙发上,拿了条毯子给他盖上,让他继续睡。他的呼噜打得震天响。过了一个小时,他突然醒了过来,想去洗手间。回来后,他眯着眼睛盯着我,想知道他到底在哪里。我如实相告。他说他叫特里·伦诺克斯,住在韦斯特伍德的一间公寓里,没人等他回去。他的发音很清晰。

他说能来杯黑咖啡就好了。我端来咖啡,他小心地托着茶托和杯子,小口抿着喝了起来。

"我怎么会在这里?"他环顾四周问道。

"你喝得酩酊大醉,在舞者俱乐部外面的一辆劳斯莱斯里昏睡了过去。你的女朋友抛下你走了。"

"她这么做倒也情有可原。"他说。

"你是英国人?"

"我在英国住过一段时间,不过不是在那里出生的。我还是叫辆出租车吧,我得走了。"

"我送你回去。"

这次,他自己下了台阶。在去韦斯特伍德的路上,他没说太多话,只是一个劲儿地夸我人好,还为给我添麻烦而道歉。他可能对很多人都这么说过,讲起来十分顺口。

他的公寓又小又闷,没有半点儿烟火气。要说他是那天下午才搬进去的,也有人相信。一张绿色硬沙发前摆着一张咖啡桌,上面放着一瓶只剩一半的苏格兰威士忌、一碗已经融化的冰块、三个空汽水瓶、两个杯子和一个满是烟头的玻璃烟灰缸,有些烟屁股上沾着口红印,有些则没有。没有照片,也没有任何个人物品,这地方看起来就像一个酒店房间,用来开会或告别,喝几杯,聊聊天,再亲热亲热。反正不像有人在这里住过。

他说请我喝一杯。我谢绝了,也没有坐下。我告辞的时候,他又谢了我,只是既没有把我当成大恩人,也不像是对这一切都不以为意。他有点儿哆嗦,还有点儿害羞,却彬彬有礼。他站在开着的门里,一直等到电梯升上来,目送我走进去。他或许有这样那样的不足,但在讲礼貌这一点上,他无可挑剔。

他没有提起那个女孩，也没说他失了业、前途未卜，还把最后一点钱都拿出来，请那个讲究的小妞儿去俱乐部享受了一番，而她甚至都不愿意多留一会儿，确定他没有被开车巡逻的警察带走关起来，或是被粗暴的出租车司机丢在什么空旷的地方。

在乘电梯下楼的时候，我恨不得立马回去，把威士忌酒瓶从他手里夺过来。但这不关我的事，对我也没有任何好处。他们想喝酒，总有法子搞得到。

我开车回家，一路上咬着嘴唇。我不是个轻易动感情的人，但那家伙身上有种特质吸引了我。我也说不清是什么，也许是他的白头发、伤疤脸、清晰的声音和礼貌的举止。也许这就够了。我不可能有机会再见到他。就像那姑娘说的，他是一条丧家之犬。

2

我再次见到特里·伦诺克斯,是在感恩节后的那个礼拜。好莱坞大道上的商店里开始堆满各种各样的礼物,这些礼物不光贵得要命,还没多大用处,日报也在叫嚷,说什么不提前完成圣诞采购,你准会吃不了兜着走。其实无论怎样,结果都会很糟糕,这一点从未变过。

在离我的办公楼大约三个街区的地方,我看到一辆警车停在一辆汽车旁边,警车里有两名警察,正盯着人行道上商店橱窗边的一个人。那个人就是特里·伦诺克斯。他醉得像一摊烂泥,那样子真是惨不忍睹。

他倚在一家商店的门面上。他不得不靠着什么东西才不至于滑倒。他的衬衫脏了,领口开着,一部分领子露在上衣外面,一部分塞在里面。他有四五天没刮胡子了。他的鼻子皱得紧紧的,脸色苍白如纸,那些细长的伤疤也变得不显眼了。他的眼睛就像雪堆上戳出来的两个洞。很明显,巡逻车里的警察正准备将他带走,于是我快步走过去,抓住了他的胳膊。

"站直了,走起来。"我装出一副凶悍的样子对他说。我斜睨着他,朝他眨了眨眼睛。"能走吗?喝醉了?"

他迷迷糊糊地望着我,牵动一边嘴角,轻轻地笑了笑。"之前是喝得有点儿多。"他喘着粗气说,"不过现在我只是感觉身体有点……发飘。"

"好吧，坚持走，别停下。不然你就该进醉汉拘留所了。"

他费了很大的劲儿迈着步子，人行道上有不少人在闲逛，他由着我搀扶他从人群之间穿过，走到路边。那儿有个出租车候车处，我猛地拉开车门。

"前面那辆先走。"司机用拇指指着前面的出租车说。他转头看见了特里。"如果可以的话。"他补充道。

"我们有急事。我的朋友不舒服。"

"是呀。"司机说，"换个地方，他照样不舒服。"

"给你5美元。"我说，"展露一下你动人的笑容吧。"

"好吧。"他说着，把一本封面上印有火星人的杂志塞在镜子后面。我把手伸进车里，把车门开得更大些，之后把特里·伦诺克斯扶上车，这时，巡逻警车的影子投在了另一边的车窗上。一个头发花白的警察下车走了过来。我绕过出租车，迎上了他。

"等一下，伙计。什么情况？车里那位满身污垢的先生，是你的好朋友吗？"

"好到我知道他现在需要朋友。他没有醉。"

"毫无疑问，都是钱在作祟。"警察说。他伸出手，我把我的证件放了上去。他看了看便还给了我。"哇哦。"他说，"原来是私家侦探来接客户了。"他的声音变了，有些粗暴，"马洛先生，这只能证明你的身份。他呢？"

"他叫特里·伦诺克斯，是电影公司的员工。"

"很好。"他靠在出租车上，盯着角落里的特里，"要我说，他最近没什么工作，还一直睡在大街上。他就是个流浪汉，也许我们应该带他回去。"

"犯不着为这点小事就把他抓走吧。"我说，"在好莱坞可不是这样的。"

他依然盯着特里。"你朋友叫什么名字，伙计？"

"菲利普·马洛。"特里慢慢地说，"他住在月桂峡谷区的丝兰大道。"

警官把头从车里收回来。他转过身，做了个手势。"这可能是你刚才告诉他的。"

"我的确可以，但我没有。"

他盯着我看了一两秒钟。"这次就算了，赶紧带他离开这条街。"他说着上了警车，接着警车就开走了。

我钻进出租车，车子驶过三个街区，到了我停车的地方，我们换到我的车上。我把5美元递给出租车司机。他有些拘谨地看了我一眼，摇了摇头。

"按计价器上的钱数吧，伙计，要不你给1美元也行。我自己也有落魄的时候。那是在弗里斯科，可没有人叫出租车送我一程。真是个铁石心肠的小镇。"

"是旧金山。"我机械地说。

"我喜欢叫它弗里斯科。"他说，"让那些少数族群见鬼去吧。谢谢。"他拿了钱便开车走了。

我们去了一家免下车餐厅，他们做的汉堡还不错，没有难吃到狗都不闻不理。我喂特里·伦诺克斯吃了两个汉堡，又喂他喝了一瓶啤酒，便开车带他回了我家。对他来说，上台阶仍然很费力，但他咧嘴笑着，气喘吁吁地爬了上去。一个小时后，他刮了脸、洗了澡，看起来又像个正常人了。我们坐下来喝了几杯不那么烈的酒。

"幸好你记得我的名字。"我说。

"我可是专门背下来的。"他说，"我还打听过你呢。这点东西，我还记得住。"

"为什么不给我打电话？我一直住在这里，还有一间办公室。"

"打扰你就不好了。"

"你似乎没少麻烦别人。看来你朋友不多。"

"我有朋友。"他说,"算是有吧。"他在桌面上转动着杯子,"哪有那么容易就开口找人帮忙的,尤其是在麻烦都是你自己惹出来的时候。"他带着疲倦的微笑抬起头来,"也许哪天我能戒酒。他们都这么说,不是吗?"

"大约需要三年时间。"

"三年?"他看起来极为震惊。

"一般来说是的。到了那个时候,整个世界似乎都不一样了。颜色变浅了,声音变轻了,而你必须适应这一切。你还有可能再端起酒杯。所有你曾经熟悉的人都会变得有点儿陌生。你甚至对他们中的大多数人都没有好感,他们也不会太喜欢你。"

"这也算不上太大的变化。"他说着转身看了看钟表。"我有一个值200美元的手提箱寄存在好莱坞巴士车站。如果我能把箱子取出来,我就可以买个便宜的,再把寄存的那个当掉,到时候我就有钱搭巴士去拉斯维加斯了。我可以在那里得到一份工作。"

我什么也没说,只是点了点头,坐在那里喝酒。

"你肯定在想,我要是早点想到这个主意就好了。"他轻声说。

"我在想,这背后肯定有什么原因,只是与我无关。至于工作,是板上钉钉还是你的希望?"

"当然是板上钉钉。我在军队里的一个熟人在当地开了一个大俱乐部,叫水龟俱乐部。当然,那家伙是赚黑心钱的,不过生意人都是这副德行,但是,在其他方面,他这人还算不错。"

"巴士车费什么的,我可以给你。但我还是希望这钱花得值。你最好先给他打个电话。"

"谢谢你，但没有必要。兰迪·斯塔尔不会让我失望的。他从来没有让我失望过。依照我的经验，那个箱子可以典当 50 美元。"

"听着，"我说，"你需要多少钱，我都可以给你。不过，我不是什么滥好心的笨蛋。你拿了钱就去好好过日子。今后别再给我找麻烦了，对你这个人，我有种不太好的感觉。"

"真的吗？"他低头看着自己的酒杯。这会儿他只是小口喝着。"我们只见过两次面，而你两次都解救我于危难之中。你说的不好的感觉，是什么？"

"我感觉下次见到你，你会有大麻烦，连我也帮不了你。我说不清为什么，但就是有这种感觉。"

他用两个指尖轻轻摸了摸右脸。"也许是因为这个。有这些疤痕在，想来会让我看起来很阴险。不过，这可是荣耀的创伤，或者说，这是光荣负伤的结果。"

"不是这个原因。你的疤痕在我看来不算什么。我是个私家侦探。你有你的问题，不过我没有必要去解决。但这就是关键所在。就算是直觉吧。说得礼貌一些，就是对性格下的判断。在舞者俱乐部，那姑娘抛下你，也许不光是因为你喝醉了，说不定她也有这种感觉。"

他微微笑了。"我和她以前是夫妻。她叫西尔维娅·伦诺克斯，我是为了她的钱才娶她的。"

我站起来，怒视着他。"我给你做些炒蛋。你需要吃点儿东西。"

"等一下，马洛。你肯定在琢磨，我穷得叮当响，西尔维娅又那么有钱，我怎么不找她要点儿钱花花？你听说过骄傲吗？"

"你这人可真逗，伦诺克斯。"

"我？我的骄傲跟别人不一样，是一个一无所有之人的骄傲。要是我惹你不高兴了，我很抱歉。"

我走到厨房,做了一些加拿大熏肉、炒鸡蛋,煮了咖啡,还烤了面包。我们坐在早餐角,把东西吃了。建这栋房子的时代,这种早餐角很流行。我说我得去一趟办公室,回来的路上帮他取手提箱。他把寄存票据给了我。他的脸现在有点儿血色了,眼窝也不再深陷,像两个深洞。

临出门前,我把威士忌酒瓶放在沙发前的桌子上。"把你的骄傲用在这上面吧。"我说,"给拉斯维加斯打个电话,就算帮我个忙。"

他笑了笑,耸了耸肩。走下台阶时,我仍然很恼火。我不明白自己为什么这样,就像我不明白为什么一个人宁愿挨饿,露宿街头,也不愿当掉手提箱。不管他的规矩是什么,他都甘愿守着那些规矩。

我从没见过这么漂亮的手提箱。箱面是漂白过的猪皮,刚做出来时是浅灰黄色的。配件是金质的。手提箱是英国制造,就算能在这里买到,也不止 200 美元,得要 800 美元。

我把手提箱放在他面前。我看了看鸡尾酒桌上的瓶子,一点儿都没少。他和我一样清醒。他在抽烟,不过看起来他不太喜欢烟味。

"我给兰迪打电话了。"他说,"他很生气,怪我没早点儿联系他。"

"而你偏偏接受一个陌生人的帮助。"我说,"是西尔维娅送给你的吗?"我指着手提箱。

他向窗外望去。"不是,是以前在英国有人送给我的,当时我还不认识西尔维娅。那是很久以前的事了。我想把箱子留给你,如果你能借我一个旧的。"

我从钱包里拿出五张 20 美元的纸币,丢在他面前。"你用不着把它抵押给我。"

"我不是这个意思。你又不是当铺老板。我只是不想带它去拉斯维加斯而已。再说了,我也用不着这么多钱。"

"好吧。钱归你,手提箱归我。可是这房子不安全,入室行窃的事儿可不少。"

"没关系,"他冷淡地说,"不是什么大事。"

他换了衣服,我们五点半左右在穆索餐厅吃了晚餐,没有喝酒。他在卡修加大道上了巴士,我开车回家,一路上思绪万千。他的空箱子放在我的床上,他之前已经打开过箱子,把里面的东西放在了我给他的一个轻便手提箱里。他的箱子配有一把金钥匙,就插在其中一个锁眼里。我把空箱子锁好,把钥匙系在把手上,放在我衣柜的顶层。我掂了掂重量,感觉箱子里不空,但无论里面有什么,都不关我的事。

夜晚静默无声,房子里似乎比平时显得更加空荡。我摆好棋子,使用法兰西防御下法对阵斯坦尼茨①。44步之后,斯坦尼茨斩获了胜利,但有几次,我也让他出了一身冷汗。

九点三十分,电话铃响了,对面的声音很耳熟。

"是菲利普·马洛先生吗?"

"是的,我是马洛。"

"我是西尔维娅·伦诺克斯,马洛先生。上个月,有一天晚上我们在舞者俱乐部有过一面之缘。后来我听说你人很好,还送特里回家了。"

"确实如此。"

"想必你知道,我和他已经离婚了,但我有点儿担心他。他不再去韦斯特伍德的公寓住了,谁也不清楚他的下落。"

"在我们刚认识的那晚,我就看出你很担心他了。"

---

① 国际象棋第一位正式世界冠军。

"听着，马洛先生，我和他以前是两口子。对酒鬼，我的确没什么同情心。也许我是有点儿冷酷，可能我那时候还有更重要的事情要做。你是一名私家侦探，如果你愿意的话，我可以聘请你找他。"

"为了这么点儿事儿，你就不必聘请我了，伦诺克斯太太。他在去拉斯维加斯的巴士上。他在那儿有个朋友，会给他一份工作。"

她突然高兴了起来。"啊……拉斯维加斯？他真多愁善感。我们就是在那里结婚的。"

"我想他早忘了。"我说，"否则他就去别的地方了。"

她没有挂断电话，反而笑了起来。她的笑声很轻，听起来可爱极了。"你对你的客户总是这么无礼吗？"

"你不是我的客户，伦诺克斯太太。"

"也许有一天会是。谁知道呢？那么，就说你是对你的女性朋友无礼吧。"

"那我的回答也不会变。那家伙现在穷困潦倒，吃不饱饭、穿不上干净衣服，身上连一个大子儿都掏不出来。他如果值得你花时间，你早就找到他了。他那时不想从你这里得到任何东西，现在可能也不想。"

"这可说不准。"她冷冷地说，"再见。"她说完，便挂断了电话。

她自然完全正确，而我则错得离谱。但我当时没觉得自己有什么不对，只是恼火不已。如果她早半个小时给我打电话，我说不定会火冒三丈，把斯坦尼茨杀得片甲不留，可惜他已经死去 50 年了，棋局也只是我从书里看来的。

3

圣诞节的三天前,我收到了一张拉斯维加斯银行的本票,面额100美元。一起送来的还有一张拿酒店便笺写的纸条。特里·伦诺克斯向我表示感谢,祝我圣诞快乐、万事如意,还说希望不久能和我见面叙旧。附言中的消息让我大呼意外。"我和西尔维娅马上就要二度蜜月了。她央求我不要生她的气,她想再试一次。"

关于他们的进一步消息,我是在报纸社会版势利味儿十足的专栏里看到的。我不常看这类新闻,只有实在找不到厌恶对象了,才看上一眼。

"本报记者现为您带来重磅新闻:特里·伦诺克斯和西尔维娅·伦诺克斯夫妇在拉斯维加斯破镜重圆。身为旧金山和卵石滩两地的亿万富豪哈兰·波特的小女儿,西尔维娅聘请马塞尔和珍妮·杜豪重新装修她位于恩西诺的豪宅,从地下室到屋顶,均要改建成最新的样式。读者也许还记得,这栋有18个房间的宅邸是西尔维娅的上一任丈夫库尔特·韦斯特海姆送给她的结婚礼物。读者或许要问,库尔特现在怎么样了?你们是不是要这么问?答案就在圣特罗佩,本报记者听闻他在那里永久定居。与他生活在一起的是一位出身名门的法国女公爵以及两个非常可爱的孩童。读者可能还会问,哈兰·波特对小女儿的再婚有什么看法?对此,外界只能猜测了。波特先生从不接受采访。亲爱的读者，富翁就是这么孤僻！"

我把报纸扔到角落里，打开电视机。看过了狗屎一样的社会版新闻，就连摔跤手看起来都多了几分可爱。但事实或许就是这样。上了社会版，多半不会有错。

我脑海中浮现出了一栋有18个房间的豪宅，外加波特家的几百万财产，更不用说还要由极为推崇生殖器象征主义的杜豪来装修了。但我完全想象不出特里·伦诺克斯穿着百慕大短裤在游泳池边逛来逛去，用无线电话吩咐管家准备冰镇香槟、烤松鸡的样子。我没有理由想象得出来。即便那家伙真想当别人的玩物，也与我毫不相干。我只是不想再见到他。但我知道我们还会再见面，哪怕只是为了他那个该死的镀金猪皮手提箱。

那是三月的一个傍晚，五点钟，天还下着雨，特里走进了我那破旧的办公室。他看起来变了很多。有些显老，整个人很清醒，表情严肃，还很冷静。他似乎成了那种善于以柔克刚的家伙。他穿着一件乳白色的雨衣，戴着手套，没有戴帽子，他那头白发光滑得像鸟儿胸前的羽毛。

"我们找个安静点的酒吧，喝一杯吧。"他说，好像他十分钟前就来了，"如果你有时间的话。"

我们没有握手。从来都没有。英国人不像美国人那样动不动就握手，他虽不是英国人，有些做派倒像极了英国人。

我说："去我家拿你的漂亮手提箱吧。老是搁在我那儿，我心里不踏实。"

他摇了摇头。"还是由你来保管吧，我感激不尽。"

"为什么？"

"我觉得这样挺好。你不介意吧？手提箱是一个提醒，能让我想起曾几何时，我并不是一无是处的废物。"

"胡说。"我说，"但这是你的事。"

"要是你担心箱子会被偷——"

"那也是你的事。我们去喝一杯吧。"

我们去了维克多酒吧。特里开的是一辆铁锈色的朱庇特 – 乔伊特汽车①,车顶是薄薄的帆布雨篷,车里只容得下我们两个人。车内装饰着淡色的皮饰,还有看起来像是银质的配件。我对车不是很讲究,但看到这辆该死的车,我确实有点儿眼馋。他说,这台车可在几秒内提速到 65 迈。车内设有一个低矮的小变速杆,只有他的膝盖那么高。

"这车有四挡速度。"他说,"自动换挡装置还没有发明出来,手动变速杆还是无可替代的。其实没这个必要。就算上坡,也可以从三挡开始,在路上行驶的时候最高也只能开到三挡。"

"结婚礼物?"

"随便买的。就是'我碰巧在橱窗里看到了这东西',便得到了这份礼物。我很受宠。"

"不错。"我说,"如果没有明码标价,就更好了。"

特里飞快地瞥了我一眼,又把目光放回到潮湿的路面上。双雨刷轻轻地刮着小风挡玻璃。"标价?任何东西都有价格,朋友。也许,你认为我现在过得不开心?"

"对不起。我不该多嘴。"

"我现在有的是钱。谁他妈的想要快乐呢?"他的声音里透着一丝苦涩,我还是第一次见他这样。

"你还喝那么多酒吗?"

"老兄,我现在只是浅酌而已。说来也怪,喝酒这事儿,我控制得

---

① Jupiter-Jowett,英国乔伊特汽车公司于 1950 年至 1954 年间生产的一款汽车。

不错。但谁知道以后会怎么样呢,对吧?"

"也许你从来就不是一个真正的酒鬼。"

我们坐在维克多酒吧吧台的一角,喝着琴蕾。"这里的酒保不会调这种酒。"特里说,"他们调的琴蕾,就是把一些酸橙汁或柠檬汁兑进杜松子酒里,再加一点儿糖和苦酒。真正的琴蕾是一半杜松子酒,一半玫瑰牌酸橙汁,其他什么都不加。可比马提尼酒强多了。"

"我对酒没有太多要求。你和兰迪·斯塔尔相处得怎么样?风闻他可是个恶霸。"

他向后靠在椅背上,看上去若有所思。"我想是的。想必他们那些人个个儿都心狠手辣。不过单看外表是看不出来的。在好莱坞,我认识几个和他差不多的狠角色,干的也都是同样的非法行当。兰迪不是个难缠的人。在拉斯维加斯,他是个合法的商人。你下次去,可以去见见他。你们两个也许能打成一片。"

"不太可能。我对暴徒没什么好印象。"

"暴徒只是一个词而已,马洛。世界就是这样。两场战争造就了现在的世界,我们得让这个世界运转下去。我、兰迪和另一个家伙有一次一起遇到了麻烦。就这样,我们之间便建立起了一种纽带。"

"那你需要帮助了,怎么不去向他求助?"

特里喝光了杯中的酒,示意侍者再来一杯。"因为他无法拒绝我。"

服务员把新点的酒端来,我说:"你这就是随口说说而已。想想看,如果是他欠了你,他会怎么想?他肯定希望有机会报答你。"

他慢慢地摇了摇头。"我知道你是对的。我的确向他要了一份工作,但我很努力地工作。至于要求帮助或施舍,绝对不可能。"

"但是,来自陌生人的帮助,你就会接受。"

他直视着我的眼睛。"陌生人大可继续走他们的路,假装没听见。"

我们喝了三杯琴蕾,没有要双份的量①,但他一点儿也没醉。这点酒只够唤醒他体内的酒虫。所以,我估摸他确实已经戒掉了酒瘾。

他开车送我回办公室。

"我们八点一刻吃晚饭。"特里说,"只有百万富翁才吃得起那种珍馐。现如今,只有百万富翁的仆人才能忍受这种事。晚宴上坐满了讨喜的人。"

从那时起,特里经常五点左右来我的办公室,这逐渐成为一种习惯。我们不是每次都去同一家酒吧,但去维克多酒吧的次数要多一些。他对那里可能有我不了解的情结。他始终没有多喝,就连他自己也很吃惊。

"酗酒肯定就跟隔日发作的疟疾差不多。"他说,"发作的时候,你觉得自己没救了。在不发作的时候,你就是好人一个,好像从没得过这种病。"

"有件事我百思不得其解,你要钱有钱,要势有势,怎么偏偏愿意和一个私家侦探喝酒?"

"你是谦虚吗?"

"不。我只是想不通。我倒是个随和的人,可我们生活在不同的世界。我都不知道你住在哪里,只知道在恩西诺。我估摸你的家庭生活还不错。"

"我没有家庭生活。"

---

① 双份的量是指鸡尾酒中烈酒的含量翻倍。

我们喝的依然是琴蕾。酒吧里几乎空无一人。像往常一样，几个犯了酒瘾的酒鬼开始出现在吧台前的凳子上，他们零零星星地坐着，缓慢地伸手拿第一杯酒，以免打翻什么东西。

"我不明白，你愿不愿意展开说说。"

"大制作、没有故事情节，他们不就是这么形容电影的吗？依我看，西尔维娅已经够幸福了，虽然不一定是和我在一起。在我们的圈子里，这不是什么要紧事。要是既不用工作，又不用考虑花销，总有事情可做。这样过日子其实没什么意思，不过有钱人并不明白这一点。他们从来不清楚充满乐趣的人生是什么。除了别人的老婆，他们没有真正渴望的东西，而和一个水管工的妻子想给客厅换新窗帘相比，这只能是非常苍白的愿望。"

我什么也没说，由着他继续倾诉。

"大多数时候，我只是在消磨时间。"特里说，"时间过得真慢呀。打网球、打高尔夫球、游泳、骑马，还有，看着西尔维娅的朋友们强撑到午餐时间，吃东西消除宿醉感，真是一大乐事。"

"你去拉斯维加斯的那天晚上，她说她不喜欢酒鬼。"

他牵动一边嘴角，笑了笑。我已经看惯了他那张疤脸，只有在他的表情发生变化衬托出半边脸的木然时，我才会留意到那些疤痕。

"她嘴里的酒鬼是指穷光蛋。有了钱，不过是多喝了几杯而已。他们在游廊上吐了，自然由管家来处理。"

"你没必要这样生活。"

特里一口喝光杯里的酒，站了起来。"我得走了，马洛。再说了，我招你讨厌了，天知道，我都讨厌我自己。"

"我不觉得你烦。我是个训练有素的倾听者。迟早我会弄明白，你为什么甘心当一只由人豢养的哈巴狗。"

他用指尖轻轻地碰了碰伤疤，露出了一个疏离的笑容。"你应该探究的是她为什么乐意把我留在身边，而不是我为什么愿意待在她身边，耐心地趴在缎垫上，等着她拍我的脑袋。"

"你喜欢缎垫。"我站起来和他一起离开时说，"你喜欢丝绸床单，还喜欢一摇铃，管家就带着恭敬的微笑听你吩咐。"

"可能是吧。我是在盐湖城的一家孤儿院长大的。"

我们走进疲惫的黄昏，特里说他想散散步。我们是坐我的车来的，而且，我第一次速度够快，抢先付了账。我看着他走远了。有那么一瞬间，商店橱窗里的灯光照亮了他的一头白发，然后，他的身影便隐没在了薄雾之中。

我更喜欢特里酩酊大醉的样子，那时候他穷困潦倒，连饭也吃不饱，屡屡受挫，却依然怀着一身孤傲。是这样吗？也许我只是喜欢自己优于别人。他做事情的动机叫人琢磨不透。在我这行，有时可以直接问问题，还有时候需要慢慢酝酿，让对方按捺不住。每个好警察都深谙此道。这与下棋或打拳如出一辙。面对一些人，你必须围追堵截，让他们保持不了平衡。而面对另一些人，你只管重拳出击，他们最终一定会主动认输。

如果我问他，他一定会给我讲讲他的人生经历。但我甚至都没问过他是怎么毁容的。我要是问了，他也告诉了我，那我就有可能救下两条人命。只是可能而已。

4

我们最后一次在酒吧喝酒是在五月,比平时要早,刚过四点。特里看上去疲惫不堪,人都消瘦了,但他环顾四周,慢慢露出了愉快的微笑。

"我就喜欢刚开始营业的酒吧。这个时候,酒吧里的空气依然凉爽干净,一切都是那么光鲜,酒保最后再照照镜子,看看领带是不是打正了,头发是不是捋顺了。我喜欢酒瓶整齐地摆放在吧台后面,玻璃杯闪闪发亮,看着就讨喜,一切都充满了期待。我喜欢看酒保调制好晚上的第一杯酒,把它放在一块洁净的杯垫上,在旁边再放一张叠好的纸巾。我喜欢慢慢地品酒。晚上,在一个安静的酒吧里,静静地喝第一杯酒,那感觉妙极了。"

我同意他的看法。

"酒精就像爱情。"他说,"第一个吻如梦似幻,第二个吻暧昧而亲密,到了第三个吻,就乏善可陈。那之后,你就可以脱掉姑娘的衣服了。"

"这不好?"我问他。

"那是一种高阶的刺激,但也是一种不纯洁的情感,从美学意义上来说并不纯洁。我不是在嘲笑性。性必不可少,而且并不一定是丑陋的。但总要对性加以管理。让性变得迷人,是一个价值10亿美元的行业,少一分都不行。"

特里环顾四周,打了个哈欠。"我一直都睡不好。这里真舒服。但是,再过一会儿,这里就将挤满酒鬼,他们高谈阔论,大笑个不停,那些该死的女人也要开始搔首弄姿,挥舞着双手把该死的手镯弄得叮当作响,她们施展经过了包装的魅力,到了深夜,身上就会散发出汗臭味,虽然不重,但一闻就能闻到。"

"别那么刻薄。"我说,"她们也是人,会出汗、会脏,也需要上厕所。你想要什么呢,在玫瑰色的薄雾中翻飞的金蝴蝶?"

他喝光了杯子里的酒,把酒杯倒转过来,看着一滴酒缓缓地积聚在杯沿,颤抖着掉了下去。

"我为西尔维娅感到难过。"特里慢慢地说,"她就是个臭婊子。说不定离她远点儿,我反倒会喜欢上她。总有一天她会需要我的,她身边也只有我不会背后给她捅刀子。很可能到了那个时候,我会被扫地出门。"

我看着他。"你出卖了自己,还卖了个好价钱。"过了一会儿,我说。

"是的,我知道。我这人就是太软弱了,一没有勇气,二缺乏野心。我得到了一枚铜戒指,却震惊地发现不是金的。对于我这样的人,生命中总会有一个重要时刻,如同在高耸的秋千上完成了一次完美的摆荡。在那之后,就都得拼命不让自己从人行道跌入阴沟里。"

"你说这些有什么用?"我拿出烟斗,开始往里面装烟丝。

"她很害怕,都吓得魂不附体了。"

"怕什么?"

"我不知道。我们交流的机会不多。也许她是怕她父亲。哈兰·波特就是个冷血的浑蛋。从外表上看,他就像个维多利亚时代的显贵。但在骨子里,他像盖世太保一样残忍。西尔维娅是个荡妇。对此他心知肚明,他恨她这样,却一点办法也没有。但他一直在等,一直在观察,西尔维娅要是卷入什么惊天大丑闻,他准会把她撕成两半,分别埋在相隔千里的地方。"

"你是她的丈夫。"

他举起空杯子,重重地摔在桌边。随着砰的一声响,杯子摔得粉碎。酒吧招待瞪大了眼睛,但什么也没说。

"是这样的,朋友。是这样的。当然了。我是她的丈夫。记录上是这么写的。我是三级白色的台阶,是巨大的绿色前门,也是黄铜门环,你敲一长两短,女仆便会让你进入花100美元就能逛的妓院。"

我站起来,把一些钱扔在桌上。"你他妈的说得太多了。"我说,"对于你自己的事,你也说得太多了。再见。"

我走了出去,留下特里惊呆地坐在那里,他脸色惨白,即使酒吧里灯光暗淡,也可以看得出来。他在我身后喊了些什么,但我没有停下。

十分钟后我就后悔这么干了。又过了十分钟,我已经到了别的地方。他没有再来过我的办公室。真的一次也没有。我戳到了他的痛处。

这之后,我有一个月没见过他。我们再次见面是在一天的凌晨五点,天边刚刚开始现出鱼肚白。门铃不停地响,把我从床上拽了起来。我穿过走廊,经过客厅,打开门。特里·伦诺克斯站在门外,他看起来好像一个礼拜都没睡觉了。他穿着一件薄大衣,领子立着,似乎在发抖。一顶黑色毡帽向下拉得很低,遮住了他的眼睛。

他手里握着一支枪。

5

特里·伦诺克斯手里的枪不是对着我的,他只是把枪拿在手里而已。那是一把中等口径的自动手枪,外国货,当然不是科尔特手枪,也不是萨维奇手枪。他面色苍白,伤疤脸上写满了疲惫,衣领立着,帽子向下拉着,手里还拿着枪,简直就是从老式警匪动作片里走出来的人物。

"你开车送我去一趟蒂华纳吧,我要赶十点十五分的飞机。"他说,"护照和签证都随身带着,一切都准备好了,就差交通问题了。由于某些原因,我不能从洛杉矶坐火车或巴士,也不能搭飞机过去。我给你500美元车费,你说可以吗?"

我站在门口,没有挪到一边让他进来。"500美元,外加一支枪?"我问。

他心不在焉地低下头,看了看手枪,便收进了口袋里。

"这或许可以起到保护作用。"他说,"对你来说是,对我来说则不是。"

"那就进来吧。"我站到一边,特里疲惫地冲进屋子,瘫坐在椅子上。

浓密的灌木遮住了窗户,房东没有修剪,所以客厅里此时依然黑乎乎的。我打开一盏灯,掏出一支烟。我把烟点燃,低头注视着他。我挠了挠头,把本就凌乱的头发弄得更乱了。平时那种疲倦的笑容又爬到了我的脸上。

"我到底是怎么了,这么美好的早晨,我却净想着睡懒觉?十点十五分,哈?好吧,还有很多时间。我们到厨房去,我来煮点儿咖啡。"

"我有大麻烦了,大侦探。"大侦探,这是他第一次这么称呼我。但想想他的入场风格,他的穿着,再加上那把枪,倒也十分吻合。

"今天会是美好的一天,微风徐徐。你可以听到街对面那些坚韧的老桉树在窃窃私语。它们聊起了在澳大利亚的昔日时光,小袋鼠在树枝下跳来跳去,考拉骑在彼此的背上。是的,我大概也知道你有麻烦了。我先喝几杯咖啡,我们再谈吧。我刚醒来的时候总是有点儿头晕。我们去找哈金斯先生、杨先生商量一下。"

"听着,马洛,现在不是时候……"

"别害怕,老伙计。哈金斯先生和杨先生都是顶好的人物。哈金斯-杨牌咖啡就是出自他们之手。做咖啡是他们毕生的事业,他们的骄傲和快乐全在里面了。总有一天,我会看到他们得到应有的认可。到目前为止,他们就只能赚到钱。你可别以为这样他们就满足了。"

我和特里轻松地聊了一会儿,便到后面的厨房去了。我开火烧热水,把咖啡机从架子上拿下来。我把量杯弄湿,量好咖啡放进上面的容器里,这时水已经开始冒热气了。我把咖啡机下面的容器装满水后放在火上,再把上面的容器置于其上拧紧。

此时,特里也跟了过来。他在门口靠了一会儿,便慢慢地走到早餐角,坐在座位上。他还在发抖。我从架子上拿出一瓶老祖父威士忌酒,给他倒了一大杯。我知道他需要一大杯酒。即使这样,他也不得不用双手捧着酒杯才能送到嘴边。他咽了口唾沫,砰的一声把杯子放下,猛地向后靠在椅背上。

"我感觉自己快要晕过去了。"他喃喃地说,"我好像有一个礼拜没睡过觉了,昨晚根本没合过眼。"

咖啡机里的水快要开始冒泡了。我把火苗调低，看着水往上升。水在玻璃管的底部悬停了一会儿。我把火苗调大，让水漫过玻璃圆球，随即马上把火苗调低。我搅拌了一下咖啡，盖好盖子，将计时器设为三分钟。你可真是个有条理的人啊，马洛。没有什么能干扰你制作咖啡。哪怕是被一个危险分子拿枪顶着。

我又给他倒了一大杯酒。"就坐在那儿吧。"我说，"什么也别说。坐着就好了。"

他用一只手举起第二杯酒。我去浴室快速洗漱了一番，刚一回来，计时器就响了。我关了火，把咖啡壶放在餐桌的草垫上。我为什么要讲得这么详细？气氛紧张，每一件小事都被放大，如同在进行一场演出，每一个动作都是那么引人注目，而且非常重要。这是一个高度敏感的时刻，所有机械的动作，无论是不是由来已久，无论是不是已成习惯，都变成了独立的意志行为。就像一个得了小儿麻痹症后学走路的人。没有什么是理所当然的，完全没有。

咖啡溶入了水里，气流涌入，像往常一样嘶嘶直响，咖啡冒着气泡，然后安静了下来。我取下咖啡机上面的容器，放在盖子底座上的排水板上。

我倒了两杯咖啡，又给特里倒了一杯酒。"你的是黑咖啡，特里。"我在我的咖啡里加了两块糖和一些奶油。我此时依然迷迷糊糊，都不清楚自己是怎么打开冰箱拿出奶油盒的。

我在他对面坐下。他没有动。他一动不动地倚在早餐角的一角，身体有些僵硬。跟着，他毫无预兆地把头耷拉到桌上，抽泣起来。

我伸出手，从他口袋里掏出了枪，他都没有注意到。那是一把 7.65 毫米口径的毛瑟枪，很漂亮。我闻了闻，弹出弹夹，里面的子弹是满的，后膛干干净净。

特里抬起头,看到了咖啡,慢慢地喝了几口,不过他一直没有看我。"我没有向任何人开过枪。"他说。

"嗯,最近确实没有,不然就需要把枪清理一下了。我不认为你用这支枪打过人。"

"我会把发生的事告诉你的。"他说。

"等一下。"咖啡稍稍凉了一点儿,我快速喝光,又倒了一杯,"是这样的。"我说,"对于你要讲的事,你说的时候一定要多加小心。如果你真想让我开车送你去蒂华纳,有两件事绝对不能和我说。第一……你在听吗?"

他轻轻地点了点头,茫然地盯着我头顶上方的墙壁。今天早上,他的伤疤呈现出了青灰色,皮肤惨白惨白的,但伤疤似乎照样在闪闪发光。

"第一,"我慢慢地重复道,"如果你犯了罪,或者说犯了法律认定的罪行,我的意思是重罪,你不可以告诉我。第二,如果你知道有人犯下了这样的罪行,也不可以同我讲。如果你想让我开车送你去蒂华纳,就绝对不能说。明白了吗?"

他注视着我的眼睛。他的眼睛现在有了焦点,但毫无生气。咖啡已经下了肚,他的脸上依然没有血色,但他镇定了下来。我又给他倒了一些咖啡和一杯酒。

"我告诉过你我遇到麻烦了。"特里说。

"我听到你说了。我不想知道是什么样的麻烦。我得赚钱糊口,还得保住我的执照。"

"我可以拿枪逼你就范。"他说。

我咧嘴一笑,把枪推到桌子对面。他低头看了看,但没有拿起枪。

"你不能拿枪指着我送你去蒂华纳,特里。你不能逼我越过边境,也不能逼我上飞机。干我这一行的，偶尔也用枪。还是不要提枪的事了。如果我告诉警察我太害怕，只能按你说的做，那我会演得非常像。当然，前提是我不知道有什么案情可以报告给警察。"

"听着，"他说，"要到中午甚至更晚，才会有人去敲门。用人很清楚，每次西尔维娅睡得晚的时候，最好不要去打扰她。但是大约到中午的时候，她的女仆就会敲门进去。而她不在房间里。"

我啜着咖啡，什么也没说。

"女仆会发现她的床没人睡过。"特里继续说，"她便会想到去另一个地方找。在离主屋很远的地方有一栋大房子，是给客人住的。那里有独立的车道和车库。西尔维娅是在那里过的夜。女仆最终会在那里找到她。"

我皱起了眉头。"我要问你什么问题，都得小心谨慎，特里。她就不可能是在外面过夜吗？"

"在她的房间里，她的衣服扔得到处都是。她从不把衣服挂起来。女仆知道她只在睡衣外面套了一件睡袍便出门了。所以她只可能是去了客馆。"

"不一定。"我说。

"一定是去客馆了。见鬼，你以为用人不清楚她在客馆里做过什么？仆人向来消息灵通。"

"这事就不提了。"我说。

他的一根手指用力地从完好的半边脸上往下一滑，留下了一道红色的痕迹。"在客馆里，"他慢慢地继续说，"女仆会发现……"

"西尔维娅喝得烂醉如泥，丧失了活动能力，身体都冻僵了。"我厉声说道。

"啊。"他想了想，而且是想了很久。"当然，"他又说，"情况很可能是这样。西尔维娅不是酒鬼。她要是喝醉了,就会非常狼狈。"

"这就是事情的结局了。"我说道,"或者说,到这里就快结束了。我来即兴发挥一下。你兴许还记得,上次我们一起喝酒,我对你有点儿不客气,丢下你一个人走了。我真的很生你的气。事后回想,我看得出来,你不过是想自嘲一番,好摆脱那种大难临头的感觉。你说你有护照和签证。去墨西哥的签证是需要一段时间才能申请下来的。他们不会随便放人进去的。所以你肯定早有计划了,我还好奇你能坚持多久呢。"

"我也说不清为什么,只是觉得自己有义务陪在她身边,我想着她可能需要我做点什么,而不仅仅是拿我当幌子,以防他父亲四处探听她的事。对了,我半夜给你打过电话。"

"我睡觉沉,没听见。"

"那之后我去了一个土耳其浴场,在里面待了几个小时,洗了个蒸汽浴,泡了澡淋了浴,还做了个按摩,我在浴场里打了几个电话。我把车停在了拉布雷亚大街和方丹路的交叉口,我是从那里步行过来的。没人看见我拐进你家的那条街。"

"那几个电话和我有关吗?"

"一个是打给哈兰·波特的。那个老家伙昨天飞到帕萨迪纳处理业务去了。他没回家里住。我费了好大劲儿才找到他。他终于还是接了我的电话。我告诉他我很抱歉,但我要走了。"特里说这话的时候,目光稍稍瞥向一边,望着水槽上方的窗户,以及紧贴着玻璃的黄钟花灌木。

"他有什么反应?"

"他很遗憾,还祝我好运,又问我是否需要钱。"特里大笑起来,声音有点儿刺耳,"钱钱钱。他只认得钱,钱对他是第一位的。我说我有很多钱。然后,我打电话给了西尔维娅的姐姐。我们的对话差不多。

就是这样。"

"我有个问题。"我说,"你以前有没有撞见过她和别的男人在客馆里鬼混?"

他摇了摇头。"我从未这么做过。我要是去捉奸,捉到人肯定不难。肯定的。"

"你的咖啡要凉了。"

"我不想喝了。"

"她有很多男人,是吗?但你还是回去了,再次娶她为妻。我知道她是个美人坯子,不过……"

"我告诉过你我是个废物。见鬼,我第一次为什么离开她呢?从那以后,为什么每次见到她,我都是一副狼狈相?我为什么宁愿在阴沟里打滚儿,也不问她要钱?不算我在内,她结过五次婚了。只要她勾勾手指头,他们中的任何一个都愿意回到她身边,而且不只是为了她的百万家财。"

"她长得确实标致。"我说。我看了看手表。"为什么非得在十点十五分去蒂华纳坐飞机?"

"那趟航班上总有空位。洛杉矶人乘坐'康妮'①飞机,七个钟头就能到墨西哥城,谁还愿意坐 DC-3②翻山越岭呢。再说了,'康妮'也不在我想去的地方中转。"

我站起来,靠在水槽上。"现在我来总结一下,你不要打断我。你今天早上来找我,情绪很激动,想找个人送你去蒂华纳赶早班飞机。你的口袋里有把枪,但我不一定看到了。你跟我说你长久以来一直在

---

① 美国洛克希德公司生产的"星座"飞机,昵称康妮。
② 美国道格拉斯飞机公司在 1936 年生产并投入使用的客机。

隐忍，但昨晚你爆发了。你发现你妻子烂醉如泥，身边还有个男人。你就从家里出来了，去泡了个土耳其浴打发时间。第二天早上，你给你妻子最亲的两个亲人打了电话，告诉他们你在做什么。至于你去哪儿，并不关我的事。你有入境所需的文件，可以畅通无阻地进入墨西哥。你怎么去那里，也不关我的事。我们是朋友，你要我做什么，我没想太多就照做了。为什么不呢？你并没有给我任何报酬。你自己有车，但你心情沮丧，没法儿亲自开车。那也是你的事。你这人挺情绪化的，还在战争中受过重伤。我想我应该取走你的车，找个车库存放好。"

特里把手伸进衣服里，掏出一个皮钥匙包推到桌子对面。

"你这番说辞，会有什么效果？"他问。

"那要看听的人是谁了。我还没有说完。你什么都没拿，只有你身上的那身衣服，以及你岳父给你的钱。你妻子给你的东西你一样都没带，包括你停在拉布雷亚大街和方丹路交叉口的那辆豪车。你离开了，要和过去一刀两断。好吧。这说法倒也可信。现在我去刮胡子、换衣服。"

"你为什么要这样做，马洛？"

"我刮胡子这段时间，你再喝杯酒。"

我走了出去，留下他一个人弯腰驼背地坐在角落里。他仍然戴着帽子，穿着轻便大衣。但他现在看起来精神多了。

我走进浴室，刮了胡子。我回到卧室打领带时，他走过来站在门口。"我洗了杯子，以防万一。"他说，"但我在想，也许你最好报警。"

"要报警，你可以自己去。我没什么跟警察说的。"

"你想让我报警？"

我猛地转过身，狠狠地瞪了特里一眼。"该死的！"我对他喊道，"老天，你就不能消停消停吗？"

"我很抱歉。"

"你当然很抱歉。像你这样的人总是在抱歉,可惜都为时已晚。"

他转过身,沿着门厅走回客厅。

我穿好衣服,锁好房子的后门,来到客厅,只见他坐在一把椅子上睡着了,头歪向一边,脸上没有血色,疲倦得全身瘫软。他看起来挺可怜的。我碰了碰他的肩膀,他慢慢地醒转过来,仿佛从他所在的地方到我所在的地方,是一段很长的路。

等他的注意力聚集到我身上的时候,我说:"你用不用手提箱?你那个白色猪皮手提箱还在我衣柜最上面的架子上呢。"

"那里面是空的。"他毫无兴趣地说,"也太招摇了。"

"你不带行李,会更惹人注目。"

我走回卧室,站在衣柜的台阶上,从高处的架子上取下白色猪皮手提箱。天花板的方形活板门就在我的头顶上方,于是我把门推开,尽可能地把手往里伸,把他的皮钥匙包扔到了一根满是灰尘的横梁后面。

我拿着行李箱爬下来,拂掉上面的尘土,塞进了一身我从未穿过的睡衣、牙膏、一把备用的牙刷、几条便宜的毛巾、一包棉手帕、一管15美分的剃须膏、一把剃须刀和当初买剃须刀时赠送的一包刀片。这些东西都没用过,没有标记,也不显眼,只是不如他用的东西高档。我又塞了一品脱①仍用包装纸包着的波旁威士忌。我把手提箱锁上,把钥匙留在其中一把锁里,拿着箱子走出卧室。他又睡着了。我没有叫醒他,而是直接打开门,把手提箱拿到车库,放在了敞篷汽车的前座后面。我把车开出来,锁上车库,上台阶去叫醒他。我锁好大门后,

---

① 一品脱约相当于500毫升。

我们便出发了。

我开得很快，但没到超速挨罚的程度。一路上我们没怎么说话，也没有停车吃东西。时间不多了。

边境检查人员没说什么。蒂华纳机场建在一座多风的平顶山上，我把车停在机场办事处附近，坐在那里等着特里买票。DC-3飞机的螺旋桨已经在缓慢转动，准备起飞了。一个身材高大、英俊帅气的飞行员正在和四个人聊天。其中一个人身高约6英尺4英寸，带着一个枪盒。他旁边站着一个穿宽松长裤的姑娘、一个身材矮小的中年男子和一个头发花白的女人，这个女人个子很高，相形之下，那个男人更显瘦小了。还有三四个人站在旁边，一看就是墨西哥人。看起来就只有这些乘客了。舷梯就在舱门边上，但似乎没人急于进去。这时，一名墨西哥乘务员走下舷梯，站在一边等候。那里似乎没有任何扩音设备。墨西哥人上了飞机，但飞行员仍在与那几个美国人聊天。

我旁边停着一辆很大的帕卡德汽车。我探出头去看那车的牌照。也许有一天我能学会不多管闲事。当我探出头去看牌照时，我看到那个高个子女人正盯着我的方向看。

这时，特里沿着满是灰尘的碎石路走了过来。

"都准备好了。"他说，"我要跟你道别了。"

他伸出手来。我和他握了握手。这会儿他看起来很好，只是很累，仿佛已经筋疲力尽。

我把猪皮箱子从奥兹车里提出来，放在碎石路上。他愤怒地盯着它。

"我告诉过你，我不想要这东西。"他没好气地说。

"这里面有一品脱烈酒，特里。还有一些睡衣之类的东西，都是没有标记的。你不想要，就寄存起来好了。扔掉也行。"

"我有我的理由。"他生硬地说。

"我也有。"

他突然笑了。他拿起手提箱,用另一只手握住我的胳膊。"好吧,伙计。都听你的。记住,要是局面变得不受控,你可以自行决定怎么处理。你不欠我什么。我们只是一起喝了几杯,没有太深的交情,我谈了很多关于我自己的事。我在你的咖啡罐里留了五张100美元的钞票。别生我的气。"

"我倒希望你没有那么做。"

"我的钱多的是,花也花不完。"

"祝你好运,特里。"

那两个美国人正走上飞机舷梯。一个人从机场办事处的门里走了出来,这人又矮又胖,长了一张黝黑的宽脸。他挥挥手,示意人们登机。

"上飞机吧。"我说,"我知道你没有杀你妻子。所以我才会来这里。"

他振作起精神,他的全身都是僵硬的。他慢慢地转过身,然后回头看了看。

"对不起。"他轻声说,"但你错了。我要慢慢地走到飞机那里去。你有足够的时间阻止我。"

他走了起来。我目送他离开。机场办事处门口的那个人在等着,倒也没有显得很不耐烦。墨西哥人很少缺乏耐性。他俯下身来,拍拍猪皮手提箱,冲特里咧嘴笑了笑。然后他站到一边,特里走了进去。过了一会儿,特里从海关人员所在的另一边的门出来了。他依然走得很慢,穿过碎石路,向舷梯走去。他停在那里,向我看过来。他没有示意或挥手。我也没有。然后,他上了飞机,舷梯收了起来。

我回到奥兹车上,发动引擎,倒车、掉头,穿过停车场。高个女人和矮个男人还站在外面。那女人拿出一块手帕,挥了起来。飞机开始向机场的尽头滑行，四周顿时尘土飞扬。飞机在另一端转了个弯，发动机发出雷鸣般的轰鸣。飞机开始慢慢地加速前进。

飞机后面升腾起一团团尘土。飞机起飞了。我看着它在阵阵大风中慢慢地升入空中，消失在东南方向的蓝天里。

我也离开了。边境那里没人注意到我，好像我的脸和时钟上的指针一样没什么特别。

6

从蒂华纳回来要开很久，这也是全州最无聊的路段之一。蒂华纳没有一点值得称道之处，这儿的人眼里只有钱。年轻人悄悄走到你的车旁，用充满渴望的大眼睛看着你，说："先生，行行好，赏一毛钱吧。"紧跟着就会向你推销他们的姐妹。蒂华纳不是墨西哥。边境城镇就只是边境城镇，正如滨水区只是滨水区一样。那圣迭戈呢？号称世界上最美丽的港口之一，可除了海军和几艘渔船，就别无其他了。到了夜晚，那儿倒是算得上仙境。海浪缓缓流动，犹如吟唱着赞美诗的老太太。但马洛得回家，搞清楚事情的始末。

一路向北，像是水手的劳动号子一样单调。穿过城镇，驶下山坡，沿着海滩开一会儿，再穿过城镇、下山，前面又出现了海滩。

我到家的时候已经两点钟了，一辆黑色轿车在等我，车上没有警察的标识，也没有红色警灯，只有一副双天线，不过不是只有警车才有双天线。我上台阶上到一半，轿车里的人就走了出来，冲我大喊大叫。和平时一样，他们一共两个人，穿着普通的制服，像往常一样冷漠，悠哉地走着，仿佛全世界都在安静地等待他们下指令。

"你是马洛？我们想和你谈谈。"

一个警察在我面前晃了一下警徽。我根本没看清，说他是害虫防治员也有可能。他留着一头灰金色的头发，又矮又胖。他的搭档身材高大，长得不错，衣着也很整洁，只是痞里痞气的，一看就是个有文化的流氓。他们带着窥探和伺机而动的目光，眼中的耐性和谨慎清晰可见，还有几分冷漠和轻蔑，这就是警察的眼神。在警校的毕业操演上，这种眼神就已经形成了。

"我是中央凶案组的格林警司。这位是戴顿警探。"

我走到台阶顶部，打开了门。千万不要跟大城市的警察握手。那样会显得太过亲近。

他们坐在客厅里。我打开窗户，微风徐徐吹来。格林开口了：

"有个人叫特里·伦诺克斯。你认识他吧？"

"我们偶尔一起喝一杯。他住在恩西诺，娶了个有钱的姑娘。我从没去过他家。"

"偶尔，是指多久？"格林说。

"这是个泛泛的表述。偶尔就是偶尔。可能是一周一次，也可能是两个月一次。"

"见没见过他妻子？"

"有过一面之缘，非常短暂，那时他们还没复婚。"

"你最后一次见到他是什么时候，在什么地方？"

我从桌上拿起一根烟斗，装满烟丝。格林向前倾着身子靠近我。高个警察坐在后面，手里拿着一支圆珠笔，放在一个红边便笺本上。

"在这个时候，应该我问'这到底是怎么回事？'，而你回答'该由我们问问题'。"

"所以，你只管回答就好了。"

我点燃了烟斗。烟草有点儿潮湿。我花了一些时间，耗费了三根火柴才点着。

"我有时间。"格林说，"不过等你时已经用掉了不少。所以，干脆点儿吧,先生。至于你的底细,我们全都心知肚明。你知道我们到这儿来,不是为了开胃的。"

"我这不是回忆着了吗?"我说,"我们经常去维克多酒吧,还去过一两次绿灯笼和牛与熊,就在长街的尽头,装潢得像是英国的小酒馆……"

"拖延时间没有意义。"

"谁死了?"我问。

戴顿警探开口了。他的声音强硬而成熟,透着"休想糊弄我"的意味。"问你什么,你就答什么,马洛。我们在进行例行调查。你知道这些就够了。"

也许是因为我太累了,又有些急躁。也许是因为我有点儿心虚,反正我虽然不了解这家伙,就已经恨上他了。哪怕是隔着一整个餐厅,远远地看上他一眼,我都想揍得他满地找牙。

"少来这套,伙计。"我说,"你还是留着这些废话到少管所里说吧。不过就连少年犯听了,也会笑掉大牙的。"

格林咯咯地笑了。戴顿的脸色看不出任何变化,但他似乎突然老了十岁,还多了二十年的凶相。他呼哧呼哧地从鼻子里呼着气。

"戴顿通过了律师资格考试。"格林说,"你在他面前可耍不了滑头。"

我慢慢地站起来,走向书架,取下装订本的《加州刑法典》,把它递给戴顿。

"你能找出有哪条规定写着我必须回答问题吗?"

他克制得很不错。他很想揍我一顿,我们两个都清楚这一点。但他在等待时机。也就是说,他认为要是自己做出什么越界的行为,格林并不会支持他。

他说:"每个公民都必须与警方合作。在各个方面都要配合,甚至要拿出实际行动,特别是要回答警方认为有必要提出,且不具有定罪性质的问题。"他言辞流畅,语气显得强硬且聪明。

"你们要的配合,大都是通过直接或间接的恐吓得到的。"我说,"在法律上不存在这种义务。任何人在任何时候、任何地方,都没有义务告诉警察任何事情。"

"哎呀,闭嘴吧。"格林不耐烦地说,"你这是在往后缩,你很清楚。坐下来吧。伦诺克斯的妻子被人杀害了。就在恩西诺的客馆。伦诺克斯溜了。反正现在谁也找不到他。所以,我们是在找一起谋杀案的嫌疑人。这下你满意了吗?"

我把书扔到椅子上,回到格林对面的沙发上,与他隔桌相对。"那你们找我做什么?"我问,"我从来没有靠近过那所房子。我刚才已经告诉过你们了。"

格林不停地拍着大腿,一下,又一下……他对我笑笑,但没有发出笑声。戴顿一动不动地坐在椅子上。他的眼神像是要将我生吞活剥。

"他房间的记事本上写着你的电话号码,写下的时间不超过二十四小时。"格林说,"那个本子上带有日期,昨天的那页被撕掉了,但今天那页上面可以看到印痕。我们不知道他什么时候给你打过电话,也不知道他去了哪里,为什么去,什么时候去的。但我们当然要查清楚。"

"为什么是在客馆里?"我问,并不指望他会回答,但他还是回答了。

他脸上微微一红。"看来她经常去那儿。晚上在那里接待客人。用人从树木之间能看到那里面有灯光。有汽车进进出出,有时很晚,有时后半夜还有车来。我说得够多了吧?不要自欺欺人了。伦诺克斯是嫌疑犯,我们在找他。他在凌晨一点左右去了客馆。管家碰巧看见了。大约二十分钟后,他一个人返回。在那之后并没有什么异常。灯一直亮着。今天早上伦诺克斯就没影儿了。管家去了客馆,见到那姑娘像美人鱼一样一丝不挂，死在了床上。告诉你吧，管家不是通过样貌认出她来的。她的脸毁了，被人用一座青铜猿猴像砸烂了。"

"特里·伦诺克斯不会做那样的事。"我说，"他妻子对他不忠，但那不是什么新鲜事了。她向来如此。他们离过婚，现在复婚了。我想他没有因此得到幸福，但他为什么现在才爆发呢？"

"没人知道答案。"格林耐心地说，"这种事经常发生。男人和女人都干得出来。一个人忍了又忍，忍了又忍，有一天突然就忍不下去了。他们自己可能也不知道为什么，为什么在那个时刻会发狂。反正他们抓狂了，有人因此而死。于是我们得展开调查，并且问你一个简单的问题。所以别再胡搅蛮缠了，不然，你就得跟我们走一趟。"

"他不会告诉你的，警司。"戴顿尖刻地说，"他读过那本法律书。像很多读过一两本法律书的人一样，他也以为法律就在书中。"

"你只管做记录就行了。"格林说，"让你的大脑歇歇吧。你要是真出色，我们会让你在警局的吸烟室里唱《圣母歌》。"

"去你的吧，警司。希望我这么说没有冒犯到您的警衔。"

"你和他打一架吧。"我对格林说，"他倒下的时候我会接住他。"

戴顿非常小心地把记事本和圆珠笔放在一边。他起身，双眼开始冒光，走过来站在我面前。

"起来，机灵的小子。我是上过大学，但这并不意味着我得听你这种废物胡扯。"

我站了起来。可我还没站稳，他就出手了，一记利落的左勾拳正好打在我的头上，我顿时觉得耳畔嗡嗡作响，像是有铃声响起，但自然不是晚餐铃。我扑通一声坐下，晃了晃脑袋。戴顿依旧站在那里，脸上泛着笑容。

"再来。"他说，"你刚才没准备。我赢得不算光明正大。"

我看着格林。他则看着自己的拇指，好像在端详一根倒刺。我没有动，也没有说话，等着他抬起头来。我再站起来，戴顿又会给我一拳。反正他还会再打我。但如果我站起来挨了他的打，我一定会将他撕成碎片，刚才那一拳证明他绝对是个练家子。他出拳很准，但要把我撂倒，也不是他三拳两脚就能做到的。

格林有些心不在焉地说："干得漂亮，小子。你这么做，对他来说是正中下怀。糊涂蛋。"

话音落下，他抬起头来，温和地说道："我现在重新问你一遍，马洛，方便我们记录下来。你最后一次见到特里·伦诺克斯是在哪里，怎么见的，你们都说了什么，还有你刚才去什么地方了？你回答，还是不回答？"

戴顿放松地站在那里，身体很稳。他的眼睛里闪着温和愉快的光芒。

"那个家伙呢？"我问道，忽视戴顿的存在。

"你指谁？"

"客馆床上的那个人。全身赤条条。你们总不会说她是去那里玩单人纸牌的吧？"

"那是以后的事，我们得先找到那个当丈夫的。"

"很好。找到替罪羊，事情就好办了。"

"你要是不说，我们只能把你抓起来了，马洛。"

"抓我去当重要证人？"

"重要证人？想得美。我们会把你当嫌疑犯抓走。你有凶案事后从犯嫌疑。协助嫌疑人逃跑。我猜你把他送去了某个地方。现在我只需要猜测即可。警监最近有些暴躁。他很清楚有什么规矩，但他总是心不在焉。你算是撞到枪口上了。不管怎样，我们都会从你那里得到一份口供。越是难得到，我们就越确信你的口供必不可少。"

"你就是在对牛弹琴。"戴顿道,"他懂法律。"

"这对每个人来说都是对牛弹琴。"格林平静地说,"不过效果依然不错。来吧,马洛。可别逼我带你回局里。"

"好吧。"我说,"带我回去吧。特里·伦诺克斯是我的朋友。我和他颇有交情。不会因为一个警察的三言两语,就毁掉我们之间的感情。除了你说的那些,你可能还有很多怀疑他的理由。像什么动机、时机,还有就是他跑路了。他的动机由来已久,早就消磨光了,几乎是他们夫妇之间交易的一部分。那种交易没什么可称道的,但他就是这么一个人,有点儿软弱,心地还很善良。至于剩下的时机呀、跑路呀,要是考虑到他发现妻子死了立刻意识到警察首先会怀疑他,也就不算什么了。警方若要审讯,并传我去问话,我就得回答问题。而此时此刻我则不需要回答。我看得出你是个好人,格林。正如我看得出你的搭档爱亮警徽,是个权力欲熏心的浑蛋。如果你真想让我惹上麻烦,就让他再打我呀。我要打爆他的蛋。"

格林站起来,遗憾地看着我。戴顿没有动。他是那种"一次性"的狠角色。他得休息一会儿,找人捶捶背。

"借电话用用。"格林说,"但我很清楚我会得到什么答案。马洛,你真是个糊涂蛋。你的脑袋傻掉了。滚开。"最后一句话是对戴顿说的。戴顿转身,回去拿起了他的记事本。

格林走到电话旁边,慢慢地拿起听筒,这次的苦差事耗时长,进展缓慢,吃力不讨好,已经在他那张相貌普通的脸上留下了几道皱纹。和警察打交道,问题就在这里。每次你开始恨他们入骨,都会遇到一个还算有点儿人性的警察。

警监让他们把我抓回去,还说用不着客气。

他们给我戴上了手铐,但没有搜查我家,也许是他们大意了。还有可能是他们认为我经验老到，不会在家中存放任何不利于我自己的东西。但他们错了。他们只要找一找，就可以翻出特里·伦诺克斯的车钥匙。他们迟早会找到他的车，到时候就能把钥匙插进车里，知道他见过我。

  事实证明，就算找到钥匙也无济于事。警方始终没有找到那辆车。它在夜里被偷了，很可能被运去了埃尔帕索，配了新的钥匙和伪造的证明，最终被放到墨西哥城的市场上。偷来的车通常都是这样处理的。大部分赃款换成海洛因，再次回到了这里。按照那些坏蛋的说法，这也是为睦邻政策①做贡献了。

---

① 1933年3月美国时任总统罗斯福在就职演说中提出的对拉美国家的政策。

7

那一年,担任凶案组组长的是格雷戈里厄斯警监,像他这样的警察越来越少见了,却绝对不会消失。他侦办案件,所用手段无外就是用强光照人、拿软棒子打人、用脚踢肾脏的位置、用膝盖顶小肚子、抡拳头打心窝、用警棍打击脊椎的根部。六个月后,他被指控在大陪审团面前做伪证,虽没有对他进行审判,但他还是被踢出了警局,后来,他在自己位于怀俄明州的牧场里,死在了一匹大型种马的蹄子之下。

但此时此刻,我只能任由他宰割。他坐在办公桌后面,没穿外套,袖子几乎卷到了肩膀上。他的脑袋上一根头发也没有,像砖块一样光秃,他和所有肌肉发达的中年男人一样,肚子越来越大。他长着一双灰色的死鱼眼,鼻子很大,上面布满了纵横交错的破裂的毛细血管。他正在咕嘟咕嘟地喝咖啡。他的双手短粗,手背上长着浓密的汗毛。有灰白的毛发从他的耳朵里长出来。他把玩着桌子上的什么东西,目光则在格林身上。

格林说:"警监,我们问了他,可他什么也不肯说。我们是根据电话号码查到他的。他开车出去过,却不肯说去了哪里。他与伦诺克斯很熟,但对于他们最后一次见面的事,他一直三缄其口。"

"他觉得自己是个硬骨头。"格雷戈里厄斯冷冷地说,"我们会让他改变想法的。"他说得好像什么都不在乎似的。他可能确实不在乎。在他眼里就没有什么铁汉。"现在的重点是,地方检察官从这件案子里闻到了很多大新闻的气味。不能怪他,谁叫那姑娘的老爸不是普通人呢。我看我们最好替他狠狠教训一下这小子。"

他看着我,仿佛我是一个烟头或是一张空椅子,只是正好出现在他视线里的一个东西,引不起他的半点兴趣。

戴顿恭敬地说:"很明显,他摆出这副态度,就是为了创造一个他可以拒绝说话的环境。他在我们面前左一句法律右一句法律,还刺激我揍他。我刚才越轨了,警监。"

格雷戈里厄斯阴森森地看着他。"这个废物都能激怒你,你也太容易被人激怒了。是谁把手铐解开的?"

格林坦言是他。"再铐上。"格雷戈里厄斯说,"铐紧点,让他打起精神来。"

格林重新给我戴上手铐,或者说,他正要给我铐上,格雷戈里厄斯吼了句:"铐在背后!"格林便把我的手铐在背后。我坐的是一张硬椅子。

"紧点儿。"格雷戈里厄斯说,"往肉里勒勒。"

格林把手铐收紧。我的双手开始发麻。

格雷戈里厄斯的目光终于落在了我身上。"你现在可以说话了,爽快点儿。"

我没有回答他。他向后一靠,咧开嘴笑了。他的手缓缓伸向咖啡杯,将杯子握在了手里。他稍稍向前倾了倾身体,猛地把杯子朝我丢了过来。但我速度更快,我向侧面一倒,跌出了椅子。我的肩膀重重着地,之后我翻了个身,慢慢地站了起来。我的手此时已经完全麻木,没有了任何感觉。手铐上方的手臂传来阵阵痛楚。

格林扶我回到椅子上。椅背和部分椅垫上都淋了咖啡,但大部分咖啡都洒在了地上。

"他不喜欢咖啡。"格雷戈里厄斯说,"他身手敏捷、动作快,反应能力也不错。"

没有人说什么。格雷戈里厄斯用那双死鱼眼打量着我。

"先生,在这里,侦探执照屁用没有,与名片没什么两样。现在我们开始问口供,先口头说一说。我们稍后会记录下来。不要有所隐瞒。你要一字不漏地讲出你从昨晚十点起都干过什么,不可以有一星半点的遗漏。我们这个小组正在调查一起谋杀案,而主要嫌疑犯下落不明。你和他有联系。那家伙撞见他老婆对他不忠,就把她的脑袋打得血肉横飞,头发浸满了鲜血。凶器是我们都不陌生的青铜雕像。虽说是件赝品,杀起人来却好使得很。千万不要以为任何一个该死的私家侦探都可以在这件事上拿法律来对付我,先生,不然的话,可有你的罪受了。这个国家的警察可不是靠着法律书来办案的。你知道内情,而我想要了解你都知道什么。你可以说你并不知情,我也可以不相信你,但你甚至都没说你不知情。你在我面前装哑巴是行不通的,我的朋友。一点儿用也没有。现在你可以说了。"

"你能把手铐解开吗,警监?"我问,"我是说如果我交代了的话。"

"也许吧。现在长话短说。"

"如果我告诉你,我在过去的二十四小时内没有见过伦诺克斯,没有跟他说过话,也不知道他在哪儿,你会满意吗,警监?"

"也许吧……如果我相信你的话。"

"如果我告诉你我在何时何地见过他,却不知道他杀了人,也不知道他犯了什么罪,更不清楚他此刻可能在什么地方,那你根本不会满意,是不是?"

"如果你能详细说说,我可能会听。比如在哪里,什么时候,他当时是个什么状态，都说了什么，他要去哪里。也许我们能从中逐渐找到线索。"

"被你一通捣鼓，我很可能就成从犯了。"我说。

他的腮帮子鼓了起来。他的眼睛如同两块肮脏的冰块。"所以呢？"

"我不知道。"我说，"我需要法律建议。我很愿意合作。让地方检察官派个人来，怎么样？"

他发出一阵短促沙哑的笑声，很快他的笑声便戛然而止。他慢慢地站起来，绕过办公桌走了过来。他弯下身子靠近我，一只大手撑在木桌上，微微一笑。他就这样带着微笑，突然抡起铁一样的拳头，猛击在我的脖子一侧。

他这一拳只挥出了 8 到 10 英寸的距离，不可能再多，却差点儿让我的脑袋搬家。胆汁立即渗进了我的嘴里，我尝到了里面混着的血腥味。我什么都听不到了，只觉得脑袋嗡嗡作响。他向我俯下身来，脸上依然带着微笑，左手也依然放在桌子上。他的声音似乎是从很远的地方传来的。

"我以前更狠，但现在我老了。你挨了一拳，先生，我只打算给你这么一下。市监狱里有几个小子才是心狠手辣，他们真该去屠宰场工作才对。也许我们不该雇用他们，毕竟他们不像戴顿只会花拳绣腿，拳头和粉扑一样软绵绵。他们也不像格林那样有四个孩子和一座玫瑰园。他们活着，是为了别的消遣。我们什么样的人都要，谁叫劳动力稀缺呢。你现在有没有想到什么更有意思的事，要不要说一说？"

"我戴着手铐，什么都不会说的，警监。"我一说话，挨打的地方更疼了。

他又向我靠过来，我闻到了他身上的汗臭味和酸腐味。然后他直起身子，绕过桌子走回去，一屁股坐在了椅子上。他拿起一把三角尺，大拇指抚摸着尺子的一个边缘,好像那是一把刀。他看着格林。

"你还在等什么,警司?"

"等你的命令。"格林咬着牙齿说出这几个字,好像他很讨厌自己的声音似的。

"你还需要听别人吩咐?记录显示你是个经验丰富的警察。我要一份有关这个人过去二十四小时内活动记录的详细口供。也许还要更长时间的活动细节,但二十四小时是必需的。我要知道他在这段时间内每分钟都在做什么。口供上得有签名、联署,还要经过核实。两小时后交到我手上。那之后,我要他回到这里来,干净整洁,身上没有一点儿伤痕。还有一件事,警司。"

他停顿了一下,狠狠瞪了格林一眼,那眼神似乎能把刚烤好的土豆冻住。

"——下次我客客气气地问嫌疑犯问题,你不要站在那儿露出一副我要把他的耳朵扯下来的表情。"

"遵命,长官。"格林转向我,"走吧。"他粗声粗气地说。

格雷戈里厄斯冲我龇牙一笑。他的牙很脏,脏极了。"现在道个别吧,朋友。"

"遵命,长官。"我礼貌地说,"你也许不是有意的,但你帮了我一个忙。戴顿警探也帮了我。你们帮我解决了一个问题。没有人愿意出卖朋友,我甚至都不会把敌人出卖给你们。你活像一只大猩猩,不仅如此,你还无能。你连简单的调查都不会。我本来就跟站在刀锋上差不多,你随便把我甩到哪一边都可以。可你呢,你只会滥用私刑,把咖啡泼到我脸上,在我只能被动挨打的时候对我挥拳相向。从现在起,就算你让我说那面墙上的时钟显示几点了,我也不会开口。"

出于某种奇怪的原因,他一动不动地坐在那里,听我把话说完。

然后，他咧开嘴笑了。"你这是对警察有偏见啊，朋友。大侦探，你就是有点儿恨警察而已。"

"在有些地方，没人讨厌警察，警监。但在那些地方，你也不配当警察。"

对于这番话，他也没有反应。想必他是不在乎。他可能听过很多次更狠的话。这时，他桌上的电话响了。他看着电话，做了个手势。戴顿立即绕过桌子，拿起听筒。

"格雷戈里厄斯警监办公室。我是警探戴顿。"

他听着对方说话，两道剑眉轻轻地拧在了一起。他轻声说："长官，请稍等。"

他把电话递给格雷戈里厄斯。"是奥尔布赖特局长，长官。"

格雷戈里厄斯的脸色沉了下来。"是吗？那个目中无人的家伙想干什么？"他接过听筒，握了一会儿，让自己的脸色和缓下来。"我是格雷戈里厄斯警监。"

局长说话，他听着。"是的，他就在我的办公室，局长。我问了他几个问题。不合作。一点儿配合的意思都没有⋯⋯怎么又这样？"他的表情突然变得狰狞起来，面色沉郁，眉头皱成了一个疙瘩。他前额上的青筋都凸了起来。然而他的声音没有一点儿变化。"如果这是直接命令，那就应该由探长来下达，局长⋯⋯当然，在得到确认之前，我会照办。当然⋯⋯见鬼，没有的事。谁也没动过他一根手指头⋯⋯遵命，长官。马上就办。"

他把电话放回底座。他的手似乎有点儿颤抖。他的目光向上移动，在我的脸上扫过，然后转向格林。"把手铐解开。"他平淡地说。

格林解开了手铐。我搓着双手，强忍着刺痛感，等待着血液开始流通。

"把他关进县监狱。"格雷戈里厄斯慢条斯理地说，"罪名是涉嫌谋杀。地方检察官把案子从我们手里抢走了。这里的制度可真不错。"

没有人动。格林离我很近,他的呼吸有些粗重。格雷戈里厄斯抬头看着戴顿。

"你还等什么,娘娘腔?等着吃蛋筒冰激凌吗?"

戴顿差点儿一口气提不上来。"警监,您并没有给我下任何命令。"

"叫我长官,该死的!警司或更高级别,才能叫我警监。你不行,年轻人。你没这个资格。滚出去。"

"遵命,长官。"戴顿迅速退到门口,走了出去。格雷戈里厄斯起身走到窗前,背对着房间站着。

"来吧,我们走。"格林在我耳边低声说。

"赶紧带他走,免得我打爆他的头。"格雷戈里厄斯对着窗户说。

格林走到门口,把门打开。我正准备向外走。格雷戈里厄斯突然叫了起来:"站住!把门关上!"

格林关上了门,背靠门站住。

"你,过来!"格雷戈里厄斯朝我吼道。

我没动。我站在那里瞧着他。格林也没有动。四周陷入了恐怖的沉默中。然后,格雷戈里厄斯慢慢地穿过房间,走到我面前站定。他把那双又大又硬的手插在口袋里,踮着脚摇晃着腿。

"谁也没动过他一根手指头。"他低声说,好像是在自言自语。他的眼神很疏远,里面没有一点儿感情。他的嘴角抽搐着。

跟着,他朝我的脸上啐了一口唾沫。

他向后退开。"就这样吧,谢谢。"

他转身走回窗前。格林又打开了门。

我走到门外,伸手去拿手帕。

8

重罪监区三号牢房有两张床铺，与卧铺客车里的铺位差不多，但这个监区里的人不多，牢房里只有我一个人。重罪监区的待遇还不错。可以领到两条毯子，不干净，但也不脏，纵横交错的金属板条床上铺着床垫，两英寸厚，有些疙疙瘩瘩。牢房里有抽水马桶、脸盆、纸巾和粗糙的灰色肥皂。牢房很干净，没有消毒剂的味道。打扫工作由模范囚犯负责。哪个监狱里都少不了模范囚犯。

狱警会用透着精明的眼神仔细打量你。只要不是酒鬼或神经病，或者表现得像个酒鬼或神经病，你就可以留着火柴和香烟。预审前都可以穿自己的衣服。而预审后，你就得换上监狱里的粗斜棉布囚服，不能打领带，不能系腰带和鞋带。除了坐在铺位上等，没有别的事可做。

醉汉监区就没有这么好的待遇了。没有床铺、没有椅子、没有毯子，什么都没有。只能躺在水泥地上。你只能坐在马桶上，要吐也只能吐在自己身上。那儿就是痛苦的深渊。我很清楚待在里面是什么滋味。

天还亮着，但天花板上的灯已经打开了。在牢房的铁门里面，监视孔的周围装有铁条。电灯是开是关，由铁门外面控制。每天晚上九点熄灯。临关灯前，没人进来，也不会有人通知你。你当时可能正在看报纸或杂志。没有任何声音或提醒，突然四周就会陷入一片漆黑。就这样在黑暗中等待夏日黎明的到来，你无事可做，睡得着就睡，有烟抽就抽，有可思考的事就思考，如果思考不会让你更煎熬的话。

　　人到了监狱，就没有个性可言了。他们只是一个个待处理的小问题和报告上的一些条目。没人在乎谁爱他们、谁恨他们，他们长什么样、做过什么。除非他们找麻烦，否则不会有人搭理他们，也不会有人虐待他们。监狱对他们只有一个要求，那就是安静地走到分配给他们的牢房，在里面老老实实地待着。没有什么可对抗的，也没有什么可生气的。狱警很安静，没有敌意，也不是虐待狂。你从书上看到的那种犯人大喊大叫、击打铁栏、用勺子划过铁条、狱警手执警棍冲进来的情形，都是大型监狱里才有的事。好的监狱是世界上最安静的地方之一。晚上走过普通牢房，透过铁栏往里看，你可能会看到一堆棕色的毯子、一头头发，或是一双茫然的眼睛。你可能会听到鼾声。隔很长一段时间，你还会听到有人做了噩梦。监狱里的生活是停滞的，没有目的，也不具意义。在另一间牢房里，你可能会看到有人无法入睡，也根本不想睡着。他坐在铺位边上，无所事事。他会看你，也可能不看。你看着他。他什么都不说，你也什么都不说。你们没什么可以交流的。

　　监区一角可能还有一扇铁门通向展示区。那儿的一面墙是漆成黑色的铁丝网。后墙上是身高标度线。头顶上是泛光灯。按照惯例，犯人都是早上进去，赶在夜班警监下班之前。你背对测量线站着，灯光照得你睁不开眼，而铁丝网后面没有光线。但铁丝网外面有很多人：有警察、侦探，还有市民，这些市民或是遭遇过抢劫、袭击、诈骗，或是被枪指着走下自己的汽车，或是被骗走了毕生的积蓄。你既看不到他们，也听不到他们。你能听到的只有夜班警监的声音。你在回答他的问题时，声音一定要大，吐字要清晰。他可以让你干任何事，就像你是一只给观众表演的狗。他很疲倦，有些愤世嫉俗，但非常能干。他如同历史上演出时间最长的一出戏的舞台总监，但他对这出戏已不再感兴趣。

"好吧，你。站直。收腹。把下巴收起来。肩膀向后，保持住。将头保持水平。直视前方。向左转。向右转。脸再朝前，把手伸出来。掌心向上。掌心向下。把袖子拉回来。没有可见的伤疤。头发深棕色，有些灰白。棕色的眼睛。身高6英尺1英寸半。体重大约是190磅。姓名，菲利普·马洛。职业，私人侦探。很高兴见到你，马洛。可以了。下一个。"

非常感谢，警监。谢谢你抽出宝贵的时间。你忘记让我张嘴了。我镶了几颗不错的假牙，还有一个非常高级的烤瓷牙冠。那可是价值87美元的烤瓷牙冠啊。你也忘了检查我的鼻子内侧，警监。你要是查了，就能看到里面有很多瘢痕组织。是鼻中隔手术，给我动手术的那家伙真是个屠夫！那时候动手术要两小时呢。听说现在二十分钟就能搞定。我是在打橄榄球时受伤的，警监，我当时要挡住一个悬空球，没想到出了点小岔子。可对方把球开出去后，我才挡住了他的脚。15码罚球，手术的第二天，他们从我的鼻子里抽出了同样长度的绷带，上面都是血，已经变硬了。我不是在吹牛，警监。我只是和你说一声。细节很重要。

第三天早上，一个警官打开了我的牢房。

"你的律师来了。把烟掐了，别在地板上蹍灭。"

我把烟蒂丢进马桶里冲走。他带我去了会谈室。一个男人站在那里望着窗外，这个人个子很高，面色苍白，留着一头深色的头发。桌上有一个鼓鼓囊囊的棕色公文包。他转过身来，等看守关上门，便挨着他的公文包，在一张布满划痕的橡木桌的远端坐了下来，那张桌子看似来自挪亚方舟。而挪亚当时买的也是二手货。律师打开一个手工锻造而成的银烟盒，放在他面前，打量着我。

"坐吧，马洛。要不要抽支烟？我叫恩迪科特。西维尔·恩迪科特。

我受人委托免费代理你的案子。想必你很想离开这里,是吧?"

我坐下来,拿了一支香烟。他把打火机举到我嘴边。

"很高兴再次见到你,恩迪科特先生。我们以前见过,那时候你还是地方检察官。"

他点了点头。"我不记得了,但有这个可能。"他微微笑了笑,"那个职位不太适合我。我觉得我这个人不够心狠手辣。"

"谁派你来的?"

"恕我不能回答。如果你接受我做你的律师,费用自有人支付。"

"我想,这表示他们已经抓住他了。"

他盯着我,没有回答。我吸了一口烟,是那种带过滤嘴的香烟,味道就像被药棉过滤过的浓雾。

"如果你指的是伦诺克斯……你指的当然是他……他们还没有抓住他。"

"那又何必搞得如此神秘,恩迪科特先生?是谁派你来的?"

"我的委托人不愿意透露姓名。这是委托人的特权。你接受我做你的律师吗?"

"我不知道。"我说,"他们若是没有抓住特里,为什么一直关着我不放呢?没有人审问我,也没有人靠近过我。"

他皱起眉头,低头看着他那修长白皙的手指。"现在斯普林格地方检察官亲自侦办此案。他可能太忙了,还抽不出时间审问你。但你有权要求进行传讯和预审。我可以按照人身保护令程序把你保释出去。你自己也很懂法律。"

"他们说我涉嫌谋杀,要立案控告我。"

他不耐烦地耸耸肩。"这只是一个笼统的说法。你可能会被转去匹兹堡监狱,也可能被控十几条罪名中的一项。他们的意思可能是事后从犯。你把伦诺克斯送走了，是不是？"

我没有回答。我把毫无味道的香烟丢在地上，用脚踩灭。恩迪科特又耸了耸肩，皱起了眉头。

"为了方便讨论，我们就假设你的确这么做了。要让你成为从犯，他们必须证明你有犯罪意图。在这件案子里，这意味着你知道发生了犯罪，还知道伦诺克斯是逃犯。无论如何，你都是可以保释的。当然，你其实只是一个重要证人而已。但在这个州，除非有法庭命令，否则不可以把重要证人关进监狱。一个人是不是重要证人，法官说了算。但执法人员想做什么，总能想到办法。"

"是的。"我说，"一个叫戴顿的警探打了我一顿。还有个叫格雷戈里厄斯的凶案组组长把一杯咖啡扔到我的脖子上，他的劲儿很大，差点儿割破我的动脉，你看看，现在还肿着呢，当时警察局长奥尔布赖特正好打电话来，不让他把我交给那些刽子手，他就朝我的脸上吐唾沫。你说得很对，恩迪科特先生。执法人员一向为所欲为。"

他相当刻意地看了看手表。"你到底想不想保释？"

"谢谢。我想我不愿意。在公众的眼中，被保释出来的人跟罪犯差不多。即便以后不会获罪，人们也只会觉得是因为他有个聪明的律师。"

"你太蠢了。"他不耐烦地说。

"好吧，的确很蠢。我这个人就是又蠢又笨，否则我也不会在这里了。如果你和伦诺克斯联系上了，告诉他别再为我操心了。我进来这里，不是为了他，我是为我自己进来的。我没有任何怨言。这是交易的一部分。干我这行当，向来都是人们有了麻烦才来找我。不论是大麻烦还是小麻烦，都是他们不想报警解决的麻烦。要是随便哪个彪形大汉拿着警徽出现，就能把我治得服服帖帖，吓得我屁滚尿流，也就不会再有客户找上门来了。"

"我明白你的意思了。"他慢慢地说,"但是,我要纠正你一点。我和伦诺克斯没有联系。我与他并不相识。我是司法人员,所有律师都是。我若是知道伦诺克斯在哪里,是不能向地方检察官隐瞒的。我充其量只会同意先见见他,然后在特定的时间和地点将他交出去。"

"除了他,不会有人费这个事找你来帮我。"

"你的意思是我在撒谎吗?"他伸手,在桌面之下掐灭了他的烟头。

"我记得你好像是弗吉尼亚人,恩迪科特先生。在这个国家,我们对弗吉尼亚人有一种由来已久的痴迷。我们认为他们是南方骑士精神和荣誉感的化身。"

他笑了。"你过誉了。但愿事实如你所言。然而,我们是在浪费时间。如果你还有点儿理智的话,你就会告诉警察你已经一个礼拜没见过伦诺克斯了。不一定非得说真话。宣过誓后,你总可以说出真相。没有哪条法律禁止对警察撒谎。他们对此心知肚明。他们宁愿你对他们扯谎,也不愿意见到你缄口不言,因为这是对他们权威的直接挑战。你这么做,又能有什么好处呢?"

我没有回答。我确实不清楚该如何答复他。他站起来,伸手去拿帽子,啪的一声关上烟盒,将其放进口袋里。

"你这是在引火烧身。"他冷冷地说,"你捍卫你自己的权利,还大谈法律。一个人竟然会天真到这个地步吗,马洛?像你这样的人应该是老手了。法律不等同于正义,只是一个并不完善的机制。你按下了正确的按钮,再加上走运,你的答案中或许就会出现正义。法律的目的不过是为了建立一种机制。想必你现在没心情接受帮助。那我就先走了。你什么时候改变主意了,可以联系我。"

"我会再坚持一两天。他们抓到了特里,就不会在乎他是怎么逃走的了,只会关注怎么热热闹闹地进行审判。哈兰·波特先生的女儿遇害,全国轰动,头条新闻接连报道。像斯普林格这种刻意讨人喜欢的人,正好可以趁此机会大秀一把,爬上司法部长的职位,再一路登上州长的宝座,然后,他就可以……"我没有说下去,任由剩下的话在空中飘浮。

恩迪科特慢慢地露出了嘲弄的微笑。"我想你对哈兰·波特先生不太了解。"他说。

"他们抓不到伦诺克斯,也就不会想知道他是怎么逃走的,恩迪科特先生。如果是那样,他们只想尽快忘掉这整件事。"

"你都想明白了,是不是,马洛?"

"我有很多时间。关于哈兰·波特先生,我只知道他拥有亿万身家,名下还有九到十家报社。宣传做得怎么样了?"

"宣传?"他用冰冷的声音说。

"是的。没有媒体采访我。我本以为会因为这件事在报纸上引起轰动,能多接点儿生意。私家侦探宁愿进监狱,也不愿出卖朋友。"

他走到门口,把手放在门把手上转过身来。"你真有意思,马洛。你在某些方面很幼稚。诚然,一亿美元可以买到大量的宣传。我的朋友,但如果运用得当,这些钱同样可以让很多人沉默不语。"

他打开门走了出去。然后,一个狱警走进来,把我带回了重罪监区三号牢房。

"有恩迪科特帮你,想来你也不会在这儿待太久了。"他愉快地一边说,一边锁上牢房。我说但愿他是对的。

9

晚班看守是个大块头,金发碧眼,膀大腰圆,笑起来十分友善。他已近中年,早就不会轻易怜悯别人,也不会轻易动怒了。他只想轻轻松松地完成八个小时的工作,所以看起来一副不会多管闲事的样子。他打开了我的牢房门。

"有人要见你,是地方检察官办公室的人。你没睡着吧?"

"这会儿睡觉对我来说太早了。几点了?"

"十点十四分。"他站在门口,打量着牢房里面。下铺铺着一条毯子,另一条叠起来当枕头。垃圾桶里有几张用过的纸巾,脸盆边缘放着一小卷卫生纸。他点头表示赞同。"里面有没有什么私人物品?"

"只有我这个人。"

他没关牢门。我们沿着一条安静的走廊走到电梯那里,乘电梯下到接待台。一个穿着灰色西装的胖子站在接待台边抽着玉米芯制成的烟斗。他的指甲很脏,身上还有一股臭味。

"我是地方检察官办公室的斯普兰克林。"他粗暴地说,"格伦茨先生在上面等你。"他把手伸到屁股后面,拿出一副手铐。"来看看大小是否合适。"

看守和接待员饶有兴味地对他咧嘴一笑。"怎么啦,斯普兰克林?怕他在电梯里吃了你?"

"我可不想惹麻烦。"他咆哮道,"有一次有个家伙从我手里逃了,可把我害惨了。走吧,小子。"

接待员把一张表格推到他面前,他签了名,字体龙飞凤舞。"我从不冒不必要的风险。"他说,"在这个城市里,谁也不知道自己接下来会遇到什么事。"

此时,一个巡警带着一个一只耳朵血流不止的醉汉走了进来。我们朝电梯走去。"你有麻烦了,小子。"斯普兰克林在电梯里对我说,"而且是大麻烦。"他似乎从中找到了些微的满足感。"在这个城市里,一个人总是能给自己惹上很多麻烦。"

电梯服务员转过头来,冲我眨了眨眼。我咧嘴笑了笑。

"小子,别想耍滑头。"斯普兰克林恶狠狠地对我说,"以前有个人想跑,我就开枪把他打死了,结果给自己惹了不少事。"

"你被害惨了,是吧?"

他想了想。"没错。"他说,"反正我是吃尽了苦头。这是个冷酷的城市。没有尊重可言。"

我们走出电梯,走进了地方检察官办公室的双扇门。夜晚使用的电话线都插好了,总机却是关着的。没有人坐在椅子上等待接见。有几间办公室的灯还亮着。斯普兰克林打开了一个小房间的门,里面灯火通明,摆着一张办公桌、一个文件柜和一两把硬椅子,一个身材粗壮的男人在房间里,此人下巴绷得紧紧的,眼神呆滞。他正红着脸往办公桌的抽屉里塞什么东西。

"你应该敲门。"他对斯普兰克林吼道。

"对不起,格伦茨先生。"斯普兰克林结结巴巴地说,"我一直在想这个囚犯的事。"

他把我推进办公室。"要把手铐解开吗,格伦茨先生?"

"我都不知道你为什么要给他戴手铐。"格伦茨没好气地说。他看着斯普兰克林解开我手腕上的手铐。钥匙挂在一个葡萄柚大小的钥匙串上,他费了好大劲儿才找到正确的那把。

"好了,快滚。"格伦茨说,"你在外面等着,待会儿把他送回去。"

"我要下班了,格伦茨先生。"

"我说你下班,你才能下班。"

斯普兰克林涨红了脸,拖着他那肥胖的屁股慢慢挪出了门。格伦茨恶狠狠地看着他,门关上后,他也用同样的眼神看着我。我拉过一把椅子坐了下来。

"我没叫你坐下。"格伦茨吼道。

我从口袋里掏出一根皱了的香烟,塞进嘴里。"我也没说你可以抽烟。"格伦茨咆哮道。

"在牢房里都可以。在这里为什么不行?"

"因为这是我的办公室。这里的规矩由我来定。"一股威士忌酒的浓烈气味从办公桌对面飘了过来。

"快点儿再喝一杯吧。"我说,"喝了酒,你就能冷静下来。刚才我们进来打断你了。"

他的背重重地靠在椅背上。他的脸变成了深红色。我划了一根火柴,点燃香烟。

过了一会儿,格伦茨轻声说:"好吧,你小子是个狠角色,是个男人。你知道吗?他们来时各种各样,但出去的时候全都变成了一个样,个个儿服服帖帖,就只会卑躬屈膝。"

"你找我有什么事,格伦茨先生?你要是想拿瓶酒,就尽管拿吧,不用管我。累了,紧张了,或者劳累过度时,我自己也喜欢喝一杯。"

"你似乎并不在意自己所处的困境。"

"我不觉得我有什么麻烦。"

"那就走着瞧吧。我需要你提供一份详细的口供。"他用手指轻轻弹了弹桌旁一个架子上的录音机。"现在先录下来,明天再用打字机打出来。如果副检察长对你的口供满意,那只要你保证不出城,他就会释放你。开始吧。"他打开了录音机。他的语气冷酷、果断,故意透着一股狠劲儿,但他的右手一直朝办公桌的抽屉挪去。他还年轻,鼻子本不应该这么红,但他的鼻子上布满了红血丝,眼白的颜色也很难看。

"我受够了。"我说。

"受够了什么?"他厉声问道。

"在没有人情味儿的小办公室里,听没有人情味儿的人说没有人情味儿的屁话。我在重罪监区待了五十六个小时。没人欺负我,没人向我证明他们心狠手辣。他们不必这么做。他们把狠辣的手段隐藏起来,以备不时之需。我为什么在里面?我涉嫌犯罪了。警察得不到答案,就可以把一个人关进重罪监区,什么该死的法律制度会允许他们这么干?他们有什么证据?啊,是便笺簿上的一个电话号码。把我关起来,他们想证明什么?除了证明他们有权力这么做之外,什么都证明不了。现在你故技重施,在这个你称为办公室的雪茄盒里,试图让我感觉到你有多么大的权力。你深更半夜派那个吓得屁滚尿流的保姆把我带到这里来。你以为,我一个人坐在那里思考了五十六个小时,脑袋就成糨糊了?你以为,我在这座伟大的监狱里受不了孤独,就会抱着你号啕大哭,求你抚摸我的头?别痴心妄想了,格伦茨。喝你的酒,做个人吧。我很乐意假设你只是想把工作做好而已。但在开始之前,先把你的指节铜环摘下来吧。你要是足够强大,就不需要它们。可如果你少不了它们,那就还不够格吓住我。"

他坐在那里听着,一直注视着我。然后,他愠怒地笑了笑。"说得好。"

他说道,"现在你把要说的废话都倒了出来,也该痛快了。我们就开始录口供吧。是我问你答,还是你自己讲?"

"我在跟飞鸟交流,听微风轻轻吟唱。"我说,"我是不会录口供的。你也是从事法律工作的,你知道我不必非录口供不可。"

"确实如此。"他冷冷地说,"我懂法律,也了解警察是怎么工作的。我是在给你一个脱罪的机会。你不想要,我也无所谓。我可以在明天早上十点传讯你,让你准备参加初步聆讯。你也许可以保释,不过我会反对,但你要是真保释了,我也没办法。保释金需要一大笔钱。这也算我们的一个手段吧。"

他低头看了看桌上的一份文件,读过之后把文件翻了过来。

"什么罪名?"我问他。

"第32条。事后从犯。重罪。最高刑罚可在昆廷监狱服刑五年。"

"那得先抓住伦诺克斯再说。"我小心地说。格伦茨知道一些事,我从他的举止中感觉到了。我不知道他掌握了多少,但他确实了解内情。

他靠在椅背上,拿起一支笔,在手掌间慢慢地转着。他笑了,看样子很是愉快。

"伦诺克斯要想藏起来并不容易,马洛。如果找的是一般人,就得有照片,还得是很清晰的照片。可是,要找一个半边脸满是伤疤的人,就不需要这么麻烦了。更不用说他还不到三十五岁就满头白发了。我们有四个目击者,也许更多。"

"他们目击了什么?"我的嘴里有些发涩,就像格雷戈里厄斯警监打了我一拳后我尝到的胆汁味一样。这让我想起自己的脖子依然又肿又痛。我轻轻地揉了揉挨打的地方。

"别傻了,马洛。圣迭戈高等法院的一名法官和他的妻子碰巧去送他们的儿子和儿媳上那架飞机。他们四个人都看到了伦诺克斯,而法官的妻子看到了他去机场坐的车,也看到了和他一起去机场的人。你没救了。"

"很好。"我说,"你们是怎么找到他们的?"

"广播和电视都播出了专题新闻。只需要详细描述一番就够了。那位法官打来了电话。"

"听起来不错。"我公正地说,"但光有这些还不够,格伦茨。你必须抓住他,证明他犯了谋杀罪。然后,你还得证明我知情。"

他用一根手指弹了弹文件的背面。"我想我还是喝一杯吧。"他说,"我连着上了好几个夜班了。"他打开抽屉,把一个酒瓶和一个酒杯放在桌上。他把酒倒满,一口喝光。"好多了。"他说,"感觉好多了。很抱歉,你还在拘留期间,我不能请你喝一杯。"他把瓶塞塞好,把瓶子推开,但没有推得太远。"是的,你说我们得证明。也许我们已经拿到供状了,伙计。太糟糕了,是不是?"

一根小而冰冷的手指开始沿着我的脊背移动,就像一只冰冷的昆虫在爬。

"那你为什么还要我的供词?"

他咧嘴一笑。"记录齐全总是好的。伦诺克斯会被带回来接受审判。我们需要所能得到的一切。与其说我们想从你身上得到什么,不如说是我们很愿意让你脱罪……前提是你愿意合作。"

我盯着他。他摆弄了一会儿文件,坐在椅子上动来动去,他还看了一眼酒瓶,一忍再忍,才没有伸手去拿。"我来说说事情的经过,说不定你会喜欢呢。"他突然说,还不合时宜地斜睨了我一眼,"好吧,聪明人,我不是在开玩笑,现在你听好了。"

我把身体探过他的办公桌,他还以为我要拿他的酒瓶,便一把抄起瓶子,放回了抽屉。我其实只想把烟蒂丢在他的烟灰缸里。我再次向后靠在椅背上,又点了一根烟。他说话很快。

"伦诺克斯在马萨特兰下了飞机,那个小镇是个航空中转站,有大约35000人口。他消失了两三个小时。然后,一个留着黑头发、有深色皮肤的高个男人用西尔瓦诺·罗德里格斯这个名字买了去托雷翁的机票,这个男人的脸上有很多刀疤。他的西班牙语很好,但对一个叫这么正宗西班牙名字的人来说,就不够好了。皮肤这么黑的墨西哥人也不会有这么高的个子。于是飞行员告发了他。托雷翁的警察行动迟缓。墨西哥的警察在才智和精力上都差一截,却偏偏擅长开枪打人。等到他们展开行动的时候,那个人已经租了一架飞机,去了一个叫奥塔托克兰的小山城,当地有一个湖,是个很小的避暑胜地。这架包机的飞行员在得克萨斯州接受过战斗机飞行员训练,能讲一口流利的英语。伦诺克斯假装听不懂他说的话。"

"前提是那个人是伦诺克斯。"我插嘴说。

"等一下,朋友。那个人就是伦诺克斯。他在奥塔托克兰下了飞机,登记住进了酒店,这次他的化名是马里奥·德·塞尔瓦。他带着一把7.65毫米口径的毛瑟枪,当然,这在墨西哥是没什么大不了的。但是,包机飞行员认为这家伙有古怪,就告诉了当地的警察。他们对伦诺克斯展开了监视,在墨西哥城核查了情况后,他们采取了行动。"

格伦茨拿起一把尺子,他的目光沿着尺子移动,这个动作毫无意义,他这么做只是为了不看我。

我说:"嗯。那个包机飞行员倒是机灵,对客户也很好。你这故事真是无聊透顶。"

他突然抬头看着我,冷冷地说:"我们只希望能进行审讯,速战速决,就算是二级抗辩,我们也能接受。有些角度,我们不愿涉及。毕竟,那个家族有权有势。"

"你说的是哈兰·波特。"

他点了点头。"在我看来，整个想法都是错误的。斯普林格完全可以好好利用这件事大做文章。这个案子是要什么有什么。性、丑闻、金钱、美丽却不忠的妻子、在战争中受过伤的英雄丈夫……我估摸他的伤疤就是这么来的……见鬼，头版头条肯定会连登好几个礼拜。全国的小报更得像苍蝇见了蜂蜜。所以我们要赶紧结案，让事情快速淡出。"他耸了耸肩，"好吧，如果局长想这么做，我们都得从命。现在你可以录口供了吗？"他转向录音机，这段时间它一直在轻轻地嗡嗡作响，前面的灯也亮着。

"把它关掉。"我说。

他转过身来，恶狠狠地看了我一眼。"你喜欢蹲监狱？"

"还不算太糟。你不会遇到最好的人，但谁又愿意遇到呢？讲讲道理吧，格伦茨。你想让我告密。也许我很固执，也许我有点儿多愁善感，但我也很实际。假设你不得不雇一个私家侦探……是的，是的，我知道你有多讨厌这个可能……不过权且假设这是你唯一能脱身的办法。你愿意聘请一个出卖朋友的人吗？"

他盯着我，眼神里充满憎恨。

"还有两点。你难道不觉得伦诺克斯的逃跑计划太容易被识破了吗？他若有心被抓，就没必要如此大费周章。他要是不想被抓，想必不会笨到在墨西哥伪装成墨西哥人。"

"什么意思？"格伦茨对我咆哮道。

"意思是，这套说辞是你编造出来糊弄我的。根本就没有什么染了头发的罗德里格斯，也没有马里奥·德·塞尔瓦去奥塔托克兰，你压根儿就不清楚伦诺克斯的下落，就好像你不清楚海盗黑胡子把他的宝藏埋在了哪里。"

他又把酒瓶拿了出来，给自己倒了一杯，又像刚才一样一口喝了下去。他慢慢地放松了下来。他在椅子上转过身，关掉了录音机。

"我真想对你进行审讯。"他怒吼道，"对你这种聪明人，我很乐意给你点儿颜色瞧瞧。这次的刑事指控会跟随你很长时间，甜心。走路、吃饭、睡觉，全都逃不开。下次你再做出出格行为，我们就会杀了你。现在，我虽然很恶心，却还是得把差事办好。"

他摸了摸办公桌，把那张正面朝下的文件拉到面前，翻过来，签上了他的名字。一个人在写自己的名字时，你总能看出来。他写字的方式很特别。然后他站起来，大步绕过桌子，猛地打开鞋盒办公室的门，大声叫斯普兰克林过来。

那个有狐臭的胖子走了进来，格伦茨把文件给了他。

"我刚刚签署了你的释放令。"他说，"我是一名公仆，有时只能硬着头皮办差。你想知道我为什么会在上面签名吗？"

我站起来。"如果你愿意告诉我的话。"

"伦诺克斯的案子已经结了，先生。不再有伦诺克斯的案子了。他今天下午在旅馆房间里写了一份完整的认罪书，然后开枪自杀了。就像我说的，他当时身在奥塔托克兰。"

我站在那里，呆呆地出神。我用眼角余光看到格伦茨慢慢后退，好像他以为我要攻击他。有那么一刻，我肯定面露凶相。他回到办公桌后面，斯普兰克林抓住了我的胳膊。

"走吧。"他用抱怨的语气说，"人偶尔也希望晚上回家。"

我和他一起出去，关上了门。我关门的动作很轻，仿佛屋里刚刚有人死了。

10

我找出了我的个人物品登记表复写单交出去,又在原件上签字验收。我把东西放回口袋里。一个男人一直伏在接待台的另一头,就在我转过身去的时候,他直起身来和我说话。他大约6英尺4英寸高,瘦得像根电线杆。

"要搭车吗?"

在暗淡的光线下,他看起来有些显老,身上透着疲惫和愤世嫉俗,但不像骗子。"多少钱?"

"免费。我是《日报》记者朗尼·摩根,现在正好下班。"

"你负责警务新闻。"我说。

"就这一个礼拜而已。我平时都是去市政厅跑新闻。"

我们走出大楼,在停车场找到了他的车。我仰望天空。星辰密布,可惜刺眼的灯光太多了。这是一个凉爽宜人的夜晚。我深深地吸了一口夜晚的空气。然后,我上了他的车,他驱车离开。

"我住在月桂峡谷区,离这儿很远。"我说,"随便找个地方把我放下就行。"

"他们开车送你进去,却不管你怎么回家。"他说,"我对这个案子很感兴趣,只是不屑他们的做法。"

"现在看来没有什么案子了。"我说,"特里·伦诺克斯今天下午开枪自杀了。他们说是这样。他们是这么说的。"

"这才叫一了百了。"朗尼·摩根透过风挡玻璃望着前方说。他的汽车在寂静的街道上静静地行驶着。"防护墙现在更结实了。"

"什么防护墙？"

"有人在伦诺克斯案的周围筑起了一堵防护墙，马洛。你很聪明，能看出来吧？这件事没有引起应有的轰动。地方检察官今晚去华盛顿开会了。这可是多年来难得一遇的大案，他却放弃了吸引公众注意的机会。为什么？"

"你从我这里得不到答案。我一直被关着呢。"

"因为有人让他觉得值得放弃，这就是原因。我说的可不是钞票之类粗浅的好处。有人答应帮他做成一件对他很重要的事，而和这个案子有关的人员中，只有一个人能做到。这人就是那姑娘的父亲。"

我把头靠在汽车的一个角落里。"听起来有点儿不太可能。"我说，"媒体呢？哈兰·波特倒是有几家报纸，但竞争对手呢？"

他饶有兴味地瞥了我一眼，便专心开车了。"你当过记者吗？"

"没有。"

"发行报纸的是报社，报社的老板是有钱人，而有钱人都是一丘之貉。竞争当然是有的，为了发行量、为了采访区域、为了独家新闻，报社之间的竞争的确激烈。只是前提是不能损害老板的威望、特权和地位。只要有危及的可能，一个大盖子就会掉下来。我的朋友，在伦诺克斯的案子上，他们就在捂嘴。我的朋友，只要处理得当，就凭伦诺克斯的案子，本可以卖很多报纸的。这可是个奇案。全国各地的专栏作家都会被审判吸引过来。只可惜不会有审判了。还来不及进行审判，伦诺克斯就一命呜呼了。我说过了，对哈兰·波特和他的家人来说，这才叫一了百了。"

我直起身子,狠狠地瞪了他一眼。

"你是说,这件事背后有人操纵?"

他轻蔑地牵牵嘴角。"伦诺克斯的死,说不定是有人帮了他一把。他还可能拒捕。墨西哥警察手痒痒,就喜欢扣扳机。想不想打个赌,我敢说没人数过弹孔。"

"我想你错了。"我说,"我很了解特里·伦诺克斯这个人。他早就放弃自己了。他们要是把他活着带回来,他绝对会乖乖听凭处置。他可以承认过失杀人罪,以此抗辩。"

朗尼·摩根摇了摇头。我知道他要说什么,而事实果然不出我所料。"不可能的。如果他只是开枪打死了自己的妻子,或是砸碎了她的脑袋,那倒是有这个可能。但这个案子里行凶的手法太残忍了。她的脸被打成了一团肉酱。二级谋杀是他能得到的最好的结果,但即使那样,也会引起轩然大波。"

我说:"也许你是对的。"

他又看了看我。"你说你认识那家伙。那现在这个结果,你能接受吗?"

"我累了。今晚,我没心情思考。"

我们沉默下来,过了良久,朗尼·摩根轻声说:"如果我是一个有大智慧的人,而不是一个受雇的记者,我就会认为也许她并不是死在他的手上。"

"很有想法。"

他把一根香烟塞进嘴里,在仪表盘上划着火柴,把烟点燃。他默默地抽着烟,瘦削的脸上双眉皱成了一个疙瘩。我们到达了月桂峡谷区,我告诉他在哪里转弯驶出林荫大道,从哪里转弯进入我住的大街。他的车颠簸着上了山,停在我家的红木台阶下。

我下了车。"多谢送我一程,摩根。要不要进来喝一杯?"

"改天吧。想必你希望一个人待会儿。"

"我已经独处很久了。太他妈久了。"

"你还要和一个朋友道别呢。"他说,"你为了他由着别人把你关进大牢,那他一定是你的朋友。"

"谁说我是为了他?"

他轻轻一笑。"我不能在报纸上写文章,不代表我不知道,伙计。再见。后会有期。"

我关上车门,他掉头向山下驶去。目送他的尾灯在拐角处消失,我才走上台阶,拿起报纸,进入了空荡荡的房子。我点亮了所有的灯,打开了所有的窗户。屋里太闷了。

我煮了些咖啡喝了,然后从咖啡罐里拿出那五张100美元的钞票。钱卷得很紧,是从边上插进咖啡罐里的。我拿着一杯咖啡走过来又走过去,我打开电视又关掉,时而坐、时而站,站了一会儿又坐下。我看了堆积在门前台阶上的报纸。一开始,报纸大肆报道了伦诺克斯的案子,但第二天一早,案件新闻就到了第二版。报上登了一张西尔维娅的照片,但没有特里的。还有一张我的快照,而我都不知道是什么时候照的。标题是《洛杉矶私家侦探拘押受审》。报纸上有一张大照片,是特里在恩西诺的房子。伦诺克斯府是伪英式的,有很多尖顶,光是清洗窗户就得花上百美元。大屋位于一座小山上,占地两英亩,这在洛杉矶而言绝对是名副其实的豪宅。还有一张客馆的照片,那栋建筑如同主楼的缩影,四周树篱环绕。这两张建筑的照片显然是从远处拍摄的,并进行了放大和修整。而所谓的"死亡房间",却没有照片见报。

这些内容我在监狱里都看过了,但我还是从不同的角度又看了一遍。我什么也没看出来,只知道一个又有钱又漂亮的女孩被谋杀了,媒体则被完全排除在外。由此可见，富贵权势很早就开始发挥影响力了。负责罪案报道的记者肯定恨得咬牙切齿，可就算把牙齿咬碎了，也是无济于事。这也是意料之中的事。假如特里在妻子被害的当天夜里便与身在帕萨迪纳的岳父通过话，那在警方接到报警之前，就已经有十几个保安进入那栋豪宅了。

不过有件事极为出人意料，那就是西尔维娅惨烈的死法。无论是谁，都不能让我相信特里会下手这么狠。

我熄了灯，坐在一扇开着的窗户旁。外面的灌木丛中，一只知更鸟唧啾啼叫了几声，自我欣赏了一番，才安静下来过夜。我的脖子有些痒，于是我刮了胡子洗了澡，随后仰面躺在床上听着，仿佛我可以从遥远的黑暗中听到一个声音，那个声音平静而有耐性，会把事情的来龙去脉说得清清楚楚。但我没有听到，我知道自己不可能听到。不会有人跟我解释伦诺克斯的案子，也没有解释的必要。凶手已经招供，也不在人世了。甚至都不会有审讯。

正如《日报》记者朗尼·摩根所言，这才是一了百了。若真是特里·伦诺克斯杀了他的妻子，这个结果就很好。没有必要审问他，把所有不愉快的细节昭告天下。如果他没有杀她，那也不要紧。死人是这世上最好的替罪羔羊，他们不会提出任何异议。

11

第二天早上,我又刮了脸,穿好衣服,像往常一样开车到市区,把车停在往常的地方。即使停车场的工作人员碰巧知道我是一个重要的公众人物,也没有显露出来。我上楼,穿过走廊,拿出钥匙正要开办公室的门,看见一个肤色黝黑、面相精明的男人在盯着我。

"你是马洛?"

"有何贵干?"

"不要离开。"他说,"有个人想见你。"他不再靠墙站着,而是站直身体,慢悠悠地走了。

我走进办公室拿起邮件。桌子上的信件更多,是夜班清洁女工放上去的。我打开窗户,撕开信封,把没用的扔掉,便没剩下什么了。我打开了另一扇门的蜂鸣器,把烟丝装进烟斗点燃,便坐在那里等着有人上门来求救。

我把自己当成一个局外人,来思考特里·伦诺克斯的事。他已经带着他的白发、疤脸、软弱的性格和特有的骄傲渐渐退到远处去了。我没有评判他,也没有分析他,就像我从来没有问过他脸上的疤是怎么来的,也没有问过他怎么会和西尔维娅这样的人结婚。他就像你在船上遇到的一个人,熟是熟,却不可能有真正的了解。分别之际,他在码头上道别,说什么"保持联系,伙计",但你清楚你和他都不会再联系,很可能你再也见不到他了。就算你们再次碰面,他也会变成一个完全不同的人,不过是个坐在高尔夫球车上的扶轮社员罢了。生意怎么样?啊,还说得过去。你看起来气色不错。你也是。我胖了不少。谁不是呢?还记得那次去佛朗哥尼亚(或者其他什么地方)旅行吗?当然,棒极了。

棒极了才怪。你无聊得要死。你跟他说话,只是因为周围的人全都很无趣。也许我和特里·伦诺克斯就是这样。不,不完全是。我拥有他的一部分。我在他身上投入了时间和金钱,为了他在大牢里蹲了三天,更不用说下巴和脖子上各挨的一拳了,我每次吞咽食物都会牵动伤处。现在他死了,我甚至不能把那500美元还给他。这让我十分恼火。惹人发火的,总是那些小事。

门铃和电话铃声同时响起。我先接了电话,因为蜂鸣器一响,只有一个可能:有人走进了我那间小接待室。

"是马洛先生吗?请稍等,恩迪科特先生要与你通话。"

他接过电话。"我是西维尔·恩迪科特。"他说,好像并不知道他那该死的秘书已经向我报过他的大名了。

"早上好,恩迪科特先生。"

"很高兴听到他们把你放出来了。看来你不做对抗的想法是对的。"

"什么想不想的,我就是脾气太臭了。"

"关于这件案子,想必没有后续了。不过如果你需要帮助,可以联系我。"

"我怎么还会用得上你?那个人已经死了。他们要证明他曾经接近过我,可没有那么简单。那之后,他们还得证明我知道他犯罪了,再证明他犯了罪或者是个逃犯。"

他清了清嗓子。"有件事也许你还不知道,"他小心地说,"他留下了一份完整的认罪书。"

"我听说了，恩迪科特先生。我现在可是在和律师说话。如果我暗示警方也必须证实他的认罪书真实准确，是否属于越轨行为呢？"

"恐怕我没有时间与你讨论法律问题了。"他尖锐地说，"我要飞到墨西哥去完成一项叫人悲伤的委托。你大概能猜到是什么吧？"

"嗯。这取决于你代表谁。记得吗，你并没有告诉我。"

"我记得很清楚。好吧，再见，马洛。我说过会帮你，这个提议仍然有效。但我也要给你一点建议。不要盲目认为你现在安全了。毕竟你干的是一个相当危险的行当。"

他挂了电话。我小心翼翼地把听筒放回底座。我皱着眉头坐着，手一直搭在听筒上。过了一会儿，我抹去脸上的愁容，起身打开通往接待室的门。

一个男人坐在窗边，正在翻阅一本杂志。他穿着一套蓝灰色的西装，衣服上有几乎看不见的浅蓝色格子。他的双脚交叉在一起，脚上是一双黑色系带鹿皮鞋，这种鞋上有两个小孔，穿起来几乎与平底便鞋一样舒服，不会走一个街区就磨破袜子。他的白手绢折成方形塞在胸袋里，手绢后面露出一副太阳镜的末端。他有一头浓密的黑色鬈发，皮肤晒得黝黑。他抬起头来，两眼炯炯有神，络腮胡子下面露出一抹微笑。他的白衬衫白得耀眼，打着尖尖的深栗色领结。

他把杂志扔到一边。"这些三流杂志净说废话。"他说道，"我在看一篇关于卡斯特罗的文章。他们对卡斯特罗的了解还不如我对特洛伊的海伦①了解得深呢。"

"你有什么事？"

---

① 斯巴达王墨涅拉俄斯之妻，引起特洛伊战争的绝世美女。

他不慌不忙地上下打量着我。"你就是骑着红色大摩托的泰山，装得人模人样的。"他说。

"什么？"

"我说你呀。马洛。你就是骑红色大摩托的泰山。他们是不是把你打得不轻？"

"确实挨了几下。这关你什么事？"

"在奥尔布赖特找过格雷戈里厄斯之后？"

"不。那之后就没有了。"

他点了点头。"你后台挺硬，居然能让奥尔布赖特出面压制那个笨蛋。"

"我问这和你有什么关系。顺便说一句，我不认识奥尔布赖特局长，我也没有要求他做任何事。他为什么要帮我呢？"

他愁眉苦脸地盯着我看了一会儿，便慢慢地站了起来，优雅得像只黑豹。他穿过房间，探头打量了一番我的办公室，随即猛地扭头看了我一眼，就走了进去。他这种人，无论在哪里，都会把自己当成主人。我跟着他走进办公室，关上了门。他站在办公桌旁，饶有兴味地环顾四周。

"你就是个无名小卒。"他说，"普通得不能再普通了。"

我走到桌子后面，等着他往下说。

"你一个月挣多少钱，马洛？"

我点燃烟斗，由着他继续讲。

"最多 750 美元。"他说。

我把一根烧过的火柴扔进烟灰缸，吐出烟来。

"你是个谨慎的赌徒，马洛。你是个胆小鬼，是个骗子。你的胆子太小了，要用放大镜才能看到。"

我什么都没说。

"你的感情很廉价。你整个人都很廉价。你和一个人结识,你们喝了几杯酒,讲了几个笑话,他手头拮据的时候你塞给他一点儿钱,还为他进了局子。你就像个看过弗兰克·梅里威尔①那些故事的小学生。你没胆子、没头脑、没人脉,更没悟性,所以你摆出一副虚伪做作的态度,指望人们被你感动得痛哭流涕。你就是骑红色大摩托车的人猿泰山。"他露出一丝疲倦的微笑,"在我看来,你一文不值。"

他把身体探过桌子,用手背随意地拂了一下我的脸,他的动作里充满了轻蔑,却无意伤害我,他的脸上仍然挂着微笑。他见我挨了一下却还是一动不动,便慢慢地坐下,一只胳膊肘支在桌上,用一只古铜色的手托着古铜色的下巴。他用那对炯炯有神的眼睛瞪着我,明亮的目光里没有夹杂丝毫情感。

"知道我是谁吗,你这个无名小卒?"

"你叫梅内德斯。那些小子叫你曼迪。你的地盘在长街一带。"

"哦?我是怎么发家的?"

"那我就不清楚了。当初,你也许只是在墨西哥的妓院里拉皮条。"

他从口袋里拿出一个金烟盒,用一只金打火机点燃了一支棕色的香烟。他吐出刺鼻的烟雾,点了点头。他把金烟盒放在桌上,用指尖抚摸着它。

"我是个枭雄,马洛。我赚了很多钱。我赚很多钱来打点我要打点的人,这样才能赚更多钱,去打点我要打点的人。我花了90000美元在贝艾尔买了栋房子,装修的花费比买房子的钱还多。我的妻子是个美人儿,有一头淡金色的头发,我的两个孩子在东部的私立学校读书。

---

① 美国流行体育故事中力挽危局的人物。

我老婆有价值15万美元的珠宝,还有价值75000美元的皮草和华服。我有一个管家、两个女佣、一个厨师、一个司机,这还不算跟在我屁股后面的手下。无论我走到哪里,众人都敬我重我。我的一切都是最棒的,吃的是可口的美食,喝的是上等的佳酿,住的是一流的酒店套房。我在佛罗里达有处房子,还有一艘游艇和五名船员。我有一辆宾利、两辆凯迪拉克,一辆克莱斯勒旅行车,我儿子开的是一辆名爵车。几年后,我也会给我女儿买车。你有什么?"

"什么都没有。"我说,"今年我有房子栖身,不过我还是孑然一身。"

"没有女人?"

"我单身。除此之外,你在这里看到的就是我所有的一切,对了,我在银行里还有1200美元存款和几千美元的债券。你的问题得到答案了吗?"

"你接一个案子,最多赚多少钱?"

"850美元。"

"老天,你还真够廉价的。"

"停止你那拙劣的表演吧,你到底想干什么,直说吧。"

他把只抽了一半的香烟掐灭,马上又点了一支。他向后靠在椅子上,对我撇了撇嘴。

"我们三人曾在一个散兵坑里同吃同喝。"他说,"天寒地冻,到处都是雪。我们只能吃罐头,食物都冻住了。炮声不断,更多的是迫击炮的攻击。我,兰迪·斯塔尔,还有特里·伦诺克斯,我们三个人冻得浑身青紫,这么说一点儿也不夸张。后来,一枚迫击炮弹正好落在我们中间,不过不知怎的,炸弹没有立即爆炸。那些浑蛋有使不完的诡计,他们的幽默感都是扭曲的。有时候,你以为是哑弹,可三秒钟后就轰的一声炸了。特里抓起那颗炸弹,我和兰迪甚至都还来不及反应,他就跑出了散兵坑。但他的速度真快啊，老兄。就像一个出色的控球手。他面朝下扑倒在地，把那东西扔了出去，炸弹在空中就爆炸了。大部分弹片都从他的头顶飞了出去，但一大块弹片击中了他的半边脸。就在那时，德国人发动了进攻，等我们恢复意识，才发现自己已经离开了散兵坑。"

梅内德斯说到这里停了下来，用他那双乌黑明亮的眼睛定定地注视着我。

"谢谢你告诉我这些。"我说。

"马洛，你受了不少羞辱。你很好。我和兰迪聊过了，我们都认为特里·伦诺克斯的遭遇不论是放在谁身上，都足以让人崩溃。有很长一段时间，我们以为他死了，但他没有。德国佬把他抓走了。整整一年半，他们一直对他进行严刑拷打。那些家伙下手太狠了，把他折磨得不成人形。我们花了很多钱才打听出真相，又花了很多钱才找到他。但战后我们在黑市上也赚得盆满钵满，花得起这个钱。特里救了我们的命，得到的却只是半张疤脸、一头白发，还有严重的神经衰弱。回到东部之后，他开始酗酒，时不时被丢进大牢，整个人都快垮了。他有心事，不过我们也不清楚是什么。后来，我们听说他娶了个有钱的女人，可以说是平步青云。这之后，他们离婚了，他又开始落魄，他们复婚，可没多久他妻子就死了。我和兰迪都没能帮上他。除了他在拉斯维加斯干了没多久的那份工作，他从不接受我们的帮助。他遇上了大麻烦，不来找我们，反而找你这样一个只能任由警察摆布的无名氏。后来他死了，都没有跟我们道别，也没有给我们机会报答他的救命之恩。我可以很快送他出国，老千出牌的速度都没这么快。他却哭着向你求救。我真是气死了。你就是个小卒子，警察让你往东，你就不能往西。"

"警察可以摆布任何人。你想让我怎么做？"

"收手吧。"梅内德斯厉声说。

"什么?"

"别再妄想从伦诺克斯的案子里赚钱或出名。这件事结束了,完结了。特里死了,我们不希望有人再打扰他。那家伙受的罪够多了。"

"你竟是个多愁善感的流氓。"我说,"简直可笑。"

"注意你的言辞,无名小卒。话是不能乱说的。曼迪·梅内德斯不与人争吵。别人只会听命于他。想赚钱,还是另找法子吧。明白了吗?"

他站了起来。这次见面就此结束。他拿起手套。那是一双雪白的猪皮手套,看起来就好像他从来都没戴过一样。梅内德斯先生衣着讲究,但在骨子里,他是个粗暴的家伙。

"我不是为了出名。"我说,"没人给过我钱。他们为什么要给我钱呢,对他们又有什么好处呢?"

"别跟我开玩笑了,马洛。你在大牢里蹲了三天,不会只是因为你是个小甜心。你被人买通了。我不会说出那个人,但我心里清楚。我想到的那个人富有得很。伦诺克斯的案子结了,会永远尘封下去,即使……"他猛地住口,用手套轻轻拍着桌边。

"即使杀死受害者的,不是特里。"我说。

他有些惊讶,但与周末婚姻的戒指的含金量一样,他的讶异只是微乎其微。"我很想同意你的看法,无名小卒。但这没有任何意义。可即便你说得有道理,也只能维持现状,而这也正是特里所希望的。"

我什么也没说。过了一会儿,他慢慢地咧嘴一笑。

"骑着红色大摩托的泰山。"他慢吞吞地说,"你就是个浑蛋。你由着我进来对你冷嘲热讽。花点钱就能雇你,随便什么人都能把你踩在脚下。没有钱、没有家庭、没有前途,什么都没有。回头见,无名小卒。"

我一动不动地坐着,紧咬着牙关,盯着他放在办公桌角上闪闪发光的金烟盒。我忽然觉得自己好像一下子老了许多，身心俱疲。我慢慢地站起来，伸手拿起烟盒。

"你忘了这个。"我说着绕过办公桌。

"这东西我有五六个。"他讥笑道。

我走到他身前，把烟盒递了过去。他漫不经心地伸手去接。"给你半打这个怎么样？"我问他，同时使出浑身的力气，一拳打在他的肚子中间。

他疼得弯下腰哼唧起来。烟盒掉在了地板上。他背靠在墙上，双手不停地抖动着。他喘着粗气，出了很多汗，费了很大力气才慢慢地直起身。我们再次面对面。我伸出手，用一根手指沿着他的下巴游走。他一动不动地站在那里。最后，他古铜色的脸上露出了笑容。

"没想到你还有点儿骨气。"他说。

"下次带把枪来，否则别叫我无名小卒。"

"我手下有枪。"

"那就带你手下一起来，你用得上他。"

"马洛，让你发火，可真不容易。"

我用脚把金烟盒踢到一边，弯下腰，捡起来递给了他。他接过烟盒放进口袋里。

"我实在搞不懂你的目的。"我说道，"你为什么花时间上这儿来羞辱我。你越说越单调乏味。所有的恶棍都很无趣。这就像玩一副全是A的牌，看似拥有一切，实则一无所有。你不过是坐在那里自我欣赏。难怪特里不去找你帮忙，因为那就跟找妓女借钱差不多。"

他用两个手指轻轻地按了按肚子。"你这么说我很遗憾，无名小卒。你卖弄得够多了。"

他走到门口，把门打开。外面，一直背靠着对面墙壁的保镖直起身，转了过来。梅内德斯晃了一下脑袋。保镖立即走进办公室，站在那里面无表情地打量着我。

"好好看看他，奇克。"梅内德斯说，"你一定要记住他的样子，以防万一。说不定哪天你就要和他过招了。"

"我记住他了，头儿。"那个肤色黝黑、嘴唇紧绷的家伙，用他们都爱假装的那种紧绷的声音说，"他不是我的对手。"

"别让他打你的肚子。"梅内德斯苦笑着说，"他的右勾拳绝不是花拳绣腿。"

保镖嘲笑我："他根本近不了我的身。"

"好吧，再见，无名小卒。"梅内德斯说完便出去了。

"回见。"保镖冷冷地对我说，"我叫奇克·阿戈斯蒂诺。你以后会认识我的。"

"你就跟一张脏报纸差不多。"我说，"记得提醒我别踩花你的脸。"

他的腮帮子鼓了起来。然后，他突然转身，去追他的老板了。

气动门慢慢关上了。我仔细听了听，但没有听见他们穿过走廊的脚步声。他们走起路来像猫一样轻。过了一会儿，为了确定他们走了，我又打开门，向外张望。不过走廊里空无一人。

我回到办公桌前坐下来，花了一点时间琢磨梅内德斯这样一个在当地相当有地位的黑帮老大，怎么会认为值得花时间亲自跑来我的办公室，警告我不要惹是生非，而仅仅在几分钟之前，西维尔·恩迪科特才警告过我，他们的表达方式虽然不一样，意思却差不多。

我想不出个所以然，便决定调查一番。我拿起电话，给拉斯维加斯的水龟俱乐部打了个电话，希望能与兰迪·斯塔尔先生好好聊一聊。结果却事与愿违。斯塔尔先生出城了,需不需要与其他人通话？不用了。我甚至不想和斯塔尔本人说话了。我不过是一时心血来潮而已。他离我太远,揍不到我的。

　　之后三天什么事也没发生。没人打我,没人朝我开枪,也没有人给我打电话警告我不要卷入是非。没有人雇我寻找出走的女儿、不忠的妻子、丢失的珍珠项链,或者不见踪迹的遗嘱。我只是坐在那里盯着墙壁。伦诺克斯这件案子发生得快,结束得也快。他们举行过一次简短的审讯,但没有传唤我到场。审讯举行的时间很古怪,事先没有公布消息,也没有陪审团。验尸官做出了他自己的判定,即,西尔维娅·波特·韦斯特海姆·迪·乔治·伦诺克斯的死亡由其丈夫特伦斯·威廉·伦诺克斯的蓄意谋杀所致,而特伦斯·威廉·伦诺克斯也已身故,其死亡地点不在验尸官办公室的管辖范围内。为做记录,当时可能宣读了特里的认罪书。估摸那份认罪书已经被证实,并得到了验尸官的认同。

　　已经可以领回西尔维娅的尸体下葬了。尸首被空运到北方,入葬家族墓地。媒体没有受邀参加审讯。没人接受采访,尤其是哈兰·波特先生,他从不接受采访,见他一面比登天还难。亿万富豪都躲在成群的仆人、保镖、秘书、律师和听话的高管身后,过着怪异的生活。他们八成也吃饭、睡觉、理发、穿衣服。但你永远无法确定。关于他们,无论你读到过什么,听说过什么,都经过了公关人员的处理,这些公关拿着丰厚的薪酬,专门给有钱人创造和维护合用的性格,打造简单、干净、尖锐的形象,如同一枚消过毒的针。这个形象不一定是真实的,只需要与大众熟知的事实相一致,而大众熟知的事实十根手指头都数得过来。

　　第三天下午晚些时候,电话铃响了,来电话的是一个男人,他说他叫霍华德·斯宾塞,是纽约一家出版社在加利福尼亚的代表,正好来出差几天,他有个问题想和我讨论,问我明天上午十一点能不能去丽兹-贝弗利酒店的酒吧和他见一面。

我问他是什么样的问题。

"一个相当微妙的问题。"他说,"但完全合乎道德。就算我们不能达成一致,我也会付费给你。"

"谢谢你,斯宾塞先生,但没这个必要。是不是我认识的什么人把我推荐给你的?"

"是一个了解你的人,这个人也知道你最近差一点儿触犯了法律,马洛先生。可以说,我对那件事很感兴趣。然而,我要说的事与那件惨事无关。只是……好吧,我们不要在电话里说,还是边喝边谈吧。"

"你确定要和一个蹲过大牢的人见面?"

他大笑起来。他的笑声和说话声都很讨人喜欢。他说起话来,就是纽约人在学会弗拉特布什口音之前用的那种腔调。

"在我看来,马洛先生,那件事本身就是很好的举荐。我补充一句,我指的不是你所说的'蹲大牢',而是即便在压力之下,你依然可以守口如瓶。"

他说话不时停顿,就像一本厚重的小说。反正他打电话就是这样。

"好吧,斯宾塞先生,我明早到。"

他谢过我,便挂了电话。我想知道是谁推荐了我。我琢磨着可能是西维尔·恩迪科特,就打电话问他。但他已经出城一个礼拜,至今未归。不过也无所谓。即使是我这个行当,偶尔也会有满意的顾客。我需要工作,因为我需要钱,或者说我当时以为自己需要钱,可那晚我回到家后发现了一封信,信中竟夹着一张印有麦迪逊肖像的5000美元钞票。

12

我家台阶下有个红白相间的鸟舍形邮箱,那封信就在里面。在邮箱顶上,连接着摇动臂的啄木鸟立了起来,表明箱中有信,即使这样,我可能也不会朝里面看,因为自从我住进这栋房子,就没收到过邮件。但近来啄木鸟的喙尖没了。木头的断茬很新。想必是哪个调皮的孩子用玩具枪打断的。

信封上用西班牙文写着"航空邮件",还有几张墨西哥邮票和一些字,如果不是我最近常想到墨西哥,根本不可能认得出来。邮戳上的字迹看不清楚。邮戳也是手工印上去的,印泥都模糊了。信很厚。我走上台阶,坐在客厅里读信。这天晚上似乎极为安静。也许一封来自死者的信也带来了静寂。

信件的开头没有日期,也没有开场白。

这里是一个名叫奥塔托克兰的山边小镇,镇里有一个湖,我在一家不太干净的旅店里,此时正坐在二楼一个房间的窗户旁。窗户下面有一个邮筒,等会儿服务生送咖啡进来时,我会吩咐他帮我把信寄出去,我还会叫他先把信举起来给我看看,然后再投进邮筒。他寄了信,就能得到一张100比索的钞票,对他来说,这是一大笔钱。

我为什么要如此费尽周折？门外有个皮肤黝黑、穿着尖头鞋和脏衬衫的家伙在监视我。他在等，我不知道他在等什么，但他不让我出去。不过只要这封信能寄出去，我出不出去也就无所谓了。我希望你留下这笔钱，我自己用不上了，而当地的宪兵一定会把钱据为己有。我无意用这笔钱收买什么，权且当成给你添了这么多麻烦而表示的歉意吧，也象征着对一个正派人的敬重。和往常一样，我做什么错什么，但枪还在我手上。我预感你可能已经得出了结论。西尔维娅有可能是我杀的，也许真是我动的手，但另外那件事，我绝对做不出来。那么残忍的暴行，不是我的作风。所以有些事情叫人非常恼火。不过无所谓了，一点儿也不重要了。现在最重要的是避免闹出一桩毫无必要也毫无用处的丑闻。她的父亲和姐姐从没伤害过我。他们有各自的生活，而我却厌恶自己的人生，并一路走到了绝境。并不是西尔维娅把我变成废物的，我早就是了。至于她为什么下嫁于我，我不能给你一个明确的答案。想来只是她的一时兴起。至少她在年轻貌美的年华离开了人世。人们常说，欲望使男人衰老，却使女人年轻。人们就爱说废话。人们还说富人总能保护自己，他们的世界里夏日永驻。我和富人一起生活过，知道他们无聊而孤独。

我已经写好了一份认罪书。我觉得有点儿不舒服，我害怕极了。你肯定在书中读到过这样的情况，但书里写的不是事实。事情发生了，而你只剩下口袋里的一把枪，当你被困在一个陌生国家的一家肮脏的小旅馆里，只有一条路可以选……请相信我，朋友，这既不刺激，也没有半点戏剧性。有的只是污秽、肮脏、灰暗和丑陋。

所以，忘掉这件事，也忘掉我吧。不过，先替我在维克多酒吧喝一杯琴蕾。下次你煮咖啡时，给我也倒上一杯，里面加点波旁威士忌，再给我点根香烟，放在杯子旁边。做完这些，就把整件事忘了吧。不再有特里·伦诺克斯这个人了。再见吧。

　　有人敲门。想必是服务员送咖啡来了。如果不是，那就得开几枪了。一般来说，我喜欢墨西哥人，可惜他们的监狱叫人不敢恭维。永别了。

特里

信到这里就结束了。我把信叠好放回信封。如此看来，敲门的肯定是送咖啡的服务员。否则这封信就到不了我手里了。我也不可能收到那张有麦迪逊肖像的 5000 美元钞票。

那张平整的绿色钞票就在我面前的桌子上。我从未见过面值这么大的钞票。很多在银行工作的人也没见过。兰迪·斯塔尔和梅内德斯这样的人倒是很有可能随身带着这样的现款。即便去银行兑换，他们一时也拿不出来。他们得向美联储申请，可能需要几天才能到手。在全美国可能只有一千来张在流通。我的这张泛着漂亮的微光，创造出了它特有的光晕。

我坐在那里，久久地看着它。最后，我把钞票放进信件夹里，去厨房煮咖啡。不管是不是多愁善感，他要我做，我便做了。我倒了两杯咖啡，在他的那杯里加了些波旁威士忌，放在我送他上飞机那天早上他坐过的桌上。我为他点了一支烟，搁在杯子旁边的烟灰缸里。我看着咖啡冒出热气，一缕细细的烟从香烟里升起。在外面的黄钟花丛里，一只鸟跳来跳去，轻轻地啁啾叫着，如同自言自语，偶尔还扇动一下翅膀。

过了一会儿，咖啡不再冒热气，香烟也不再冒烟，只剩下烟灰缸边上一个灭了的烟头。我把烟屁股扔进水槽下面的垃圾桶里，又将咖啡倒掉，洗了杯子放好。

就是这样了。可对于那 5000 美元，这似乎还不够。

过了一会儿，我去看了一场晚场电影。影片很无聊，我根本没看进去。只有一刻不停的声音和屏幕上一张张的大脸。我回到家，又摆出了枯燥的西班牙开局，但这也没什么意思。于是我上了床。

但我怎么也睡不着。凌晨三点，我在地上来回踱步，听着哈恰图良那好似拖拉机厂机械声的乐声。他说这音乐是小提琴协奏曲，我却觉得听来更像风扇传送皮带松了，管他呢。

我很少彻夜失眠，这种情况就像肥胖的邮差一样罕见。如果不是与霍华德·斯宾塞先生约好了去丽兹 – 贝弗利酒店见面，我早就喝光一瓶酒，把自己灌醉了。下次再见到有教养的酒鬼醉倒在劳斯莱斯银魂汽车里，我一定会掉头就走，远离是非。自己为自己设下的陷阱，最为致命。

13

十一点钟,我坐在餐厅侧楼入口右首边的第三个卡座里。我背靠墙壁,任何人进出都逃不过我的眼睛。天气晴朗,并没有起雾,天空中连一片云也没有,太阳将炫目的光芒洒在泳池上。泳池从吧台的玻璃墙外一直延伸到餐厅的尽头。一个穿着白色鲨鱼皮泳衣、身段玲珑的女孩正爬上梯子,登上高台跳水板。我望着她黝黑的大腿和泳衣之间的那道白色,眼神里充满了欲望。然后,她离开了我的视线,被深悬的屋顶挡住了。过了一会儿,我看见她转体一周半,跃入了水中。水花溅得很高,阳光照射在上面,形成了一道几乎与那姑娘一样迷人的彩虹。她爬上梯子,解开白色泳帽的带子,抖了抖一头淡金色的秀发。她款款地走到一张白色的小桌子前,在一个魁梧的男人边上坐了下来,那人穿着白色的粗斜纹布裤,戴着墨镜,黝黑的肤色很均匀,只可能是泳池雇来的安全员。他伸手拍了拍她的大腿。她张开消防水桶一样的大嘴,哈哈笑了起来。至此,我对她的兴趣彻底消失了。我听不到她的笑声,但她露出牙齿发笑时,嘴巴形成的洞已经足以让我觉得索然了。

酒吧里空荡荡的。隔三个卡座,两个奇装异服的青少年在互相推荐二十世纪福克斯电影公司的影片,他们用的不是钱,而是用双臂做着手势。他们之间的桌上放着一部电话,每隔两三分钟,他们就会玩一场匹配比赛，看谁能给扎努克制作公司打电话，给他们出好创意。他们年轻热情，肤色黝黑，充满了活力。他们打电话用到的肌肉活动，肯定和我把一个胖子扛上四楼所投入的肌肉活动一样多。有个男人正坐在吧台边的高脚凳上与酒保聊天，看样子是个伤心人。酒保正在擦杯子，一边擦一边听，脸上带着虚伪的笑容，像是在强忍着不发出尖叫声。这位顾客是个中年人，穿着时髦，已经喝醉了。他想说话，即使并非真想说，他也停不下来。他礼貌友善，我听到他说话口齿还算清楚，但你知道，他早上醒来就会拿起酒瓶，夜里睡着时才会把酒瓶放开。他的余生都将如此度过，这就是他的人生。你永远也弄不清楚他怎会沦落至此，即使他告诉你，那也不可能是事实，充其量只是一段扭曲的记忆。世界上每个安静的酒吧里都有这样一个忧伤的人。

我看了看表，那个身居要职的出版商已经迟到了二十分钟。我只等半个小时，他不来我就走。由着顾客来定规矩，一点儿好处也没有。他会觉得，既然他可以摆布你，其他人也可以，那他雇用你还有什么用。我目前并不急需工作，不会任由一个东部来的傻瓜把我支使得团团转，他就是那种高级主管，坐在85层装有镶板的办公室里，桌上有一排按钮和一台对讲机，用的秘书穿着海蒂·卡内基牌职业女装，有一双会说话的美丽大眼睛。他这种生意人，要求你九点准时到，他自己则在两个小时后喝了双倍浓度的吉布森鸡尾酒才姗姗来迟，但如果你没有安静地坐在那里，脸上挂着愉快的微笑，他就会义愤填膺，管理才能一去不返，非得去阿卡普尔科度假五个礼拜，才能恢复昔日的荣光。

一个上了年纪的酒吧侍者走过，轻轻瞥了一眼我那淡而无味的兑水苏格兰威士忌。我摇了摇头，他也晃了晃他那头浓密的白发，就在这时，一个绝色佳人走了进来。有那么一瞬间，酒吧里似乎突然变得鸦雀无声，那两个少年人不再高谈阔论，高脚凳上的醉汉也停止了嘟囔。这情形就像乐队指挥敲了敲乐谱架，举起双臂，一切都安静了下来。

她个子高挑，曲线玲珑，身着量身定制的白色亚麻布衣服，脖子上围着一条黑白圆点围巾。她有一头童话公主才有的淡金色秀发，头上戴着一顶小帽子，淡金色的头发贴着帽子，仿佛鸟儿栖息在鸟巢之中。她的眼睛是矢车菊一般的亮蓝色，浅色的睫毛很长。她走到对面的桌子前，摘下一只白色的长手套，那个老侍者把桌子拉了出来。就不会有哪个侍者这么为我服务。她落座，把手套塞到提包的带子下，微笑着感谢他，她的笑容是那么温柔、那么精致而纯洁，他几乎沉醉在她的笑容里了。她低声对他说了些什么。他急忙向前弯着腰走开了，如同肩负着生命中重要的使命。

我瞪眼看着。她发现我在盯着她，于是稍稍抬起头，不再看向我这里。但无论她看不看得到我，我都屏住了呼吸。

金发女郎数不胜数，现在这几乎已经成了一个玩笑词。除了像漂白过的祖鲁人那样泛着金属光泽的金发女郎，以及性情极其柔顺的金发女郎，所有的金发女郎都有自己的特点。有的金发女郎娇小可爱，总是叽叽喳喳说个不停，还有的高大挺拔，用冰蓝色的眼睛瞪着你，让你望而生畏。有的金发女郎从上到下打量你，她们散发出迷人的香气，周身闪闪发光，还勾着你的手臂，可你要是带她们回家，她们却总是显得非常疲惫。她们做出无助的手势，表示该死的头痛又犯了，搞得你真想揍她们一顿，不过你会很庆幸她们有头痛的毛病，这样就不必在她们身上投入太多的时间、金钱和希望了。毕竟头痛这个借口常用常新，好似一件永远不会磨损的武器，与亡命徒的长剑或卢克雷齐娅①的毒药一样致命。

有的金发女郎温柔、主动、嗜酒,她不在乎穿什么,只要是锦衣华服,也不在乎去哪里,只要那个地方富丽堂皇,有足够的干香槟。有的金发女郎娇小活泼,像个小伙子,愿意支付自己的账单,性格阳光,有常识,精通柔道,能一边看着《星期六评论》的社论,一边给卡车司机来个过肩摔,而且不会看漏一句话。还有的金发女郎面色苍白,患有贫血症,这虽不是要命的病,但也治不好。她慵懒神秘,说起话来有气无力,你连一个手指头都不能碰她,首先你自己就不愿意这么做,其次你会发现她不是在看《荒原》②或但丁③的原版著作,就是在看卡夫卡④、克尔凯郭尔⑤,要不就是在学习普罗旺斯语。她热爱音乐,当纽约爱乐乐团演奏亨德米特⑥的曲子时,她能告诉你六支低音大提琴中哪一支慢了四分之一拍。听说托斯卡尼尼⑦也有这个本事。如此一来,世界上就有了两个能听出其中门道的人了。

此外还有一种金发女郎艳丽无双,是花瓶式的美人儿,熬死了三任黑社会头目丈夫,又嫁了几个百万富翁,从每个那里得到了百万资产,最后,她在昂蒂布角买下一栋淡玫瑰色的别墅和一辆双座阿尔法–罗密欧牌汽车,周围围绕着一群不合时宜的贵族朋友,她对这些人也有感情,但总是带着三分漠然,与年迈的公爵向管家道晚安时的态度差不多。

---

① 教皇亚历山大六世的私生女,有过三段婚姻,有传言称她谋杀了自己的丈夫。
② 英国诗人托马斯·艾略特创作的长诗。
③ 意大利中世纪诗人。
④ 奥地利作家。
⑤ 丹麦宗教哲学心理学家、诗人。
⑥ 德国小提琴演奏家及作曲家。
⑦ 意大利著名指挥家、大提琴家。

我对面的绝色佳人则不在上述之列,甚至都不属于这个尘世。你无法将她分类,她像山涧流水一样遥远而清澈,泉水是无色的,她则是叫人捉摸不透的。就在我仍目不转睛地望着她的时候,一个声音在我胳膊肘处响起:

"很抱歉我迟到了。你要怪,也得怪这个。我叫霍华德·斯宾塞。你自然是马洛。"

我转头看着来人。他已近中年,是个胖子,穿着十分随意,但他的胡子刮得很干净,一头稀疏的头发小心整齐地向后梳,覆盖着双耳之间的大脑袋。他穿着一件奢华招眼的双排扣马甲,除非是远道而来的波士顿人,否则在加州很少能见到有人穿这样的衣服。他戴着无框眼镜,正轻轻拍着一只破旧的公文包,显然就是他口中的"这个"。

"三份刚刚写好的书稿。是小说。要是在退稿之前弄丢,可就尴尬了。"他向那个老侍者打了个手势,那个侍者刚刚把一个盛有绿色饮品的高脚杯放在绝色美人面前,正退了回来。"我特别喜欢橙汁杜松子酒。这种酒其实有点儿幼稚。要不要和我一起喝一杯?很不错的。"

我点了点头,那个老侍者便走开了。

我指着公文包说:"你怎么知道稿子会被退掉?"

"要是书稿质量上乘,作者也不会亲自送到我住的酒店,早就被纽约的经纪人收入囊中了。"

"那你为什么还要收下?"

"一方面是为了不伤感情,另一方面是所有出版商都希望遇到千分之一的机会,能碰到旷世奇书。但大多数情况是,你在一个鸡尾酒会上被介绍给各种各样的人,其中一些人写了小说,而你喝得酩酊大醉,开始乐善好施,对人类充满了爱,所以你说你很想看看手稿。然后,手稿就会以不可思议的速度被送到你的酒店,你无可奈何,只能做出认真翻看的样子。不过想来你对出版商和他们的问题不怎么感兴趣吧。"

侍者端来了酒。斯宾塞抓起他那杯,喝了一大口。他没有注意到对面的金发女郎,他的全部注意力都在我身上,真是个出色的联络人。

"如果工作需要,"我说,"我偶尔也看书。"

"我们有个最重要的作家就住在这一带。"他漫不经心地说,"也许你看过他的作品。他是罗杰·韦德。"

"嗯哼。"

"我明白你的意思。"他苦笑一下,"你不喜欢历史演义小说,但这类书卖得很好。"

"我什么意思也没有,斯宾塞先生。我看过他的书,我觉得他写的都是废话。我这样说,是不是不恰当?"

他咧嘴一笑。"啊,不。很多人的看法和你一样。但关键在于目前他的书很畅销。现在成本高得很,每个出版商都得与一两个这样的作家合作。"

我看着对面的金发女郎。她喝完了酸橙汁或别的什么,扫了一眼精巧的腕表。酒吧里的人多了起来,但并不算吵。那两个少年仍在比画手势,坐在吧台高脚凳上独自喝酒的男人此刻有了两个朋友相陪。我回头看着霍华德·斯宾塞。

"跟你的问题有关吗?"我问他,"我是说那个叫韦德的家伙。"

他点了点头。他仔细地打量了我一番。"谈谈你自己吧,马洛先生。如果你对这个请求不反感的话。"

"谈什么呢?我是个有执照的私家侦探,从业有一段时间了。我喜欢独来独往,没结婚,人近中年,手里没几个钱。我不止一次进过监狱,我不做离婚生意。我喜欢酒、女人、下棋。警察不太喜欢我,但有几个警察和我关系匪浅。我是土生土长的本地人,出生在圣罗莎,父母过世了，没有兄弟姐妹，哪天我在黑漆漆的巷子里被人弄死，也不会有任何人觉得他们的人生陷入了无底深渊。在我这行，死在陋巷是常有的事，况且现如今不管干什么行当，或者根本什么也不干，很多人的结局也是如此。"

"我明白了。"他说，"但你说了这么多，没有一件是我想知道的。"

我喝完了橙汁杜松子酒。味道不怎么样。我冲他咧嘴一笑。"我漏了一条，斯宾塞先生。我口袋里有一张麦迪逊肖像。"

"麦迪逊肖像？恐怕我不……"

"那是一张面值5000美元的钞票。"我说，"我一直随身携带，是我的幸运符。"

"老天！"他压低声音说，"那岂不是很危险？"

"是谁说过，超过了一定限度，所有危险都是一样的？"

"我想这话是沃尔特·白哲特说的。他说的是高空作业工人。"他说到这里笑了出来，"对不起，我是个出版商。你很好，马洛。我要在你身上碰碰运气。如果我不相信你，你会叫我滚蛋的，对吗？"

我也冲他咧嘴一笑。他叫来侍者，又要了两杯酒。

"事情是这样的。"他小心地说，"罗杰·韦德给我们找了一个很大的麻烦。他现在什么也写不出来了。他控制不了他自己，这背后一定发生了什么不为人知的事。那家伙看起来要崩溃了。他酗酒，脾气也很暴躁。每隔一段时间他就会消失好几天。就在不久前，他还把妻子推下楼，害得她断了五根肋骨，进了医院。他们夫妻之间没有通常意义上的矛盾，一点儿也没有。他一喝酒就发疯。"斯宾塞向后靠了靠，沮丧地看着我，"我们必须让他把手里那本书写完，急着出版呢。从某种程度上来说，我的工作能不能保住全靠它了。但我们需要的不止这些。我们还想要拯救一个才华横溢的作家，他能写出比以往更出色的作品。

这事儿一定有隐情。这次我来出差,他甚至都不肯见我。我也知道也许该去找精神科医生。韦德太太不同意。她相信韦德神志正常,只是心中有事,并且担心得要死。比如有人敲诈他。韦德夫妇结婚五年了。可能是他婚前遇到的什么事。甚至可能是……当然我只是胡乱猜测……他开车撞死人后逃逸了,结果被人抓住了把柄。我们也不知道他到底怎么了,所以现在想要弄清楚。我们愿意花钱摆平麻烦。假如事实证明他确实是病了,那就没办法了。但如果不是,就一定得查出个所以然来。与此同时还得保护好韦德太太。下次,他可能会要了她的命。谁能说得准呢。"

第二轮酒端了上来。我没喝,只是看着他一口喝下去半杯。我点了根烟,盯着他。

"你需要的不是侦探。"我说,"你应该去找魔术师。我到底能做什么呢?如果我恰好在适当的时间出现在那里,如果他对我来说不是太难对付,我倒是可以把他打晕拖上床。但我必须在场。而这个可能性只有百分之一。对此,你应该清楚。"

"他的体型和你差不多。"斯宾塞说,"但他的健康状况可不如你。再说了,你可以一直待在那里。"

"不可能。酒鬼狡诈得很。他肯定会挑个我不在的时候喝酒闹事。我不是男护工。"

"男护工可没什么用处。罗杰·韦德不是那种会接受男护工的人。他这人很有才华,只是失去了自控能力。他写垃圾文章给笨蛋看,赚了很多钱。但对作家而言,唯一的救赎就是写作。他有什么优点的话,总会显露出来的。"

"好吧,我觉得他大有前途。"我疲惫地说,"他很了不起,却也极为危险。他有一个罪恶的秘密,他想借酒浇愁,用酒精来麻痹自己。

这事儿我管不了，斯宾塞先生。"

"我明白了。"他看了看手表，愁得五官都皱在了一起，看起来苍老了很多，整个人似乎都萎缩了，"好吧，我总得想办法解决，你不要见怪。"

他伸手去拿他那只鼓囊的公文包。我则看着对面的金发女郎。她要走了。白发侍者拿着账单站在她身边。她给了他一些钱，脸上绽开明媚的笑容，而侍者那副样子就像和上帝握了手一样。她涂了口红，戴上白色长手套，侍者把桌子拉到中间，让她走出去。

我瞥了斯宾塞一眼。他正皱着眉头盯着放在桌边的空杯子。公文包放在他的腿上。

"听着。"我说，"你要是愿意，我可以去见见那个人，评估一下他的情况。我还会和他妻子谈谈。但我猜他会把我赶出去。"

一个声音响起，但说话的人不是斯宾塞："不会的，马洛先生，我想他不会那样做的。恰恰相反，我觉得他会喜欢你。"

我抬起头，对上了一双紫罗兰色的眼睛。绝色佳人站在桌子另一边。我连忙站起来，身子斜靠在卡座的后面。我想出去却又出不去，只得这么站着，姿势极为尴尬。

"不必起来。"她说，她的声音犹如夏天的云彩，"我知道我应该向你道歉，但我觉得有必要先观察一下你，再做自我介绍。我是艾琳·韦德。"

斯宾塞没好气地说："他没兴趣，艾琳。"

她轻轻地笑了。"我不这么认为。"

我让自己恢复镇定。我歪歪斜斜地站在那里，嘴巴张得老大，像个甜美的女毕业生一样喘着粗气。她真是个美人，近看更叫人销魂。

"我并没有说我不感兴趣，韦德太太。我的意思是我认为自己帮不上忙，我插手此事或许是个巨大的错误，可能会造成很大的伤害。"

此时，她收敛了笑容，脸上的神情变得严肃起来。"你的决定下得太快了。我们不能根据一个人的行为来判断他们。非要做个判断，也要看他们本质如何。"

我含糊地点了点头。我就是这么看特里·伦诺克斯的。依照事实，他算不上一个好人，散兵坑里的事是他人生中唯一辉煌却短暂的时刻，前提是梅内德斯说的是实话。然而，无论如何，事实并不能说明一切。他是一个让人讨厌不起来的人。你这辈子见过几个能让你这样说的人？

"你必须了解他们的本性。"她温和地补充道，"再见，马洛先生。如果你改变主意……"她迅速打开包，递给我一张名片，"谢谢你今天能来这一趟。"

她向斯宾塞点点头，便离开了。我目送她走出酒吧，沿着侧楼的玻璃墙向餐厅走去。她步态优雅，摇曳生姿。我看着她拐进通向大厅的拱门。随着她转过拐角，她的白色亚麻裙子最后一闪，离开了我的视线。然后，我小心翼翼地回到卡座，拿起橙汁杜松子酒。

斯宾塞看着我。他的眼睛里闪过一丝冷酷的眼神。

"干得好。"我说，"不过你应该偶尔看看她。这样的人间绝色在你对面坐了二十分钟，你不该视而不见。"

"我是不是很傻？"他强挤出一丝微笑，只是他的笑容里没有笑意。他不喜欢我看她的眼神。"人们对私家侦探有稀奇古怪的看法。一想到家里有一个私家侦探……"

"你想都不要想我这个私家侦探会去你家。"我说，"不管怎样，再编个故事吧。你无论怎么说，我都不会相信有人不管是喝醉了还是清醒着，会把这样一个尤物推下楼，害得她摔断五根肋骨。"

他的脸腾一下红了。他的手把公文包握得更紧了。"你认为我在撒谎？"

"有什么区别？你已经表演过了。也许你对那位女士也有点儿着迷。"

他突然站了起来。"我不喜欢你的语气。"他说，"我不喜欢你。帮我个忙，忘了这事吧。这些钱给你，想必足够买你付出的时间了。"

他把一张20美元的钞票扔在桌上，又掏出一些钞票给侍者当小费。他站了一会儿，低头盯着我。他的眼睛很亮，脸仍然是红的。"我结婚了，有四个孩子。"他突然说。

"那恭喜你了。"

他从喉咙里发出呼噜一声，转身就走了，他三步并作两步，走得很快。我看了他一会儿，便收回了目光。我喝完了剩下的酒，拿出香烟，抖出一根塞进嘴里点燃。老侍者走过来，看着桌上的钱。

"先生，还需要点什么吗？"

"不用了。这些钱全给你。"

他慢慢地把钱捡起来。"这有一张20美元的钞票，先生。那位先生弄错了。"

"他识字。我说这些钱全给你了。"

"我很感谢。如果你肯定的话，先生……"

"非常肯定。"

他点点头走了，看上去还是很不放心。酒吧里现在坐满了人。两个身段玲珑、佯装清纯的女人走了过去，一边挥手，一边欢快地唱着歌。她们认识远处卡座里那两个自命不凡的家伙。一声声"亲爱的"接连响起，涂着深红色指甲油的指甲晃来晃去。

我抽了半支烟，皱着眉头，看什么都不顺眼。然后，我起身离开。就在我转头去拿香烟的时候，有什么东西从后面狠狠地撞了我一下。

这可是正合我意。我猛地转过身,看到了一个人的侧脸,这人穿着满是褶皱的牛津法兰绒衣服,脸上带着灿烂的笑容,一看就是那种喜欢哗众取宠的人。他像个大明星一样伸开手臂,像个从未失去过一笔生意的人一样咧嘴笑着。

我抓住他伸出的胳膊,拽着他转过来。"怎么了,伙计?过道是不是不够宽,容不下你这么一个大人物?"

他抽回胳膊,换上一副狠绝的表情。"别不知好歹,小鬼。小心我把你的下巴拧下来。"

"哈,哈。"我说,"你倒是可以去洋基队打中外场,挥着面包棒打出全垒打。"

他把肥厚的手握成拳头。

"亲爱的,可别弄坏了你那精心护理过的指甲。"我告诉他。

他强忍怒火。"你疯了吧,自作聪明的家伙。"他讥笑道,"改天吧,等我没那么多烦心事的时候。"

"有那么一天吗?"

"走开,滚蛋。"他咆哮道,"你再出言不逊,当心我打得你满地找牙。"

我冲他咧嘴一笑。"随时恭候,伙计。不过到时候你得小心说话。"

他的表情突然变了,开始大笑起来。"我见过你的照片,朋友。"

"我的照片只钉在过邮局里。"

"我在罪犯照片档案册里见过你。"他说着走开了,脸上还带着笑容。

这一切愚蠢至极,却让我发泄了郁结在心中的怒气。我沿着侧楼穿过酒店的大厅,来到正门。我在门里站住,戴上太阳镜。我上了车,才想起看看艾琳·韦德给我的卡片。那是一张镌刻的卡片,但不是正式的名片,因为上面有地址和电话号码。罗杰·斯特恩斯·韦德太太,悠闲谷路 1247 号。电话:悠闲谷 5-6324。

我对悠闲谷很熟悉，知道那里发生了很大的变化，曾几何时，那儿的入口处有门房，配备私人警队，湖上有赌场，还有50美元一晚的欢场女子。赌场关闭后，那块地皮被不明来路的人买下。不明来路的资金让那个地方成了地产商的美梦。湖泊和湖边的土地现在都属于一家俱乐部，只要他们不接受你进俱乐部，你就不能靠近湖水半步。那儿是权贵的专属乐土，其他人士非请勿入。

我与悠闲谷格格不入，就像珍珠洋葱不适合放在香蕉船上。

霍华德·斯宾塞下午晚些时候打电话给我。他已经消气了，还向我道歉，说他没有把事情处理好，并且希望我再考虑一下。

"他让我去，我就去。不然就免谈。"

"我明白了。我们会提供丰厚的报酬……"

"听着，斯宾塞先生。"我不耐烦地说，"你是雇不到命运的。韦德太太害怕那家伙，大可以搬出去。那是她的问题。没有人能一天二十四小时保护她不受自己丈夫的伤害。全世界都没有这么完善的保护措施。但你想要的不止如此。你想知道那个家伙为什么偏离正轨，会在什么时候做出什么出格的事，你还想把问题解决了，免得他再干出同样的事，至少在写完书之前不再犯。但这取决于他。他要真想写那本该死的书，那在写完之前，他肯定会滴酒不沾。你想要的太多了。"

"事情都赶在一起了。"他说，"这些问题其实都是一回事。但我想我理解了。对你这一行的人来说，这件事有点儿太过棘手。好吧，再见。我今晚就飞回纽约。"

"旅途顺利。"

他谢过我，便挂了电话。我忘了告诉他我把他那20美元给了服务员。我想拨个电话给他，转念一想又觉得他已经够苦恼的了。

我关上办公室，朝维克多酒吧的方向走去，我要按照特里在信中的要求，去喝一杯琴蕾。不过我改了主意。我感觉自己此时不够多愁善感。于是我去了劳里酒吧，喝了马提尼，还吃了上等牛排和约克郡布丁。

我回到家，打开电视，看了场拳击赛。比赛很没意思，拳手就如同一群本应该为亚瑟·默里①打工的舞蹈老师。他们只会出刺拳、晃来晃去，佯攻让对方失去平衡。谁也没能打出一记可以把老祖母从梦中惊醒的狠拳。观众们嘘声不断，裁判也不停地拍手让他们全力进攻，但他们一直摇摆身体，战战兢兢，挥动着左长拳。我转到另一个频道的犯罪剧。事情发生在一个衣橱里，一张张面孔疲惫不堪，看着很熟悉，却谈不上漂亮。对白乏善可陈，净是些连拼字游戏都不会用到的字眼儿。侦探有个黑人男仆，这样的安排是为了达到喜剧效果。并不需要如此，侦探本身就够滑稽的了。中间插播的广告极为低劣，就连在铁丝网和破啤酒瓶中长大的山羊看了也会感到恶心。

我关掉电视，抽了一支长香烟，这支烟卷得很紧，抽起来很清凉，对我的喉咙有好处。它是用上等烟草制成的。我忘了注意烟的牌子了。就在我准备睡觉的时候，凶案组的格林警司打来了电话。

"我估摸你可能想知道，几天前你的朋友伦诺克斯在他身亡的那个墨西哥小镇入葬了。一名律师代表他的家人过去参加了葬礼。这次你很幸运，马洛。不要再帮朋友潜逃出国了。"

"他身上有多少个弹孔？"

"什么？"他吼道。他沉默下来，过了一会儿，他小心翼翼地说，"一个，我想应该是一个。打头的话，通常一颗就够了。律师带回了一组指纹和他口袋里的东西。你还有什么想知道的吗？"

---

① 著名舞蹈教练。

"有，不过你不会告诉我的。我想知道是谁杀了伦诺克斯的妻子。"

"天啊，格伦茨难道没告诉你，伦诺克斯留下了一份完整的认罪书吗？报纸上都登了。你没看报？"

"谢谢你打电话给我，警司。你真是太好了。"

"听着，马洛。"他粗声粗气地说，"你对这个案子的想法很可笑，你要是胡说八道，一定会给自己惹上一身麻烦。这个案子已经结了，定案了，案卷放在樟脑球之间封存起来了。算你走运。在这个州，事后从犯是要判五年的。我再告诉你一件事。当警察当了那么久，我学会了一件事，那就是一个人蹲大牢，并不总是因为他做过什么，还因为他在法庭上看起来像是做过什么。晚安。"

他挂断了电话。我把听筒放回去，心想，诚实的警察做了亏心事，总会表现出强硬的态度。不诚实的警察同样如此。几乎所有人都是这样，我也不例外。

14

第二天早上,我正在擦掉耳垂上的爽身粉,门铃突然响了。我走到门口,打开门,看到了一双紫罗兰色的眼睛。这次她穿的是棕色亚麻布衣服,系着一条甜椒色的围巾,没戴耳环,也没戴帽子。她的脸色有点儿苍白,不过倒是不像有人把她推下了楼。她朝我微微一笑,神情有些犹豫。

"我知道我不该来打扰你,马洛先生。你可能还没吃早饭。不过我不愿意去你的办公室,也讨厌打电话说私人问题。"

"没关系。进来吧,韦德太太。要不要来杯咖啡?"

她走进客厅,坐在长沙发上,眼神有些茫然。她把包放在腿上,两脚并拢,看样子相当拘谨。我打开窗户,把百叶窗拉起,将一个脏兮兮的烟灰缸从她面前的鸡尾酒桌上拿开。

"谢谢。给我一杯黑咖啡,不加糖。"

我走到厨房,在绿色的金属托盘上铺了一张餐巾纸。那张纸看起来就像赛璐珞塑料硬衣领一样廉价。我把它揉成一团丢掉,另拿出一块与三角小餐巾配套的流苏餐巾。这些餐巾和大部分家具一样,都是租这栋房子附带的。我拿出两个"沙漠玫瑰"牌的咖啡杯斟满,端着托盘返回了客厅。

她抿了一小口。"味道不错。"她说,"你煮的咖啡很棒。"

"上次有人和我一起喝咖啡，还是在我进监狱之前。"我说，"韦德太太，我想你已经知道我坐牢的事了。"

她点了点头。"当然。你被怀疑协助他潜逃，对吗？"

"他们没说。他们在他房间的便笺簿上找到了我的电话号码。他们问了我一些问题，我没有回答，主要是我不喜欢他们提问的方式。不过想来你对此不感兴趣吧。"

她小心地放下杯子，向后一靠，朝我笑了笑。我请她抽烟。

"我不抽烟，谢谢。我当然感兴趣。我们的一个邻居认识伦诺克斯夫妇。他一定是疯了。他听起来一点儿也不像那种人。"

我在斗牛犬烟斗里装满烟丝点燃。"我想是的。"我说，"他一定是疯了。他在战争中受过重伤。但他已经死了，一切都结束了。你来这里，想必不是为了谈这件事。"

她慢慢地摇了摇头。"他是你的朋友，马洛先生。你一定很有主见。我认为你是一个意志坚定的人。"

我将烟斗里的烟丝压实，再次点燃。我不疾不徐，同时从烟斗上方望着她。

"韦德太太，听我说。"我终于说道，"我有什么意见根本无关紧要。这种事每天都会发生。最不可能的人犯下了最不可能的罪行。善良的老妇人毒死了全家人。穿戴整洁的孩子多次持械抢劫、开枪杀人。20 年来记录都干干净净的银行经理被查出来长期侵吞公款。功成名就、本应该很快乐的当红小说家酗酒成瘾，对妻子动手，害她进了医院。即使是我们最好的朋友，我们也不清楚他们心里在想什么。"

我以为她听了我的话会发火，但她只是紧紧抿住嘴唇，眯起眼睛。

"霍华德·斯宾塞不该告诉你那件事的。"她说，"都怨我。我当时不知道该离他远点儿。从那以后我明白了一件事，面对一个已经酩酊大醉的人,你绝不能劝他少喝一点。在这件事上,你或许比我更清楚。"

"当然不能用温言软语去阻止他。"我说,"如果你运气好,外加有点儿力气,有时你也许可以阻止他伤害自己或别人。不过即使这样也需要运气。"

她静静地拿起咖啡杯和浅碟。她的手很美,她整个人都是美的化身。指甲形状优美,打磨得很亮,只涂了颜色很淡的指甲油。

"霍华德有没有告诉你他这次没见到我丈夫?"

"说过了。"

她喝光了咖啡,小心地把杯子放回托盘。她摆弄了一会儿勺子。再开口说话时,她没有抬头看我。

"他没告诉你原因,因为他也不知道。我很喜欢霍华德,但他是个控制欲很强的人,想要掌控一切。他认为自己很有执行力。"

我什么也没说,只是等着她往下说。又是一阵沉默袭来。她看了我一眼,便马上把目光移开了。她轻轻地道:"我丈夫已经失踪三天了。我不知道他在哪里。我来这里,是希望你能找到他,带他回家。哦,以前也发生过这样的事。有一次他竟自己开车去了波特兰,在那儿的一家旅馆里生了病,找了医生看过,他才清醒过来。真不可思议,他竟然开出去那么远,却没碰上什么意外。他有三天都没吃东西。还有一次,他去了长滩市的一家瑞典人开的土耳其浴池,那儿可以做大肠水疗。最后一次是去一家小型私人疗养院,不过那儿的名声不太好。从那次到现在还不满三个礼拜。他不肯告诉我疗养院叫什么名字、在哪里,只说他在接受治疗,一切正常。但他看上去面色苍白,整个人有气无力的。我看到了送他回家的人,是个年轻人,人高马大的,穿着一套过于考究的牛仔套装,只有在舞台上或五彩缤纷的音乐片中才能看到那种衣服。罗杰在车道下车后,那人就倒车,立刻开走了。"

"也许是度假牧场。"我说,"有些平淡乏味的牛仔不管挣多少钱,都用来买这种华丽的服装了。女人为他们如痴如狂。这就是他们存在的意义。"

她打开包,拿出一张折叠着的纸。"我给你带来了一张500美元的支票,马洛先生。你愿意收下这笔预付聘金吗?"

她把叠好的支票放在桌上。我看了看,但没有碰。"为什么?"我问她,"你说他已经走了三天了。让一个人清醒过来,给他吃点儿东西,也需要三四天时间。他难道不会像以前那样自己回来吗?还是发生了什么事,所以这次不一样了?"

"他已经在崩溃的边缘了,马洛先生。他会丢掉性命的。发作的时间越来越短。我担心极了。我不仅仅担心,我还很害怕。这事过于反常。我们结婚五年了,罗杰一直都喝酒,但绝对不是那种精神错乱的酒徒。一定是出了什么严重的问题。我要找到他。我昨晚只睡了不到一个小时。"

"你知道他为什么喝酒吗?"

那双紫罗兰色的眼睛直直地注视着我。她今天早上看起来有点儿脆弱,但肯定没到不知如何应付的地步。她咬着下唇,摇了摇头。"除非是为了我。"她终于说,声音几近耳语。"男人总有厌倦妻子的一天。"

"说到别人的心理,韦德太太,我倒是略有研究。干我们这一行的,在这方面还有点儿心得。我想说,他更有可能是厌倦了写作。"

"很有可能。"她轻声说,"我想所有的作家都会遇到这样的困境。现在看来,他是真完不成他正在写的那本书了。但他又不是非得把书写完才能交房租。我认为这个理由并不充分。"

"他清醒时是个什么样的人?"

她笑了。"我的看法里有偏爱的成分。我认为他是一个非常好的人。"

"他喝醉以后又是什么样？"

"很可怕。聪明、冷酷，还很残忍。他以为自己很风趣，其实却很叫人讨厌。"

"你没有提暴力。"

她扬起黄褐色的眉毛。"就那么一次，马洛先生。再说了，这件事被夸大了很多。我从没对霍华德·斯宾塞说过，是罗杰告诉他的。"

我站起来，在房间里走来走去。今天会非常热，现在已经能感觉到暑气了。我把一扇窗户的百叶窗关上，不让阳光进来。然后，我直言不讳地对她说道：

"我昨天下午翻了一下《名人录》，查了他的信息。他今年42岁，你是他的第一任妻子，你们没有孩子。他家里是新英格兰人，他去过安多弗和普林斯顿，参加过战争，记录还不错。他写了12本很厚的历史小说，什么男女交欢啦，仗剑走天涯啦，每一本都很畅销。他肯定赚了不少。他若不再爱自己的妻子，应该会直接挑明，并和你离婚。要是他和另一个女人鬼混，你也该有所察觉，况且不管怎样，他也不必用酗酒的方式来表明自己感觉很糟。你们结婚五年，那他当时是37岁。想必那个时候他对女人也了解得差不多了。我说差不多，是因为没人能完全了解女人。"

我停下来看着她，她对我浅浅一笑。我的话没有伤害到她，于是我继续说。

"霍华德·斯宾塞暗示……我不知道他的理由是什么……罗杰·韦德的问题发生在跟你结婚之前，现在他被那件事缠上了，受到了难以承受的打击。斯宾塞认为是有人敲诈。你有没有什么发现？"

她慢慢地摇了摇头。"如果你的意思是我知不知道罗杰是否给过别人大笔金钱，那我确实不知道。他怎么处理钱财，我从不干涉。就算他支出很多钱，我也无从得知。"

"好吧。我不认识韦德先生，也说不好他面对问题会有什么反应。他要是个暴脾气，说不定会扭断对方的脖子。现在且不管他的秘密是什么，假如这个秘密可能损害他的社会地位或职业，甚至可能引来警察，他也许会花钱消灾，能拖一阵是一阵。但这对我们而言一点儿用也没有。你想找到他，你很担心，除了担心还很害怕。那我要怎么才能找到他？我不要你的钱，韦德太太。至少暂时不要。"

她又把手伸进包里，拿出两张黄纸。看起来像是复写纸，折叠着，其中一张看起来皱巴巴的。她把纸弄平，递给我。

"有一张是我在他的书桌上找到的。"她说，"当时很晚了，确切地说已经到了凌晨。我知道他一直在喝酒，并没上楼来。大约两点钟的时候，我下楼去看他好不好，或者相对来说好不好，有没有醉倒在地板、沙发或别的什么地方。可到处都不见他。另一张纸在废纸篓里，确切地说，是卡在了纸篓的边缘，没有掉进去。"

我看了第一张，也就是没皱的那张。上面只有一小段用打字机打出来的文字，写的是："我无意爱上自己，也不再有人值得我爱。签名：罗杰（F. 斯科特·菲茨杰拉德①）·韦德。另外，我无法完成《最后的大亨》，原因正是如此。"

"韦德太太，你明白这句话的意思吗？"

"无病呻吟罢了。他一直是斯科特·菲茨杰拉德的忠实支持者。他说菲茨杰拉德是柯勒律治之后最棒的嗜酒作家，柯勒律治还是个瘾君子。注意一下那些打出来的字，马洛先生。清晰，平整，一个错都

---

① 20世纪美国作家、编剧。

没有。"

"我注意到了。大多数人喝多了，甚至连自己的名字都写不出。"我打开那张皱巴巴的纸。上面也有很多打字机打出的字，同样没有任何错误或高低不平，写的是："我不喜欢你，V医生。但现在我只能靠你了。"

在我看着这张纸的时候，她说道："我不知道这个V医生是谁。我们不认识名字首字母是V的医生。我想罗杰最后一次去的地方就是他开办的。"

"牛仔送他回家那次？你丈夫没提过什么人吗，甚至连地方也没说过？"

她摇了摇头。"没有。我查过电话簿。名字以V开头的医生有几十个，他们从事各种专科。再说了，也可能V并不是姓氏的首字母。"

"很可能甚至都不是医生。"我说，"这就和现款有关了。合法医生接受支票，江湖医生却只收现金。支票是可以当证据的。那样的人收费很高，住宿饮食都是高价。更不用说注射的钱了。"

她看上去有些迷惑不解。"注射？"

"所有地下医生都给客户用麻醉药。这么做最省事了。让他们昏睡十到十二个小时，醒过来之后，他们就是好孩子了。但无照使用麻醉剂只会让你去山姆大叔①那儿吃牢饭。要付出很大的代价。"

"我明白了。罗杰可能随身带着几百美元。他的书桌里一直放着这个数目的现钞。我也不知道他为什么这么做。我想只是一时兴起。现在钱不见了。"

"好吧。"我说，"我会去试着找找这个V医生。我不知道怎么找，

---

① 美国政府的绰号。

但我会尽力的。韦德太太,把支票收起来吧。"

"但为什么?你不是有执照……"

"以后再说吧,谢谢。我更希望是韦德先生给我钱。我要做的事,他肯定不认同。"

"可如果他病了,没有办法……"

"他可以给他自己的医生打电话,也可以叫你打电话。但他没有。这表示他并不想这么做。"

她把支票放回包里,站了起来。她看起来很绝望。"我们的医生不肯给他治疗。"她痛苦地说。

"医生有的是,韦德太太。随便找个医生医他一次,肯定不成问题。他们中的大多数人都会收治他一段时间。如今,医生这一行的竞争相当激烈。"

"我明白了。你当然是对的。"她慢慢地走到门口,我送她,为她打开门。

"你大可以自己找医生。为什么没找?"

她与我对视。她的眼睛亮若星子,闪动着泪光。她确实是人间绝色。

"因为我爱我的丈夫,马洛先生。只要能帮上他,我什么都愿意做。但我也清楚他是什么样的人。要是每次他喝多了我都叫医生来,那用不了多久,我就没有丈夫了。你不能像对待喉咙痛的孩子那样对待一个成年人。"

"如果他是个酒鬼,你就可以。通常情况下,你也必须这么做。"

她离我很近。我闻到了她的香水味。或者说,我以为自己闻到了。不过也许不是香水味,可能只是夏天的味道。

"他过去或许做过什么不体面的事,甚至犯了罪。"她一字一顿地慢慢说着,仿佛每个字都是苦的。"但这对我来说没有区别。我不会亲自调查。"

"但如果霍华德·斯宾塞雇我调查,就没关系了?"

她缓缓地露出了笑容。"你是那种宁愿进监狱也不肯背叛朋友的人,你真以为我相信你会给霍华德别的答案?"

"你谬赞了,但我坐牢不是为了这个。"

沉默片刻后,她点点头,和我道了别,然后便走下红木台阶。我目送她上了车。那是一辆修长的灰色捷豹汽车,外观很新。她把车开到街尽头,在那儿转了个弯。她驶下山坡,戴着手套的手向我挥了挥。那辆小汽车迅速转过拐角,消失在了视线之中。

房子前面的墙壁边长着一丛红色夹竹桃。突然,里面传来了拍打翅膀的声音,一只知更鸟宝宝焦虑地叽叽叫起来。我看见那只幼鸟落在高处的一根树枝上,拍打着翅膀,好像要掉下来了。这时,墙角上的几棵柏树之间发出一声刺耳的叽叽声,像是在警告幼鸟。叽叽声随即停止,胖乎乎的幼鸟安静了下来。

我进屋关上门,留下幼鸟去上飞行课。即便是鸟儿,也需要学习。

15

无论你认为自己有多聪明,要进行调查,都必须有一个切入点,也许是一个名字,一个地址,也许是街区、背景、环境,要不就是找个参照。而我只有一张皱巴巴的黄纸,上面有打字机打出来的一行字:"我不喜欢你,V医生。但现在我只能靠你了。"根据这些信息,我可以把范围定在整个太平洋,花一个月时间查遍六个郡的医学协会名单,最后一无所获。在这座城市里,江湖医生像豚鼠一样多。市政厅方圆一百英里内有八个县,每个县里的每个镇都有医生,有些是真正的医生,有些虽然领了执照,却跟邮购技工差不多,只能割个鸡眼、揉揉背。在货真价实的医生中,有的有钱,有的没钱,有的德高望重,还有的不确定自己承不承担得起讲求医德的代价。一个富有的早期震颤性谵妄患者,对那些不会使用维生素和抗生素的老家伙而言,可是一大笔收入。但没有线索,就无从下手。我没有线索,而艾琳·韦德要么是真没有,要么就是不知道自己有。就算我找到了符合条件的人,名字首字母也对得上,到头来这个V医生也可能是罗杰·韦德虚构出来的。那句话说不定是在他烂醉时突然钻入他脑海的。正如他提到斯科特·菲茨杰拉德,可能只是一种不寻常的告别方式而已。

在这种情况下,小人物只能去向大人物讨教了。于是我给卡恩机构的一个熟人打了电话。卡恩机构位于贝弗利山,是个专门保护上层阶级的迷人机构。他们提供的保护是全方位的，也包括法律。我的熟人名叫乔治·彼得斯，他说只要我能快点儿讲清来龙去脉，他可以给我十分钟。

他们的办公室位于一栋糖果粉色的四层建筑中，占据了二楼的一半地方，电梯装有电子眼，可以自动开关，走廊里凉爽安静，停车场的每个车位都设有名牌，大楼大厅外面的药剂师把安眠药片装进瓶子里，弄得手腕都扭伤了。

办公室大门外侧是浅灰色的，带有新刀子一样干净而锋利的凸出金属字，写的是：卡恩机构公司，杰拉尔德·C. 卡恩，主席。下面是小一点的字：入口。不知道的准以为这里是一家投资信托公司。

里面是一间难看的小会客室，但这种丑是经过精心设计的，而且造价不菲。家具是深红色和深绿色的，墙壁刷着浅布伦兹维克绿，挂在墙上的画所镶的画框也是绿色的，比墙漆深三度。画里的人穿着红色外套，骑着大马，马儿正疯狂地跳过高高的栅栏。屋里有两块无框镜，镜子上涂着很浅但令人厌恶的玫瑰粉色。光滑的白桃花心木桌上摆着几本杂志，都是最新发行的，每一本都套着透明塑封。看来装饰这个房间的人对鲜艳的颜色情有独钟。他八成会穿甜椒色的衬衫、深紫红色的宽松裤、斑马条纹的鞋子，朱红色的内裤上用漂亮的蜜橘色丝线绣着他名字的首字母。

这些不过是装门面的东西罢了。卡恩机构的客户每天至少要支付100美元，而且他们要的是上门服务，他们才不会坐在会客室等。卡恩以前是一位宪兵上校，他身材高大，皮肤白里透红，身体像板子一样坚硬。他曾提出给我一份工作，但我始终没有落魄到那个地步。要当浑蛋有190种方法，卡恩则无一不精。

一扇磨砂玻璃隔板滑开，接待员从里面望着我。她带着冰冷的微笑，一双眼睛似乎能数清你的钱包里有多少钞票。

"早上好。有什么可以帮你的吗?"

"我找乔治·彼得斯。我叫马洛。"

她把一个绿色皮面记事簿放在台面上。"他知道你要来吗,马洛先生?我在预约名单上没有看到你的名字。"

"我找他是为了私事。我刚和他通过电话。"

"我明白了。你的名字怎么拼,马洛先生?请问你的全名叫什么?"

我如实相告。她把我的名字写在一张长而窄的表格上,然后将边缘塞到打卡机下面。

"这是干什么的?"我问她。

"我们这儿很讲究细节。"她冷冷地说,"卡恩上校说过,你永远不知道什么时候最微不足道的小事会变得至关重要。"

"反过来也是一样的。"我说,但她没听懂。她做好手头的工作,抬起头说:"我这就通知彼得斯先生你来了。"

我告诉她我不胜感激。片刻后,镶板上的一扇门打开了,彼得斯示意我进入一条战舰灰色的走廊,走廊两旁排列着小办公室,看起来跟牢房差不多。他的办公室天花板上装了隔音材料,摆着一张灰色的钢桌和两把配套的椅子,一台灰色口述记录机放在灰色的支架上,还有一部电话和一套与墙壁和地板颜色相同的笔。墙上挂着几张镶框照片,一张是卡恩穿着制服,戴着印有雪花莲图案的头盔,另一张里的卡恩做平民打扮,坐在办公桌后面,看上去高深莫测。墙上还有一段励志文字,也镶着框,灰色背景上用钢铁般的字体写着:

无论何时何地,卡恩的工作人员必须衣着得体,谈吐文雅,举止大方。这条规则没有例外。

彼得斯迈了两步就穿过房间，把一张照片推到一边。照片后面的灰色墙壁上嵌有一个灰色的麦克风拾音器。他将其拿出，拆开一根电线，又推了回去。之后，他把照片放回原位。

"现在我有点儿时间。"他说，"幸好那个狗娘养的出去了，有个演员醉驾，他去解决了。所有的麦克风开关都在他办公室里。电线什么的，都是他吩咐装的。有一天早上，我建议他在接待室的镜子后安装一台红外线微缩胶片摄影机。他不太喜欢这个主意。别人的主意他八成都瞧不上。"

他在一把灰色的硬椅子上坐了下来。我注视着他。他是个笨手笨脚的男人，腿很长，脸颊瘦削，发际线很高。他皮肤粗糙，在各种天气下经常进行室外活动的人才会如此。他眼窝深陷，上嘴唇几乎和鼻子一样长。他每次一咧嘴笑，下半张脸上就会出现两道很深的纹路，从他的鼻孔一直延伸到大嘴两端。

"你怎么受得了？"我问他。

"坐吧，伙计，呼吸轻点，声音小点，你要记住，卡恩的工作人员之于你这样无足轻重的私家侦探，就像托斯卡尼尼之于街头手风琴手养的猴子。"他停顿了一下，咧嘴一笑，"我受得了，是因为我根本不在乎。这儿待遇不错，要是卡恩哪天表现出他认为我是在他于战争期间在英国管理的最高安全级别的监狱里服刑，我就拿支票走人。你碰上什么麻烦了？听说你前段时间很不如意。"

"那件事没什么可说的。我想看一下你手里那份非法医生的档案。我知道你有。艾迪·道斯特从这里辞职后告诉我的。"

他点了点头。"艾迪有点儿太敏感了，不适合在卡恩机构工作。你提到的文件是最高机密。在任何情况下都不得向外人透露里面的机密信息。我这就去拿。"

他走了出去,我盯着灰色的废纸篓、灰色的油毯和桌上记事簿的灰色皮角。彼得斯回来了,手里拿着一个灰色的硬纸文件夹。他把文件夹放下,打开来。

"老天,你这地方就没有什么不是灰色的东西吗?"

"这是学校的颜色,伙计,代表着我们这个组织的精神。是的,我的确有一些不是灰色的东西。"

他拉开一个抽屉,拿出一支大约8英寸长的雪茄。

"厄普曼30。"他说,"是一位上了年纪的英国绅士送给我的,他在加州住了40年,依然把收音机叫作'无线电'。他不喝酒的时候是个时髦的老家伙,有几分魅力,我觉得他不错,毕竟大多数人一点儿魅力也没有,不管是肤浅的魅力,还是不肤浅的魅力,通通没有,卡恩也是如此。他的魅力堪比钢铁搅炼工人的内裤。那个客户喝醉以后有个奇怪的习惯,总是乱开支票,支票上的银行都是和他没有业务关系的。他一般都会给不错的补偿,在我的热心帮助下,到目前为止,他还没有蹲过大牢。这就是他给我的。我们要不要一起抽了,就像两个印第安酋长在策划大屠杀时那样?"

"我不抽雪茄。"

彼得斯伤心地看着那支大雪茄。"我也是。"他说,"我倒是想过送给卡恩。但这并不是单人雪茄,即使这个人是卡恩。"他皱起了眉头,"我一直把卡恩挂在嘴边,你知道是为什么吗?我一定很急躁。"他把雪茄放回抽屉,看了看打开的文件,"你想从这里知道什么?"

"我正在找一个有钱的酒鬼,那人品位不俗,也有钱来满足自己的品位。到目前为止,他还没有过开空头支票的历史。反正我没听说过。他有暴力倾向,他妻子很担心他,认为他躲在什么戒酒的地方,不过她也不能确定。我们唯一的线索是一段话,里面提到了 V 医生。只有一个首字母。这个人已经离家三天了。"

彼得斯若有所思地盯着我。"还不算太久。"他说,"有什么好担心的?"

"我先找到他,就能拿到钱。"

他又看了我一会儿,摇了摇头。"我不明白,但没关系。现在来看看吧。"他开始翻看文件。"要找出来可不容易。"他说,"这些人来来去去的。一个字母不叫线索。"他从文件夹里抽出一张,翻了几页,又抽出一张,最后抽出了第三张。"这里有三个。"他说,"阿莫斯·瓦利医生,一个骨科医生。他在阿尔塔迪纳有一个很大的诊所。夜间出诊要价 50 美元,现在还是不是这个价,就不知道了。他那儿有两个注册护士。几年前州缉毒局的人办过他,他上交了配药记录簿。这些信息并不是最新的。"

我记下了这个医生的名字和他在阿尔塔迪纳的地址。

"接下来是莱斯特·乌克尼奇医生,专长耳鼻喉科,地址是好莱坞大道的斯托克韦尔大厦。这人医术不错,主要看门诊,似乎专门治疗慢性鼻窦炎。治疗的过程很利索。你到他那里,说你鼻窦炎犯了,连带脑袋也很疼,他就会帮你冲洗窦腔。首先,他必须先用奴佛卡因[①]给你麻醉。但他要是觉得你合眼缘,就不一定非用奴佛卡因了。明白吗?"

"当然。"我把这个大夫也记了下来。

"这个不错。"彼得斯看看文件,继续说,"显然他的麻烦是在供货上。所以乌克尼奇医生经常乘自己的飞机去恩塞纳达港[②]钓鱼。"

"他亲自运毒品进来的话,迟早是要完蛋的。"我说。

---

① 局部麻醉剂。
② 墨西哥港口城市。

彼得斯想了想，摇了摇头。"恕我不能同意。只要他不太贪心，完全可以一直这么干下去。除非有顾客对他不满意，这才是他真正的危险……对不起，我是指病人……但他可能知道如何处理这档子事。他已经在同一个诊所干了15年了。"

"你是从哪儿弄来这些消息的？"我问他。

"我们是一个组织，伙计。不是你这样的独行侠。有些消息是客户提供的，有些则是从内部挖来的。卡恩不怕花钱。只要他愿意，他会是个交际高手。"

"他听你夸他，肯定开心。"

"别管他了。我们今天的最后一位嘉宾叫韦林杰。给他归档资料的工作人员早就不在了。好像有个女诗人在韦林杰位于塞普尔韦达峡谷的农场里自杀了。他经营的是一个艺术中心，专门接待作家、隐居爱好者和寻找融洽气氛的人。他收费不高。听起来是那种合法医生。他自称医生，但并不行医。可能是个哲学博士。说实话，我不知道他的资料为什么会在这些档案里。除非那次自杀的事有什么隐情。"他拿起一张粘在一张白纸上的剪报，"没错了，吗啡过量。没有迹象表明韦林杰知情。"

"我觉得韦林杰这个人不简单。"我说，"很不简单。"

彼得斯合上卷宗，拍了一下。"你从没见过这些档案。"他说着起身离开了房间。他回来后，我站起来准备告辞。我刚要开口向他道谢，他便打断了我。

"听着。"他说，"你要找的那个人能待的地方可能有几百个。"

我说我知道。

"对了，我听说了一些关于你朋友伦诺克斯的事，你可能感兴趣。我们有个同事五六年前在纽约遇到过一个人，样貌特征跟伦诺克斯一模一样。但据他说那人不叫伦诺克斯,而是叫马斯顿。当然,他也有可能弄错了。那家伙总是醉醺醺的,没法儿百分百确定。"

我说:"我怀疑不是同一个人。他为什么更名改姓?他参加过战争,记录都可以查到。"

"我不知道。我的同事目前在西雅图。等他回来,你可以跟他谈谈,如果这对你有意义的话。他的名字叫阿什特费尔特。"

"谢谢你做的一切,乔治。这真是相当长的十分钟了。"

"也许哪天我会需要你的帮助。"

"卡恩机构,从不需要任何人的帮忙。"我说。

他用拇指做了一个粗鲁的手势。我走出他那金属灰色的办公室,穿过接待室离开。现在那儿看起来挺不错的。在监牢区一样的办公室待久了,这些浓郁的颜色看起来顺眼多了。

16

从塞普尔韦达峡谷底部的高速公路下来,可以看到两根方形的黄色门柱。其中一根柱子上的一扇五栅门敞开着。入口上方用铁丝挂着一个牌子:私人公路,禁止入内。这里很暖和,笼罩在一片静谧的气氛中,四周弥漫着桉树散发出的雄猫味。

我拐进大门,沿着一条砾石路绕过山肩,驶上一个缓坡,翻过山脊后从另一边下山,进入一个很浅的山谷。山谷里很热,比公路上热了 10—15℃。现在我可以看到,碎石路的尽头是一个环路,环路内侧种着草,草地边缘放着石灰刷白的石头。在我的左边有一个空游泳池,没有比空游泳池看起来更空荡的地方了。泳池的三面是稀稀拉拉的草坪,零星摆着几把红木躺椅,椅垫曾经是五颜六色的,有蓝色、绿色、黄色、橙色、铁锈红色,如今则已严重褪色,一些地方的镶边松开了,扣子也掉了,裂口处的填塞物都露了出来。第四面是高大的网球场铁丝网。空水池上方的跳水板看上去如同透着疲态的弯曲膝关节,上面的垫子残破不堪,金属配件上布满了铁锈。

我驱车来到了环路,在一座红木建筑前停了下来,建筑的屋顶装着木瓦片,前门廊很宽。入口是双扇纱门。大黑蝇落在纱门上。四季常青而且总是布满灰尘的加州橡树林之间分布着几条小路,几栋乡村小屋散布在橡树林立的山坡上,有些几乎都被林木完全遮盖住了。我能看到的几所房子都极为荒凉惨淡。屋门关着,窗户上拉着粗布窗帘。可以想见,窗台上一定落着厚厚的灰尘。

我把车熄火,坐在那里,双手放在方向盘上倾听着。没有声音。这个地方似乎像法老的坟墓一样死气沉沉,不过双扇纱门里面的门开着,门内昏暗的房间里有人影晃动。接着,一声很轻但十分清晰的口哨声响起,一个男人的身影出现在纱门另一边,他推开纱门,缓步走下台阶。这人如同一道风景。

他戴着一顶黑色的平顶牛仔帽,帽带系在下巴下面,上身是一件洁白的丝绸衬衫,一尘不染,衣领敞开着,袖口紧绷,袖口上方则是泡泡袖。他脖子上围着一条黑色的流苏围巾,不均匀地打着结,一头很短,另一头几乎垂到腰际。腰间系着一条宽大的黑色腰带,炭黑色裤子的臀部很紧,裤边上缝着金线直到开衩处,开衩两边都松松地扣着金纽扣。他脚上是一双漆皮舞鞋。

他在台阶下停下来看着我,仍然吹着口哨。他的身体很柔韧,像鞭子一样灵活。他有一双我所见过的最大、最空洞的烟灰色眼睛,长长的睫毛柔软光滑。他的五官精致完美,没有半点瑕疵,鼻子笔挺却并不细长,嘴巴很好看,嘴角微微上翘,下巴上有一个酒窝,他的耳朵不大,优雅地长在脑袋两侧,极为白皙的皮肤像是从未晒过太阳。

他把左手放在屁股上,右手在空中划出一道优美的曲线。

"你好。"他说,"天气真不错。"

"对我来说这里太热了。"

"我喜欢热天。"他这话说得言简意赅,为天气的讨论画上了终点。我喜欢什么天气,对他而言无关紧要。他坐在台阶上,凭空拿出一把长锉刀,开始锉指甲。"是银行派你来的吗?"他头也不抬地问道。

"我找韦林杰医生。"

他不再锉指甲,而是望着温暖的远方。"他是谁?"他问,没有表现出丝毫的兴趣。

"这地方就是他的。你倒是很会否认,好像什么都不知道似的。"

他又开始锉指甲。"你搞错了,亲爱的。这地方是银行的。他们取消了抵押品赎回权,要不就是已经交由第三方暂时保管了。细节是怎么样的,我可不记得了。"

他抬头看看我,脸上浮现出从不在乎细节的人才有的表情。我从奥兹车里出来,靠在车门上,可是车门很烫,我只好走到有风的地方。

"是哪家银行?"

"既然你不知道,那你就不是银行的人。既然你不是银行派来的,那你就是白跑了。走吧,亲爱的。快点儿离开这里吧。"

"我要找韦林杰医生。"

"亲爱的,俱乐部早就关了。牌子上写得清清楚楚,这里是私人道路。肯定是哪只囊地鼠忘了锁门了。"

"你是这儿的管理员?"

"算是吧。别再问了,亲爱的。我的脾气可不太好。"

"你发火了会做什么……和地松鼠跳探戈?"

他突然起身,动作十分潇洒。他笑了笑,他的笑容非常空洞。"看来我得把你扔回你那辆又小又旧的敞篷车里了。"他说。

"别着急。现在在哪儿能找到韦林杰医生?"

他把锉刀放进衬衣口袋,另一个东西突然出现在他的右手中。他轻轻一晃,指节铜环就戴在了拳头上。他颧骨上的皮肤绷得紧紧的,烟灰色的眼睛深处燃着两簇火焰。

他慢慢地向我走来。我退后一步,以获得更多的空间。他又吹起了口哨,但哨声高而尖厉。

"你我没必要动手。"我告诉他,"我们没有动手的理由。你那条漂亮的裤子说不定会撕破。"

他的动作快如闪电,他轻轻一跃,就来到了我跟前,左手迅速地伸出来。我以为他会给我一拳,便猛地把头闪到一边,但他的目标是我的右手腕。我一下子就被他抓住了,他手上的力道很大,猛地一拉,我整个人就失去了平衡,他那只戴着指节铜环的手划了个弧线,势头迅猛地打了过来。要是后脑勺挨上他这一拳,我就算不死也只能剩下半口气了。我如果使劲儿往回拉,他就会打到我的侧脸,或是肩头下方的上臂。不管打到哪里,要么是断一条胳膊,要么是毁掉半边脸。在这种情况下,我只有一个选择。

我借着他的拉力,就势从背后挡住了他的左脚,同时抓住他的衬衫,我听见衣料扯破的声音响起。我的脖子后面挨了一下,但打中我的不是金属。我转到左边,他向侧面闪身,像猫一样着地,我还没来得及站稳,他就站了起来。他冲我咧嘴一笑,看样子对现在的情况很满意,他欣赏着自己的作品,又向我扑了过来。

不知从什么地方传来一个强健有力的声音:"厄尔!马上住手!我说马上,你听见了吗?"

牛仔停了下来。他脸上露出了病态的笑容。他手臂一晃,指节铜环就消失在了他裤子上的宽腰带里。

我转过身,看到一个穿着夏威夷衬衫的大块头沿一条小路向我们匆匆走来,他一边走一边挥着手。他走到近处,呼吸有点儿急促。

"厄尔,你疯了吗?"

"你可别说这样的话,医生。"厄尔轻声说。他笑了笑,转过身,在屋前的台阶上坐了下来。他摘下平顶帽,拿出一把梳子,面无表情地开始梳理他那浓密的黑发。一两秒钟后,厄尔轻轻地吹起了口哨。

穿着花哨衬衫的大块头站在那里看着我。我也站在那里看着他。

"发生什么事了?"他低声咆哮着说,"你是谁,先生?"

"我叫马洛。我要找韦林杰医生。你口中那个叫厄尔的家伙想和我玩玩游戏。看来是天气太热了。"

"我就是韦林杰医生。"他很气派地说。他扭过头。"进屋去,厄尔。"

厄尔慢慢地站了起来。他若有所思地打量了韦林杰医生一眼,烟灰色的大眼睛里毫无表情。接着,他走上台阶,拉开纱门。一群苍蝇发出嗡嗡的声音,愤怒地飞了起来,在门关上后又落在了纱门上。

"马洛?"韦林杰医生的注意力回到了我身上,"我能为你做什么,马洛先生?"

"厄尔说这里不营业了。"

"的确如此,还有一些法律手续,办好后我就搬出去了。这里只有我和厄尔。"

"那我白来了。"我露出失望的表情说,"我还以为有个叫韦德的人在这里呢。"

他挑了挑眉毛,富勒刷子公司的人见了肯定会感兴趣。"韦德?我也许认识叫这个名字的人。这个名字挺普通的。可他为什么会在我这里?"

"找你治病。"

他皱起了眉头。长了他那样的眉毛,皱起眉来才真叫有看头。"我是个医生,先生,但我不再行医了。你指的是什么样的治疗?"

"那家伙是个酒鬼,时而发发酒疯,失踪几天。有时他可以自己回家,有时被人送回去,还有时得把他找回来。"我拿出一张名片递给韦林杰医生。

他看了看,但一点儿兴趣也没有。

"厄尔是怎么回事?"我问他,"他以为自己是瓦伦蒂诺吗?"

他的眉毛又皱到了一起。看起来真有意思。1英寸半的眉毛竟然可以自行卷起来。他耸了耸粗壮的肩膀。

"厄尔没有恶意,马洛先生。他就是有点儿恍惚,只是有时候而已。也许可以说,他活在一个游戏世界里。"

"这是你的说法,医生。在我看来,他的行为很粗野。"

"啧,啧,马洛先生。你太夸张了。厄尔喜欢打扮自己。在这方面,他像个小孩子。"

"你的意思是他是个疯子。"我说,"这地方是个疗养院?或者说,曾经是个疗养院?"

"当然不是。以前还在营业的时候,这里是艺术群落。我提供伙食、住宿、锻炼和娱乐的设施,最重要的是,这里是个隐居的好地方,而且收费适中。你大概也知道,艺术家里没几个有钱人。我说的艺术家,当然包括作家、音乐家,等等。对我来说,只要能营业,这份工作的回报还是不错的。"

他说这话时显得很难过。眉梢耷拉下来,与耷拉的嘴角很相配。他的眉毛要是再长一点儿,就会垂到他的嘴里了。

"我知道。"我说,"档案里都写着呢。档案里还说,这里以前有人自杀。和毒品有关,是吗?"

韦林杰医生不再垂头丧气,看样子气坏了。"什么档案?"他厉声问道。

"医生,我们有一份档案,凡是有强制措施的地方,里面都有记录。在那些地方,人发病了是不可能逃出去的。比如小型私人疗养院,或者治疗酗酒者、瘾君子和轻度狂躁症患者的场所。"

"这种地方必须依法申请执照。"韦林杰严厉地说。

"是的。理论上的确如此。不过有时他们会忘记。"

他有些僵硬地挺直了身体。这家伙还是挺有派头的。"你的暗示很无礼,马洛先生。我不知道为什么我的名字会在你提到的名单上。现在请你离开。"

"我们还是说说韦德吧。他会不会用别的名字在这里登记入住?"

"这里除了我和厄尔就没别人了。就我们两个。恕我不奉陪了……"

"我想四处看看。"

有时你不得不惹恼别人,这样他们一气之下才会说出不该说的话。但韦林杰医生没有。他仍然气度不凡。他的眉毛一直很配合他的情绪。我朝房子那儿看了看,里面传来了音乐声,是舞曲,还有非常微弱的响指声。

"我打赌他在里面跳舞。"我说,"是探戈。我打赌他是一个人在屋里跳舞。真是个孩子。"

"你可以走了吗,马洛先生?不然我只能找厄尔帮忙,把你从我的私人地盘上赶走了。"

"好吧,我这就走,别生气,医生。只有三个人的姓氏以 V 开头,而你似乎是其中最有可能的一个。我们只有 V 医生这一条线索。V 医生是韦德临走前在一张纸上胡乱写下来的。"

"这样的医生肯定有几十个。"韦林杰医生平静地说。

"当然。但我们的档案里没有几十个。谢谢你抽出时间,医生。厄尔让我有点儿头疼。"

我转身走到我的车旁,上了车。在我关门的时候,韦林杰医生走了过来。他探过身,神情十分愉快。

"你我没必要争吵,马洛先生。我明白,你这行当往往不得不打扰到别人。厄尔到底哪里让你头疼了?"

"他显然不是表面看上去那么简单。你发现有人在假装正常,就会认为其他人也是在假装。这家伙是躁郁症患者,对吧?现在他正犯病呢。"

韦林杰医生默默地盯着我,神情严肃而礼貌。"马洛先生,许多又风趣又有才华的人都在我这里住过。他们不是都像你一样头脑清醒。才华横溢的人往往都有点儿神经质。但我没有照护疯子或酗酒者的设施,哪怕我很想这么做。除了厄尔,我没有别的员工,而他根本不适合照顾病人。"

"除了跳泡泡舞,你觉得他适合干什么?"

他靠在车门上,声音压得很低,语气神神秘秘的。"厄尔的父母是我的好朋友,马洛先生。他们都不在了,可总得有人照顾厄尔。我必须给他一个安静的环境,远离城市的喧嚣和诱惑。他情绪不稳定,但基本上不会对其他人造成伤害。你也看到了,我很容易就能管住他。"

"你真有勇气。"我说。

他叹了口气。他的眉毛轻轻一扬,就像某种神秘昆虫的触须。"这是一种牺牲。"他说,"相当大的牺牲。我以为厄尔能在这里当我的帮手。他的网球打得很好,游泳和跳水都堪称一流,他还可以跳一整夜的舞。绝大多数时候,他都很友善。但时不时总会发生一些……意外。"他挥了挥宽大的手,仿佛要把痛苦的回忆远远抛开,"到最后,我要么放弃厄尔,要么放弃这里。"

韦林杰医生举起双手,掌心朝上摊开,又把手翻过来,垂在身体两侧。他的眼睛湿润了,眼泪就噙在眼中。

"我把这个地方卖了。"他说,"这个宁静的小山谷将成为房地产开发项目。他们会铺上人行道,建好灯柱,小孩子骑着踏板车经过,到处是收音机吵嚷的声音。甚至会有……"他绝望地叹了口气,"甚至会有电视。"他一挥手,笼统地指着周围,"但愿他们不会动这些树。"他说,"但恐怕不可能。山脊上将架起电视天线。不过,我相信我和厄尔会离得远远的。"

"再见,医生。我很为你难过。"

他伸出手来。他的手是汗湿的,但很结实。"感谢你的同情和理解,马洛先生。很遗憾,我不能帮你找到斯莱德先生。"

"是韦德。"我说。

"对不起,是韦德。再见,祝你好运,先生。"

我启动汽车,沿着来时的砾石路往回开。我很悲伤,但不像韦林杰医生希望的那样悲伤。

我驶出大门,沿着高速公路的弯道开了很远,然后在入口看不见的地方停了下来。我下车,循着铺好的路面边缘步行往回走了一段,来到带刺栅栏边上,从那里我可以看到大门。我站在一棵桉树下等待着。

大约五分钟后,一辆汽车沿着私人道路开了过来,碎石在车轮下嘎啦啦响。车子停在我看不见的地方。我又往灌木丛里缩了缩。只听嘎吱一声,接着沉重的门闩咣当落下,链条哗啦啦缠绕住门闩。马达加快了转速,那辆车继续沿路驶走了。

等到车子的声音消失后,我回到我的奥兹车上,掉头朝向城市的方向。我开车经过韦林杰医生的私人道路的入口,只见大门上挂着铁链,还上了一把挂锁。牌子上写着:今天不再接待访客,多谢。

17

我驱车20多英里回到城里,吃了午饭。吃着吃着,我越想越觉得整件事愚蠢至极。按照我现在这个查法,根本找不到任何人。倒是能遇到厄尔和韦林杰医生这样有趣的人物,却不可能遇到真正要找的人。你在游戏中浪费了轮胎、汽油,说了很多话,付出了精神能量,却没有任何回报。这是一场必输的赌博。只有三个V字母开头的名字,我找到韦德的机会,就跟在双骰子赌博中打败"希腊人尼克①"一样渺茫。

无论如何,第一次尝试总是行不通的,会走进死胡同,一条有希望的线索就在你面前爆炸,却没有任何成效。但韦林杰医生不应该把韦德说成斯莱德,这有点儿不对劲。他是个聪明人,不该轻易忘记,就算真忘了,也会忘得一干二净。

也许是,也许不是。毕竟我们认识的时间不长。喝着咖啡,我想到了乌克尼奇医生和瓦利医生。还要不要查?那样的话下午的大部分时间就报销了。等我查完之后给悠闲谷的韦德家打电话,很可能会被告知主人已经返回家中,暂时平安无事。

调查乌克尼奇医生很简单。他就在六个街区之外。但瓦利医生的地方太远了,在阿尔塔迪纳山区,要开很久才能到,一路上又闷热又

---

① 职业牌手尼克·丹多洛斯的外号。

无聊。去，还是不去？

最终的答案是肯定的。原因有三个。第一，对于灰色行业，以及从事灰色行业的人，多了解一些总没有坏处。第二，此行也许可以为彼得斯给我看的档案添点内容，算是对他的感谢。第三，反正我也没有别的事可做。

我付了饭钱，把车留在原地，沿街北侧步行到斯托克韦尔大厦。那栋大楼有些年头了，入口处有一个雪茄柜台，手动操作的电梯摇摇晃晃，不愿平稳下来。六楼的走廊很窄，一扇扇门上镶着磨砂玻璃。比起我办公的大楼，这里更旧，也更脏。楼里有很多医生、牙医、混得不太好的基督教科学从业者，还有你希望对手会雇用的那种律师。那些医生和牙医只能勉强度日，谈不上技术高超，谈不上卫生干净，更谈不上本领出众，最爱说"3美元，请交给护士"。这些人疲惫气馁，对自己的处境心知肚明，明白会有什么样的病人找上门来，能从病人身上榨出多少钱来。"不赊账。""医生在里面。""医生出去了。""卡钦斯基太太，你这颗臼齿活动得很厉害。如果你想要这种跟金牙一样好的丙烯酸树脂填充材料，我可以只收你14美元。需要麻醉吗？打奴佛卡因，要加2美元。""医生在里面。""医生出去了。""一共3美元。请交给护士。"

在这种大楼里，总有几个人能赚到大钱，但光是看外表是看不出来的。他们与破旧的背景融为一体，而这正是他们的保护色。不择手段的律师和人串通骗取保释金（在所有被骗走的保释金中，只有2%能被追回来）。施行堕胎的医师根据你的喜好，把他们的设备夸得天花乱坠。毒品贩子假扮成泌尿科医生、皮肤科医生或任何频繁治疗的专科的医师，经常使用局部麻醉药也不会引起怀疑。

莱斯特·乌克尼奇医生的候诊室很小，陈设简单，里面坐着十几个人,个个都很不舒服。他们看起来都差不多,没什么特殊之处。不管怎样,哪个是控制得很好的瘾君子,哪个是吃素的簿记员,你根本分不清楚。我等了四十五分钟。病人们从两扇门进去。只要有足够的空间,一个勤勤恳恳的耳鼻喉医生可以同时治疗四个病人。

终于轮到我了。我坐在一张棕色皮椅上,旁边的桌上铺着一条白毛巾,上面放着一套医疗器械。靠墙放着一个消毒柜,汩汩冒着气泡。乌克尼奇医生轻快地走进来,他身穿白大褂,额头上用皮带系着圆镜。他在我面前的凳子上坐下。

"鼻窦性头痛吗?严重吗?"他看了看护士给他的病例夹。

我说疼得厉害,都看不清东西了,早上刚起床时尤为如此。他点了点头,露出一副洞悉一切的样子。

"病症十分典型。"他说,并在一个看起来像钢笔的东西上盖了一个玻璃帽。

他把那东西塞进我嘴里。"请闭上嘴唇,但牙齿不要咬住。"他一边说,一边伸手关上了灯。屋里没有窗户。通风机呼呼响着。

乌克尼奇医生取出玻璃管,把灯重新打开。他仔细地看着我。

"没有瘀血,马洛先生。你的头痛不是鼻窦炎症引起的。我猜你这辈子从未患过鼻窦炎。你以前倒是做过鼻中隔手术。"

"是的,医生。打橄榄球的时候挨了一脚。"

他点了点头。"有一小块骨头应该切掉,不过还不至于影响呼吸。"

他向后靠在凳子上,抱着膝盖。"你有何贵干?"他问。他脸颊瘦削,面色苍白难看,看起来就像一只患了肺结核的白老鼠。

"我有个朋友,我想和你说说他的事。他现在很糟。他是一个作家,有很多钱,但有严重的神经衰弱,很需要帮助。他酗酒,一喝就是好几天停不下来。他需要一些额外的东西。他自己的医生不再配合了。"

"你说的配合是什么意思?"乌克尼奇医生问道。

"他偶尔需要打一针才能冷静下来。我想也许我们可以商量个办法。钱不是问题。"

"对不起,马洛先生。这件事我办不了。"他站了起来,"恕我直言,你这么做实在是粗鲁。你朋友要是愿意,大可以亲自过来找我。但他最好真有病需要治疗。你的诊费是10美元,马洛先生。"

"别装了,医生。你在名单上。"

乌克尼奇医生靠在墙上,点燃了一根香烟。他在等我往下说。他吐出烟,看着烟雾升起。我给了他一张我的名片。他看了看。

"什么样的名单?"他问。

"有强制措施的诊所。我想你可能早就认识我朋友了。他叫韦德。我认为你把他藏在某个白色的小房间里了。他失踪了,好几天都没回过家。"

"你真是个浑蛋。"乌克尼奇医生对我说,"像四日酒疗这种不入流的治疗,我是不屑去做的。那种疗法什么都治不好。我没有白色的小房间,也不认识你提到的那位朋友……即使真有这么一个人。你的诊费是10美元,现金,请你马上支付。还是你希望我报警,告你向我索取毒品?"

"那太好了。"我说,"就这么办吧。"

"滚出去,你这个卑鄙的骗子。"

我从椅子上站起来。"我想我弄错了,医生。上次那家伙离家出走,就是躲到一个名字以V开头的医生那里。那完全是秘密交易。他们深夜把他带走,等他过了酒劲儿,又神不知鬼不觉地把他送回来。送到之后,甚至都不等他进屋,他们就离开了。所以,这回他再次久出不归,我们自然要查看档案寻找线索。我们找到了三位名字以V开头的医生。"

"有意思。"他冷笑道。他依然在等我往下说。"你选择的依据是什么？"

我盯着他。他的右手在左臂内侧的上半部分轻轻地来回移动，脸上布满了细密的汗珠。

"对不起，医生。我们的运作都是保密的。"

"失陪了。我还有病人……"

他没有说完剩下的话，便走了出去。他走后，一个护士从门口探进头来，看了我一眼就走了。

过了一会儿，乌克尼奇医生回来了，他的步伐很欢快。他微笑着，很放松，眼睛亮晶晶的。

"什么？你怎么还在这里？"他看上去很惊讶，也可能是假装很惊讶，"我还以为我们的短暂会面已经结束了呢。"

"我这就走。我还以为你要我等着呢。"

他咯咯地笑了。"你知道吗，马洛先生？我们生活在一个非凡的时代。为了区区 500 美元，我可以弄断你的几根骨头，把你送进医院。很滑稽，是不是？"

"的确滑稽。"我说，"你往自己的血管里打了一针，是不是，医生？伙计，你精神不错！"

我迈步向外走。"再见，朋友①。"他轻松愉快地说，"别忘了付 10 美元，直接交给护士。"

我离开时，他走到对讲机前，说了些什么。等候室里还是那 12 个人，也可能是与他们相像的 12 个人，每个人都很不舒服。护士履行了她的职责。

---

① 原文为西班牙语 Hasta luego, amigo。

"请付 10 美元，马洛先生。我们诊所要求即付现金。"

我从一双双脚之间走向门口。护士从椅子上一跃而起，绕着桌子跑了过来。我拉开了门。

"要是有人不付钱，会怎么样？"我问她。

"你会知道的。"她生气地说。

"当然。你只是在做你的工作。我也是。看看我留下的名片，你就知道我的工作是什么了。"

我走出大门。候诊病人向我投来了不赞同的目光，像是在说：不该对医生这样无礼。

18

阿莫斯·瓦利医生是一个完全不同的调查对象。他有一座古老的大房子,房子坐落在一个古老的大花园里,园中栽种着古老的橡树,树木参天,树荫蔽日。那是一个巨大的框架结构建筑,门廊的飞檐上有精致的涡卷装饰,白色的门廊栏杆上有螺旋状凹槽纹立柱,就像老式大钢琴的琴腿。几个身体虚弱的老人坐在门廊的长椅子上,身上裹着毯子。

入口处是双扇门,门上镶着彩色玻璃。里面的门厅宽敞凉爽,镶花地板擦得锃亮,没铺地毯。夏天的阿尔塔迪纳天气炎热。这栋房子背山而建,微风从上方吹过。80年前,人们就知道如何建造适合这种气候的房屋了。

一个穿着洁白工作服的护士接过我的名片,等了一会儿,阿莫斯·瓦利医生才屈尊来见我。

他人高马大的,留着光头,脸上带着愉快的笑容。他的白大褂一尘不染,绉胶底鞋走起路来无声无息。

"我能为你做什么,马洛先生?"他的声音圆润柔和,像是可以缓解痛苦,抚慰焦虑的情绪。医生来了,没有什么可担心的,一切都会好的。他对病人很好,态度亲切。他很不错,像钢板一样坚韧。

"医生,我在找一个叫韦德的人,他很有钱,是个酒鬼,好几天没回家了。他从前都是躲在不起眼的俱乐部里,那些地方可以帮他醒酒。我唯一的线索是他提到过一个 V 医生。你是我找过的第三个 V 医生,我现在都有点儿泄气了。"

他亲切地笑了。"才找了三个,马洛先生?在洛杉矶市内和周边地区,名字以 V 开头的医生肯定有一百个。"

"当然如此,但没有几个医生的病房装有铁栏窗。我注意到房子另一边的楼上就有几间。"

"住在里面的都是老人。"瓦利医生悲伤地说,但那是一种极为沉重的悲伤,"那些老人孤独、沮丧、不快乐,马洛先生。有时……"他做了个富于表现力的手势,向外划出一道弧线,停顿片刻后,他的手轻轻落下,如同一片枯叶飘落在地上。"我这里不治疗酗酒者。"他明确地补充道,"恕我失陪……"

"对不起,医生。你只是碰巧在我们的名单上,也许这其中出了什么岔子。我们的资料显示几年前缉毒队的人找过你。"

"是吗?"他看上去很困惑,随即露出恍然大悟的表情,"啊,是的,我一时不察雇了一个助手,不过我很快就把他开掉了。他利用了我对他的信任干了很坏的事。是的,有这么回事。"

"我听到的不是这样。"我说,"想来是我听错了。"

"你听到的版本是怎样的,马洛先生?"他仍然面带微笑,语气柔和。

"我听说,你不得不交出你的麻醉配药记录簿。"

他一听有点儿不高兴,虽然没有怒容满面,脸上的笑意却减少了几分。他的蓝眼睛闪着寒光。"你是从哪儿听说这种莫名其妙的消息的?"

"一家大型侦探机构,他们有专门的人负责建立这类档案。"

"就是一群低级的敲诈者,这一点毫无疑问。"

"大夫，他们可一点也不低级。他们的最低收费是一天 100 美元。老板是前宪兵上校。他们绝不是只想捞一点小钱，医生。他的名头很大。"

"我要跟他讲讲道理。"瓦利医生冷冷地说，语气里充满了厌恶，"他叫什么？"瓦利医生不再讲究礼仪，温暖的太阳落山了，寒冷的夜晚来临。

"这是机密，医生。不过用不着当回事。这都是他们的日常工作而已。你没听说过韦德这个名字吗？"

"我相信你知道怎么出去，马洛先生。"

在他身后，一部小电梯的门开了。一个护士推着轮椅走了出来。轮椅上坐着一个风烛残年的老人。他的眼睛闭着，皮肤泛着青色，浑身裹得严严实实。护士默默地把他推过光滑的地面，走进了一个侧门。瓦利医生轻声说：

"这里都是老人。生病的老人。孤独的老人。别再来了，马洛先生。可别把我惹毛了。我要是生气了，可不会留什么情面，甚至可以说后果很严重。"

"我同意，医生。谢谢你抽出宝贵的时间。你把这里做成了一个小型临终关怀中心，很不错。"

"什么？"他朝我走近了一步，亲切的态度又减少了几分。他脸上柔和的线条多了几分凌厉。

"怎么了？"我问他，"我知道我找的人不在这里。我也不是来这里找虚弱到无法反抗的人。生病的老人。孤独的老人。这是你自己说的，医生。没有人要这些老人，但他们有钱，还有贪婪的人等着继承这些钱。他们中的大多数人可能已经被法院判定为无行为能力了。"

"你已经把我惹火了。"瓦利医生说。

"清淡的食物，小剂量的镇定剂，持续的治疗。推他们去晒太阳，再让他们回到床上。把几扇窗户用铁条封起来，以防他们中有人还剩一点儿勇气想逃走。他们都爱你，医生。他们死去的时候握着你的手，看着你眼中的悲伤。你的悲伤是真实的。"

"当然是真实的。"他咆哮着说，声音低沉嘶哑。他的手此时握成了拳头。我不该再说了。但他已经开始让我感到恶心了。

"当然是。"我说，"没有人愿意失去出手大方的客户，尤其是你甚至都不需要取悦的客户。"

"总得有人做这件事。"他说，"总得有人照顾这些可怜的老人，马洛先生。"

"粪坑也得有人去淘。仔细想想，你干的还是一份干净诚实的差事哩。再见，瓦利医生。什么时候我的工作让我感到肮脏了，我一定会想起你，那我马上就会振作起来。"

"你这个污秽的跳蚤。"瓦利医生咬着他那又宽又白的牙齿说，"我应该打得你满地找牙。医生是一份光荣的职业，而我所做的工作也与有荣焉。"

"是的。"我疲惫地看着他，"我知道是的，只不过散发着死亡的气味罢了。"

他没有打我，我从他身边走开，离开了那里。我站在那扇宽大的双扇门前向后看。他没有动。他有工作要做，又恢复了亲切友好的模样。

19

我驱车回好莱坞,感觉自己像一小段被咀嚼过的绳子。天气很热,现在去吃饭又还早。我打开办公室的风扇。虽然没有凉爽多少,但好歹空气流通了。外面马路上的嘈杂声不绝于耳,我的思绪像捕蝇纸上的苍蝇一样粘在一起。

三发子弹,发发落空。折腾半天光围着几个医生打转了。

我往韦德家打了个电话。接电话的人一口墨西哥腔,说韦德太太不在家。我问他韦德先生呢,那人说韦德先生也不在家。我留下名字,他似乎毫不费力地听清了。他说他是韦德家的仆人。

我又打电话到卡恩机构找乔治·彼得斯。他或许还知道别的医生。结果他不在。我留下了假名字和真电话号码。接下来的一个小时过得很慢,像一只病蟑螂慢悠悠地往前爬。我就如同一粒被遗落在沙漠里的黄沙,一个刚打光子弹的双枪牛仔。三发子弹,发发落空。我讨厌连续三次都扑空的感觉。你找甲先生一无所得,找乙先生也是一无所得,找丙先生还是这样。一个礼拜后你发现丁先生才是目标,只是等你知道这人的存在时,委托人已经改变主意,不让你调查了。

可以排除掉乌克尼奇医生和瓦利医生。瓦利医生这么有钱,自然不需要从酒鬼身上弄钱。乌克尼奇医生就是个废物,竟然铤而走险,在自己的诊所里胡作非为。助手肯定知道,至少某些病人也知情。只要惹恼一个人，一个电话就能让他玩儿完。不管喝没喝醉，韦德都不会靠近他半步。韦德或许不是世上最聪明的人，毕竟许多成功人士也都谈不上智力超群，但他还不至于蠢到和乌克尼奇有什么牵扯。

唯一有嫌疑的就是韦林杰医生了。他那里不光大，还足够隐蔽，他本人多半也有足够的耐心。可是塞普尔韦达峡谷距离悠闲谷太远了。联络点在哪儿？他们又是怎么认识的？还有，如果那片土地属于韦林杰，也已经有了买家，那他马上就是有钱人了。念及此，一个主意跃入我的脑海。我打电话给产权公司的熟人，想查查那片地的情况。电话没人接，产权公司已经下班了。

于是我也下班，开车来到拉辛尼加路的鲁迪烤肉店。我向领班报了名字，便在吧台前坐下，点了一杯威士忌酸酒放在面前，一边听着马雷克·韦伯的华尔兹音乐，一边等待着那个非常时刻的到来。等了一会儿，我便走过天鹅绒拉绳，开始享用鲁迪店里"名满全球"的索尔斯伯利牛肉饼，其实就是一块在滚烫木板上煎熟的牛肉饼，周围有一圈煎成焦黄色的土豆泥，搭配炸洋葱圈和什锦沙拉，男人在餐厅里会把这种沙拉乖乖地吃下去，但要是妻子在家里让他们吃，他们恐怕会大声嚷嚷。

吃完后我便开车回家，打开前门时，电话铃响了。

"我是艾琳·韦德，马洛先生。你让我给你回电话的。"

"我就是问问你那边怎么样。我一整天找了好几个医生，可惜没有一个值得交朋友。"

"很遗憾，不怎么样。韦德一直都没回家，我担心极了。看来你是没什么可以告诉我了。"她的声音很低，充满了沮丧。

"韦德太太，我们这个县不光地方大，人也多。"

"到了今晚，就是整整四天了。"

"没错，但这也不算长。"

"对我而言就很长了。"她沉默了一会儿，"我一直在思考，想记起些事情来。"她继续道，"一定还有什么，一个迹象，或是一段记忆。罗杰什么都说。"

"韦德太太，你对韦林杰这个名字有印象吗？"

"没有，恐怕没有。应该有吗？"

"你说过有一次韦德先生是被一个牛仔打扮的高个年轻小伙送回来的。韦德太太，要是再见到那个高个年轻小伙，你能认出他来吗？"

"只要环境差不多，应该就可以。"她迟疑道，"不过我当时只来得及看他一眼。他叫韦林杰吗？"

"不是的，韦德太太。韦林杰是个身材壮实的中年男人，他在塞普尔韦达峡谷经营一家度假牧场。不，应该说曾经是这样的。他手下有个年轻人叫厄尔，打扮得挺花哨。韦林杰称自己是位医生。"

"太棒了，"她激动地说，"你不觉得你已经找对方向了吗？"

"我现在的处境可能比一只淹死的小猫还惨。等有确切消息了，我再打给你。我就是想确认一下罗杰有没有回家，以及你有没有想起什么事。"

"我恐怕帮不了什么忙，"她遗憾地说，"你随时都可以电话联系我，多晚都行。"

我答应了下来，便挂断了电话。这次我带上了一把枪和一个三节电池的手电筒。那是一把点 32 口径的短管手枪，装有平头弹，小是小，威力却很大。除了指节铜环外，韦林杰的小弟厄尔说不定还有其他小玩意儿。如果真有，就他那个愣头愣脑的样子，肯定要通通拿出来玩玩。

我再次驱车上路，把车开得飞快。今夜没有月亮，等我到达韦林杰那片土地的入口时，天肯定已经完全黑下来了。黑暗正好为我提供掩护。

　　大门依然用链条和挂锁牢牢锁着。我开车驶过大门，停在离公路很远的地方。树下依稀还有些光亮，但要不了多久就会完全黑下来。我翻过大门，爬上山坡，寻找徒步小径。远处的山谷隐约传来鹌鹑的叫声。一只悲戚的鸽子正在惊叹命运的凄惨。山坡上没有徒步小径，也有可能是我没找到。于是我回到大路，沿着砾石路的边缘向前走。路边的桉树逐渐变少，橡树多了起来，我越过山脊，看着远处亮着几点灯光。我从游泳池和网球场的后面绕过，足足花了三刻钟，才找到一个能俯瞰道路尽头主屋的位置。屋里亮着灯，里面还传出了音乐声。更远处的森林里零星分布着好些小木屋，除了有一个同样亮着灯，其他都是黑黢黢的。就在我顺着一条小径往前走时，主屋后面的探照灯突然亮了起来。我猛地停下。探照灯没有四处照射，而是直指正下方，把后门廊和门廊外的地面照得一片光亮。接着，一扇门砰的一声开了，厄尔走了出来。这时我才确定自己找对了地方。

　　厄尔今晚一身牛仔打扮，上次送罗杰·韦德回家的人也是牛仔打扮。厄尔不停地晃动一根绳索。他身穿一件镶白边的深色衬衫，脖子上松松垮垮地系着圆点围巾，腰间扎着一条镶嵌大量银饰的宽皮带，皮带上挂着两只压花的皮枪套，枪套里各插着一把象牙柄的手枪。他穿着一条上等的马裤，脚上是一双崭新锃亮的靴子，靴子上还用白线绣着十字绣。后脑勺上扣着一顶白色宽边帽，用银线编织而成的帽绳松松地垂在衬衫上，末端并没有系在一起。

　　厄尔就这样独自站在白色的聚光灯下，让绳索绕着自己飞舞。他时而走进光圈里，时而又迈出去。虽然没有观众，但这个身材颀长、外表俊朗的牛仔全然沉醉在自己的独角戏中。这就是科奇斯县的恶霸双枪厄尔。他来自某个爱马如痴的度假牧场，那儿连接线女郎都穿着马靴上班。

这时,他忽然听到有动静,或者说,他是假装听见了。绳索落在地上,他拔出枪套里的双枪。枪口平举之际,他的大拇指就已经按在了撞针上。他瞥向黑暗处。我丝毫不敢动弹,他那该死的枪里说不定装了子弹。好在站在探照灯下面的他什么都看不见。他把枪插回枪套,捡起地上的绳索,松松垮垮地收起来,接着便返身回到屋里。灯熄了,我也赶紧离开。

我在林中迂回穿梭,来到山坡上那间亮着灯的小木屋近前,里面没有任何声音。我走到一扇纱窗旁,往屋内望去。灯光来自摆在床头柜上的一盏灯,旁边是一张床,一个身穿长袖睡衣的男人平躺在床上,他身体松弛,两只胳膊放在被子外面。男人睁着眼睛,看着天花板。他看上去块头很大,虽然有一部分阴影落在他脸上,但依然看得出来他脸色苍白,需要刮胡子了。胡须的长度正好对得上韦德失踪的时间。

这时,我听见木屋另一侧的小路上传来了脚步声,接着纱门嘎吱一响,韦林杰医生壮实的身形便出现在了门口,他手上还端着一大杯像是番茄汁的东西。他打开一盏落地灯,身上的夏威夷衬衫随即泛起黄光。床上的男人始终没有瞧他一眼。

韦林杰医生把玻璃杯放在床头柜上,拉了把椅子坐下。他伸手抓过男人的一只手腕,摸了摸脉搏。"现在感觉怎么样,韦德先生?"他的声音和蔼、热情。

床上的男人没有答话,也没看他,只是继续盯着天花板。

"好了,好了,韦德先生。别生气了,你的脉搏也就比正常情况稍微快了一点儿。你的身体还很虚弱,不过除此之外……"

"泰吉,"床上的男人突然说道,"告诉那个狗娘养的,他既然知道我的状态,何必再多此一举过来问我。"他的声音清脆、好听,只是带着几分怒气。

"谁是泰吉?"韦林杰医生耐心地问。

"我的代言人。她就在那边的角落里。"

韦林杰医生抬头看向天花板。"我只看见了一只小蜘蛛,"他说,"别装神弄鬼了,韦德先生。我可不吃这一套。"

"老兄,这是家隅蛛,一种常见的跳蛛。我喜欢蜘蛛。它们从不穿夏威夷衬衫。"

韦林杰医生舔了舔嘴唇。"我可没时间和你开玩笑,韦德先生。"

"泰吉也从来不开玩笑。"韦德转过头,像是脑袋有千斤重一般,轻蔑地看向韦林杰医生。"泰吉是认真的。她会悄悄爬到你身上,你一个不注意,她就会悄无声息地跳起来。医生,等她靠得足够近,只消最后一跳,你就被吸干了。整个人都干瘪了。泰吉不吃你,她吸食你身体的汁液,最后,你只剩下一副空皮囊。只要你还打算继续穿着这件衬衫,医生,我敢说这件事情用不了多久就会发生。"

韦林杰医生靠在椅背上。"我要5000美元,"他平静地说,"需要多久?"

"你已经拿走了650美元,"韦德咬牙切齿道,"我身上的零钱也都进了你的口袋。这个妓院怎么就贵成这样了?"

"一笔小钱而已,"韦林杰医生说,"我告诉过你我这儿涨价了。"

"你可没说价钱涨到威尔森山顶了。"

"别跟我耍花招,韦德,"韦林杰医生毫不客气地说,"你没资格跟我闹着玩,再说你也背叛了我的信任。"

"我可没发现你有任何信任度可言。"

韦林杰缓缓地拍了拍椅子扶手。"你半夜把我叫过来,"他说,"说你危在旦夕,说如果我不过来你就自杀。我其实不想这么做,原因你也知道。我在这个州没有行医执照。我正在想办法处理这片地产，免得最后什么都捞不到。我还要照看厄尔，他眼见就有大麻烦了。我跟你说过这次要收一大笔钱。你坚持让我过去，我才去的。我要5000美元。"

"我是被酒精搞迷糊了，"韦德说，"你不能趁我喝醉就狮子大开口。这价钱太他妈离谱了。"

"还有一件事。"韦林杰医生缓缓道，"你跟你妻子提到了我的名字。你告诉她我会去接你。"

韦德一脸惊讶。"我不可能做这种事情，"他说，"那晚我都没见过她，她睡着了。"

"那就是其他时候说的。有个私家侦探到这儿打听你了。如果不是有人告诉了他，他怎么能找到这儿来？我把他打发走了，但他可能还会再来。你是时候该回家了，韦德先生。但先把我要的5000美元拿来。"

"医生，你并非全世界最聪明的人，对不对？我妻子真知道我在哪儿，又何必请个侦探呢？只要她是真心在乎我，她大可自己过来一趟。她可以带上家里的仆人坎迪一起过来。你手底下那位娘娘腔还在思考今天要演哪部电影，坎迪就已经将他剁成肉酱了。"

"你嘴巴特别毒，韦德，心肠也特别毒。"

"我还有5000美元毒钞票呢，医生。你快来拿走啊。"

"你写张支票给我，"韦林杰医生坚定地说，"现在，立刻！写完了你就去穿衣服，厄尔会送你回家。"

"支票？"韦德差点儿笑出声来，"我当然能给你写张支票，这没问题。问题是你怎么兑现呢？"

韦林杰医生平静地笑了。"韦德先生，你觉得你能止付那张支票。但你不会，我保证。"

"你这个肥猪,大骗子!"韦德朝他喊道。

韦林杰医生摇摇头。"从有些方面来说,你骂得很对,但也不完全对。我和大多数人一样都好坏参半。厄尔会开车送你回家。"

"不行!一看见那家伙,我就起鸡皮疙瘩。"韦德说。

韦林杰医生缓缓起身,伸手拍了拍床上那人的肩膀。"韦德先生,厄尔对我而言没有一点儿威胁。我有的是控制他的办法。"

"说一个来听听。"门口传来了另一个声音,紧接着扮成牛仔影星罗伊·罗杰斯的厄尔走进门来。韦林杰医生微笑着转过身。

"让那个神经病离我远点儿!"韦德大喊,第一次露出了恐惧的表情。

厄尔双手扶在银饰腰带上,脸上面无表情。接着,他轻轻地吹了声口哨,缓缓地走了进去。

"你不该这样说,"韦林杰医生连忙道,然后转向厄尔。"好了,厄尔。韦德先生的事,我亲自处理好了。我先帮他穿好衣服,你去把车开过来,停车时尽可能离木屋近些。韦德先生现在很虚弱。"

"他还会更虚弱。"厄尔的声音听起来像哨声。"闪一边去,胖子。"

"喂,厄尔……"韦林杰伸手抓住那帅小伙的胳膊,"你不想再回卡马里奥了吧?我只要一句话,你就……"

韦林杰一句话还没说完,厄尔就将被抓着的胳膊抽了出来。他抬起戴着指节铜环的右手,伴随着金光一闪,韦林杰医生的下巴就挨了一拳。韦林杰医生顿时栽倒在地,仿佛被子弹击中了心脏。他这一倒,整间屋子都随着震动了一下。我拔腿冲了过去。

我冲到门口,猛地一把拉开门。厄尔转过身来,身体微微前倾,双眼凝视着我,却没认出我是谁。他嘟囔了一声,便飞快地向我扑来。

我拔出手枪,对着他晃了晃。但是没有什么用。要么他的两把枪里都没子弹,要么就是他完全忘记了自己还有两把枪。他需要的只有那副指节铜环。他继续朝我扑来。

我对着床另一边那扇敞开的窗户开了一枪。在这个小房间里,枪声比平时响得多。厄尔顿住脚步,猛地扭头看向纱窗上的弹孔,又转过头来看着我。他渐渐地露出兴奋的表情,随即咧嘴一笑。

"这是怎么了?"他笑盈盈地问道。

"摘掉手上的指节铜环。"我盯着他的眼睛道。

他惊讶地低头看向自己的手,摘下指节铜环,随手将其扔进了角落里。

"现在取下腰上的枪套皮带,"我说,"不许碰枪,只能解扣。"

"枪里就没装子弹,"他微笑道,"见鬼了,甚至都不是真枪,就是舞台道具。"

"解皮带,快点儿!"

他看着我手里那把点32口径短管枪。"你那是真枪?噢,当然是。看看纱窗吧,没错,看看纱窗。"

床上的男人下了床,来到厄尔背后,飞快地伸手将其中一把亮闪闪的手枪拔了出来。看厄尔的表情就知道,这让他很不爽。

"别碰他,"我生气地说,"把枪放回去。"

"他没撒谎,"韦德说,"是玩具枪。"他朝后退了退,将亮闪闪的手枪放在桌上。"天哪,我太虚弱了,整个人像一只断了的手臂。"

"解下皮带!"我第三次说。面对厄尔这种人,就是一刻也不能松懈。简单利落,不能有丝毫的犹豫。

最后,厄尔还是乖乖地照做了。接着,他拿起皮带走到桌边,将桌上的枪放回枪套,重新系好皮带。我没有阻止他。这时他终于发现韦林杰医生蜷缩着身子倒在墙边的地板上。他担忧地说了句什么,就飞快地穿过房间，走进浴室，端着一玻璃罐水走回来。厄尔把水倒在韦林杰医生的脑袋上。韦林杰医生吐了几口水，翻过身，呻吟了起来。接着，他用一只手拍了拍下巴，试图站起来。厄尔见状赶忙扶他起来。

"对不起，医生。我刚才肯定是人都没看清就直接动手了。"

"没关系，没伤到骨头。"韦林杰说，挥手让他走开。"去把车开过来，厄尔。记得拿挂锁的钥匙。"

"把车开过来，没问题。立马就去。挂锁的钥匙。记住了。立马就去，医生。"

厄尔吹着口哨离开了房间。

韦德坐在床边，身体颤巍巍的。"你就是他说的那个侦探？"他问我，"你是怎么找到我的？"

"找了解内情的人问问就知道了，"我说，"要回家的话，你最好还是先穿好衣服。"

韦林杰医生靠在墙上揉着下巴。"这点我可以帮他，"他声音沙哑地说，"我做的一切都是为了帮人，可他们就只会反咬我一口。"

"我明白你的感受。"我说。

我走到外面，让他们把衣服穿好。

20

待韦德和韦林杰医生出来时,车已经停在了附近,厄尔人却走了。他停好车,熄灭车灯,也不和我说话,就朝主屋走去了。他依然吹着口哨,寻找着某个似曾相识的曲调。

韦德小心翼翼地爬进后座,我坐在他的旁边。韦林杰医生负责开车,哪怕他下巴伤得很厉害,脑袋也痛,他都没露声色。我们越过山脊,下坡来到砾石路的末端。厄尔已经在坡下了,他打开挂锁,拉开了大门。我告诉韦林杰我停车的位置,他把车停到在我的车旁边。进了我的车后,韦德就默默坐在那儿出神。韦林杰下了车,绕到韦德那边,轻声对他说:

"还有我那 5000 美元呢,韦德先生。你答应过给我支票。"

韦德身体下滑,脑袋靠在椅背上。"我会考虑的。"

"你承诺过的。我需要这钱。"

"韦林杰,'胁迫'这个词的意思是以伤害相威胁。可现在有人保护我了。"

"我给你吃的,帮你洗干净身体,还三更半夜去接你。"韦林杰不肯放弃,"我保护了你,治好了你,至少暂时是这样。"

"这些不值 5000 美元,"韦德冷笑道,"你从我口袋里拿走的已经够多了。"

韦林杰没有就此罢休，"古巴那边有人已经答应我了，韦德先生。你是个有钱人。你应该在别人有需要时拉他们一把。我有厄尔要照顾。这于我而言是个好机会，我需要这笔钱。我会全额还给你的。"

我开始动来动去，很想抽根烟，又怕烟味让韦德不舒服。

"你会还钱？骗鬼呢。"韦德倦倦地说，"你活不了那么久。或许某天夜里你在睡梦中就被蓝衣小子给宰了。"

韦林杰往后退了退。我看不见他的表情，但他语气变强硬了。"不愉快的死法多着呢，"他说，"我看你就会死得很惨。"

韦林杰回到自己的车那儿，钻了进去。他驾车驶进大门，消失在了里面。我倒车掉头，朝市区驶去。开过一两英里后，韦德嘟囔道："我凭什么要拿 5000 美元给那个死胖子？"

"完全没有理由。"

"那为什么不给他的话会让我觉得自己很混账呢？"

"完全没有理由。"

他转过头，刚好能够看见我。"他像对婴儿一样待我，"韦德说，"他担心厄尔进来揍我，几乎一直守在我身边。我口袋里的钱都被他拿走了，一分没剩。"

"或许是你让他拿的。"

"你站他那边？"

"这不重要，"我说，"我就是拿钱办事而已。"

我们在沉默中开过了接下来的两三英里路。在驶过一个偏远郊区的边缘时，韦德再次开口了。

"或许我该把钱给他的。他破产了。那块地被止赎了，他连一个子儿都得不到。全是为了那个神经病。他为什么这么做呢？"

"我不知道。"

"我是个作家,"韦德说,"我应该理解人们做事的动机,可我对人,却是一无所知。"

我驾车开到隘口,驶上一道坡,眼前山谷里的灯光射到了一望无际的远方。我们下坡来到由北向西通往文图拉的公路。又过了一会儿,我们穿过了恩西诺。我停在红绿灯前,抬头看向山丘高处的灯光,那些大房子就在那儿。其中一所房子曾是伦诺克斯夫妇的家。我们继续向前行驶。

"快到岔路口了,"韦德说,"也许你知道怎么走?"

"我知道。"

"对了,你还没告诉我你叫什么呢。"

"菲利普·马洛。"

"好名字。"他的声音突然变了,说,"等等!你是那个和伦诺克斯一起混的家伙?"

"没错。"

车厢里黑漆漆的,他一直盯着我看。我们驶过了恩西诺主道上的最后一幢建筑。

"我认识他妻子,"韦德说,"但不怎么熟。我从没见过他本人。那事儿够古怪的。条子们可好好收拾了你一顿,对吧?"

我没有回答他。

"你也许不喜欢聊这个话题。"他说。

"可能吧。你怎么会感兴趣?"

"见鬼,我是个作家。这肯定是个不错的故事。"

"今晚就算了吧。你应该还很虚弱。"

"好吧,马洛。好吧。你不喜欢我。我知道了。"

我们开车到岔路口拐进去,朝着低矮的丘陵驶去,小山之间的缺口就是悠闲谷。

"我对你谈不上喜欢还是不喜欢,"我说,"我不认识你。你太太请我去找你,把你带回家。等把你送进家门,我的任务就完成了。至于她为什么请我,我就不知道了。我说过,我就是收钱办事的。"

我们绕过一个山丘的侧翼,驶入一条比较宽阔平整的公路。韦德说再往前一英里就到他家了,在马路的右边。他将门牌号告诉了我,其实这我早就知道了。就他目前的身体状况而言,他着实挺健谈的。

"她付给你多少钱?"他问。

"我们没讨论过。"

"不管多少,都是不够的。我对你简直感激不尽。这工作你做得很好,朋友。我不值得你这么大费周章。"

"这只是你今晚的感受。"

韦德笑了。"你知道吗,马洛?我可能要喜欢上你了。你有点儿混账,像我一样。"

我们到了他家。这是一栋两层的独栋别墅,带一个小柱廊,一条长草地从门口一直延伸到白色栅栏内侧一排茂密的灌木丛里。门廊上亮着一盏灯。我把车开进车道,停在车库附近。

"没人帮忙,你自己能进去吗?"

"当然。"他下了车,"你不进来喝一杯什么的?"

"今晚就不了,谢谢。等你进屋了我再走。"

韦德站在那儿直喘粗气。"好吧。"他简短地说。

他转过身,小心翼翼地沿着一条石板路走到前门。他扶着一根白色柱子休息了一会儿才试着开门。门开了,他走了进去。门一直开着没关,灯光洒落在绿色草地上。突然传来一阵说话的声音。我在倒车灯的照明下，将车从车道倒出去。有人在大声叫唤。

我一瞧，只见艾琳·韦德站在敞开的门口。我继续倒车，她跑了起来。我只好停住车。我熄灭车灯，下了车。她走到近处，我说：

"我本该给你打通电话，但我不敢离开他。"

"当然。你遇到了不少麻烦吧？"

"嗯，比按门铃要麻烦一点儿。"

"进屋待会儿吧，给我讲讲经过。"

"他应该卧床休息。到明天他就能完全恢复过来了。"

"坎迪会送他上床的，"她说，"他今晚不会喝酒了，如果你是担心这个的话。"

"我倒是没想过这事。晚安，韦德太太。"

"你肯定累了。不想喝一杯吗？"

我点燃了一根香烟，感觉就像几个礼拜没尝过烟草味似的。我将烟吸进肺里。

"我能抽一口吗？"

她走到我跟前，我把烟递给她。她吸了一口，咳了咳，便笑着将烟还给我。"如你所见，我完全就是个新手。"

"这么说，你认识西尔维娅·伦诺克斯了？"我说，"所以你才想到雇我？"

"我认识谁？"她似乎很迷惑。

"西尔维娅·伦诺克斯。"烟回到了我手上，我用力地抽了起来。

"啊。"她惊讶地说，"你说的是那个……遇害的姑娘。不，我不认识她，但我听说过她。我不是跟你说过的吗？"

"抱歉，我忘记你跟我说过什么了。"

她仍静静地站在那儿，离我很近，身材窈窕，穿着一条白色的长裙。

灯光从敞开的房门倾泻而出,她的发梢在光线下发着柔光。

"你为什么问这事跟我雇你是否有关?'雇用'这两个字可是你自己说的。"我没有立刻回答,她又说,"罗杰跟你说他认识那个女的?"

"在我把自己的姓名告诉他后,他就提起了那个案子。他没有立马将我和那案子联系起来,是后来想起来的。他实在太能聊了,他说的内容我连一半都记不住。"

"明白了。马洛先生,我得回屋看看我丈夫是否有什么需要。你如果不进去……"

"我要把这个留给你。"我说。

我抱住她,把她拉到怀里,让她向后仰起头。我深深地吻住了她的红唇。她没有反抗,也没有回应。她静静地拉开我们之间的距离,站在那儿看着我。

"你不该这么做,"她说,"这么做是错的。你是那么好的一个人了。"

"的确错得离谱。"我赞同道,"但我这一整天都在做一条老实听话的好猎犬,着了魔似的卷入了我有生以来最愚蠢的一场冒险,要说没人事先安排好这一切,那可真是见鬼了!你知道吗?我认为你自始至终都知道他在哪儿,至少你知道韦林杰医生这个名字。你就是想让我和他发生牵扯,产生纠缠,让我觉得自己有责任照顾他。还是说我疯了,这只是我的想象?"

"当然是你疯了,"她冷冷地说道,"这是我有生以来听过的最荒唐的胡话。"她迈步转身离开。

"等一会儿,"我说,"亲一下又不会留疤,只是你以为会而已。另外,别跟我说我是那么好的一个人,我宁愿做个浑蛋。"

她回头一看。"为什么?"

"如果我在特里·伦诺克斯面前不当好人,他应该还活着。"

"是吗?"她轻声说,"你怎么能那么肯定呢?晚安,马洛先生。非常感谢你所做的这一切。"

她顺着草地边缘往回走。我目送她进了屋。门关了。门廊的灯灭了。我对着空气挥挥手,开车离开了。

21

前一晚得到了丰厚的报酬，所以第二天早晨我起得晚了一些。我多喝了一杯咖啡，多抽了一支香烟，多吃了一片加拿大培根，第 300 次发誓以后绝不再用电动剃须刀。做完这些，这一天才算恢复了正常。我十点左右抵达办公室，整理了些杂七杂八的邮件，撕开信封，将信件就这么摊在桌子上。我开大窗户，将夜里聚积的灰尘和污浊的气味散发出去，沉滞的空气中、房间的角落里和百叶窗的叶片间，都弥漫着那股子味道。办公桌的一角有只张开翅膀的死蛾子。窗台上一只翅膀残损的蜜蜂正沿着木框爬行，发出疲惫细微的嗡嗡声，仿佛知道怎么挣扎都是白费功夫，自己已经玩儿完了。它飞出来执行过太多次任务，这次再也回不去蜂巢了。

我很清楚今天依然要在疯狂中度过，每个人都会遇到这样的情况。在这样的日子里，不会有人找上门来，但车轮会松脱，野狗疯疯癫癫，松鼠找不到坚果，机械师总是落下一个齿轮。

第一位顾客是个粗俗的金发大汉，他有个芬兰名字，好像是库伊辛宁。他把硕大的屁股塞进客椅，把两只粗糙的大手放在桌子上，说自己是个挖土机操作工，住在卡尔弗市，他隔壁的死女人老想毒害他的狗。每天早晨放狗进后院放风之前，他都必须将篱笆全检查一遍，看看隔壁有没有从土豆蔓上方丢肉丸过来。到目前为止，他已经找到了九个肉丸，里面都加了一种绿色粉末，他知道那是一种砒霜除草剂。

"你去监视她，再抓她个现行，需要多少钱？"他目不转睛地盯着我，像鱼缸里的金鱼。

"你怎么不亲自去？"

"我得谋生计啊，先生。光是跑到这儿咨询一趟，我每小时就要损失 4.25 美元。"

"没找警察？"

"找过了。他们可能要明年才能来处理这事儿。眼下他们都忙着巴结米高梅公司呢。"

"动物保护协会呢？比如摇尾贝贝？"

"那是什么？"

我介绍了一下摇尾贝贝，他丝毫没有兴趣。他知道动物保护组织。动物保护组织一边儿歇着去吧，比马小的动物就入不了他们的眼。

"门上写着你是个调查员。"他蛮横地说，"好啊，那就滚去调查吧。抓她个现行我就给你 50 美元。"

"不好意思，"我说，"我现在脱不开身。再说在你家后院的地鼠洞里躲上几个礼拜，也不是我会干的事儿，哪怕能赚到 50 美元。"

他站起来，怒视着我。"看来你还是个大人物，"他说，"不差钱，是吧？懒得去救一条籍籍无名的小狗是吧？去你的，大人物。"

"我也遇到麻烦了，库伊辛宁先生。"

"要是让我逮到，我会拧断她那该死的脖子。"他说。对此我一点儿也不怀疑，他连大象的后腿都能扭断。"所以我才要找其他人抓她。就因为有汽车经过，小家伙叫了几声。苦瓜脸的老婊子！"

他朝门口走去。"你确定她想毒死的是狗吗？"我对着他的背影问道。

"我当然确定。"快走到门口的时候,他突然明白过来,猛地转过身。"小子,你再说一遍。"

我只是摇摇头。我不想跟他打架。他说不准会用桌子砸我的脑袋瓜。他哼了一声,走了出去,门差点儿被他扯掉。

盘子里的下一块饼干是个女人,不老,也不算年轻,不干净,但也不算脏,一看就知道她很穷,衣着破烂,爱发牢骚,人又愚蠢。与她合住的女孩子不断从她钱包里偷钱。在她那个圈子里,任何出来工作的女人都算女孩子。这儿偷1美元,那儿偷50美分,加起来就不少了。她估计她一共丢了20来美元。她受不了这个损失。她没钱搬家,也请不起侦探。她觉得我应该愿意打电话吓吓她的室友,只是不要提到任何人的名字。

她花了二十多分钟把这些事情告诉我,一边讲一边捏自己的包。

"这事儿你只要随便找个认识的人就能办。"我说。

"是啊,但你毕竟是侦探。"

"我没有威胁陌生人的执照。"

"我会告诉她我来见过你,我不必说是她拿的,只说你正在调查。"

"我要是你,就不会这么做。你提了我的名字,她说不定会打电话给我。如果她打来了,我肯定会实话实说。"

她站起来,将破旧的包包摔在肚子上。"你一点儿都不绅士。"她尖声道。

"哪里规定我必须要绅士?"

她嘟嘟哝哝地出去了。

午饭后我接待了辛普森·W. 艾德威斯先生。他有一张名片证明他的名字就叫这个。他是一家缝纫机经销公司的经理。他一脸倦容,年纪约莫在 48 岁到 50 岁之间，个子不高，手脚都小，穿着一套袖子过长的棕色西装，白色硬领下是一条印有黑色钻石图案的紫色领带。他镇定自若地坐在椅子边缘，用忧伤的黑色眼睛望着我。他的头发也是黑色的，又密又硬，一眼看去找不到一丝白发。他的小胡子修剪得整整齐齐，有些发红。如果不看他的手背，你会以为他也就 35 岁。

"叫我辛普吧，"他说，"其他人都是这么叫的。报应来了。我是个犹太人，娶的却不是犹太女人，她才 24 岁，长得漂亮。在这之前，她已经出走过好几次了。"

他拿出她的照片给我看。对他而言，她也许很美。可在我眼里，她邋里邋遢，嘴唇很薄，像头大母牛。

"碰上什么问题了，艾德威斯先生？我不处理离婚业务。"我想把照片还给他，他摆摆手不接。"在我这儿，顾客永远是大爷，"我继续说，"可要是顾客对我撒了一大堆谎话，那就是另外一回事了。"

他笑了。"撒谎对我又没任何好处。这不是离婚的问题，我只想让梅布尔回来。但是，她非得等我找到她才肯回来。她可能觉得这是一种游戏。"

他讲着妻子的事，看起来很有耐心，毫无恨意。梅布尔酗酒、爱玩，以他的标准不是一位很好的妻子，但他在成长过程中接受的教育可能过于严厉了。他说，梅布尔的心胸和广厦一样大，他非常爱她。他没有自欺欺人说自己是大众情人，他只是个老实巴交的工人，会把工资拿回家。他们有个联名账户，她将里面的钱全取走了，不过他对此早有准备。他很清楚梅布尔是和谁私奔的，他没猜错的话，那男人会掏空她的口袋，留下她进退维谷。

"那家伙姓凯瑞甘，"他说，"门罗·凯瑞甘。我并非是贬低天主教。

犹太人里也有很多坏人。这个凯瑞甘是个理发师,我也不是贬低理发师,但很多理发师都漂泊不定,经常赌马。不可能靠得住。"

"等她的口袋被掏空了,你不就可以收到她的消息了?"

"她可能会觉得无地自容,做出伤害自己的事。"

"这是起人口失踪案,艾德威斯先生。你应该去警局报案。"

"不。我不是在贬低警察,可我不愿意那么做。梅布尔会觉得失了面子。"

艾德威斯先生不想贬低的人似乎比比皆是。他将一些钱放在办公桌上。

"200美元。"他说,"算是定金吧。我宁愿按我的方式来。"

"这种事以后还会发生的。"我说。

"肯定的,"他耸耸肩,平和地摊开双手。"她才24岁,我却快50了。怎么可能不这样呢?过段时间她就会定下来。问题是我们没孩子。她生不了孩子,犹太人喜欢孩子,梅布尔得知这件事后觉得丢脸。"

"你是个非常宽容的人,艾德威斯先生。"

"我可不是天主教徒,"他说,"我不是贬低天主教徒,你知道的。不过我是真的很宽容。这可不是说说而已,我就是这么做的。噢,我差点儿忘记最重要的东西。"

他拿出一张明信片,将它和桌上的钞票一起推过来。"她从火奴鲁鲁寄来的。钱在火奴鲁鲁不经花。我有个叔叔在那块儿做珠宝生意,现在退休了,住在西雅图。"

我再次把那张照片拿起来。"我得将这事儿外包出去,"我跟他说,"我要把照片复印一下。"

"我猜到你会这么说,马洛先生,来之前我就猜到了。所以我是有备而来的。"他拿出一个信封,里面有五张复印件。"凯瑞甘的我也有,但只是快照。"他把手伸进另一只口袋,掏出另一个信封递给我。我瞅了瞅凯瑞甘。他长着一副讨好的面孔,不过面相里透着不老实,这点我并不意外。凯瑞甘的照片有三份复印件。

辛普森·W. 艾德威斯先生又给了我一张名片,上面有他的姓名、住址和电话号码。他说他希望我不要收费太高,但如果后续要加钱,他也会马上给我。他说希望能快点儿得到我的消息。

"她要是仍在火奴鲁鲁,200 美元应该差不多够了。"我说,"现在我需要的是对这两人外貌的详细描述,我好都写进电报里。身高、体重、年龄、肤色,任何显眼的疤痕或其他可供识别的标记,她的穿着、带了哪些衣服,她提空的那个账户里曾有多少钱。要是你以前有过这种经历,艾德威斯先生,你就知道我要的是什么。"

"对这个凯瑞甘,我感觉怪怪的,心里很不踏实。"

我又花了半小时从他身上挤出一些线索,逐一记录下来。接着,他安静地站起身,安静地握手、鞠躬,安静地离开办公室。

"告诉梅布尔一切都好。"出门时他说。

事实证明这是一套例行程序。我发了份电报给火奴鲁鲁的一家侦探社,随后用航空邮件将照片和电报中没写的所有资料都寄了过去。他们发现梅布尔在一家豪华酒店给客房服务员打下手,刷洗浴缸和卫生间地板之类的。正如艾德威斯先生所料,凯瑞甘趁她睡着后将她洗劫一空,溜之大吉,留下她承担酒店的账单。她当掉了一枚凯瑞甘必须用暴力才能取下来的戒指,可那些钱只够付清酒店的住宿费,回家的路费却依然没有着落。于是艾德威斯跳上飞机去找她了。

她配不上他。我寄给他一张 20 美元的账单和一封长途电报费收据。

那 200 美元被火奴鲁鲁的侦探社拿走了。我办公室的保险箱里有一张麦迪逊肖像，收费过低我也承受得起。

私家侦探生涯中的一天就这么过去了。谈不上典型，但也不是完全不典型。无人知晓是什么让人在这一行里坚持干下去。发不了财，也找不到多大的乐子。有时候会挨揍、挨枪子儿，还可能被扔进大牢。偶尔还有可能丢掉小命。每隔一个月你都会下决心放弃这份工作，趁自己走路还没颤颤巍巍，赶快去找份切合实际的工作。然后门铃响了，你打开通往接待室的内门，那儿站着一个新面孔，带来了一个全新的难题，一大堆全新的悲伤和一笔小小的钱。

"请进，××先生。我能为你做什么？"

一定有一个原因。

三天后，临近傍晚的时候，艾琳·韦德打电话给我，请我第二天晚上去她家喝一杯。他们邀请了几个朋友喝鸡尾酒。罗杰想见我，好向我道谢。她还要我把账单送过去。

"你不欠我什么，韦德太太。我做的那点儿事已经得到回报了。"

"我当时看起来一定很傻，表现得像个维多利亚时代的人。"她说，"如今一个吻似乎算不上什么。你会来的，对吧？"

"应该会吧。虽然我在理智上知道不要去。"

"罗杰已经好起来了。他在工作。"

"很好。"

"听上去你今天特别严肃。我想你对待人生肯定很认真。"

"偶尔这样。怎么了？"

她轻轻地笑了，说完再见便挂了电话。我坐了会儿，认真地思考人生。然后，我又试着去想一些有趣的事，让自己开怀大笑。两种方式都没有用。于是我从保险箱里拿出特里·伦诺克斯的诀别信，又读了一遍。这提醒了我,我还没去维克多酒吧喝那杯他让我替他喝的琴蕾。这会儿正好是酒吧里一天中最安静的时候,如果他能跟我一起去的话,他肯定会喜欢的。想起他时,我心里有一种莫名的悲哀,还有一种揪心的苦涩。到了维克多酒吧,我几乎要直接从门口走过去。只是几乎,但我没有。我拿了他一大笔钱。他愚弄了我,但也为这份特权付出了很多。

22

维克多酒吧里是那么安静,进门时几乎能听见温度下降的声音。酒吧凳上坐着一个身穿黑色定制服装的女人。在每年的这个时节,她不可能穿其他的料子,肯定是腈纶之类的合成纤维。她独自一个人坐在那儿,面前放着一杯浅绿色的酒,正用一根长长的玉烟嘴抽着香烟。她的神情带着一种微妙的紧张,有时是因为神经过敏,有时是因为性饥渴,有时就只是因为过度节食。

我隔着两张酒吧凳坐下,酒保朝我点点头,但没有笑。

"一杯琴蕾,"我说,"不加苦味酒。"

他把小餐巾放在我面前,眼睛一直盯着我。"跟你说件事,"他用愉快的声音说,"有天晚上我听到你和你朋友谈话,我便上了一瓶那种玫瑰牌青柠汁。但你们再也没来过,直到今晚,我才打开那瓶青柠汁。"

"我的朋友去外地了,"我说,"不介意的话,给我上双份的。多谢你费心了。"

他走开。黑衣女子飞快地看了我一眼,随即低头看向自己的酒杯。"这里很少有人喝这东西。"她的声音是那么地轻,我最开始都没意识到她是在和我说话。接着她又看向了我这边。她有一双黑色的大眼睛,指甲上涂着我见过的最鲜艳的红指甲油。但她不像勾搭男人的女子,声音里也没有挑逗的意味。"我指的是琴蕾。"

"我是因为一个朋友喜欢上的。"我说。

"他肯定是英国人。"

"怎么说？"

"因为青柠汁。那是英国人的风格，就跟放了凤尾鱼酱的水煮鱼差不多，看上去活像厨师把自己的血滴进了鱼里。所以他们才有了'青柠佬'的外号。我说的是英国人……不是鱼。"

"我倒是觉得更像热带饮料，那种大热天里喝的玩意儿。在马来亚之类的地方流行。"

"或许你说得对。"她把脸转了回去。

酒保将酒放在我面前。加入青柠汁后，酒有了泛黄的淡绿色调，看起来有些浑浊。我尝了尝，辛辣中透着甘甜。黑衣女子看向我，朝我举了举杯。我们一起喝了下去。这时我才发现她喝的酒跟我是一样的。

下一步就该是老一套了，所以我没有那么做。我只是坐在那儿。"他不是英国人，"过了一会儿我说道，"我猜他是在战争期间去过那儿。以前我们偶尔到这儿来，跟现在一样，趁人多起来前喝一杯。"

"这个时间段很惬意，"她说，"只有在这个时间待在酒吧才舒服。"她喝完了那杯酒。"也许我认识你那位朋友，他叫什么名字。"

我没有立马回答她。我点了一支烟，看着她把烟头从玉烟嘴里磕出来，又插上一支。我把打火机递了过去。"伦诺克斯。"我说。

她谢谢我为她点火，瞥了我一眼，眼神里充满探询。接着她点点头。"噢，我和他很熟。也许有点儿太熟了。"

酒保慢慢走过来，扫了一眼我的酒杯。"再来两杯一样的，"我说，"送去卡座。"

我从酒吧凳上下来，站着等候。她或许会拒绝我，或许不会。我并不特别在意。在这个性意识过强的国家，男人和女人偶尔也可以见面聊天，不必非到卧室里赤裸相对。眼下就是这种情况，不过她也可能以为我想睡她。如若这样，就让她见鬼去吧！

她只犹豫了一小会儿。她拿起黑手套和配有金边金搭扣的黑色绒面羊皮包，走进角落里的一个卡座，默默地坐了下来。我隔着小桌坐下。

"我叫马洛。"

"我叫琳达·洛林。"她平静地说，"你有些多愁善感，是吗，马洛先生？"

"就因为我进来喝了一杯琴蕾？那你自己呢？"

"或许是我喜欢这种口味呢？"

"那说不定我也是。但这样一来是不是太巧了？"

她朝我淡淡一笑。她戴着一对祖母绿耳环和一只祖母绿胸针。应该是真宝石，用的是平面斜边切割方式。即使在酒吧昏暗的光线下，它们依然从里面散发出柔和的光辉。

"原来你就是那个人。"她说。

酒保把酒水端了过来，放在小桌上。待他离开后，我说："我认识特里·伦诺克斯，我很喜欢他，偶尔和他喝一杯。就像某种私下交易，意外获得的友谊。我从没去过他家，也不认识他的妻子，只在停车场见过她一次。"

"应该不止这些吧，对吗？"

她伸手去拿酒杯。她戴着一枚四周镶满碎钻的祖母绿戒指，旁边还有一枚铂金细戒指，说明她已经结婚了。我估摸她已经过了35岁，应该是刚过这个岁数。

"或许吧，"我说，"那家伙曾经让我烦心，现在依然如此。你呢？"

她用胳膊肘撑着下巴，抬眼看着我，没有露出任何特殊的表情。"我说过我对他很熟悉，以至于不管他出了什么事，我都不会觉得奇怪。

他有个有钱的妻子，他妻子给他提供了奢侈的生活，唯一的要求就是别去干涉她。"

"似乎很合理。"我说。

"别这么挖苦人，马洛先生。有些女人就是那样，情非得已罢了。他又不是一开始什么都不知道。他非要讲面子，那门是开着的。他用不着对妻子痛下杀手。"

"我同意你的看法。"

她直起身子，冷冷地看着我，还撇了撇嘴。"他逃走了，如果我收到的消息是真的，那就是你帮了他。想必你肯定以此为荣吧。"

"不是的，"我说，"我那么做都是为了钱。"

"这可不好玩，马洛先生。老实说，我都不知道自己为什么坐在这儿跟你一起喝酒。"

"你要是改主意的话也很简单，洛林太太。"我伸手拿起酒杯，把杯中物倒进喉咙。"我原以为你或许能告诉我一些我不知道的有关特里的事情。我没兴趣推测特里·伦诺克斯为什么把他妻子的脸打得像块血淋淋的海绵。"

"这种说法太冷血了。"她气愤地道。

"你不喜欢这些措辞？我也不喜欢。如果我相信他做过那种事儿，我就不会在这儿喝琴蕾了。"

她凝视着我。过了一会儿她慢慢说道："他自杀了，还留下了一份完整的认罪书。你还想要什么？"

"他有枪，"我说，"在墨西哥，这或许就能让一些神经过敏的警察有足够的借口给你来发子弹。很多美国警察也是这样大开杀戒的。有些人就因为开门的速度不够快，隔着门就挨了警察的枪子儿。至于那份认罪书，我还没有看到。"

"不用说肯定是墨西哥警察伪造了一份认罪书。"她尖刻地说。

"在像奥塔托克兰这样的小地方,他们不知道怎么伪造。不,那份认罪书多半是真的,但这不能证明他杀了他的妻子。反正对我来说不能,只能证明他找不到出路。在那样的处境下,有的男人会决定把其他人从可怕的公众舆论中拯救出来,你喜欢的话,可以说他软弱,说他心软,说是多愁善感也行。"

"那是无稽之谈,"她说,"一个男人不会为了掩盖一桩小小的丑闻就去自杀或者故意死在别人手里。西尔维娅已经死了。至于她的姐姐和父亲,他们完全能够把自己照顾好。有钱的人总能保护自己,马洛先生。"

"好吧,是我搞错了动机。也许我完全弄错了。一分钟前你很生我的气。要不要我现在就走,免得打扰你享用琴蕾?"

她忽然笑了。"我很抱歉。我开始相信你是真心的了。我刚才还觉得你在试图为自己辩护,而不是为了特里。不知怎的,现在我不那么觉得了。"

"我确实没有。我做了件傻事,为此吃了苦头。至少在一定程度上是的。我不否认是他的认罪书使我不必承担特别糟糕的后果。如果他们把他带回来审判,我猜他们肯定也会找上我。我至少会为此花一大笔钱,远远超出我的承受能力。"

"更不用提你的执照了。"她冷淡地说。

"或许吧。曾经有一段时间任何一个宿醉的警察都能把我抓起来。现在不一样了。会有一场听证会,需要州执照授权委员会在场。那些人可不怎么喜欢市里的警察。"

她品着酒,慢慢说道:"综合考虑下来,你不觉得这是最好的结局吗?没有审判,没有轰动性的头条新闻,也没有罔顾事实、公道和无辜者的心情单纯为了报纸发行量而做的中伤诽谤。"

"我刚才不就是这么说的吗？你还说我是无稽之谈。"

她往后靠了靠，把脑袋枕在卡座靠背衬垫上方的弧线处。"特里·伦诺克斯自杀仅仅是为了达到这个目的吗，这纯属无稽之谈。说它不是无稽之谈，是指没有了审判，对各方都有好处。"

"我要再来一杯。"我说着，朝侍者招招手。"我感觉后脖颈有股凉飕飕的气息。你不会碰巧和波特家是亲戚关系吧，洛林太太？"

"西尔维娅·伦诺克斯是我妹妹，"她平淡地说，"我以为你知道。"

侍者慢步走过来，我示意他动作麻利点儿。洛林太太摇摇头，说自己不想再喝了。侍者离开后，我说："波特那个老头子喜欢捂别人的嘴，他对这件事一直遮遮掩掩。不好意思，是哈兰·波特先生。我能确定特里的妻子还有个姐姐，已经够幸运了。"

"你这确实夸张了。我父亲还不至于有那么大能耐，马洛先生，他也绝对没有那么冷酷无情。我承认他对个人隐私的观念非常老旧保守。他从不接受采访，连他自己的报纸也不行。他从不拍照，从不演讲，他出游时多数是坐汽车，或者乘自己的飞机，上面也是他自己的机组人员。不过尽管如此，他还是挺有人情味的。他喜欢特里。他说特里每天二十四小时都是绅士，不会只在客人进门到大家喝第一杯鸡尾酒之间的十五分钟里装装样子。"

"他最后还是看走了眼。我是说特里。"

侍者小跑过来，端着我的第三杯琴蕾。我尝了尝味道，便坐在那儿，一只手搭在酒杯圆形杯底的边缘。

"特里的死对他打击很大，马洛先生。另外，你又在说风凉话了，请不要这样子。我父亲知道有些人会觉得这一切未免结束得过于干净利落了。他宁愿特里只是失踪了。如果特里向他求助，我觉得他一定会伸出援手。"

"不会吧,洛林太太。他自己的女儿被杀了啊。"

她做了个不耐烦的动作,冷冰冰地看着我。

"这么说恐怕太直白了,家父很久以前就跟妹妹断绝了关系。见了面,父亲也几乎不跟她说话。我父亲不曾表达过他自己的看法,现在不会,以后也不会,可如果他要表达的话,想必会和你一样对特里的事有所怀疑。但是特里已经死了,再谈这些有什么意义呢?他们也可能死于飞机失事、火灾或者车祸。既然我妹妹早晚要死,这可能就是她死去的最好时机。再过十年,她会变成一个受性欲摆布的老太婆,就像你现在或几年前在好莱坞派对上见到的那些可怕的女人。国际名流中的人渣!"

不知为何,我突然觉得怒火中烧。我站起来,朝其他卡座望去。隔壁空着,在第三个卡座里,有个家伙正独自一人在安静地看报纸。我扑通一声坐了下来,把酒杯推到一旁,将身体探过小桌子。我还算理智,压低了说话的声音。

"可见鬼去吧,洛林太太,你想让我相信什么?相信哈兰·波特为人心地善良,做梦也不会利用自己的影响力让一个争权夺利的地方检察官压住一起凶杀案的调查,使得凶案调查压根儿没有真正开始?相信他认为特里其实没犯罪,却又不让任何人哪怕动一下手指去找出谁是真正的凶手?相信他没有动用他的报纸、他的银行账户和他 900 名下属所带来的政治影响力?在他都不知道自己想干什么之前,他那些下属就已经在绞尽脑汁地揣测他的心思了!相信不是在他的安排下,当局是自己决定不派其他人,比如地检办公室或者市警察局的人,反而派个听话的律师前去墨西哥,去确定特里真的朝自己脑袋开了一枪,而不是被某个拿着枪的印第安人仅仅为了好玩开枪击毙的?你父亲身家上亿,洛林太太。我不知道他的钱是怎么赚的,可我非常清楚他要是没有为自己建立一个影响深远的组织,是赚不到这些钱的。他并不心软。他是个心狠手辣的家伙。现在这年头,你得够狠才能赚那么多钱。做生意就得接触各种稀奇古怪的人。你可能不会和他们见面,不跟他们握手,但他们就待在边缘地带,在跟你做买卖。"

"你是个蠢货。"她愤怒地说,"我受够你了!"

"当然了。我弹不出你喜欢听的音乐。告诉你吧。西尔维娅死的那天夜里,特里和你父亲通过话。他们谈了什么?你父亲对他说了什么?'老伙计,快跑去墨西哥给自己一枪吧。家丑不可外扬。我知道我女儿是个荡妇,十几个醉醺醺的浑蛋,其中随便哪个都可能突然变脸大发脾气,将她的漂亮脸蛋打成肉酱。但那是个意外,老伙计。那家伙酒醒后就会后悔。轻松安逸的日子你也过了,现在该你回报了。我们想要维护波特家的名声,让它就像山上的紫丁香一样甜美。她嫁给你是因为她需要一个幌子。现在她死了,比以往更加需要这个幌子。而你就是她的幌子。如果你能消失,让谁都找不到,那很好。但你要是被人发现了,你就玩儿完了。太平间见。'"

"难道你真的以为,"黑衣女子的声音冷冰冰的,"我父亲是这样说的?"

我往后靠了靠,发出不讨人喜欢的笑声。"有必要的话,也可以将这段对话润色一下。"

她把东西收拾好,平稳地沿着座位往外走。"我想给你一句警告,"她说得很慢、很慎重,"一句非常简单的警告。要是你觉得我父亲是那种人,要是你到处散播你刚才讲的想法,你在这个城市干这一行或任何行业,你的职业生涯都将极其短暂,而且会结束得很突然。"

"太棒了,洛林太太,太棒了。执法人员给过我这种警告,流氓团伙给过我这种警告，有钱的客户也给过我。措辞不同，但意思是一样的。消停点儿吧。我到这儿喝琴蕾是因为有一个人要求我来。现在看看我吧。我真是自讨苦吃。"

她站起身，微微点了点头。"三杯琴蕾。双份的。也许你喝醉了。"

我往桌上扔下远多于酒钱的现金，起身站在她旁边。"你也喝了一杯半，洛林太太。为什么要喝那么多？是有人要求你喝的，还是完全出于你的本意？你自己的舌头也有点儿短了。"

"谁知道呢，马洛先生？谁知道呢？谁又真的知道什么呢？吧台那边有个人在看我们。是你认识的什么人吗？"

我环顾四周，惊讶她这都注意到了。一个瘦瘦黑黑的家伙坐在离门最近的酒吧凳上。

"他叫奇克·阿戈斯蒂诺，"我说，"是赌徒梅内德斯的枪手。我们一起去撞倒他，干他个措手不及。"

"你肯定喝醉了。"她飞快地说道，迈步便走。我跟在她身后。酒吧凳上的男人转过身子，看向自己的前方。我走到他边上，一步跨到他身后，迅速将手插入他双腋之下。或许我是有点儿醉了。

他愤怒地转过身，从酒吧凳上滑下来。"小子，注意点儿！"他咆哮道。我用眼角余光看到她停在门口内侧往回看。

"没带枪，阿戈斯蒂诺先生？你真是太莽撞了。天快黑了，你要是遇上一个厉害的侏儒该怎么办？"

"滚开！"他恶狠狠地说。

"啊，你这台词是从《纽约客》里偷来的。"

他嘴上不饶人，身体却没动。我撇下他，跟着洛林太太出门来到遮阳篷下的空地上。一名灰白头发的黑人司机正站在那儿和停车场里的小弟聊天。司机摸帽行礼走开，开回了一辆惹人注目的凯迪拉克豪华轿车。他打开车门,洛林太太坐了进去。他关车门的样子仿佛是在合上珠宝盒的盖子。他绕到车的另一侧,钻进驾驶座。

洛林太太摇下车窗,似笑非笑地看着车窗外的我。

"晚安,马洛先生。刚刚还算愉快,是吗?"

"我们大吵了一架。"

"你说的是你自己吧,主要是你跟自己吵。"

"经常这样。晚安,洛林太太。你不住这附近吧?"

"不算近。我住在悠闲谷。在湖的另一边。我丈夫是医生。"

"你会不会碰巧认识一个叫韦德的人?"

她皱起了眉头。"是的,我认识韦德夫妇。怎么了?"

"我为什么这么问?住在悠闲谷那边的人里,我只认识他们两个。"

"我明白了。好吧,再次祝你晚安,马洛先生。"

她往后靠在座椅上,凯迪拉克礼貌地发出咕噜声,驶入长街的车流中。

转身时,我差点儿撞上奇克·阿戈斯蒂诺。

"那个洋娃娃是谁?"他嘲笑道,"下次你再说俏皮话,会消失在这世上。"

"总之不是想要认识你的人。"我说。

"好,机灵小子。我记住车牌号码了。曼迪喜欢了解这样的小事。"

一辆车的车门砰的一声打开,一个身高约 7 英尺、身宽约 4 英尺的男人跳下车,看了一眼阿戈斯蒂诺,就向前一个大步,单手掐住他的喉咙。

"不要在我吃饭的地方晃悠,我跟你们这些浑蛋说过多少次了?"他吼道。

他摇晃着阿戈斯蒂诺,把他推到人行道对面的墙上。奇克弯着腰不停咳嗽。

"下一次,"那巨人吼道,"我非得一枪崩了你!相信我,小子,他们把你抬走的时候,你手里还握着一把枪呢。"

奇克摇摇头,什么也没说。大汉斜眼瞥了我一眼,咧嘴笑了。"晚上好。"他说着,漫步走进了维克多酒吧。

我瞧着奇克直起身子,稍稍镇定了一些。"那位老兄是谁?"我问他。

"大个儿威利·马贡,"他用沙哑的声音说,"警察缉捕队的。他觉得自己是个狠角色呢。"

"你的意思是他一点儿也不狠?"我礼貌地问他。

他茫然地看了我一眼,就走开了。我把车开出停车场,驾车回家。在好莱坞,任何事都有可能发生,任何事。

23

一辆低底盘的捷豹汽车绕过我前面的山丘,渐渐减慢速度,免得我淹没在悠闲谷入口处那半英里缺乏修缮的砂石路扬起的灰尘里。他们似乎是有意不修缮路面,好让那些习惯在高速路上兜风的礼拜日司机望而却步。我瞥见了一条颜色亮丽的围巾和一副太阳镜。有人漫不经心地朝我挥挥手,像是邻里之间在打招呼。尘土飘过马路,落在覆盖于灌木丛和干草地的那层白灰上。接着,我绕过那片露出地面的岩层,路面恢复了平整,走起来很顺畅,修缮得完美无缺。茂盛的橡树簇拥在路边,仿佛它们也好奇,想看看都有谁经过这里。长着玫瑰色脑袋的麻雀跳来跳去,啄食只有麻雀认为值得一啄的东西。

再往前走,可以看到几棵棉白杨,不过没有桉树。过了这片地方,在浓密的卡罗来纳白杨之间,矗立着一栋白色房屋。驶过这栋房子,我看到一个女孩在沿着路肩遛马。她穿着牛仔裤和花哨的衬衫,嘴里嚼着一根嫩枝。这匹马似乎很热,不过没有焦躁不安,女孩对着它轻声哼唱。在一面卵石墙后面,有个园丁正在用电动修草机修剪一大片连绵起伏的草坪,草地尽头是一栋威廉斯堡殖民时期风格宅邸的门廊,宽敞豪华。在某个地方,有人正用左手弹奏大钢琴。

车轮滚动,将这一切都留在了后方,闪闪发光的湖面显得炽热而明亮。我开始留意门柱上的门牌号。我只见过一次韦德家的房子,还是在天黑的时候。房子不如夜间看到的那么大。车道上停满了车，于是我将车停在路边，步行进去。一名身穿白色外套的墨西哥籍管家为我打开门。他身材颀长，打扮得干净整洁，长相也很英俊，身上那件外套优雅合身，看着像个周薪 50 美元而且没被重活儿压垮身体的墨西哥人。

他说："晚安，先生。①"说完咧嘴一笑，仿佛恶作剧成功了。"请问您尊姓大名②？"

"马洛。"我说，"你这是想抢谁的风头呢，坎迪？我们在电话里交谈过，记得吗？"

他咧嘴笑了，我走了进去。这是场老套的鸡尾酒会，每个人说话的声音都拉得老高，却没有人在聆听，每个人都死命地抓着手里的杯中物，双眼发亮。是脸颊发红，还脸颊惨白冒汗，取决于喝下了多少酒精以及各自的酒量。这时艾琳·韦德突然出现在我身旁，她身着一件浅蓝色的衣服，美得叫人窒息。她手里虽然拿着玻璃杯，但那个杯子看上去只是个道具。

"真高兴你能来。"她不苟言笑地说，"你去书房吧，罗杰在那儿等你。他痛恨鸡尾酒会。他正在工作。"

"这么吵闹还能工作？"

"吵闹声似乎从来都打扰不到他。坎迪会给你把酒送过去，还是你想去吧台……"

"我自己去吧台，"我说，"那天晚上对不起了。"

她微微笑了。"你好像已经道过歉了。没什么的。"

---

① 原文为西班牙语 Buenas tardes, señor。

② 原文为西班牙语 Su nombre de Usted, por favor。

"去他的没什么。"

她点点头，转身走开了，其间一直保持着微笑。我看见吧台在角落里，边上是几扇高大的落地窗，是那种可以推来推去的吧台。我穿行在房间里，尽量不撞到任何人，走着走着，有个声音说："噢，马洛先生！"

我转过身，看见洛林太太坐在一张长沙发上，身旁是一个神情严肃的男人，他戴着无框眼镜，下巴上一团黑乎乎的东西可能是山羊胡。洛林太太手上端着一杯酒，看上去很无聊。男人一动不动地坐着，双臂抱怀，面带怒意。

我走过去。洛林太太朝我笑了笑，把手伸给我。"这是我丈夫洛林医生。爱德华，这位是菲利普·马洛先生。"

山羊胡瞥了我一眼，草草地点了下头，此外再无任何动作。他似乎要节省精力去做更重要的事情。

"爱德华很累了，"琳达·洛林说，"爱德华总是很累。"

"医生往往都很累，"我说，"需要我为你拿杯酒来吗，洛林太太？你呢，医生？"

"她喝得够多了。"那男人说，看也不看我们两个。"我不喝酒。喝酒的人我见得越多，就越庆幸自己不喝酒。"

"回来吧，小示巴。"洛林夫人梦呓般说。

他转过身，算是有了反应。我脱身离开，来到吧台。有丈夫在场，琳达·洛林似乎变了个人。她语气尖锐，表情里透着不屑，她即使在生气时也不曾对我表露出这一面。

坎迪在吧台后面。他问我想喝什么。

"目前什么都不要，谢了。韦德先生要见我。"

"他很忙，先生。非常忙。"

我应该不会喜欢坎迪。我就那么看着他,他补充道:"但我会去看一看。立刻就去,先生。"

他小心翼翼地穿过人群,眨眼间就回来了。"好了,朋友,走吧。"他愉快地说。

我跟着他穿过房间,在房子里走了很长一段路。他打开一扇门,我走进去,他在我身后把门关上,嘈杂声顿时就变小了。这个房间位于拐角处,宽敞、凉爽、安静,房里有落地窗,外面有玫瑰花,一侧的窗户上装着空调机。我能看见湖水,还能看见韦德平躺在一张金色皮沙发上。一张由漂白木材制作而成的大写字台上放着一台打字机,打字机旁有一摞黄纸。

"你能来真是好,马洛,"他懒洋洋地说,"随便坐。是不是已经喝了一两杯了?"

"还没有。"我坐下来,看着他。他的面色依然有点儿苍白,整个人病恹恹的。"工作进行得怎么样了?"

"还不错,只是过不了多久,我就会觉得非常疲惫。长醉四天后要恢复过来,实在是太难受了。只醉一天,我的工作状态往往是最好的。干我这一行容易绷得太紧,变得呆板僵硬。这样就写不出好东西了。状态好,思路就畅通。任何与此相反的说法,不管是你读到的还是听到的,都是瞎扯。"

"或许要看作者是谁吧。"我说,"福楼拜也有思路不畅通的时候,但他写的东西却很不错。"

"好啊,"韦德说着坐了起来。"这么说你读过福楼拜,这样的话,你就是一位知识分子、一位评论家、一位文学专家了。"他揉了揉额头。"我在戒酒,我讨厌戒酒。我讨厌每一个手里拿着酒杯的人。我还必须走出去朝那些讨厌的家伙微笑。他们每个人都知道我酗酒,都想知道我在逃避什么。某个狗娘养的弗洛伊德信徒将这事儿弄得尽人皆知。现在连十岁大的孩子都知道了。要是我有个十岁大的孩子，那小家伙就会问我：'爸爸，你酗酒是为了逃避什么？'幸好老天保佑我没有孩子。"

"就我所知，你说的这一切都是最近的事情吧？"我说。

"越来越糟了，不过我向来都是个冷酷无情的酒鬼。人在年轻时即使陷入困境，也经得起许多煎熬。要是年近四十，就没法儿像以前那样迅速恢复过来了。"

我往后靠了靠，点了支香烟。"你找我有什么事？"

"你认为我在逃避什么，马洛？"

"不知道。我掌握的情报并不多。再说了，每个人都在逃避一些事情。"

"但不是每个人都会喝醉。你在逃避什么？是你的青春，是良心的谴责，还是明知自己只是三流行业里的三流角色呢？"

"我明白了，"我说，"你需要找个人来侮辱。继续吧，朋友。什么时候我的心受伤了，我会让你知道的。"

他咧嘴笑了，挠了挠他那头浓密的鬈发。他用食指戳戳胸膛。"马洛，你眼前就是个三流行业中的三流角色。所有作家都是废物，而我就是其中最不中用的一个。我写了12本畅销书，假如我能把桌上那堆乱糟糟的东西拼凑完，我就写13本了。只是没有一本值得人们的吹捧。我有一栋豪宅，所住的地方只限富豪，有着严格的居住要求。我妻子是个绝色美人，对我死心塌地。我还有个很棒的出版商，他把我捧在手心里，而且我也爱我自己。我是个极度自负的浑蛋，一个文学娼妓或皮条客，随你怎么措辞吧。我是个不折不扣的无赖。那么你能为我做些什么呢？"

"是啊，能做什么呢？"

"你为什么不发火呢？"

"没什么好生气的。我只是在听你自怨自艾。虽然很无聊，但伤害不了我的感情。"

他粗声笑起来。"我喜欢你，"他说，"咱们喝一杯吧。"

"不在这儿喝，朋友。不能只有我跟你两个人。我不介意看你喝下第一杯。没有人能阻止你，我猜也不会有人尝试这么做。但我没必要推波助澜。"

他站起身。"我们并非一定要在这儿喝。我们一起去外面，顺道看看那些精英，等你赚到了足够多的臭钱，就可以和他们同住在一个地方了。"

"喂，"我说，"别讲了，闭嘴吧。他们和其他人没什么区别。"

"是啊，"他生气地说，"但他们应该跟其他人不一样。如果没什么区别，他们还有什么用呢？他们是本县的上层阶级，却不比满身廉价威士忌酒味的卡车司机强多少，甚至还不如他们。"

"闭嘴吧。"我再次说，"你想喝醉就喝醉吧。可别把气撒在外面那群人身上，他们喝醉了不必躺在韦林杰医生那儿，也不会稀里糊涂地把老婆推下楼。"

"是啊，"他说着突然冷静下来，若有所思，"你通过考验了，朋友。到这儿来住一阵如何？你光是待在这儿就对我有很大的好处。"

"我看不出有什么好处。"

"但我看得出。你只要待在这儿就行了。每个月1000美元，对你有吸引力吗？我喝醉后很危险。我不想变得危险，我也不想喝醉。"

"我阻止不了你。"

"先试三个月吧。我要写完这本该死的书，写完了就离开一段时间，去个远的地方。到瑞士山区找个地方,把酒戒掉。"

"这本书,嗯?你就非得挣这笔钱不可?"

"不。我只是必须将已经开始的事做完,否则我就完蛋了。我是以朋友的身份请求你。你为伦诺克斯做的可不止这些。"

我站起身,走到他身边,狠狠地瞪了他一眼。"我害死了伦诺克斯,先生。我害死了他。"

"呸!不用跟我来软的,马洛。"他用手掌边缘抵住喉咙,"我身边的温柔宝贝可是不少。"

"温柔?"我问道,"还是只是发善心?"

他往后退了退,被长沙发的边缘绊了一下,不过没有失去平衡。

"去你的!"他平静地说,"没得谈了。当然,我不怪你。有件事情我想弄清楚,我也必须弄清楚。你不知道是怎么回事,我也不确定自己知不知道。我唯一能肯定的是一定有事,我必须弄清楚。"

"跟谁有关?你妻子吗?"

他咂着嘴。"我觉得应该跟我有关,"他说,"去喝一杯吧。"

他走到门口,把门拉开,我们走了出去。

如果他有意弄得我不自在,那他确实干得漂亮。

24

他一拉开门,客厅里的嘈杂声就迎面扑来,似乎比之前更吵了,增加了约两杯酒的程度。韦德到处打招呼,大家似乎很高兴见到他。但喝到这份儿上,他们即使看到杀手"匹兹堡菲尔"手持他定制的冰锥,同样也会很高兴。人生只不过是一场盛大的杂耍表演。

在前往吧台的路上,我们迎面遇上了洛林医生夫妻。医生站起来,上前迎向韦德。他的脸上写满了恨意。

"很高兴见到你,医生。"韦德亲切地说,"嘿,琳达。最近你跑哪儿去了?不,这个问题很蠢。我……"

"韦德先生,"洛林的声音有点儿颤抖,"我有话对你说。就一句话,很简单的,希望不用我多费口舌。离我妻子远点儿。"

韦德好奇地看着他。"医生,你累了。你都没喝酒。我去给你拿一杯。"

"我不喝酒,韦德先生。其实你很清楚,我来这儿的目的只有一个,而且我已经说得很清楚了。"

"好吧,我想我明白你的意思了,"韦德说话依然很亲切,"既然你是我家的客人,我不好说什么,只是我觉得你误会了。"

附近的交谈声戛然而止。男男女女都竖起了耳朵。好戏开场了。洛林医生从口袋里拿出一双手套,把它们抖直,抓起其中一只的指尖,狠狠地甩在韦德脸上。

韦德连眼都没眨一下。"要不要决斗？"他平静地问。

我看着琳达·洛林。她气得满脸通红。她慢慢站起来，面对着医生。

"老天，你演得也太蹩脚了，亲爱的。别他妈表现得像个傻瓜，可以吗，亲爱的？或者你宁可杵在那儿等别人来扇你耳光？"

洛林转向她，举起手套。韦德走到他面前。"别冲动，医生。这一带的人只在私底下打老婆。"

"如果你这是在说你自己，我早就知道了，"洛林嗤笑道，"我不需要你给我上礼仪课。"

"我只收有前途的学生，"韦德说，"真遗憾你这么快就要离开了。"他提高嗓门喊道："坎迪！洛林医生马上要走了①！"他转向洛林，说，"以防你听不懂西班牙语，医生，刚刚那话的意思是门在那儿。"他指了指门。

洛林盯着他，并没动。"我警告过你了，韦德先生。"他冷冰冰地说，"很多人都听到了，不用我再警告你一次了吧。"

"不用，"韦德果断道，"但如果你要这么做，就找个中立地区，我行动起来也自由些。对不起，琳达。可你嫁给了他。"他轻轻揉着脸颊上被手套击中的地方。琳达·洛林苦笑着，耸了耸肩。

"我们走吧，"洛林说，"来吧，琳达。"

她再次坐下来，伸手去拿酒杯，默默地用轻蔑的眼神瞥了一眼丈夫。"是你要走了，"她说，"你有好几个电话要打，记得吧。"

"你和我一起走！"他怒吼道。

琳达转过身背对着他。他突然伸手抓住她的胳膊。韦德一把抓住他的肩膀，将他的身子扳过来。

---

① 原文为西班牙语 Que el Doctor Loring salga de aqui en el acto。

"别冲动,医生。不可能事事都顺你意。"

"把你的手拿开!"

"当然可以,你放松放松,"韦德说,"我有个好主意,医生。你为什么不去找个好医生瞧瞧呢?"

有人大声笑了起来。洛林紧张得像一头准备一跃而起的野兽。韦德感觉到了这一点,利落地转身走开了,剩下洛林医生独自收拾烂摊子。他要是去追韦德,就会显得比现在更傻。除了离去,他别无选择,于是他这么做了。洛林医生眼睛直视前方,快步穿过房间,坎迪拉开门在那儿等着他。他出去了。坎迪面无表情地关上门,回到吧台。我走到吧台要了杯苏格兰威士忌。我没看到韦德去了哪儿。他就这样消失了。我也没看见艾琳。我转身背对客厅,喝着我的苏格兰威士忌,随他们叽叽喳喳。

我身边突然冒出来一个小个子女孩,她的头发是泥黄色的,前额系着一根束带。她把酒杯放在吧台上,低声说了什么。坎迪点点头,又给她调了一杯酒。

小个子女孩转向我。"对共产主义感兴趣吗?"她问道。她面无表情,红色的小舌头舔着嘴唇,像是在找巧克力屑。"我觉得每个人都应该感兴趣,"她继续道,"可在这儿随便你问哪个男人,他们都只想对你动手动脚。"

我点点头,从酒杯上方看着她的朝天鼻和被阳光晒得粗糙的皮肤。

"要是动作温柔点儿,我倒不是很介意。"她告诉我,伸手去拿新调好的酒。她张大口一口气灌下半杯。

"我也不可靠。"我说。

"你叫什么名字?"

"马洛。"

"你这名字的末尾有字母 e①吗?"

"有。"

"啊,马洛。"她吟诵道,"多么忧伤而美丽的名字。"她放下几乎空了的酒杯,闭上眼睛,头往后仰,伸开双臂,差点儿打到我的眼睛。她的声音因激动而颤抖,念道:

> 是这张脸蛋,使得千帆竞发,
> 特洛伊巨塔是被焚毁的吗?
> 温柔可爱的海伦啊,用你的一个吻使我永恒不朽吧。

她睁开眼,抓起酒杯,朝我眨眨眼睛。"你这诗写得真不错,老兄。最近有写什么诗吗?"

"不怎么写了。"

"如果你喜欢的话,可以吻我。"她害羞地说。

一个穿着山东绸夹克、衬衫领口敞开的男人走到她身后,越过她头顶朝我咧嘴笑了笑。他留着一头红色短发,一张脸好似萎缩的肺叶。他是我见过的长得最丑的男人。他拍拍那女孩的头顶。

"来吧,小猫咪。该回家了。"

女孩怒冲冲地转向他。"你的意思是你又要去给那些该死的秋海棠浇水了?"她吼道。

"啊,听我说,小猫咪……"

"把你的手拿开,别碰我,你这该死的强奸犯!"她尖叫道,把她

---

① 马洛的英文为 Marlowe。

喝剩下的酒泼在他脸上。杯里只剩下最多一茶匙的酒和两块冰。

"老天,宝贝儿,我是你丈夫,"他吼了回去,抓起一条手帕擦脸,"明白了吗?是你丈夫!"

女孩剧烈地抽噎着扑进他的怀里。我绕过他们,离开吧台。每场鸡尾酒会都是一样的,连对话都一样。

宾客们接连离开屋子,走进晚风里。声音渐渐消退,车辆在启动,道别之声皮球似的弹来蹦去。我穿过落地窗,来到室外一个铺了石板的露台上。地面朝湖畔倾斜,湖面安静得像一只睡着了的猫。下面有个很短的木码头,码头上用白缆绳系着一艘划艇。一只黑色的水鸡懒洋洋地划着水,像个滑冰者,呈曲线朝不远处的对岸游去。它似乎连一丝涟漪都未曾激起。

我躺在一张带软垫的铝合金躺椅上,点上烟斗,安静地抽着烟,纳闷自己究竟到这儿来干什么。罗杰·韦德只要愿意,完全可以控制他自己。他在对付洛林时就做得不错。即使他对着洛林那尖尖的小下巴来一拳,我也不会太吃惊。他很有可能做出出格的举动,但洛林更过分。

如果规则还有任何意义,那就是你不应该当着一屋子人的面去威胁别人,不应该在你妻子站在你身边时用手套去打这人的脸,因为你实际上是在指责她行为不端。对于一个大醉之后尚未完全恢复过来的人而言,韦德做得已经不错了。比不错还要更好。当然了,我没见过他醉酒,我不知道他喝醉后是什么样子。我甚至都不知道他是不是酒鬼。这里头的区别大着呢。偶尔喝过头的人仍跟他清醒时是同样的人。一个酒鬼,一个真正的酒鬼,就完全不是同一个人了。你无法准确预测到他的任何行为,只知道他会变成一个你从未见过的人。

身后传来了轻微的脚步声,艾琳·韦德穿过露台,在我身旁一张躺椅的边缘坐下。

"喂,你觉得怎样?"她平静地问。

"关于乱甩手套的那位绅士?"

"噢,不。"她皱了皱眉头,随即笑出了声。"我讨厌那种故意唱大戏的人。倒不是说他不是一位好医生。他和山谷里一半的男人演过这种戏。琳达·洛林不是荡妇。她长得不像,谈话不像,举止也不像。我不知道洛林医生为什么要表现得妻子像荡妇似的。"

"或许他是个改过自新的醉鬼,"我说,"大部分这样的人都会变得特别古板。"

"有可能,"她说着,望向湖面,"这地方非常宁静。人们会以为作家在这里能感到快乐……如果作家能在哪个地方找到快乐的话。"她转头看着我。"看来是没法说服你照罗杰的请求去做了。"

"这样做没有任何意义,韦德太太。我什么也做不了。这些话我之前就说过了。我没法儿保证我能在他需要时刚好出现,要我一直守在这儿,那是不可能的。就算我没有其他事情要做也不可能。打个比方,如果他发疯了,那就是一瞬间的事情。而我没有看到任何显示他会发疯的迹象。我觉得他相当稳定。"

她低头看着双手。"如果他能写完这本书,我想事情就会好得多。"

"这我可帮不了他了。"

她抬起头,把手放在身旁的躺椅边缘上,身子略微前倾。"他觉得你可以你就可以。这才是重点。你是不是觉得拿着报酬在我家做客会心里不好受。"

"他需要一位精神科医生,韦德太太。你认识什么靠谱的医生吗?"

她看上去吓了一跳。"精神科医生?为什么?"

我将烟斗里的烟灰敲出来,拿着空烟斗坐着,等凉一点儿后再收起来。

"你想听听外行人的看法,那我就说了。他觉得自己脑子里藏着个秘密,但又想不起来是什么。有可能是他自己犯了罪,也有可能犯罪的是别人。他认为这就是让他酗酒的原因,因为他记不起那件事。他或许觉得不管发生过什么,都是在他醉酒时发生的,他要想记起来就应该回到醉酒时的状态,真正的烂醉如泥。那就是精神科医生的工作了。目前为止,一切都还好说。如果不是这样的,那么他醉酒就是因为他想喝醉或者控制不住自己的酒瘾,所谓的秘密只是借口。他写不出书,至少是写不完现在这本。因为他会喝醉。也就是说,可以假设他没办法写完这本书,因为他用酒精将自己的精力都消耗掉了。情况也可能相反。"

"噢,不,"她说,"不会的。罗杰天赋极高。我很确定他的最佳作品还在后头呢。"

"我说过这是外行人的看法。那天早上你说他或许已经不爱他妻子了。这种情况也可能是相反的。"

她望向屋内,然后转过身子,背对着屋内。我也朝屋内望去。韦德站在门内,朝外看着我们。当我看过去时,他走到吧台后面,伸手去拿酒瓶。

"干涉是没用的,"她快速说道,"我从不干涉。从不。我想你是对的,马洛先生。我们什么都做不了,只能让他自己想办法摆脱出来。"

这时烟斗凉了,我把它收了起来。"我们与其一直摸索抽屉背面,不如反过来看一看里面是什么样的。"

"我爱我丈夫,"她直白地说,"也许不像年轻女孩的那种爱。但是我爱他。一个女人一生只年轻一次。我那时爱的男人已经死了。他死在了战争中。说来也怪,他名字的首字母跟你的一样。现在已经不重要了,只是有时候我还是不太相信他已经死了。他的尸体一直没找到,不过很多人也是这样。"

她久久地打量了我一眼。"有时候,当然不是经常,当我在夜深人静时走进一间安静的鸡尾酒吧或一家高级酒店的大堂,或者当我在清晨或深夜走在邮轮甲板上,我总觉得我好像看见他正在某个阴暗的角落里等着我。"她停顿了一下,垂下了眼帘。"这太蠢了,我为此羞愧。我们曾经非常相爱,那种爱狂热、神秘、荒谬,一辈子只有一次。"

说着她停住了,坐在那儿,有些恍惚地眺望着远处的湖面。我再次回头望了望屋内。韦德正好端着酒杯站在敞开的落地窗内侧。我回头看向艾琳。对她而言我已经不存在了。我起身走进屋子里。韦德依然端着酒杯站在那儿,那酒看上去非常浓。他的眼神瞧着也不太对劲。

"你是怎么挑逗我妻子的,马洛?"说这话时他嘴巴抽动了一下。

"没得手呢,如果你是这个意思的话。"

"我正是这个意思。前几天晚上你吻了她。或许你以为自己是情场老手,但你在浪费时间,老兄。哪怕你符合她的胃口也不行。"

我试图绕过他,但他用结实的肩膀挡住了我。"别急着走,老兄。我们喜欢有你在身边。我们家很少有私家侦探。"

"我纯属多余。"我说。

他举杯喝了起来。他放低酒杯时,有些敌意地瞥了我一眼。

"你应该多给自己一点时间来增强抵抗力,"我对他说,"都是空话,嗯?"

"好的,教练。你真是个小小的性格塑造家,不是吗?你不至于傻到试图教育一个酒鬼吧?酒鬼不需要教育,我的朋友。他们只会蜕变,这个过程中的某些部分还挺好玩的。"他又喝了一口酒,喝完酒杯也快见底了。"某些部分却非常可怕。不过请允许我引述好好医生洛林的精彩名言,那个拎着小黑包的卑鄙杂种:'离我妻子远点儿,马洛。'你肯定喜欢她,他们都是。你想睡她,他们都想。你想分享她的梦,闻闻她记忆中的玫瑰。或许我也想,但没什么可分享的,朋友,没有,没有,没有。黑暗中就你孤零零一个人。"

他喝完那杯酒,将酒杯倒过来。

"像这样一般空荡荡,马洛。里面什么都没有。我是知道内情的那个人。"

他将酒杯放在吧台边缘,僵硬地走到楼梯脚。爬了十来级台阶后,他抓住栏杆,停下来靠在上面。他苦笑着往下看着我。

"原谅我这套老掉牙的嘲讽,马洛。你是个好人。我不希望你出事。"

"出什么事?"

"也许艾琳还没有办法摆脱初恋的难忘魔力,那个在挪威失踪的家伙。你不想失踪吧,老兄?你是我的专属私家侦探。当我迷失在荒凉的塞普尔韦达峡谷时,是你找到了我。"他用手掌在抛光的木扶手上画了一个圈。"如果你失踪不见了,我会痛心入骨的。就像那个跟英国佬混过的家伙。他就彻底失踪了,有时候简直怀疑他是否存在过。你觉得会不会是艾琳为了有个玩具可玩,捏造出了这个人?"

"我怎么知道?"

他低头看着我。他的眉间出现了深深的皱纹,嘴唇因痛苦而扭曲了。

"谁又知道呢?也许她自己都不知道。宝宝累了。宝宝的坏玩具玩得太久了。宝宝说声再见要走了。"

他继续登楼梯。

我站在那儿,直到坎迪走进来清理吧台四周,他把玻璃杯放进托盘,检查酒瓶里的残酒,完全忽视我的存在。至少我是这么认为的。然后他说:"先生,还剩下一杯好酒,浪费可惜了。"他举起一个酒瓶。

"你喝了吧。"

"谢谢,先生,我不喝。我顶多只有一杯啤酒的酒量①。"

"聪明人。"

"家里有一个酒鬼就够了,"他盯着我说,"我的英语说得很好,对吧?"

"当然,很好。"

"但我用西班牙语思考。有时候我用刀思考。我会照顾好老板的。他不需要别人的帮助,老兄。我来照顾他,明白了吧。"

"你做得很不错,小混混。"

"竖笛之子②!"他说话时露出雪白的牙齿。他拿起装满酒杯的托盘,往上一甩抵在肩膀边缘,手托在下面,一副餐厅侍者的做派。

我朝门口走去,来到外面,边走边琢磨"竖笛之子"在西班牙语里怎么成了一句骂人话。我很快就将这件事抛到了脑后。我有太多其他事要思考。韦德家的问题不仅仅是酗酒。酒精不过是个幌子。

那晚晚些时候,在九点半到十点之间,我拨了韦德家的电话号码。铃声响了八声后我挂断了,不过我刚把手从电话上拿开,电话铃就响了。是艾琳·韦德打来的。

"刚才听到电话铃响,"她说,"直觉告诉我可能是你打来的。我正准备去冲澡。"

"是我,不过没什么要紧事,韦德太太。我走的时候他似乎头脑有

---

① 原文为西班牙语 Gracias, señor, no me gusta. Un vaso de Cerveza, no más。

② 原文为西班牙语 Hijo de la flauta。

些不清楚……我是说罗杰。我想也许我现在觉得自己对他有点儿责任了。"

"他很好，睡得正香呢。"她说，"我觉得洛林医生给他造成的困扰比他表现出来的更严重。他肯定对你说了很多胡话。"

"他说他累了，想上床睡觉。要我说，这很正常。"

"如果他只说了这些，那是正常。好吧，晚安，谢谢你的来电，马洛先生。"

"我没说他只说了这些。我是说他说过这些话。"

她停顿了一下，说："每个人偶尔都会冒出一些奇怪的想法。别太把罗杰的话当真，马洛先生。毕竟他的想象力相当丰富。这是很自然的。经过上次那件事情，他不该这么快就开始喝酒。请尽量忘掉这一切。我想除了这些，他肯定在别的事情上也冒犯了你？"

"他没有冒犯我。他的话都很有道理。你的丈夫是一个能够长时间严厉审视自己、看清自己本质的人。这种天赋并不常见。大多数人这一辈子要用一半的精力努力维护他们从未有过的尊严。晚安，韦德太太。"

她挂断了电话。我拿出棋盘，填满烟斗，将棋子列队放好，检查完有没有刮伤和松动的棋钮，然后下了一盘戈尔恰科夫对曼宁金的冠军锦标赛，72步打成平局，攻无不克的力量遇到坚不可摧的客体，一场没有甲胄的战斗，一场没有鲜血的战争，除了广告公司，你随处都能找到像如此这般对人类智慧的精心浪费。

25

接下来的一个礼拜什么也没发生,我出门办了几件事,这些事在当时而言都不值一提。有一天早上,卡恩机构的乔治·彼得斯打来电话,告诉我他碰巧去了塞普尔韦达峡谷,出于好奇去看了看韦林杰医生的地方。但韦林杰医生不在那里了。有六组测量员正在绘制那片地界的地图,好将其分成小块土地出售。他找几个测量员聊了聊,那些人甚至都没听说过韦林杰医生。

"就因为一份信托契约,那个可怜的笨蛋只能停业。"彼得斯说,"我调查了一下。为了节省时间和费用,他们给了他1000美元,让他放弃对土地享有的权利,现在有人要把那块地拆分,建造成住宅,一百万就这样到手了。这就是犯罪和商业的区别。做生意嘛,得有资本。有时我认为这是唯一的区别。"

"你这番评论真是相当愤世嫉俗啊。"我说,"然而,犯下滔天大罪,也需要资本。"

"那资本是从哪儿来的,朋友?反正不是来自打劫卖酒铺子的人。再会。改天见吧。"

一个礼拜四的晚上,差十分十一点的时候,韦德给我打了电话。他的声音很沙哑,几乎有些含混不清,但我还是听出是他。我还听到电话里传来急促粗重的呼吸声。

"我现在很不好,马洛。非常糟糕。我要不行了。你能马上过来吗?"

"当然……不过让我先跟韦德太太说几句话。"

他没有回答。电话那端响起一声撞击声,接着便是死一般的寂静,过了一会儿又传来一阵窸窣声。我对着电话吼了几句,可是无人回应。时间在流逝。最后,只听轻轻的咔嗒一声,听筒被放回了底座,断线的嘟嘟声随即响起。

五分钟后,我就上路了,只用了半个多小时就到了目的地,我至今都不清楚自己是怎么做到的。我像飞一样穿过一条条道路,在文图拉大道闯了红灯,在不能左转的地方左转,在卡车之间左闪右躲,真是出尽了洋相。我以将近60英里的时速穿过恩西诺,用车上的探路灯照向路边停着的汽车的外缘,以防有人突然想要下车。我的运气还不错,只有在你不在乎的时候,运气才会降临。我没碰上警察,没有警笛响起,也没有红色闪光灯。只有我对韦德家可能发生的事的想象,而且是不太愉快的想象。韦德太太独自一人和一个喝醉酒的疯子待在家里,她躺在楼梯底部,脖子摔断了。她在一扇紧锁的门后,有人在门外咆哮,试图闯进去。她赤脚跑在洒满月光的路上,一个大块头黑人则举着切肉刀追赶她。

事实根本不是那样的。当我把奥兹车开到韦德家车道上的时候,只见整个房子的灯都亮着,韦德太太站在敞开的门口,嘴里叼着一支香烟。我下了车,穿过石板路向她走去。她穿着宽松裤和衬衫,领口敞开着。她平静地看着我。即便这里有什么叫人不安的情绪,也是我带去的。

我说的第一句话与我的其他行为一样疯狂。"我还以为你不抽烟呢。"

"什么?不,我平时很少抽。"她从嘴里拿出香烟,看了看,扔在地上,一脚踩了上去。"隔很长一段时间才抽一回。他打电话给韦林杰医生了。"

她的声音冷漠而平静，如同从夜晚的水面上传来，透着彻底的放松。

"不可能。"我说，"韦林杰医生已经不住在那里了。韦德是给我打的电话。"

"真的？我刚才听到他打电话叫人赶快来。我还以为是韦林杰医生。"

"他现在在哪儿？"

"他摔倒了。"她说，"他一定是把椅子向后倾斜得太厉害了。他以前出过这样的事。他的头被什么东西划破了。只流了点血，不多。"

"那就好。"我说，"流血太多就不好办了。我问过你了，他现在在哪儿？"

她严肃地看着我，随后伸手一指。"在那边吧。要么是在路边，要么就是篱笆旁的灌木丛里。"

我向前倾着身子，凝视着她。"天哪，你没去看看他吗？"这时，我断定她受到了惊吓。我回头看了看草坪那边。什么也没有，只有篱笆附近有一大片浓重的阴影。

"我没过去看。"她很平静地说，"你去找他吧。我忍受的已经够多了。我受够了。你去找他吧。"

她转身进屋，并没有关门。她没有走出很远。进门才走了一码左右，她就瘫倒在了地上。我把她抱起来，放在一张长沙发上，她家里有两张这样的长沙发，相对放着，中间摆着一张金色长鸡尾酒桌。我摸了摸她的脉搏。不虚弱，也没有不稳定。她的眼睛闭着，眼皮发青。我把她留在那里，去了屋外。

正如她所说的，韦德确实在那里。他侧身躺在木槿的阴影里，脉搏跳动得很快，呼吸也不正常，后脑勺上有黏糊糊的东西。我跟他说话，轻轻摇了摇他，还拍了几下他的脸。他咕哝了几句，却并未醒来。我拖着他坐起来，把他的一只胳膊搭在我的肩膀上，让他趴在我的背上，将他抬起来，又伸手去抓住他的一条腿，但没有抓住。他像水泥一样沉重。我们两个人齐齐跌坐在草地上，我喘了口气，又试了一次。最后，我终于用消防员使用的背负姿势将他搀扶起来，我们费力地穿过草地，朝敞开的大门走去。这段距离显得那么漫长，就跟往返一趟暹罗差不多。门廊的两级台阶仿佛有10英尺那么高。我摇摇晃晃地走到沙发前跪下，将他从我身上放下。我直起身子，感觉脊椎骨至少有三处断裂了。

艾琳·韦德已经不在那里了。房间里只有我一个人。我当时累坏了，也管不了别人在哪儿。我坐下来看着韦德，等着他的呼吸平稳下来。我又检查了一下他的脑袋。他的头上沾满了血，头发都粘在了一起。看起来伤得不是很重，但头上的伤很难说。

这时，艾琳·韦德走过来站在我身边，用同样冷漠的表情静静地俯视着她丈夫。

"对不起，我昏过去了。"她说，"我也不知道自己怎么了。"

"我想最好叫医生来看看。"

"我打过电话给洛林医生了。你知道的，他是我的医生。但他不愿意来。"

"那就找别人试试吧。"

"噢，他会来的。"她说，"他的确不想来，不过他会尽快赶来。"

"坎迪在哪儿？"

"今天是礼拜四，他休息。厨师和坎迪每礼拜四放假一天。这儿的规矩是这样的。你能把他弄到床上去吗？"

"我自己不行，得找人帮忙。你最好去拿条毯子。今晚还算暖和，但他这样很容易染上肺炎。"

她说她去拿毛毯。我觉得她真是太好了。但现在我的脑袋不太灵光。我刚刚把他弄进屋,耗费了太多体力。

我们把一条旅行毛毯盖在韦德身上,十五分钟后洛林医生来了,他穿着衣领笔挺的衬衫,戴着无框眼镜,脸上的表情就像被请去治疗一条病重的狗子。

他检查了韦德的头。"就是擦破点头皮,还有点儿瘀伤。"他说,"不会有脑震荡。从他的呼吸就可以了解他的情况。"

他伸手去拿帽子,又拿起了包。

"给他多盖点。"他说,"你们可以轻轻清洗一下他的头部,把血清理掉。他睡一觉就没事了。"

"我一个人没法抬他上楼,医生。"我说。

"那就让他睡在这儿吧。"他毫无兴趣地看着我,"晚安,韦德太太。你知道我不治酒鬼。就算我治,你丈夫也不在我的救治范围之内。相信你能理解。"

"没人要你给他看病。"我说,"我现在请求你帮我把他弄进卧室,我好给他脱衣服。"

"你到底是谁?"洛林医生冷淡地问我。

"我叫马洛。一周前我来过这里。你妻子介绍过我。"

"有意思。"他说,"你是怎么认识我妻子的?"

"这有什么关系?我现在只需要你……"

"我对你有什么需要不感兴趣。"他打断了我,随后转向艾琳,点了点头便走了出去。我背对着门,挡在他和门之间。

"等一下,医生。你一定很长时间没看过那篇叫《希波克拉底誓言》的小文章了。这个男人给我打电话让我来救他,而我住得非常远。他听起来情况很不好,我为了来这里,一路上违反了州里所有的交通法规。

我发现他躺在地上,就把他背了进来,相信我,他可不像一捆羽毛那么轻。男仆休假了,这里没人能帮我把韦德弄上楼。你觉得应该怎么做?"

"别挡我的路,"他咬着牙说,"不然我就打电话报警,叫他们派警察来。作为一名专业人士……"

"作为一名专业人士,你简直就是一只臭虫。"我说完便让开了路。

他涨红了脸,虽然红得很慢,但十分明显。他气得连话也说不出来。然后,他打开门走出去,轻轻地关上了门。他在关门的时候看了我一眼。他的眼神,是我见过的最恶毒的眼神,他的表情,也是我见过的最恶毒的表情。

我不再对着大门,转过身来,只见艾琳面带微笑。

"什么这么好笑?"我咆哮着说。

"你呀,对别人,你想说什么就说什么,是吧?你不知道洛林医生是谁吗?"

"我这人向来心直口快。此外,我知道他是什么人。"

她瞥了一眼手表。"坎迪现在应该回来了。"她说,"我去看看。他在车库后面的房间。"

她从一个拱门走了出去,我坐下来看着韦德。这位伟大的作家依然在打呼噜。他满脸是汗,但我没有掀开他身上的毛毯。一两分钟后,艾琳带着坎迪回来了。

26

　　墨西哥男仆坎迪穿着黑白格子运动衫，黑色褶饰休闲裤，没系腰带，一双黑白双色的鹿皮鞋一尘不染。他那头乌黑浓密的头发向后梳着，涂了发油或发乳，看起来闪闪发亮。

　　"先生①。"他说着，讽刺地微微鞠了一躬。

　　"坎迪，帮马洛先生把我丈夫抬上楼去。他跌倒了，受了点伤。对不起，麻烦你了。"

　　"没关系，太太②。"坎迪笑着说。

　　"我想我该说晚安了。"她对我说，"我累了。你有什么需要，就和坎迪说吧。"

　　她慢慢地走上楼梯。我和坎迪目送她离开。

　　"真是个漂亮女人。"他悄悄地说，"你要留下来过夜？"

　　"怎么可能。"

　　"太可惜了③。她很孤独。"

　　"伙计，收起你那色眯眯的眼神。还是把这家伙抬到床上去吧。"

---

① 原文为西班牙语 Señor。
② 原文为西班牙语 De nada, señora。
③ 原文为西班牙语 Es lástima。

他伤心地看着躺在沙发上打鼾的韦德。"真可怜①。"他喃喃地说,好像是真心这么认为。"喝得烂醉②。"

"他也许醉得不省人事了,但他一点儿也不轻,"我说,"你抬他的脚。"

我们抬着他,即使我们有两个人,他还是重得像一口铅棺材。到了楼梯顶上,我们沿着露天阳台从一扇关着的门边上走过。坎迪朝着那扇门扬了扬下巴。

"太太的房间③。"他低声说,"你轻轻地敲门,也许她会让你进去。"

我没搭理他,毕竟我现在用得上他。我们继续抬着和尸体一样沉的韦德,拐进另一扇门,把他扔在床上。然后,我一把抓住坎迪手臂靠近肩膀的地方,只要用手指掐住那儿,就会很疼。我使劲儿按住他,让他疼。他皱了一下眉头,脸绷得紧紧的。

"你叫什么名字,混血小子?"

"把你的手拿开。"他厉声道,"别叫我'混血小子'。我不是从墨西哥偷渡来的劳工。我叫胡安·加西亚·德索托·约·索托-马约尔。我是智利人。"

"好吧,唐璜④。你在这里最好不要胡作非为。说到你的老板,你最好把嘴巴放干净点,别痴心妄想。"

他猛地挣脱开,往后退了一步,黑眼睛里闪烁着愤怒。他的手伸进衬衫,抽出一把又长又薄的刀子。他把刀尖抵住手掌的根部,甚至都没有看刀子一眼。然后他放下手,抓住飞到半空中的刀子的刀柄。这套动作一气呵成,他做起来一点儿也不费力。他的手举到肩膀的高度,

---

① 原文为西班牙语 Pobrecito。
② 原文为西班牙语 Borracho como una cuba。
③ 原文为西班牙语 La señora。
④ 西班牙传说中的人物,生性风流,他的名字为 Don Juan,与坎迪的名字 Juan García de Soto yo Soto-mayor 相似。

猛地向前甩出，那把刀随即在空中划过，插入木窗框里，不停地颤动。

"小心点，先生①！"他讥讽地说，"别多管闲事。没人能糊弄我。"

他轻巧地走过房间，把刀从木头里拔出来，抛向空中，然后踮起脚转了个身，接住刀子。啪的一声，刀子消失在他的衬衫里。

"手法挺利索。"我说，"可惜有点儿华而不实。"

他朝我走来，脸上带着嘲弄的微笑。

"说不定会害你折断手肘。"我说，"像这样。"

我一把抓住他的右手腕，猛地一拉，让他失去平衡，跟着我转到他的侧后面，弯曲前臂向上抵住他的肘关节后面。我用前臂做支点，用力向下压去。

"只要用力一按，你的肘关节就会裂开。"我说，"这一下就够了。你几个月都不能投飞刀了。要是再用力一点儿，你的胳膊就彻底报废了。现在去把韦德先生的鞋脱掉。"

我放开他，他冲我咧开嘴笑了笑。"你这技巧不错。"他说，"我会记住的。"

他转向韦德，伸手去脱他的一只鞋，然后停了下来。枕头上有一块血迹。

"老板是怎么受伤的？"

"与我无关，伙计。他跌倒了，头被什么东西划破了。只是个很浅的伤口。医生来看过了。"

坎迪慢慢地呼出一口气。"你看见他摔倒了吗？"

"那时候我还没来呢。你喜欢这家伙，是吗？"

他没有回答我，只是脱掉了韦德的鞋子。我们一点点地把韦德的

---

① 原文为西班牙语 Cuidado, señor。

衣服脱了下来，坎迪拿出了一套绿色和银色相间的睡衣。我们给韦德穿上，把他弄到床上，给他盖好被子。他仍然满身是汗，呼噜打得震天响。坎迪低头悲伤地看着他，慢慢地摇晃着他那留着光亮头发的脑袋。

"总得有人照顾他。"他说，"我去换衣服。"

"你去睡一会儿吧。我会照顾他的。有什么需要，我会叫你。"

他扭头面对我。"你最好好好照顾他。"他轻声说，"不能有一点儿差池。"

他离开了房间。我去浴室拿了一条湿毛巾和一条厚毛巾。我稍稍掀起韦德的身体，把厚毛巾铺在枕头上，把他头上的血洗掉，我的动作很轻，免得伤口再次流血。擦掉血迹，一道大约两英寸长的伤口便露了出来，很浅，是尖利的东西造成的。没什么要紧。洛林医生是对的。缝起来不会有什么害处，但确实没有必要。我找到一把剪刀，把伤口处的头发剪掉，好给他贴上医用胶布。然后我把他翻过来，让他仰面躺着，给他洗了脸。我想我这么做可能是错的。

他睁开了眼睛。一开始，他的视线很模糊，无法聚焦，渐渐地，他的眼睛变亮了，他看到我站在床边。他的手动了一下，摸了摸头上的胶布，嘴唇也动了动，咕哝着什么，然后他的声音变清楚了。

"是谁打了我？你吗？"他的手摸着胶布。

"没有人打你，是你摔了一跤。"

"我摔倒了？什么时候？在哪里？"

"在你打电话的地方。你打电话给我。我从电话里听见你摔倒了。"

"我给你打电话？"他慢慢地咧嘴一笑，"你总是有空，是吧，伙计？现在几点了？"

"凌晨一点多了。"

"艾琳呢？"

"睡觉去了。她没少吃苦。"

他默默地想了一会儿,眼神充满了痛苦。"我是不是……"他敛眉蹙额,没有说下去。

"据我所知,你没有碰过她。如果你是这个意思的话。你在外面闲逛,在栅栏边上昏过去了。别说了。睡一会儿吧。"

"睡觉。"他平静而缓慢地说,就像一个孩子在背诵课文,"怎么睡得着呢?"

"也许吃片药会有帮助。你有安眠药吗?"

"在床头柜的抽屉里。"

我打开抽屉,找到了一个装着红色胶囊的塑料瓶子。速可眠,每次服用一粒半。洛林医生开的处方。善良的洛林医生。这是他为罗杰·韦德太太开的处方。

我倒出两片,把瓶子放回去,从床头柜上的热水瓶里倒了一杯水。他说一粒就足够了。他就着水喝了药,躺下来继续盯着天花板。时间在一点点过去。我坐在椅子上注视着他。他似乎一点儿也不困。然后,他慢慢地说:

"我想起了一件事。帮我个忙,马洛。我写了一些疯狂的东西,不过我不想让艾琳看到。在打字机上面,用机盖盖着。帮我撕了吧。"

"当然。你只记得这些吗?"

"艾琳没事吧?你确定?"

"是的。她只是累了。随她去吧,韦德。别想了。我不该问你的。"

"这人要我别想了。"他的声音现在夹杂着一丝困倦之意。他好像在自言自语。"别想了,别做梦了,别再爱,也别再恨了。晚安,亲爱的王子。剩下那颗药,我也吃了吧。"

我把药给他,又给了他一些水。他重新躺下,这次他转过头来看着我。"听着,马洛,我写了一些东西,我不希望艾琳看……"

"你已经告诉过我了。等你睡着了,我会去处理。"

"谢谢。很高兴你能来。很好。"

接下来是一阵长时间的停顿。他的眼皮越来越沉。

"你杀过人吗,马洛?"

"杀过。"

"那感觉糟透了,是不是?"

"有些人倒是很喜欢。"

他一直闭着的眼睛忽然睁开了,只是眼神有些迷茫。"怎么会呢?"

我没有回答。他的眼皮又慢慢地垂下,像剧院里缓缓落下的帷幕。他开始打鼾。我又等了一会儿,才把屋里的灯调暗,走了出去。

27

我停在艾琳的门外，听了听。里面没动静，我便没有敲门。就算她想知道韦德怎么样了，那也是她的事。楼下的客厅看上去明亮而空旷。我熄灭了几盏灯，从靠近前门的地方抬头看了看阳台。客厅的中间部分与房屋墙壁的高度齐平，开放式横梁纵横交错，也支撑着阳台。阳台很宽，两边各有一道看上去大约有 3 英尺半高的结实栏杆。栏杆的顶部和柱子都是方形的，与横梁相匹配。去餐厅要经过一个方拱形出入口，下面装着双扇门，门上装有百叶窗。我猜餐厅楼上是仆人的住处。二楼的这部分是用墙隔开的，有另一道楼梯从房子的厨房部分通往那里。韦德的房间在他书房楼上的角落里。我可以看到灯光从他敞开的房门倾泻出来，反射在高高的天花板上，我还可以看到他门口的顶板。

我留下一盏落地灯，把其余的灯都关掉，便去了书房。门关着，但里面有两盏灯亮着，一盏是皮沙发尽头的落地灯，另一盏是带罩的台灯。打字机在这盏台灯下，放在一个很大的支架上，旁边的书桌上有一堆乱七八糟的黄纸。我坐在一张软垫椅上，仔细端详书房的布局。我想弄清楚他是怎么磕破头的。我坐在他的办公椅上，电话在我的左首。弹簧没什么弹力了。如果我向后倾斜、翻倒，我的头可能撞到桌角。我弄湿手帕，擦了擦木书桌。没有血，什么都没有。书桌上有很多东西，几尊青铜大象之间放着一排书,还有一个老式的方形玻璃墨水池。我擦了擦墨水池,也没有血迹。这么做反正也没什么用,即便是别人打了他,凶器也不一定在房间里。再说了,这里也没有其他人会对他动手。我站起来,打开飞檐灯。灯光照到了阴暗的角落里,答案便一目了然了。一个方形的金属废纸篓翻倒在墙边,里面的废纸都散落了出来。它不可能自己走过去,肯定是被人扔或踢过去的。我用湿手绢蹭了蹭纸篓的尖角。这次手帕上有红棕色的血迹。真相大白了。韦德摔了一跤,头撞在废纸篓的尖角上,很可能是斜着撞上去的。他自己爬了起来,把那该死的东西踢了出去。很简单。

然后他八成又喝了一杯。酒就放在沙发前的鸡尾酒桌上。上面有一个空酒瓶和另一个还剩下四分之三的酒瓶,一个装着水的热水瓶,还有一个银碗,里面盛着冰块化成的水。只有一个杯子,而且是大号的杯子。

喝了这杯酒,他觉得好些了。他迷迷糊糊地注意到听筒从挂机上掉了下来,很可能已经不记得他曾打过电话。所以他走过去,把听筒放回了底座。时间正好对得上。电话可以叫人着迷。我们这个时代爱摆弄小器械的人一方面很喜欢电话,一方面又对它有些讨厌和害怕。但我们总是很尊重电话,即使喝醉了也一样。电话叫人欲罢不能。

任何一个正常人都会在挂电话前对着话筒说声"喂",以防万一。但一个喝酒喝得醉眼蒙眬、刚刚跌倒的人则不会如此。无论如何,这都无关紧要。也可能是他妻子做的,她可能听到了摔倒的声音和废纸篓撞到墙上弹开的撞击声,便去书房看看是怎么回事。大约在那个时候,最后一杯酒的酒劲上来了,他摇摇晃晃地走出房子,穿过前院草坪,昏倒在我发现他的地方。有人来找他。但这时他已经不知道来人是谁了。也许是善良的韦林杰医生。

到目前为止，一切都讲得通。那么他的妻子会怎么做呢？她管不了他，也无法跟他讲道理，她可能很害怕，甚至都不敢尝试跟他讲道理。所以她会叫人帮忙。仆人们出去了，她只能打电话。她确实打给了某个人。她给那位好心的洛林医生打了电话。我只能假设她是在我到达之后才给他打电话的。不过她并没有这么说过。

从这之后就不太合情理了。艾琳应该去找她的丈夫，确定他有没有受伤。在温暖的夏夜，他在地上躺一会儿倒也无妨。毕竟她挪不动他。我也是费了九牛二虎之力，才把他拖回屋里。但是，你绝对想不到她会站在敞开的门口抽烟，只知道丈夫所在的大概位置。还是你早料到了？我不清楚她和他一起经历过什么，也不知道他在那种情况下有多危险，她有多害怕接近他。"我忍受的已经够多了。"我来时她这么对我说，"你去找他吧。"她说完就进了屋，还昏了过去。

我依然没想明白这是怎么回事，但只能到此为止。我不得不假设，她对这种事已经司空见惯，明白除了听之任之就别无他法，所以便只能随他去。就是这样。听之任之。任由韦德躺在外面的地上，直到有人带着治疗设备来处理他。

我依然没想明白。还有一点我也不明白，我和坎迪扶韦德上楼睡觉，她却告辞了，回了自己的房间。她说她爱那家伙。他是她的丈夫，他们结婚五年了，他清醒的时候是个很好的人，这些可都是她亲口说的。喝醉后，他就像是变了一个人，极度危险，必须远远躲开。好吧，算了。但不知怎么的，这件事一直困扰着我。她要真是被吓到了，就不会站在敞开的门口抽烟了。如果她只是心中愤恨厌烦、不愿和人交流，她就不会晕倒。

这其中必定另有隐情。也许韦德有别的女人。她也是刚刚才有所察觉。是琳达·洛林吗？也许吧。洛林医生就是这么想的，还公开说了出来。

　　我把这件事甩到脑后，过去掀开打字机的盖子。东西就在那里，是几张打了字的黄纸，我应该把它们毁掉，以免艾琳看到。我拿着黄纸到沙发上，觉得自己应该喝上一杯，看看上面写了什么。书房旁边有个小洗漱室。我冲洗了高脚杯，倒上酒，坐下读了起来。我读到的东西确实是疯言疯语。内容是这样的：

28

再过四天，月亮就圆了，一片方形的月光投射在墙上，它一直盯着我，如同一只巨大浑浊的瞎眼，一只墙之眼。开个玩笑。真是个愚蠢的比喻。作家就是这个德行。每个东西都得像别的东西。我的头蓬松得像鲜奶油，但没那么甜。又是比喻。一想到写作这个糟糕的职业，我就想吐。反正我也会吐的。八成会。别逼我。给我点时间。虫子在我的心口爬呀爬呀爬呀。我去床上躺一会儿就会好点，不过床底下有一头黑色的野兽，它窸窸窣窣地爬来爬去，在床底下撞来撞去，然后我就会发出一声尖叫，除了我，谁都听不见。那是梦中的呐喊，来自噩梦的呐喊。没什么可害怕的，我也不害怕，因为没有什么可害怕的，但我一躺在床上，那头黑色的野兽就会这么对我，它在床底下撞击床板，我就出现了性高潮。那比我做过的其他肮脏事都让我厌恶。

我很脏。我需要刮刮胡子。我的手在发抖。我出汗了。我闻见自己身上很臭。我腋下的衬衫是湿的，胸部和背部也汗湿了。袖子的肘部褶皱处也都是汗。桌上的杯子空了。现在倒酒，我得用两只手。我可以从瓶子里倒一杯，让自己振作起来。这东西的味道真让人恶心。对我没有任何帮助。到最后，我根本睡不着，神经受折磨是那么恐怖，整个世界都在呻吟。不错吧，韦德？再来一杯。

头两三天还行，之后越来越糟糕。痛苦了便喝上一杯，有一段时间我感觉越来越好，但代价越来越大，你得到的则越来越少，然后总有一个时间点，你什么都得不到了，只觉得恶心。然后，就该给韦林杰医生打电话了。好吧，韦林杰，我来了。现在不再有韦林杰了。他要么去了古巴，要么就是已经死了。变态佬杀了他。可怜的老韦林杰，他的命运太悲惨了，竟然和变态佬一起死在了床上……那种变态佬。来吧，韦德，我们起来走走吧。到从未去过的地方，到去过一次就不会去第二次的地方。这个句子说得通吗？不通顺。无所谓，反正我不收稿费。这里有一个短暂的停顿，要播放一支长广告。

好吧，我做到了。我起床。多么好的一个人啊。我走到沙发边，现在我跪在沙发旁边，双手放在沙发上，脸埋在手里，哭了起来。然后，我祈祷，我为此鄙视我自己。三级酒鬼居然瞧不起自己。你到底在祈祷什么，你这个蠢货？健康的人祈祷，那是信仰。病人祈祷，他只是害怕了而已。去他的祈祷吧。这是你创造的世界，是你一手造成的，你得到的外界帮助十分少，这也是你造成的。别祈祷了，你这个浑蛋。站起来喝一杯吧。现在做其他事都太晚了。

好吧，我去喝酒。用两只手。把酒倒进杯子里。几乎一滴都没洒。如果我能忍住不呕吐就好了。最好加点水。现在慢慢拿起来。这很简单，一次不要喝太多。暖和多了。越来越热。如果我不再出汗就好了。杯子空了。它又在桌上了。

月光朦胧，但我还是把杯子放下来，我很小心，十二万分的小心，就像是放下插着一簇玫瑰的高花瓶。露水落在上面，玫瑰被压得点着头。也许我是一朵玫瑰。兄弟，给我点露水吧。现在上楼去。也许只是很短的一段路。不？好吧，随你怎么说。等我到了，把酒拿到楼上去。

等我到了，就有盼头了。我上了楼，就有权得到补偿。这是我对自己的一点心意。我对自己有一份如此美好的爱，而最妙的是我没有情敌。

双倍的空间。上去，下来。我不喜欢楼上。待在高处，我的心怦怦直跳。但我一直在敲击打字机的按键。潜意识就是个魔术师。要是它能定时上班就好了。楼上也有月光。可能是同一个月亮。月球没有变化。月亮就像送奶工人一样来来去去，月亮的奶总是一样的。牛奶的月亮永远是……等等，伙计。你把你的脚交叉起来了。现在不是讨论月球历史的时候。在整个山谷，你有很多个案要考虑。

她在睡觉，侧着身体，一点儿声音也没有。她的膝盖向上抬起。我觉得她太安静了。人睡觉时总会发出点儿声音。也许她没睡着，只是在尝试入睡。我要是靠近一点儿，就能弄清楚了。可能也会摔下去。她的一只眼睛睁开了，真的睁开了吗？她看着我，真的在看我吗？没有。她会不会坐起来说：亲爱的，你病了？是的，我病了，亲爱的。不过没什么好操心的，亲爱的，因为是我病了，不是你病了，你就安安静静地睡个好觉吧，永远不要记起这些事，不要沾上我的黏液，也不要让任何可怕、灰暗、丑陋的东西靠近你。

你是个讨厌鬼，韦德。用一句话来形容你，那就是你是个差劲儿的作家。看在老天的分上，你就不能用意识流来形容你这个浑蛋吗，非得用什么一句话？我又抓着栏杆下了楼。我的内脏随着脚步而颤抖，我用一个承诺才把内脏凝聚在一起。我到了一楼，我到了书房，我来到沙发边上，等我的心跳慢下来。酒瓶就在手边。对于韦德的安排，有一点你可以肯定，那就是酒瓶总是随手可得。没人把酒瓶藏起来，没人把酒瓶锁起来。没有人说：你不觉得你已经喝够了吗，亲爱的？你这样会生病的，亲爱的。没人这么说。就像玫瑰一样轻轻侧卧。

我给了坎迪太多的钱。这是个错误。应该先给他一袋花生,再慢慢增加到香蕉。然后来一点点真正地改变,慢慢来,不着急,始终引诱着他。一上来就给他很大的甜头,很快他就有了赌本。这里一天的开销,足够他在墨西哥住上一个月,住宽房大厦,流连于万花丛中。他拿到了赌本,他会怎么做?如果一个人认为他能得到更多的钱,他还会觉得现有的钱够多吗?也许这没关系。也许我该杀了那个眼睛亮晶晶的浑蛋。曾经有个好人为我而死,一只穿着白色夹克的蟑螂为什么不能?

忘了坎迪吧。总有办法把针磨钝。另一个我永远不会忘记。绿火已经将坎迪刻在了我的肝上。

最好打个电话。我要失控了。感觉它们在跳跃,跳跃,不停地跳跃。最好快点儿叫人来,免得那粉红的东西爬到我脸上。最好打电话,打电话,打电话。叫"苏城的苏"吧。喂,接线员,请接长途电话局。你好,长途电话局,帮我接苏城的苏。她的号码是多少来着?没有号码,只有名字,接线员。你会发现她正沿着第十大街有树荫的一面走着,在高高的玉米树下,玉米穗张开着……好的,接线员,好的。取消整个计划,让我告诉你一些事吧,我是说让我问你一些事吧。如果你取消我的长途电话,谁来支付吉福德在伦敦举办的那些时髦派对的费用?是啊,你觉得你的工作是铁饭碗。这只是你的想法而已。我最好直接跟吉福德说。接通他的电话。他的男仆刚把茶端上来。如果他不能说话,我们会派个可以接电话的人过去。

我写这些东西是为了什么?我不愿去想的是什么?电话。最好现在就打电话。我越来越糟,非常,非常……

以上就是韦德写的内容。我把这几张纸折小一点,塞进衣服里面的口袋里，放在钱包后面。我走到落地窗前，打开落地窗走到阳台上。月光暗淡了一些。但现在是悠闲谷的夏天，夏天是不会被破坏的。我站在那里，望着静止不动、没有颜色的湖水，思索着，心中充满疑惑。然后，我听到了一声枪响。

29

现在,阳台上两扇透着灯光的门开着。那里分别是艾琳的房间和韦德的房间。她房间里没人。有打斗的声音从韦德的房间传出来,我一个箭步就冲进门去,发现她正在床边,俯身和韦德扭打在一起。一支枪散发着黑色的光芒,朝空中开了一枪,有两只手同时握着枪,一只是男人的大手,另一只是女人的小手,但这两只手都没有握着枪托。罗杰坐在床上,向前倾着身子,奋力推着。艾琳穿着一件淡蓝色的絮棉居家服,头发遮住了脸,现在她双手握着枪,猛地一拽,把枪从他手里夺了过来。他迷迷糊糊的,但她的力气依然很大,我见状不禁十分讶异。他向后栽倒,瞪着眼睛喘着粗气,她要走开,却撞到了我身上。

她站在那里靠着我,双手把枪紧紧地搂在怀里,已经泣不成声。我伸手抱住她,握住了那把枪。

她转了个身,好像此刻才意识到我在那里。她的眼睛睁得大大的,身体无力地贴着我。她松开了枪。这支武器有些笨重,是韦伯利双动内击锤手枪。枪管还是温的。我用一只胳膊抱着她,用另一只手把枪放进口袋,从她的头顶看着韦德。没有人说话。

然后,他睁开眼睛,嘴角形成了一抹疲倦的微笑。"没人受伤。"他喃喃地说,"只是朝天花板打了一枪。"

我感觉到她的身体变得十分僵硬。接着,她离开我的怀抱。她的眼睛有了焦点,变得炯炯有神。我松开她。

"罗杰。"她用一种病态的耳语般的声音说,"一定要这样吗?"

他像猫头鹰一样瞪着眼睛,舔了舔嘴唇,什么也没说。艾琳走过去,靠在梳妆台上,一只手机械地移动着,把头发从脸往后拨开。她从头到脚打了个寒战,摇了摇头。"罗杰。"她又低声说,"可怜的罗杰。你太惨了。"

这会儿,他正直勾勾地盯着天花板。"我做了个噩梦。"他慢慢地说,"有人拿着刀趴在床上。我不知道是谁。看起来有点儿像坎迪。不可能是坎迪。"

"当然不是,亲爱的。"艾琳轻声说。她离开梳妆台,坐在床边。她伸出手,开始抚摸韦德的额头。"坎迪早就上床睡觉去了。再说了,坎迪为什么要拿刀?"

"他是一个墨西哥人。他们都有刀。"罗杰用同样冷漠的声音说,"他们喜欢刀,而且,他不喜欢我。"

"没人喜欢你。"我无情地说。

艾琳立即转过头来。"求你了……请不要那样说。他不知道。他做梦了……"

"枪是哪儿来的?"我吼道,我一直看着艾琳,没有理睬罗杰。

"在床头柜的抽屉里。"他转过头来,与我的目光相遇。抽屉里根本没有枪,他很清楚我知道这一点。那里有安眠药和一些杂物,但没有枪。

"要不就是在枕头下面。"他又道,"我不太清楚。我开过一枪……"他举起一只沉重的手指了指,"打的是那儿。"

我抬起头。天花板的石膏上似乎有个洞。我走到能看清的地方。

没错。那个洞看起来像是子弹造成的。那把枪射出来的子弹可以穿透天花板，打进阁楼。我回到床边，站在那里，用凌厉的目光看着他。

"你这个白痴。你想自杀。你没做噩梦。你只顾着可怜你自己。抽屉里和枕头下都没有枪。你起来拿枪，回到床上，准备了结这个乱局。不过我觉得你没那个胆子。你开了一枪，但是是空枪。你妻子听到枪声跑了过来，这正是你想要的。你只想要别人的怜悯，伙计。仅此而已。甚至挣扎在很大程度上也是假的。如果你不愿意，她不可能把枪从你手里拿走。"

"我病了。"他说，"但你可能是对的。这有关系吗？"

"这很重要。他们会把你关进精神病院的，相信我，那地方的老板就像佐治亚州看管戴锁链囚犯的看守一样富有同情心。"

艾琳突然站了起来。"够了。"她厉声说，"他病了，你是知道的。"

"他是自愿生病的。我只是提醒他这要付出什么代价。"

"现在不是说这个的时候。"

"回你的房间去吧。"

她的蓝眼睛闪闪发亮。"你怎么敢……"

"回你的房间去。除非你想让我报警。出了这种事，就应该报警。"

韦德露出一个似笑非笑的表情。"对呀，报警吧。"他说，"就像你对特里·伦诺克斯做的那样。"

我没搭理他。我的目光仍在艾琳身上。这会儿，她看上去筋疲力尽、虚弱不堪，但非常美丽。我那熊熊燃烧的怒火瞬间就熄灭了。我伸出一只手，摸了摸她的胳膊。"没事了。"我说，"他不会再这样做了。回去睡觉吧。"

她深深地看了韦德一眼，便走出了房间。等她的身影消失在了敞开的门口，我在她坐过的床边坐了下来。

"再来片安眠药？"

"不，谢谢。我睡不睡觉无所谓了。我感觉好多了。"

"关于那一枪，我说对了吗？只是一场疯狂的表演，是不是？"

"差不多吧。"他别开脸，"我想我刚才是有点儿昏头了。"

"你真想自杀，没人能阻止你。这是我的经验之谈。你也该清楚。"

"是的。"他仍然望着别处，"我要你办的事……打字机里的东西……你办了吗？"

"嗯哼。想不到你竟然还记得。你写的真是疯言疯语。说来也怪，那些话竟是用打字机打出来的。"

"无论喝醉还是清醒，我都能做到。"

"用不着为坎迪操心。"我说，"你说他不喜欢你，你错了。我说没人喜欢你，也是错的。我只是想刺激刺激艾琳，让她生气。"

"为什么？"

"她今晚已经晕倒过一次了。"

他轻轻地摇了摇头。"艾琳绝对不会晕倒。"

"那就是假装的。"

他也不喜欢听到这种话。

"你说一个好人为你而死，是什么意思？"我问。

他皱起眉头，想了想。"我只是胡说而已。我告诉过你，我做了一个梦……"

"我说的是你用打字机打出来的那些疯话。"

他枕着枕头转过头来，目光落在我身上，好像枕头很重似的。"那也是一个梦。"

"那我换个问法。你有什么把柄落在坎迪手里了？"

"别说了，伙计。"他说着闭上了眼睛。

我站起来,关上了门。"你总不能一直逃避下去,韦德。坎迪完全可能敲诈勒索。这很简单。他甚至可以表现得很友好,一方面喜欢你,一方面图谋你的钱。到底是为什么?为了女人?"

"你相信洛林那个傻瓜?"他闭着眼睛说。

"不完全是。那她妹妹呢……已经不在的那位?"

我胡乱把球射出,却歪打正着,球应声进了球门。他突然瞪大了眼睛,嘴唇上出现了一个唾液泡。

"这……就是你到这儿来的原因吗?"他慢慢地低声问道。

"你倒是很明白。我是受邀而来的。邀请我的人,是你。"

他的头在枕头上滚来滚去。尽管吃了速可眠,他还是神经紧张,脸上全是汗珠。

"我爱我妻子,却也喜欢拈花惹草,这样的丈夫不止我一个。该死的,别烦我了。让我清静清静。"

我走进浴室,拿了块毛巾把他的脸擦干净。我轻蔑地朝他咧嘴一笑。我不是什么君子,专长就是收拾浑蛋。我会等到一个人倒下了再踢他,接连踢上几脚。踢得他虚弱不堪,无法抵抗或反击。

"总有一天,我们得好好谈谈这件事。"我说。

"我没疯。"他说。

"你只是希望自己没有疯。"

"我一直生活在地狱里。"

"当然。明眼人都看得出来。但背后的原因是什么,才是最有意思的。给,喝了吧。"我从床头柜上又拿了一片速可眠,还倒了一杯水。他用一只胳膊肘撑着身体去拿杯子,却差了足足 4 英寸。我把杯子放在他的手里。他费力地喝了水,吞了药片,便平躺在床上,一副灰心丧气的样子,脸上毫无表情,鼻子皱缩着。他跟死人没有区别。他今晚没把任何人推下楼梯。很可能任何一个晚上都没有过。

等到他的眼皮发沉,我走出了房间。韦伯利手枪贴着我的臀部,把我的口袋往下坠。我再次下楼。艾琳的门开着。她的房间很暗,但借着月亮的光线,足以看到她就站在屋内门边。她大喊一声,听着像个人名,但不是我的名字。我走近。

"小声点。"我说,"他睡着了。"

"我知道你会回来的,我一直都知道。"她柔声说,"哪怕是十年之后。"

我凝视着她。我们中必定有一个人是傻瓜。

"把门关上。"她用同样亲热的语气说,"这些年来,我的心一直都是你的。"

我转身关上门。当时,这看起来是个好主意。当我面对她时,她已经向我扑了过来。于是我抱住了她。我没法儿不这么做。她的身体紧紧地贴着我,头发拂过我的脸。她的唇凑上来索吻。她的身体在颤抖,朱唇轻启,牙齿张开,舌头探了出来。然后,她的手垂下,拉了拉什么东西,她身上的睡袍开了,里面便是她那如"九月之晨"的赤裸身体,只是少了几分羞涩。

"抱我上床。"她娇喘着说。

我照做了。我搂住她,触碰到了她裸露的皮肤,那么柔,那么软。我抱起她走了几步来到床前,把她放在床上。她一直搂着我的脖子,自喉咙里发出一阵类似哨声的声音。接着,她扭动身体,呻吟起来。这真是要了我的命。我就像种马一样,被撩拨得欲火焚身。我失去了控制。无论在什么地方,这样的尤物主动投怀送抱,都是千载奇遇。

是坎迪救了我。一声微弱的吱吱声响起,我猛地转过身,只见门把手在动。我骤然拉开我和艾琳之间的距离,冲向门口。我把门打开,飞奔了出去，就见那个墨西哥佬穿过走廊，正飞快地跑下楼梯。他跑着跑着突然停下，转过身来斜睨了我一眼，便走掉了。

　　我走回艾琳的房门口，把门关上，这次是从外面关上的。床上的女人发出了一些奇怪的声音，但此时不再具有任何魅惑了。只是奇怪的声音罢了。咒语已被打破。

　　我快步走下楼梯，走进书房，抓起那瓶苏格兰威士忌对着瓶口喝了起来。喝到再也喝不下了，我就靠在墙上喘着粗气，任由烈酒在我体内燃烧，浓烟进入我的大脑。

　　从晚饭到现在已经过了很久。在这么漫长的一段时间里，一切都不正常。威士忌的酒劲儿来得很快、很强烈，我不停地狂饮，直到房间开始变得模糊，家具都错了位，灯光像野火或夏日里的闪电。然后，我趴在皮沙发上，试图把酒瓶平放在胸前。瓶里好像空了，瓶子滚下重重地落在地板上。

　　这是我注意到的最后一件事。

30

一缕阳光照在我的脚踝上,感觉有些痒。我睁开眼睛,看见一棵树的树冠映衬着雾蒙蒙的蓝天,在轻轻地晃动。我翻过身来,脸颊碰到了沙发的皮面,脑袋感觉像是被斧头劈开了。我坐起来,发现身上盖着一条毯子。我掀开毛毯,把双脚放在地上。我皱眉看着时钟。那上面显示现在是差一分钟六点半。

我站了起来,这需要勇气,还需要意志力。我耗费了很大的体力才做到,我现在的体力不如以前了。岁月难挨,我已疲惫不堪。

我费力地走到小洗漱室,脱下领带和衬衫,用双手把冷水泼到脸上,又往头上泼了些。水滴落下来,我使劲儿把自己擦干。我穿上衬衫,系上领带,伸手去拿夹克,口袋里的枪砰的一声撞在墙上。我掏出枪,把旋转弹膛从枪身移开,将子弹倒进手里,有五颗子弹装满弹药,还有一颗是烧焦了的空壳。我心想,这有什么用呢?子弹要多少有多少。于是我放回子弹,把枪拿进书房,放在了书桌的一个抽屉里。

我抬头一看,只见坎迪站在门口,穿着洁白的外套,乌黑发亮的头发向后梳着,眼睛里充满了仇恨。

"想来点儿咖啡吗?"

"谢谢。"

"我把灯关了。老板没事。睡着了。我关上了他的门。你怎么喝醉了?"

"我也没办法。"

他朝我冷冷一笑。"没得手吧?被赶出来了,大侦探。"

"你爱怎么想就怎么想吧。"

"你的狠劲儿呢,大侦探?今天早上你一点儿也不狠。"

"去拿该死的咖啡吧。"我对他喊道。

"狗娘养的①!"

我一个箭步冲过去抓住了他的胳膊。他没有动,只是轻蔑地看着我。我笑着放开了他的胳膊。

"你是对的,坎迪。我一点儿也不狠。"

他转身走出去,不一会儿就回来了,他端着一个银托盘,上面放着一个银质小咖啡壶,还有糖、奶油和一块整洁的三角餐巾。他把托盘放在鸡尾酒桌上,撤走了空瓶子和其他酒具,还从地板上捡起了另一个瓶子。

"刚煮的咖啡。"他说完便走了出去。

我喝了两杯黑咖啡,又抽了一支烟。很好。我仍然是人类。这时坎迪又回来了。

"你要吃早饭吗?"他愁眉苦脸地问。

"不了,谢谢。"

"那就赶快离开。我们这里不需要你。"

"我们是指谁?"

他打开一个盒盖,给自己拿了一支香烟点燃,傲慢地把烟雾朝我

---

① 原文为西班牙语 Hijo de la puta。

喷过来。

"我会照顾老板的。"他说。

"你捞了不少好处吧?"

他皱起眉头,然后点了点头。"是的。相当多。"

"为了不让你把知道的事泄露出去,他们给了你多少封口费?"

他又说起了西班牙语。"不明白[1]。"

"你明白着呢。你从他身上榨了多少钱?我打赌就是一点儿小钱。"

"小钱?"

"200美元。"

他咧嘴一笑。"你给我点儿小钱吧,大侦探。我保证不告诉老板你昨晚去过他老婆的房间。"

"200美元可以买一车像你这样的非法劳工了。"

他没接话,只是说:"老板要是发起火,会变得非常粗暴。你最好花钱摆平,大侦探。"

"墨西哥小流氓。"我轻蔑地说,"你碰的都是小钱。很多男人喝多了就去胡搞。她对此心知肚明。你没有任何东西可以出卖。"

他眼睛里寒光一闪。"你小子别再回来了。"

"我这就走。"

我站起来绕过桌子。他也动了,而且始终面对着我。我看着他的手,但他今早显然没带刀。我走到近处,伸手拍了拍他的脸。

"还没有哪个用人敢叫我狗娘养的,你这个油脂球[2]。我是来这里办正事的,我想什么时候来就什么时候来。从现在开始管好你的臭嘴,

---

[1] 原文为西班牙语 No entendido。
[2] 指有意大利、西班牙、葡萄牙等国血统的美国人,极具侮辱性。

挨枪子儿的滋味可不好受，你那张漂亮的脸蛋儿可要破相了。"

他没有任何反应，就算挨了耳光也没反应。被人打脸，再加上被叫"油脂球"，对他一定是奇耻大辱。但这次，他只是呆呆地站在那里，面无表情，一动也不动。然后，他一句话也没说就拿起咖啡托盘，端着走了出去。

"谢谢你的咖啡。"我对着他的背影说。

他没有停下脚步。他走后，我摸了摸下巴上的胡楂儿，抖抖身子，决定离开。对韦德这一家子，我真是受够了。

就在我穿过客厅时，艾琳正好从楼梯上走下来，她穿着白色宽松长裤、露趾凉鞋和浅蓝色衬衫。她惊讶地看着我。"我不知道你在这儿，马洛先生。"她说，仿佛她有一个礼拜没见到我，而我只是过来喝杯茶。

"我把他的枪放在书桌里了。"我说。

"枪？"她说，随即才恍然大悟，"啊，昨晚有点儿忙乱，我还以为你已经回家了。"

我走近艾琳。她脖子上戴着一条很细的金项链，链子上的蓝白珐琅镶金吊坠很华丽。蓝色的珐琅部分看起来像一对翅膀，但没有展开。翅膀衬托着一把刺穿卷轴的宽大白珐琅金匕首。我看不懂上面的字，不过看吊坠的形状像个军队的徽章。

"我喝醉了。"我说，"我是有意为之，只是做得不太优雅。我有点儿孤独。"

"你不必这样。"她说，她的眼睛像水一样清澈，没有一丝狡狯。

"意见不同而已。"我说，"我这就走了，不确定还会不会再来。我刚才提到了枪，你听到了吗？"

"你把枪放在他的书桌里了。也许应该放在别的地方。但他并不是真想开枪自杀，对吧？"

"这个问题我回答不了，但下次他可能会。"

她摇了摇头。"我不这么认为。我真觉得他不会。你昨晚帮了大忙，马洛先生。我不知道该怎么感谢你。"

"你已经尽力了。"

一抹红晕飘上她的脸颊，她大笑起来。"我晚上做了一个很怪的梦。"她慢慢地说，视线越过我的肩膀，"一个我以前认识的人来了这里。那个人死了十年了。"她伸出手指，摸了摸镶金珐琅吊坠。"所以我今天才戴这个。这是他送给我的。"

"我也做了一个怪梦。"我说，"但梦的内容是什么，我不会说出来。罗杰有什么情况，一定要告诉我，需要我帮忙就说一声。"

她垂下眼看着我。"你说过你不会再来。"

"我说的是我不确定。我可能还得再来。但愿没有这个必要。这栋房子有点儿不对劲。酗酒只是其中一个小问题而已。"

她盯着我，秀眉紧蹙。"什么意思？"

"我想你知道我在说什么。"

她认真地想了想，手指仍在轻轻地抚摸着坠子。她缓慢而耐心地叹了口气。"他的女人从来没有断过。"她轻声说，"总有女人出现。这倒不是什么不可调和的矛盾。不过你指的不是这个吧？也许我们说的从来就不是同一件事。"

"可能吧。"我说。她还站在台阶上，那是从下面算起的第三级台阶。她的手指依旧在吊坠上。她整个人仍然像一个金色的梦。"尤其是如果你以为另一个女人是琳达·洛林。"

她从吊坠上拿开手，走下一级台阶。

"洛林医生似乎同意我的看法。"她漠然地说，"他一定知道内情。"

"你说过，他怀疑过悠闲谷一半的男人。"

"是吗？当时那种情况，这么说也是自然。"她又下了一级台阶。

"我没刮胡子。"我说。

她吓了一跳，随即大笑起来。"我又没指望你向我示爱。"

"韦德太太，当初你劝我去找韦德，你究竟对我有什么指望呢？为什么是我？我有什么特别之处？"

"你在很难信守诺言的时候做到了说一不二。"她平静地说。

"你这话真叫我感动，但我想原因并非如此。"

她走下最后一级台阶，抬头看着我。"那是为了什么？"

"如果真像你说的，那也是个糟糕透顶的原因。这可以说是世界上最糟糕的原因了。"

她微微皱了皱眉。"为什么？"

"因为我所做的，也就是信守诺言这档子事，是连傻瓜都不会做的事。"

"我们的谈话越来越高深莫测了。"她轻轻地说。

"韦德太太，你本就是个谜一样的人物。再见，祝你好运。如果你真的关心罗杰，最好给他找个合适的医生……而且要快。"

她又笑了。"昨晚他发作，其实一点儿也不严重。你应该看看他真正发起疯来的样子。他今天下午就能起来工作了。"

"绝不可能。"

"但请相信我，他会的。我很了解他。"

我给了她最后一击，我的话听起来恶毒至极。

"你不是真心想救他吧？你只是想让别人觉得你是在救他。"

"你这么说，对我而言可太残忍了。"她缓慢而谨慎地说。

她从我身边走过，穿过餐厅的门，此时，偌大的房间里只剩下我一个人。我来到前门，走了出去。这是一个晴朗的夏日清晨，悠闲谷里阳光明媚、静谧悠然。这儿离城市很远,没有雾霾弥漫,四周低矮的山丘连绵起伏,隔绝了海洋的湿气。天气会慢慢变得很热,但这里的暑气令人愉快,精致而独特,不似沙漠高温的严酷,也没有城市盛暑的黏腻。悠闲谷是一个非常适合居住的地方,堪称完美无瑕。上等的人住在上等的房子里,开豪车、骑良驹、养名犬,可能还会生出上等的孩子。

然而,一个叫马洛的人只想赶快离开这里。

31

我回到家，洗了个澡，刮了脸，换了衣服，感觉自己又变得清爽了。我做了早餐，吃了早饭，洗了碗，打扫了厨房和后门廊，之后我在烟斗里装上烟丝，给代接电话服务站打了电话。没有来电。为什么要去办公室呢？除了多出一只死飞蛾，灰尘又厚了一点儿，什么都不会有。"麦迪逊肖像"在我办公室的保险箱里。我可以去把玩把玩，还可以顺带看看那五张仍散发着咖啡香的崭新百元大钞。我可以这么做，但我不愿意。我内心的某些东西变坏了。这些钱并不属于我，用它们可以买到什么呢？一个死人还能用得上多少忠诚？呸。我在宿醉的迷雾中思考人生。

这个早晨似乎永远没有尽头。我提不起精神，疲惫而迟钝，每分钟都过得无比漫长，时间仿佛坠入了虚空，从未间断地发出轻轻的呼呼声，就像火箭在耗尽燃料时的声响。鸟儿在外面的灌木丛里叽叽喳喳地叫着，汽车不停地在月桂峡谷区丝兰大道上驶来驶去。平时我是听不到的。但此时此刻，我沉浸在思绪中，烦躁、刻薄、过度敏感。我决定喝点儿酒，消除宿醉的影响。

我一般不喜欢在早晨喝酒。南加州的气候太温和，不适宜早晨饮酒。新陈代谢不够快，无法排出酒精。但这次我调了一大杯冷酒，敞开衬衫，坐在安乐椅上边喝酒边翻看杂志。我看了一篇很怪诞的故事，讲的是一个人过着两种生活,有两个精神科医生,一个是人类,另一个是住在巢里的昆虫。那个人在两种生活之间不断转换,整个故事疯狂不已,但又另类而搞笑。我小心翼翼,每次只喝一小口,免得喝醉。

中午左右,电话铃响了,对方说:"我是琳达·洛林。我给你办公室打过电话,电话服务站让我打到你家。我想和你见一面。"

"有什么事?"

"我希望当面和你解释,想必你不常去办公室吧。"

"是的,偶尔去一次。你要说的,是可以赚钱的事吗?"

"这我倒是没想过。但如果你收费,我也不反对。一小时后,我到你办公室。"

"太好啦。"

"你怎么了?"她厉声问道。

"昨晚喝多了,不过还不至于不能活动。我会去的,除非你愿意来我家。"

"去你的办公室更合适。"

"我这里可是个安静的好地方。死胡同,周围没有邻居。"

"你的暗示对我毫无吸引力……如果我没理解错你的意思。"

"没有人了解我,洛林太太。我是个谜。好吧,那我就到办公室去。"

"太谢谢你了。"她挂了电话。

我半路上吃了个三明治,去得有些晚。我给办公室通了风,打开了蜂鸣器,把头探出连通门,只见她已经到了,正坐在曼迪·梅内德斯坐过的椅子上,翻看着的也可能是同一本杂志。她今天穿了一套古铜色的华达呢套装,气质优雅。她把杂志放在一边,严肃地看了我一眼,说:

"你的波士顿蕨需要浇水了。我觉得还需要换个盆,气根太多了。"

我为她撑着门。让波士顿蕨见鬼去吧。她进去后,我把门关上,为她拉开访客座椅,她环顾了一下我的办公室。我绕过办公桌,坐在自己的位置上。

"你这里实在是寒酸了点儿。"她说,"你连秘书都没有吗?"

"生活乌糟,但我已经习惯了。"

"想必你也赚不到多少钱吧。"她说。

"不知道。视情况而定。想看看'麦迪逊肖像'吗?"

"什么?"

"一张5000美元面值的钞票,预付的聘金,就在保险柜里。"我站起来,旋转把手,拉开保险柜门,打开里面的一个抽屉,从中拿出一个信封拆开,把钞票倒在她面前。她注视着那张钞票,露出像是惊愕的眼神。

"不要只看办公室就下定论。"我说,"我曾经有个老板,他的财产加在一起大约有两千万美元。就算是你老爸,也得敬他几分。他的办公室不比我的好,只是他有点儿聋,在天花板上装了隔音材料,地板上只铺了棕色的油毡,没有地毯。"

她拿起"麦迪逊肖像",夹在两根手指之间,翻转过来看看便放下了。

"是特里给你的吗?"

"天哪,你还真是无所不知呢,洛林太太。"

她皱着眉头推开钞票。"他的确有一张。自从他和西尔维娅复婚,他就一直随身带着。他说这钱是应急用的。他们并未在他的尸体上找到。"

"可能还有其他原因。"

"我知道。但是有多少人会随身携带一张5000美元的钞票呢?有多少有能力给你这么多钱的人会以这种形式把钱给你?"

她的问题不值得回答,于是我只是点了点头。她继续直言不讳。

"你收了钱,本应该做什么呢,马洛先生?你能告诉我吗?在最后一次开车去蒂华纳的路上,他有很多时间聊天。那天晚上你说得很清楚,你并不相信他在认罪书里说的话。他有没有给你一份他妻子的奸夫名单,好让你从中找出凶手?"

我也没有回答,但这次原因不同。

"罗杰·韦德这个名字有没有碰巧出现在那份名单上?"她严厉地问,"如果特里没有杀他妻子,凶手肯定是个有暴力倾向,还很不负责任的男人,是个疯子,要不就是个野蛮的酒鬼。只有这样的人……按照你那恶心的话来说……才会把她的脸打成一块血淋淋的海绵。是不是因为这个缘故,你才这么帮韦德夫妇,才会做个随叫随到的好帮手,他喝醉了你去收拾残局,他迷路了你去找他,他无助时你就把他带回家?"

"洛林太太,有两个方面我要纠正你一下。那张漂亮的版画可能是特里给我的,也可能不是。但他没有给过我名单,也没提到任何名字。他没要求我做任何事,除了让我开车送他去蒂华纳,而你认为我确实这么做了。我之所以认识韦德夫妇,是因为纽约的一个出版商急着让罗杰·韦德完成他手里的书,可要写书就得让他保持清醒,而这反过来又需要找出他酗酒的原因。如果背后真有隐情,并且能找出这个隐情,那么下一步就是尽力把问题解决了。我用到尽力两个字,是因为很有可能解决不了,不过可以试试看。"

"我只用一句话,就可以解释他为什么酗酒。"她轻蔑地说,"怪就怪他娶了那个患有贫血症的金发美女。"

"那我就不知道了。"我说,"但她并不贫血。"

"真的吗?多么有趣。"她的眼睛闪闪发光。

我拿起"麦迪逊肖像"。"洛林太太,你用不着细究我的这句话。我和那个女人没睡过。很抱歉让你失望了。"

我走到保险柜前,把我的钱放进上锁的隔层里。然后我关上了保险箱,转动转盘。

"现在仔细想想,"她对着我的背说,"我怀疑根本没人愿意跟她上床。"

我走回去,坐在桌角上。"你说话越来越刻薄了,洛林太太。怎么了?你是不是在单恋我们那位酗酒的朋友?"

"我不喜欢你这么说话。"她尖刻地说,"不喜欢。我丈夫愚蠢至极,闹了那么一出,想必你就觉得你有权羞辱我了。不,我没有单相思罗杰·韦德。从来都没有,他清醒、举止得体的时候,我没有,他现在这个样子,就更不可能了。"

我扑通一声坐在椅子上,伸手去拿火柴盒,但我的目光一直停留在她身上。她看了看表。

"你们这些有钱人自以为很了不起。"我说,"在你们看来,你们想说什么就说什么,就算再恶毒都没问题。你可以在一个你几乎不认识的人面前对韦德夫妇冷嘲热讽,但我只要说一句半句反驳的话就是侮辱。好吧,我们好好说话。酒鬼搭荡妇,这不是什么新鲜事了。韦德是酒鬼,但你不是荡妇。这只是你那位有教养的丈夫为了活跃鸡尾酒派对的气氛随口一说的。他不是那个意思,只是说着玩儿罢了。所以我们把你排除在外,另找一个放荡的女人。洛林太太,查找的范围要多大才能找到一个与你牵扯够深、足以让你来这里跟我互相讥讽的女人呢?这个人一定很特别,不然你为什么要这么在意?"

她坐在那里一言不发,只是看着我。漫长的半分钟过去了。她嘴角发白,双手木然地放在和她的套装相配的华达呢包上。

"你并没有浪费时间，对吧？"她终于说道，"那个出版商想到雇用你，真是太方便了！这么说，特里没跟你提起任何人！一个都没有。但这其实无关紧要，对吧，马洛先生？你的直觉是正确的。我能问问你下一步打算做什么吗？"

"什么也不做。"

"哎呀，真是浪费才华！你收了'麦迪逊肖像'就该承担义务，你怎么可能什么都不做？你肯定能做点什么的。"

"说句只有你知我知的话。"我说，"你实在有些俗不可耐。这么看来，韦德居然认识你妹妹。谢谢你告诉我这一点，尽管是间接的。我已经猜到了。那又怎样？韦德可能只是她众奸夫中的一个。关于这个话题，就讲到这里吧。我们来聊聊你的来意吧，闲扯了那么久，正事都忘了。"

她站起来，又看了一眼手表。"我的车就在楼下，能不能请你去我家喝杯茶？"

"说下去。"我说，"把话说明白点儿。"

"我听起来有那么可疑吗？我有一位客人想和你认识一下。"

"你老爸？"

"我不那样叫他。"她平静地说。

我站起来，把身体探过桌子。"亲爱的，你有时候真可爱，这是真心话。我可以带枪吗？"

"你肯定不会怕一个老人吧？"她冲我撇了撇嘴。

"为什么不怕？我打赌你就怕他，还怕得要命。"

她叹了口气。"是的，恐怕是的。我一直都怕他。他相当可怕。"

"那我最好带两把枪。"我说，话一出口便后悔了。

32

我从未见过比眼前这栋还要糟糕的房子。整座建筑就像一个三层楼高的灰色方盒,复折式屋顶的坡度很陡,上面装了二三十扇双开门天窗,窗子四周和中间有许多婚礼蛋糕形状的装饰。大门入口两侧各有两根石柱。不过有一处设计很妙,房子外面有一道带石栏的螺旋楼梯,顶部是一个塔楼,从那里望出去,整个湖的景色都能尽收眼底。

停车场里铺着石子。这个地方真正需要的是一条两侧栽种着白杨的半英里车道、一个鹿园、一座天然花园,每层都设置一个露台,书房窗户外栽种着几百朵玫瑰,从每个窗口都能看到延伸向森林的一望无际的绿色美景,以及安静和空旷的感觉。但现实中这里却建有一道粗石墙,墙内的土地大约有10到15英亩,在我们这个拥挤的小地方,这可以说是相当大的一块地了。车道两旁有修剪整齐的柏树篱笆。到处都是一丛丛各种各样的观赏性树木,看起来不像加州的树,是舶来品。建这个地方的人是想把大西洋海岸拖过落基山脉移至此处。他努力了,但没有成功。

中年黑人司机阿莫斯轻轻地把车停在有柱子的入口前,他跳下车,绕过来为洛林太太打开车门。我下车去帮他扶着门,然后扶她下车。自从我们离开我的办公室上车以来,她几乎没跟我说过话。她看起来又累又紧张。也许是这座愚蠢的建筑让她陷入了沮丧,就算一只笑翠鸟见了这栋房子,也会觉得压抑,变得像哀鸣的鸽子那样咕咕叫。

"这地方是谁建的?"我问她,"他盖房子的时候是在和别人怄气吗?"

她终于笑了。"你以前没见过这房子?"

"我来过这个山谷,但没到过这么远。"

她把我领到车道的另一边,指着上面说:"造这栋房子的人从塔楼里跳了下来,就落在你现在站的地方。他是一位法国伯爵,名叫拉·图雷勒,与大多数法国伯爵不同,他很富有。他的妻子是雷蒙娜·德斯博罗,她本人也很有钱。在无声电影流行的时代,她一个礼拜能挣30000美元。拉·图雷勒建了这个地方,他们夫妻一起住在里面。这儿就是小一号的布卢瓦城堡。这些你当然知道。"

"知之甚详。"我说,"我现在想起来了。有一份周日报纸报道过他们夫妇的事。她离开了他,他就自杀了。还有一份奇怪的遗嘱,是不是?"

她点了点头。"他给前妻留下了几百万美元作为车费,其余的都交给了信托。这片庄园则要保持原样。什么也不能改变,每晚饭桌都要布置得气派雅致,除了仆人和律师以外,任何人都不许进入。当然,没有人一直遵循他的遗嘱。最终,庄园还是被瓜分了,我嫁给洛林医生的时候,父亲把这栋房子送给了我,作为结婚礼物。他一定花了一大笔钱,才让房子再次适合居住。我讨厌这里。由始至终都很讨厌。"

"你不必待在这里的,不是吗?"

她疲惫地耸了耸肩。"至少有一部分时间,我必须住在这所房子里。他总得有一个女儿过安稳日子。洛林医生喜欢这里。"

"确实是。他那种能在韦德家大吵大闹的人,就算穿着睡衣,也会配长筒靴。"

她挑了挑眉毛。"谢谢你这么感兴趣，马洛先生，但我认为关于这个话题，我们说得够多了。进去好吗？我父亲不喜欢等人。"

我们再次穿过车道，走上石阶，巨大双扇门中的一扇悄无声息地打开了，一个穿着华贵、神情傲慢的人站到一边，让我们进去。门厅比我住的房子都大。地板是棋盘格形的，后面似乎有彩色玻璃窗，要是有光线透过玻璃窗照射进来，我也许能看清门厅里的其他陈设。离开门厅，我们穿过几扇双雕花门，进入了一间长度不可能少于 70 英尺的昏暗房间。一个男人一声不吭地坐在那里，冷冷地盯着我们。

"我迟到了吗，父亲？"洛林太太急忙问道，"这位是菲利普·马洛先生。这位是哈兰·波特先生。"

那人只是看着我，下巴往下移了大约半英寸。

"按铃叫茶。"他说，"请坐，马洛先生。"

我坐下来看着他。他看着我，活像昆虫学家在观察甲虫。没有人说话。屋里一片沉寂，过了一会儿，茶送上来了。茶水摆在巨大的银托盘中，放在中式餐桌上。琳达坐在桌旁倒水。

"两杯，"哈兰·波特说，"你去另一个房间喝，琳达。"

"是的，父亲。你喜欢喝什么口味的茶，马洛先生？"

"随便。"我说。我的声音似乎飘到了远处，听起来微弱而孤零。

她递给老人一杯茶，又递给我一杯茶，便默默地站起来，走出房间。我目送她离开。我喝了一口茶，拿出一支烟。

"请不要吸烟，我有哮喘。"

我把烟放回去，注视着他。我不了解做亿万富翁是什么感觉，但他看上去一点儿也不开心。他身材魁梧，身高 6 英尺 5 英寸，体态匀称，身上那套灰色粗花呢西装没有垫肩。他的肩膀不需要任何垫料。他穿着白衬衫,系着深色领带,胸前没放装饰手帕。一部分眼镜盒从外胸袋露出来。眼镜盒是黑色的,和他的鞋子一样的颜色。他的头发也是黑色的,没有半点儿花白。他留着和麦克阿瑟①一样的偏分发型。我有预感,他的头顶已经秃了。他的眉毛又粗又黑,声音似乎是从很远的地方传来的。看他喝茶的样子,好像他与茶有深仇大恨似的。

"马洛先生,为节省时间,我现在清楚地向你表明我的立场。在我看来,你干涉到了我的私事。如果我说得不错,那我建议你立即罢手。"

"我对你的事了解不多,不可能干涉到你,波特先生。"

"我不这么看。"

哈兰·波特又喝了口茶,把杯子放在一边。他向后靠在他坐着的大椅子上,灰色的眼睛射出两道冷酷的光芒,像是要将我撕得粉碎。

"我知道你是谁、如何谋生……如果你能谋生的话……也知道你是怎样与特里·伦诺克斯扯上关系的。据我所知,你帮助特里离开了这个国家,你不光对他的罪行有所怀疑,还接触了一个与我死去的女儿相熟的男人。至于你有何目的,我还没有得到说明。现在你来解释一下吧。"

"如果那个男人有名字,不妨说出来吧。"我说道。

他微微一笑,但不像对我有任何善意。"他叫韦德,罗杰·韦德,好像是个作家。他们告诉我,他写过一些相当低级趣味的书,我不会有兴趣去看。通过进一步的了解,我还知道这个人是个危险的酒鬼。也许这使你产生了什么奇怪的想法。"

"你最好让我讲一讲我自己的想法,波特先生。当然,我怎么想并不重要,但我的想法是我的全部。第一,我确实不相信特里杀了他的

---

① 美国军事家、政治家。

妻子，死者死得太惨，而我认为他并不是那种会下如此狠手的人。第二，不是我主动接触韦德的，是有人要我住在他家，尽我所能让他保持清醒，完成写作。第三，即便他是一个危险的酒鬼，我也尚未发现任何这方面的迹象。第四，我第一次接触韦德这个人，是应他的纽约出版商的要求，当时我根本不知道罗杰·韦德认识你女儿。第五，我拒绝了这份工作，可韦德太太拜托我去找她的丈夫，当时他很久没回家，去接受治疗了。我找到了他，并把他带回了家。"

"非常有条理。"他干巴巴地说。

"我这些条理分明的话还没讲完，波特先生。第六，你或是奉你之命的其他人，派了一个叫西维尔·恩迪科特的律师把我从监狱里捞了出去。他没说是谁派他来的，但除了你，我不做第二人想。第七，我出狱后，一个叫曼迪·梅内德斯的流氓跑来恐吓我，警告我不要管闲事，还跟我没完没了地讲特里是如何救了他和拉斯维加斯一个叫兰迪·斯塔尔的赌徒的命。据我所知，这个故事可能是真的。梅内德斯假装很气特里不去墨西哥找他帮忙，偏偏找了我这样一个无名小卒。而他，梅内德斯，只要勾勾手指头就能把事办成，还能办得更好。"

"啊哈。"哈兰·波特冷笑着说，"你不会以为我与梅内德斯先生和斯塔尔先生是熟人吧？"

"我说不准，波特先生。我无法理解一个人怎么能像你这样赚到这么多的钱。下一个警告我夹起尾巴做人免得惹上官司的人是你的女儿洛林太太。我们偶然间在酒吧相识，还聊了起来，因为我们都喝琴蕾，特里最喜欢这种酒，但这里喝的人不多。她自揭身份，我才知道她是谁。我和她讲了一些我对特里的看法，她就说如果我惹你生气，就别想再干下去了，还会过得很惨。你生气了吗，波特先生？"

"什么时候我真生气了，你不必问也会知道。"他冷冷地说，"届时，你不会有任何不确定。"

"跟我想的一样。我一直以为会有打手找上门来，但这种事并未发生，也没有警察来骚扰我。本来很有这个可能，我本可能吃很大的苦头。想必你只想清清净净地过日子，波特先生。我做的哪件事打扰到你了？"

他咧嘴一笑。他的笑容很不友善，但笑容就是笑容。他把修长发黄的手指合在一起，跷起二郎腿，舒服地向后靠去。

"说得不错，马洛先生，我让你说完了你的话，现在该你听我说了。你说得很对，我只想清清静静。你很可能是在无意中结识韦德夫妇的，是偶然，是巧合。那就一直这样下去吧。我是一个顾家的男人，却生活在一个不注重家庭的时代。我的一个女儿嫁给了一个自以为是的波士顿人，另一个有过好几次愚蠢的婚姻，最后嫁给了一个对她百依百顺的穷光蛋，那家伙任由她过着毫无价值的淫荡生活，可后来他突然毫无理由地不能自控，杀害了她。你无法接受这件事，因为凶手行凶的手段过于残忍。你错了。他是用毛瑟手枪将她射杀的，就是他带去墨西哥的那把枪。枪杀她之后，他做了一些事以掩盖枪伤。我承认这很凶残，但要记住，这个人经历过战争，受过重伤，他吃过很多苦，也看到过别人受苦。他或许不是蓄意杀害她的。不过他们可能发生过撕扯，因为枪是我女儿的。那把枪很小，威力却很大，7.65毫米口径，型号是 P.P.K.。子弹完全穿过她的头部，卡在印花棉布窗帘后面的墙上。警方当时没有立即发现子弹，事实也根本没有公布。现在我们来考虑一下这个情况。"他停了下来，盯着我，"你很想抽烟吗？"

"对不起，波特先生。我是下意识拿出来的，都是习惯在作祟。"我又把烟放了回去。

"特里杀了他的妻子。从警方有限的观点来看，他有充分的动机，但他也有一个很好的辩护理由：枪是我女儿的，他只是想从她手中把枪夺走，却没能成功，结果她开枪自杀了。出色的辩护律师可以充分利用这一点。他很可能会无罪开释。他当时要是给我打电话，我一定会帮他。但他为了掩盖子弹的痕迹，竟然把谋杀变成了一场残忍的杀戮，是他断了自己的后路。他只能逃跑，可他就连跑路也干得这么拙劣。"

"确实如此，波特先生，但他的确先给你打了电话，你当时在帕萨迪纳。他告诉我他打电话给你了。"

大块头老人点了点头。"我让他消失，还说我会看看我还能做些什么。我不想知道他在哪里，这一点至关重要，我不可以窝藏罪犯。"

"听起来不错，波特先生。"

"你是在讽刺我吗？无所谓。得知细节后，我已经无计可施了。我不能允许在发生了那种杀戮之后进行那种审判。坦白地说，当我得知他在墨西哥饮弹自杀并留下了认罪书时，我非常高兴。"

"我能理解，波特先生。"

他对我挑了挑眉毛。"小心措辞，年轻人。我不喜欢被人讽刺。对于我为什么不能容忍任何人进行任何形式的进一步调查，你现在能理解了吗？我利用我所有的影响力让调查匆匆结束，还尽可能减少媒体的报道，你也能理解了吧？"

"当然……如果你确信是他杀了你的女儿。"

"当然是他。至于动机为何，则是另一回事，而且已经不重要了。我不是公众人物，也无意成为公众人物。我总是费尽心思避免以任何形式出现在大众面前。我有钱有势，但不会滥用。洛杉矶县地方检察官是个雄心勃勃的人，他很有头脑，不会为了一时的名气而毁掉大好前程。我看到你眼里闪过一丝寒光，马洛。别这样。我们生活在一个由大多数人统治的所谓的民主国家。如果事实如此，那这确实是个极为理想的制度。公民选举，但提名是由政党机器负责的，而政党机器要想发挥作用，就少不了大笔大笔的金钱。总得有人送钱给他们，而不管是个人、金融集团、工会还是其他什么，送了钱之后都希望得到一些回报。我和我这样的人所期望的，是能够过上体面而私密的生活。我名下有好几家报社，但我不喜欢它们。我认为它们始终是威胁，危及我们仅存的隐私。除了少数可敬的媒体例外，他们不停地叫嚣着新闻自由，但那只是意味着可以自由地传播丑闻、犯罪、性、哗众取宠的言论、仇恨、影射，以及宣传政治和经济。报纸这门生意要赚钱就得靠广告收入。广告多少，则取决于报纸的发行量，而发行量由什么决定，想必你也清楚。"

我站起来绕椅子走了一圈。哈兰·波特冷冷地注视着我。我重新坐下。我需要一点儿运气。见鬼，我需要很多很多的运气。

"好吧，波特先生，接下来呢？"

他没听见我的话，只是皱着眉头，沉浸在自己的思绪中。"钱这种东西有一点很古怪。"他继续说，"钱多了，往往就有了自己的生命，甚至有自己的良心。金钱的力量变得很难控制。人类一直是一种唯利是图的动物。人口的增长、战争的巨大成本、没收性赋税带来的没完没了的压力，所有这些都使人类越来越贪财。普通人又累又怕，而一个又累又怕的人是负担不起理想的。他们必须买吃的养活家人。在我们这个时代，公共道德和私人道德都出现了惊人的衰退。你不能指望那些生活质量低下的人有什么品质。而大规模生产也不可能讲求品质。你不会想要高品质的东西，因为它们能沿用很久。于是你用不同的款式来代替品质，而款式属于商业骗局，意在制造人为的过时。大规模生产如果不让今年的产品在一年后过时，那明年的产品就卖不出去。我们拥有世界上最洁白的厨房和最亮的浴室。但是，在漂亮的洁白厨房里，普通的美国家庭主妇连一顿像样的饭菜也做不出，而闪亮的浴室不过是个容器,里面装着除臭剂、泻药、安眠药以及化妆品行业生产的产品。我们的包装是世界上最好的,马洛先生,而里面的东西大多是垃圾。"

他拿出一块白色的大手帕,擦了擦太阳穴。我张着嘴坐在那里,想知道那家伙为什么会对所有的一切都心怀厌恶。

"这一带对我来说有点儿太热了。"哈兰·波特说,"我还是习惯比较凉爽的天气。瞧我这话说的,就像一篇跑了题的社论。"

"我完全明白你的意思,波特先生。你不喜欢这个世界运转的方式,于是你用你所拥有的权势财力划出一个私人角落,并尽可能地按照你记忆中 50 年前大规模生产时代之前的生活方式生活。你有亿万家财,可金钱给你带来的只有苦不堪言的日子。"

他从两个对角把手帕拉紧,然后揉成一团,塞进了口袋里。

"然后呢?"他不耐烦地问。

"只有这些,没别的了。你不在乎谁杀了你女儿,波特先生。你很久以前就认为她是根朽木,已经放弃她了。就算特里·伦诺克斯没有杀她,真正的凶手还逍遥法外,你也不在乎。你不希望凶手落网,不然的话,丑闻就将又一次被掀开,就得进行审判,凶手会为自己辩护,而这必将把你的隐私吹得像帝国大厦一样高。当然,也有可能他乐于助人,在审判前就结果了自己的性命。最好是在塔希提岛、危地马拉或者撒哈拉沙漠的中心。只要那个地方足够远,洛杉矶县不会愿意花钱派人去核实到底发生了什么。"

他突然笑了,他的笑容灿烂粗犷,带有几分友好。

"你想从我这里得到什么,马洛?"

"如果你指的是钱,那我一分一厘都不想要。不是我要到这里来的,是有人带我来的。我说了我认识罗杰·韦德的经过,我说的是实话。

但他确实认识你女儿,也有暴力前科,虽然我没有亲眼见过。昨晚那家伙想开枪自杀。他心神不宁,有很深的负罪感。假如我碰巧在找最有可能的疑凶,那他就是。我知道嫌疑人很多,他只是其中一个,可我只遇到了他这么一个。"

他站起来后,我可以看到他的确身形很高大。哈兰·波特走过来,站在我面前。

"马洛先生,我只要打个电话,你的执照就会被吊销。别敷衍我,我不会容忍你。"

"你打两个电话,我就会被丢进臭水沟,而且脑袋已经搬了家。"

他大笑起来,他的笑声很刺耳。"我不会那样做的。想来你干这一行,会这么想也很自然。我给你的时间太多了,我按铃叫管家送你出去。"

"没必要。"我说着也站了起来,"我来到这里,听了一番警告。谢谢你抽出宝贵的时间。"

他伸出一只手。"谢谢你能来。我觉得你是个很诚实的人。年轻人,不要逞英雄,没好处。"

我和他握手。他的手握起来像管钳。现在他对我亲切地笑了笑。

他是大人物,是人生赢家,一切都在他的掌控之中。

"哪天我也许会给你介绍点儿生意。"他说,"别以为我会收买政客或执法人员,我不需要。再见,马洛先生。再次感谢你的光临。"

他站在那里,看着我走出房间。我刚把手放在前门上,琳达·洛林就突然从阴影里走了出来。

"怎么样?"她轻声问,"和我父亲相处得怎么样?"

"很好。他向我解释了什么是文明。我指的是他眼里的文明。他会让这种文明多存在一点点时间。但最好小心点儿,不要影响他的私生活。"

不然的话,他就会打电话给上帝取消订单。"

"你真是没救了。"她说。

"我?没救了?女士,看看你老爸吧。跟他比起来,我就是个拿着新拨浪鼓玩儿的蓝眼小婴儿呢。"

我走出去,阿莫斯已经准备好凯迪拉克在那儿等着了。他开车送我回好莱坞。我给他 1 美元,但他不肯接受。我提议买本艾略特的诗集给他。他说他已经有了。

33

一个礼拜过去了,我一直没有韦德夫妇的消息。天气闷热潮湿,雾霾的酸味一直蔓延到了西边的贝弗利山。从穆赫兰大道的最高处,可以看到雾霾像薄雾一样,笼罩着整个城市。置身于雾霾之中,你不光能尝到它的味道、闻到它的气味,还会被它刺痛眼睛。每个人都在抱怨雾霾太严重了,帕萨迪纳的市政府官员则愤怒地尖叫。在贝弗利山被电影圈搞得乌烟瘴气之后,那些古板保守的百万富翁便躲到了帕萨迪纳。一切都是雾霾的错。金丝雀不再唱歌,送牛奶工迟到了,哈巴狗身上长了跳蚤,穿着硬挺衬衫的老傻瓜在去教堂的路上心脏病发作,通通都是雾霾害的。在我住的地方,清晨通常空气清新,夜晚基本上也没有雾霾。有时一整天都是晴天,没人知道为什么。

就是在这样的一天,而这一天碰巧是礼拜四,罗杰·韦德给我打了电话。"你好吗?我是韦德。"他听起来很不错。

"很好,你呢?"

"我现在没喝酒,很清醒,正在辛辛苦苦赚钱。我想和你谈一谈,我好像欠你钱。"

"并没有。"

"那么,今天一起吃午饭怎么样?你能在一点左右过来我家吗?"

"应该可以。坎迪怎么样了?"

"坎迪?"他听起来有些不明所以。关于那天晚上的事,他肯定已经不记得了。"噢,那天晚上是他帮你把我抬上床的。"

"是的。从某些方面来说,他是一个很有用的小帮手。韦德太太好吗?"

"她也很好,她今天进城购物去了。"

我们挂了电话,我坐在转椅里摇晃着。我应该问问他的书写得怎么样了。对着一个作家,也许就该经常这么问,但他八成已经听腻了这样的问题。

过了一会儿我又接到一个电话,对方是个陌生人。

"我是罗伊·阿什特费尔特。乔治·彼得斯让我给你打电话,马洛。"

"啊,是的,谢谢。你就是在纽约见过特里·伦诺克斯的那个人,那时他自称马斯顿。"

"是的。他那时经常喝得烂醉,不过肯定是同一个人。我不可能看错。回到这里之后,有一晚我在蔡森餐馆看到了他和他妻子。我当时和客户在一起。我的客户认识他们,不过我不能告诉你那位客户是谁。"

"可以理解。我想现在这已经不重要了。他给自己取的名字是什么?"

"等一下,我想想。对了,是保罗。保罗·马斯顿。如果你感兴趣的话,还有一件事。他当时戴着英国陆军的军徽。那是荣誉退役证明。"

"我知道了。那他后来怎么样了?"

"不清楚。我去了西部,再见到他就是在这里了,他娶了哈兰·波特那个有点儿疯狂的女儿。不过这些你已经知道了。"

"他们现在都死了,但还是谢谢你告诉我。"

"没关系。很高兴能帮上忙。你问这些,有什么用?"

"没什么。"我说,我撒谎了,"我从来没有向他打听过他自己的事。有一次他说他是在孤儿院长大的,有没有可能是你弄错了?"

"满头白发,疤脸。怎么可能弄错呢,伙计?绝对不可能。我不敢说自己能记住见过的每个人,但他那张脸除外。"

"他在餐厅看见你了吗?"

"即使他看见了,也没有表露出来。在当时那种环境,他也不可能表露出来。反正他也有可能不记得我了。就像我说的,他在纽约时一直喝得醉醺醺的。"

我又向他道谢,他说这是他的荣幸,我们挂了电话。

我想了一会儿。楼外大街上车来车往,噪声刺耳,吵得我无法思考。太喧闹了。夏天天气炎热,所有的一切都很吵。我站起来,关上窗户的下半部分,打电话给凶案组的格林警司。他很客气。

"听着。"一番寒暄之后,我说,"我听说了一些关于特里·伦诺克斯的事,有点儿想不明白。我有个熟人以前在纽约见过他,他当时用的是另外一个名字。你查过他的战争记录吗?"

"你们这些家伙从来不吸取教训。"格林严厉地说,"你永远也学不会自扫门前雪。那件案子已经结了,锁起来加了铅坠,扔进大海了。明白了吗?"

"上周我见了哈兰·波特,就在悠闲谷他女儿家里待了一个下午。想不想知道详情?"

"你去做什么?"他没好气地问,"就假设我相信你的话吧。"

"我们谈了一些事。我是受邀去的。他很欣赏我。顺便说一句,他告诉我那女孩是被毛瑟枪打死的,枪的型号是P.P.K.,7.65毫米口径。你知道这件事吗?"

"继续。"

"枪是她的，朋友。这样的话，情况就不一样了，但不要误解我的意思。我无意调查任何阴暗的角落，只是私下里问问而已。他脸上的伤是怎么来的？"

格林沉默不语。我听到电话那头传来关门的声音。然后，他轻声说："八成是在边境南部的刀战中受伤的。"

"见鬼，格林，你有他的指纹。按照惯例，你应该把他的指纹送去华盛顿，并收到一份报告。我只是想了解一下他的服役记录而已。"

"谁说他有服役记录？"

"曼迪·梅内德斯说过。伦诺克斯救过他的命，所以才受了伤。他被德国人俘虏了，他们毁了他的脸。"

"梅内德斯？你相信那个狗娘养的？你真是脑袋进水了。伦诺克斯没有任何服役记录，任何名字下任何种类的记录都没有。你满意了吗？"

"你说没有就没有吧。"我说，"不过，我不明白梅内德斯为什么要费事来找我，给我讲个故事，还警告我不要多管闲事。他说伦诺克斯是他和拉斯维加斯的兰迪·斯塔尔的朋友，他们不希望任何人插手这件事，毕竟伦诺克斯已经死了。"

"谁弄得清一个流氓的心思？"格林愤怒地说，"谁知道他为什么这么做？也许伦诺克斯娶富家千金、攀高枝之前跟他们混过。他曾在斯塔尔在拉斯维加斯的店里做过一段时间的楼层经理。他就是在那里认识那个女孩的。穿着晚礼服、面带微笑、弯腰鞠躬、让顾客满意，还得留意来店里的赌徒。我想他有能力胜任这份工作。"

"他很有魅力。"我说，"不过警察办案，并不会施展他们的魅力。非常感谢，警司。格雷戈里厄斯警监最近怎么样？"

"退休了。你没看报纸吗？"

"我不看犯罪新闻，警司。太脏了。"

我正要说再见，他却把我打断了。"亿万富豪先生找你做什么？"

"我们只是一起喝了杯茶，普通的社交拜访而已。他说他可能会给我介绍一些生意。他还暗示，哪个警察敢瞧不起我，就别想继续当警察了。只是暗示，没有多说。"

"警察部门可不归他管。"格林说。

"他倒也是这么说的。他还说了，什么局长啦，地方检察官啦，他都没有收买。只是在他打盹的时候，这帮人主动蜷缩在他的大腿上而已。"

"滚蛋。"格林说着挂了电话。

当警察真不容易。永远也说不好在谁的肚子上跳来跳去不会惹祸上身。

34

时值中午，热浪滚滚，从高速公路上下来后到小山弯道之间的那段路坑坑洼洼，道路两旁的干旱土地上分布着矮树丛，上面落满了如面粉一样白花花的花岗岩粉末。杂草的气味令人作呕。一阵热风夹杂着刺鼻的气味扑面吹来。我脱了外衣，卷起袖子，但车门太烫，根本不可能把胳膊搭在上面。一匹马被拴在一片橡树下，正在疲倦地打瞌睡。一个棕色皮肤的墨西哥人坐在地上，吃着用报纸包着的什么东西。一棵风滚草懒洋洋地滚过马路，停在一块露出地面的花岗岩边上，一只蜥蜴在那儿待了一会儿，转眼间便消失了。

我沿着柏油路绕过小山，进入了另一个地区。五分钟后，我拐进韦德家的车道，停好车，穿过石板路，按响了门铃。来开门的是韦德。他穿着棕白相间的短袖格子衬衫和淡蓝色的粗斜纹棉布裤子，脚上是一双拖鞋。他看起来晒黑了，气色很不错。他的手上有墨迹，鼻子一侧蹭了一块烟灰。

他领我进了书房，在书桌后面坐了下来。桌面上摆着一大堆黄色的打字稿。我把外套搭在椅子上，坐在沙发上。

"谢谢你能来，马洛。喝点什么吗？"

我露出了"酒鬼请你喝酒"的表情。我能感觉到他咧嘴一笑。

"我喝可乐。"他说。

"你变得真快。"我说,"我现在还不想喝酒,我和你一起喝可乐吧。"

他用脚踩了一下什么东西,过了一会儿,坎迪走了进来,他看上去态度粗暴。他穿着一件蓝色的衬衫,围着一条橙色的围巾,没有穿白外套,下身是优雅的高腰华达呢裤子,脚穿黑白双色的鞋子。

韦德叫他拿可乐来。坎迪出去前狠狠地瞪了我一眼。

"是书吗?"我指着那沓纸说。

"是的,糟透了。"

"我不信,写了多少了?"

"暂且不管好坏,反正已经写了差不多三分之二了,写得其实不怎么样。你知道作家是怎么看出自己才思枯竭的吗?"

"我对作家一无所知。"我给烟斗装了烟丝。

"当他开始去看自己从前写的书,从中寻找灵感的时候。就是这样。我这儿有五百页打字稿,远远超过十万字。我的书都很长,大众喜欢长篇故事。那些愚蠢的公众认为,页数越多,含金量就越高。我自己都不敢再看一遍,里面的内容有一半我都记不起来了。我最怕看自己的作品。"

"你的气色倒是不错。"我说,"和那晚相比简直是天差地别,真不可思议。你比你自己认为的还要有勇气。"

"我现在需要的不仅仅是勇气。我想要的东西不是光想想就能得到的。我需要自信。我是个被宠坏的作家,我不再相信任何东西。我有一个漂亮的家、一个漂亮的妻子,还有漂亮的销售记录。但我真正想做的就是喝得酩酊大醉,然后忘掉一切。"

他用双手托着下巴,凝视着桌子对面。

"艾琳说我想开枪自杀。有那么严重吗?"

"你不记得了?"

他摇了摇头。"我只记得我摔了一跤,磕破了头,此外什么都不记得了。我还记得过了一会儿,我在床上躺着,你也在。是艾琳给你打电话了吗?"

"是的。她没说吗?"

"这个礼拜她不怎么搭理我。想必她是受够了,都到这里了。"他用一只手的边缘抵在下巴下面的脖子上方,"洛林又在这里大闹了一场,更是雪上加霜了。"

"韦德太太说那没什么。"

"倒像是她会说的话。这也的确是事实,但我想她虽然嘴上这么说,恐怕自己心里也不信。那家伙就是忌妒心重。你和他妻子在角落里喝了一两杯,说笑一番,外加一个吻别,他马上就会以为你和她上床了。原因之一是他妻子不让他碰。"

"我之所以喜欢悠闲谷,是因为每个人都在这里过着舒适正常的生活。"我说。

他皱了皱眉头,这时候门开了,坎迪拿着两罐可乐和玻璃杯走了进来,他倒出可乐,把一杯放在我面前,看也没看我一眼。

"半小时后吃午饭。"韦德说,"你那件白外套呢?"

"今天我休息。"坎迪面无表情地说,"老板,我不是厨子。"

"冷盘或三明治就行,再来点儿啤酒。"韦德说,"厨师今天休息,坎迪。我有个朋友要吃午饭。"

"你认为他是你的朋友?"坎迪冷笑道,"你最好问问你太太。"

韦德向后靠在椅子上,对他笑了笑。"说话注意点儿,小子。你在这里过得太清闲了。我不常要你帮忙的,对吧?"

坎迪低头看着地板。过了一会儿,他抬起头来,咧嘴一笑。"好的,老板。我这就去穿白外套,午餐包在我身上。"

他轻轻地转身，走了出去。韦德看着门关上，耸了耸肩，看着我。

"过去叫他们仆人，现在叫他们家政助理。不知道再过多久，我们就得把早餐送到他们的床上了。我给他的钱太多了，把他宠坏了。"

"你给他的是工资，还是封口费？"

"什么封口费？"他厉声问道。

我起身，递给他几张折叠着的黄纸。"你最好看看。显然你不记得曾要我把这些纸撕毁。就在你的打字机里，机顶盖的下面。"

他打开黄纸，靠在椅背上看了起来。一杯可乐在他面前的桌子上嘶嘶响，但他没有喝。他慢慢地读着，眉头皱成了一个疙瘩。读完，他把纸重新折叠起来，用一根手指摩挲着边缘。

"艾琳看了吗？"他小心地问。

"我不知道。也许吧。"

"很疯狂吧？"

"我很喜欢。特别是一个好人为你而死的那部分。"

他再次打开纸，恶狠狠地把纸撕成长条，扔进了废纸篓里。

"在我看来，一个人喝醉了，什么都可能写，什么都可能说，更是什么都可能做。"他慢慢地说，"这对我来说毫无意义。坎迪并没有勒索我，他喜欢我。"

"也许你应该再喝醉一回，那样就能记起那些话的意思了，还可能会记起很多事。这种情况以前也出现过，就是你开枪的那晚。我猜你吃了速可眠就失忆了。你那时听起来很清醒，但现在你假装不记得写过我给你的东西。怪不得你写不出书来，韦德。你能活下来真是个奇迹。"

他向侧面伸出手，打开了书桌上的一个抽屉，手在里面摸索了一会儿，拿出了一本三联支票簿。他打开支票簿，伸手去拿笔。

"我欠你1000美元。"他平静地说。他在支票簿里写了起来，又写了票根。他撕下支票，拿着它绕过桌子，丢在我面前。"这样行吗？"

我向后靠了靠，抬头看着他，没有碰支票，也没有回答他。他的脸绷得紧紧的，眼睛深邃而空洞。

"我估摸你认为是我杀了西尔维娅，却找伦诺克斯当替罪羊。"他慢慢地说，"西尔维娅是个不折不扣的淫妇，但你不能因为一个女人是婊子，就打烂她的脑袋。坎迪知道我有时去找她，有趣的是我觉得他不会说出去。我可能是错的，但我确实是这么认为的。"

"就算他说出去也没关系。"我说，"哈兰·波特的朋友不会听他的。再说了，她不是被青铜雕像砸死的。她的死因是头部中弹，而打中她的枪是她自己的。"

"西尔维娅也许有枪。"他说，声音如同梦呓，"但我不知道她中了枪，没有报道。"

"是不知道，还是不记得了？"我问他，"是的，这一点的确没有见报。"

"你想对我做什么，马洛？"他的声音仍然很恍惚，几乎算得上轻柔了，"你要我做什么？告诉我妻子，还是告诉警察？这样做有什么好处呢？"

"你说过有一个好人因你而死。"

"我的意思是，如果进行真正的调查，我可能会被列为嫌疑人，不过我只是众多嫌疑人中的一个而已。那样的话，我这辈子就完了。"

"我到这儿来，不是为了指责你是杀人凶手，韦德。你之所以烦恼，是因为连你自己都不确定。你对你妻子动过粗。你不记得自己喝醉之后都干过什么。没有证据证明你不会因为一个女人是荡妇就打烂她的头。有人就是这么做的。在我看来，你比背了罪名的那个人更有可能干出这种事。"

他走到敞开的落地窗前,站在那里,望着窗外湖面上蒸腾的水汽。他没有回答我,没动,也没说话,过了几分钟,响起了轻轻的敲门声,坎迪推着一辆茶具车走了进来,车上铺着一块干净的白布,摆着镀银盘子、一壶咖啡和两瓶啤酒。

"要把啤酒打开吗,老板?"他对着韦德的背影问。

"给我拿瓶威士忌来。"韦德没有转身。

"对不起,老板,没有威士忌。"

韦德转过身来冲他大喊大叫,但坎迪没有妥协。他低头看了看放在鸡尾酒桌上的支票,扭头看清上面的字后,猛地抬起头看着我,嘴里发出嘶嘶的声音。随即,他的目光转到了韦德身上。

"我要走了,今天我休息。"

他转身离开。韦德大笑起来。

"那我自己去拿。"他厉声说完便走了出去。

我掀开一个盖子,看到了几块切得整整齐齐的三角三明治。我拿了一块,给自己倒了一些啤酒,站着吃了三明治。韦德拿着一个瓶子和一个杯子回来了。他坐在沙发上,倒了一杯喝下去。有汽车驶离房子的声音传来,可能是坎迪驱车从用人车道走了。我又拿了一块三明治。

"坐下吧,别拘束。"韦德说,"我们有整个下午的时间呢。"他容光焕发,声音欢快而充满活力。"你不喜欢我,是吗,马洛?"

"这个问题你从前提过,我也回答了。"

"知道吗?你真是个狗娘养的,心够狠。你会不惜一切代价找到你想要的东西。你甚至趁我烂醉如泥什么都干不了的时候,在隔壁和我妻子乱搞。"

"你相信飞刀小子告诉你的话?"

他又往杯子里倒了些威士忌,对着阳光举起酒杯。"也不是全信,不是的。威士忌的颜色很漂亮吧?溺死在金色的洪流中,其实还不赖。'午夜时分,魂离人间,没有感受一丝痛苦。①'后面是什么?抱歉,你不可能知道。你又不好文学。你真是个浑蛋。可不可以告诉我你为什么在这里?"

他又喝了些威士忌,冲我笑了笑,目光扫到放在桌子上的支票。他伸手拿起,从杯子上方看了起来。

"好像是给一个叫马洛的人的。我想知道为什么。好像是我签的名。我真蠢。我这人就是容易上当。"

"别演戏了。"我粗暴地说,"你妻子在哪儿?"

他礼貌地抬起头来。"我妻子在该回来的时候就会回来。毫无疑问,到那时我已经醉得不省人事,她可以从容地招待你了。这房子就是你们的了。"

"枪在哪里?"我突然问道。

他看起来很茫然。我告诉他我把枪放在他的书桌里了。"现在肯定不在那儿了。"他说,"你愿意的话,可以去搜一搜。只是不要把橡皮筋偷走。"

我过去把书桌搜了个遍,没有枪。这可不是闹着玩的。也许是艾琳藏起来了。

"听着,韦德,我问过你了。你妻子在哪儿?我认为她应该回家。我这么问不是为了自己,朋友,而是为了你。总得有人照顾你,我可不希望那个人是我。"

他的眼神变得迷离起来,支票仍在他手里。他放下杯子,把支票撕成碎片,丢到了地上。

---

① 出自济慈的《夜莺颂》。

"显然数目太少了。"他表示,"你收费很高的。即使是1000美元和我妻子,也不能让你满意。太糟糕了,但我出不起更多的钱了,除了这个。"他拍了拍瓶子。

"我要走了。"我说。

"你怎么走了?你想让我记起来,而我的记忆都在这个酒瓶里。留下来吧,朋友。等我醉到一定程度,兴许就会给你讲讲我是怎么杀死那些女人的。"

"好吧,韦德。我多待一会儿,但不是在这里。如果你需要我,就把椅子往墙上摔。"

我走了出去,但没关门。我穿过偌大的客厅,走到院子里,把一张躺椅拉进悬檐的阴影中,躺在上面。在湖对岸,山丘上笼罩着一层蓝色的薄雾。海风开始吹过低矮的山峦,向西移动。天空随即放晴,暑气也被风吹散了不少。悠闲谷里的夏天十分宜人。这儿的一切都是被人规划好的,是人间天堂,闲杂人等不得入内。只有上等人,谢绝中欧人。只接受精英,住的都是名流权贵,比如洛林夫妇和韦德夫妇,个个儿堪称纯金名流。

35

我在那儿躺了半个小时，琢磨着该怎么办。我有点儿想让他喝个酩酊大醉，看看会不会有所发现。这里是他家，又是在他自己的书房里，想来不会出什么大事。他可能又会跌倒，但一时半刻倒也不至于此。那家伙的酒量还不错。再说了，也不知为什么，反正酒鬼从不会把自己伤得特别重。内疚的情绪兴许会再次将他包围，不过他更有可能直接昏睡过去。

另一方面，我很想离开这里，置身事外，但我从不听从自己这类想法。不然的话，我早就老老实实留在我出生的小镇了，我会在五金店里打工，娶老板的女儿为妻，生上五个孩子，礼拜日早晨给他们读报纸上的连环画，在他们顽劣的时候打他们的脑袋，为孩子们该得多少零用钱、他们可以听什么广播或看什么电视而与妻子吵得面红耳赤。我甚至有可能成为小镇上的富人，拥有一幢有八个房间的房子，车库里有两辆车，每周日吃鸡，客厅桌上放着《读者文摘》，妻子烫了发，而我的大脑就像一袋波特兰水泥。你就待在小镇里吧，朋友。我要留在这个肮脏腐坏的大城市。

我起身回到书房。韦德坐在那里出神，威士忌酒瓶里的酒只剩下一少半，他微微皱着眉头，眼睛里闪着暗淡的光。他看着我，如同一匹望向篱笆外面的马。

"你想怎么样？"

"没什么，你没事吧？"

"别烦我，有个小人儿正在我肩上给我讲故事呢。"

我又从茶车上拿了一块三明治，又倒了一杯啤酒。我靠着他的书桌，大口地嚼着三明治，喝着啤酒。

"知道吗？"他突然问道，他的声音变得清晰多了，"我以前有过一个男秘书，我常常口述让他记录，后来我把他打发了。他坐在那里等着我创作，对我就是一种打扰。真是个错误。应该留下他的。准会有谣言说我是同性恋。有些聪明的家伙写不出其他东西，就只能去写书评，这帮人一准儿趁机把这件事宣扬了出去。你知道的，他们也得考虑自己的利益。他们都是同性恋，每个人都是。朋友，同性恋是我们这个时代的艺术仲裁者。"

"是这样吗？从来都不乏这种人的。"

他没有看我，只是一直说着，但他听到了我说的话。

"当然，几千年来都是如此。尤其是在所有伟大的艺术时代。雅典、罗马、文艺复兴、伊丽莎白时代，法国的浪漫主义运动，都是如此。到处都是男同性恋。看过《金枝》吗？不，那太长了，不适合你。不过有较短的版本。应该看看的。证明了我们的性习惯纯粹就是遵循惯例，比如穿晚礼服就要打黑领带。我呀，我是一个性爱作家，但我会稍加虚饰，还只写异性恋。"

他抬头看着我，冷冷一笑。"你知道吗？我是一个骗子。我笔下的男主角身高8英尺，而我的女主角因为一直膝盖朝上躺在床上，屁股上都生了老茧。蕾丝和褶边，剑和马车，优雅和休闲，决斗和英勇的死亡。全都是谎言。他们只喷香水，不用肥皂清洗，他们从不刷牙，牙齿都腐烂了，他们的指甲散发出不新鲜的肉汁味。法国贵族在凡尔赛宫的大理石走廊里对着墙壁撒尿,当你终于把美丽的侯爵夫人的几层内衣脱下来,你注意到的第一件事就是她需要洗澡了。我应该这样写才对。"

"那你为什么不写?"

他咯咯地笑了。"当然可以那么写,那样的话,我就只能住在康普顿一栋有五个房间的房子里,就这还得算我走运了。"他俯下身来,拍拍威士忌酒瓶,"你很孤独,朋友。你需要找个伴。"

他站起来,相当稳地走出了房间。我等着,脑袋里没有任何想法。一艘快艇从湖上呼啸而来。快艇进入我的视线,我看到船身高高地跳离水面,后面拖着一块冲浪板,板子上站着一个肤色黝黑、身材健壮的年轻人。我走到落地窗前,看着快艇急速转弯。由于速度太快,快艇差一点儿翻了。那个人在冲浪板上单脚跳着,试图保持平衡,却还是跌入了水中。快艇漂浮了一会儿,便停了下来,水里的人懒洋洋地爬上快艇,沿着拖绳返回,翻身回到冲浪板上。

韦德拿着另一瓶威士忌回来了。快艇加快速度驶向远方。韦德把他刚拿来的瓶子放在刚才那个瓶子旁边。他坐下,沉思起来。

"天啊,你不会是要把这些都喝光吧?"

他眯起眼睛看着我。"走开,小鬼,回家去拖厨房地板吧,你挡住我的光了。"他的声音又变得含混不清了。像往常一样,他已经在厨房里喝掉两杯了。

"如果你需要我,就喊一声。"

"我还不至于倒霉到需要你的地步。"

"是的,谢谢。我会一直待到韦德太太回来。你听说过一个叫保罗·马斯顿的人吗?"

他慢慢地抬起头来。他的眼睛有了焦点,不过他是很费力才做到的。我能看到他在努力控制自己。他暂时赢得了这场角逐。他的脸变得毫无表情。

"从来没有。"他小心而缓慢地说,"这人是谁?"

---·+·---

我再过去探看时,韦德已经睡着了,嘴张着,头发都被汗水浸透了,满身威士忌味。他的嘴唇外翻,离牙齿有一段距离,像极了在做鬼脸,他的舌头上有很厚的舌苔,看起来很干。

其中一个威士忌酒瓶是空的。桌上的一个杯子里还剩下大约有两英寸的威士忌,另一个瓶子有四分之三满。我把空酒瓶放在茶车上,推着它走出房间,又折回去关上落地窗,拉上百叶窗。快艇说不定还会回来,把他吵醒。我关上了书房门。

我把茶车推到厨房,厨房是蓝白相间的,很大很空,通风良好。我还是很饿,便又吃了一块三明治,喝了剩下的啤酒,还倒了一杯咖啡喝。啤酒没气了,不过咖啡还是热的。吃喝完毕,我回到院子里。过了好长一段时间,快艇才又一次划破湖面驶了过来。我听到轰鸣声由远及近、增大为震耳欲聋的咆哮声时,已经快四点了。应该有法律管管才对。也许有,但快艇上的人根本不在乎。他喜欢让人讨厌,就像我遇到的其他人一样。我走到湖边。

这次他成功了。快艇驾驶者在转弯时放慢了速度,棕色皮肤的小伙子站在冲浪板上,尽量向后仰,抵挡着离心拉力。冲浪板几乎离开了水面,但有一边还留在水中,然后快艇开始沿直线行驶,小伙子仍站在冲浪板上,他们按照原路返回了。小船激起的波浪向我脚下的湖岸涌来。浪头猛烈地冲击着短码头上的木桩,拴着的小船被水冲得来回摇晃着。我回到屋里,海浪仍在一波波滚滚而来。

我刚走到院子里,就听到厨房那边传来一阵铃声。当铃声再次响起时,我判定只有前门有门铃。我走过去打开了门。

艾琳·韦德站在那里,不过她没有看着自己的家。她扭过头来,说:"对不起,我忘带钥匙了。"她看见了我,"啊……我还以为是罗杰或坎迪呢。"

"坎迪不在。今天是礼拜四。"

她走进来,我关上了门。她把一个购物袋放在两张长沙发之间的桌上。她神情冷漠,浑身散发着疏离感。她摘下一副白色猪皮手套。

"出什么事了吗?"

"嗯,他喝了点儿酒。倒也不是很糟糕。他在书房的沙发上睡着了。"

"他叫你来的?"

"是的,但不是为了喝酒。他请我吃午饭。可他自己一口没吃。"

"啊。"她慢慢地在一张长沙发上坐了下来,"你知道,我完全忘了今天是礼拜四。厨师也不在。真够蠢的。"

"坎迪准备了午饭才离开的。我想我也该走了,但愿我的车没有挡住你的路。"

她莞尔一笑。"没有。地方大着呢。你不喝点儿茶吗?我去泡茶。"

"好吧。"我不知道自己为什么这么说。我不想喝茶,可我竟然说我想。

她脱掉亚麻上衣。今天,她没戴帽子。"我去看看罗杰怎么样了。"

我看着她走到书房门口,打开了门。她在那儿站了一会儿,关上门又走了回来。

"他还在睡。睡得很熟呢。我得上楼一会儿,马上下来。"

我看着她拿起外套、手套和购物袋,上楼进了她的房间。门关上了。我走到书房,想把那瓶酒拿走。他一直睡着,酒放在那里也没用。

36

落地窗关上后书房里很闷，再加上拉了百叶窗，室内更是光线昏暗。空气中弥漫着一股刺鼻的气味，寂静中夹杂着几分沉重。从书房门到里面的沙发距离不到 16 英尺，我只走到一半，就知道沙发上躺着的是个死人。

罗杰·韦德侧身躺着，脸对着沙发背，一只胳膊弯在身下，另一只胳膊的前臂挡在眼睛上。在他的胸部和沙发背之间有一摊血，那支韦伯利内击锤手枪就在血中。他的半边脸上沾满了血渍。

我俯下身去，凝视着他睁大的眼睛的边缘和裸露在外的被鲜血染红了的胳膊，在那只胳膊的内侧弯曲处，我可以看到他头上那个肿胀发黑的洞，血仍然在从里面渗出来。

我没有动他。他的手腕尚有余温，但毫无疑问他依然失去了生命迹象。我环顾四周，想看看有没有什么字条或涂鸦。桌上除了一堆稿子之外什么也没有。自杀的人并非都会留下遗书。打字机在架子上，没盖盖子，里面没有插纸张。除此之外，一切看起来都很自然。自杀的人会做各种各样的准备，有的喝烈酒，有的享用精致的香槟晚宴。有的穿着晚礼服，有的一丝不挂。有的人从墙顶一跃而下，还有的死在沟渠、浴室、水里或是在水上。他们在酒吧上吊，在车库里用毒气自杀。眼前这个家伙死得看似很简单。我没有听到枪声，但死亡肯定是我在湖边看冲浪者转弯时发生的。当时的噪声很大。罗杰·韦德为什么要选那个时机，我不得而知。也许这二者没什么关系。他最后的冲动正好赶上快艇开来的时间。我不相信这是巧合，但没人在乎我相信与否。

支票的碎片还在地板上，但我没有碰。他前些日子写的疯话被他撕碎了，丢在废纸篓里。这些我没有留下。我把碎屑挑出来，确保全部捡出后塞进了口袋。纸篓几乎是空的，挑出碎纸很容易。现在再去琢磨枪本来放在哪里，已经没有任何意义了。可以藏枪的地方太多了，可能在椅子上、沙发上，要不就是在垫子下面。还可能在地板上、书后面，任何地方都有可能。

我出去，关上了门。我听了听，厨房里有动静，于是我走了过去。艾琳系着一条蓝色围裙，水壶响了起来。她关掉炉火，淡淡地瞥了我一眼。

"你喜欢喝什么茶，马洛先生？"

"从壶里倒一杯给我就行。"

我靠在墙上，拿出一根香烟，这么做只是为了让自己的手指摸着什么东西。我又捏又挤，把烟掰成两半，将其中一半扔在地上。她的目光循着香烟往下看去。我弯腰把它捡起来，把两半香烟挤成一个小球。

她泡茶。"我向来喜欢加奶油和糖。"她回头说，"说来也怪，我喝咖啡，偏偏喜欢黑咖啡。我是在英国学会喝茶的。他们用糖精代替糖。后来打仗了，他们就搞不到奶油了。"

"你在英国住过？"

"我在那里工作。空袭①期间我一直在那里。我还在英国遇到了一个男人，我跟你说过的。"

---

① 1940—1941年间德国空军对英国城市发动的空袭。

"你是在哪里认识罗杰的?"

"纽约。"

"在那里结的婚?"

她转过身,秀眉紧蹙。"不,我们不是在纽约结婚的。怎么了?"

"喝茶闲聊而已。"

她从水槽上方望着窗外。从那里可以看到下面的湖。她靠在排水板的边缘,手指拨弄着一块折叠着的茶巾。

"现在这样的情况该停止了。"她说,"但我不知道怎么才能终止这一切。也许该把他送到什么疗养院去。我不忍亲手这么做。我得签字,是吧?"

她问的时候转过了身。

"他可以自己签字。"我说,"我是说,在这一刻之前,他本来还可以自己签字。"

泡茶计时器响了。她转向水槽,把茶从一个壶里倒进另一个壶里,把新壶放在她已经摆好杯子的托盘上。我过去接过托盘,拿到客厅两张长沙发之间的桌子上。她在我对面坐下,倒了两杯。我伸手拿过我的那杯,放在面前凉一凉。我看着她用两块糖和奶油调制她的茶。她尝了尝。

"你最后那句话是什么意思?"她突然问道,"'在这一刻之前,他本来还可以自己签字'把自己送进某个机构,你是这么说的吗?"

"我就是随口一说。你把我说的那把枪藏起来了吗?你知道的,就在他在楼上闹过之后的第二天早上,我告诉过你的。"

"藏起来?"她皱着眉头重复道,"没有,我没那么做。我不相信他会自杀。为什么这么问?"

"你今天忘带钥匙了?"

"我告诉过你了。"

"但你带了车库钥匙。通常在这种房子里,开外面大门的都是通用钥匙。"

"进出车库不需要钥匙,"她厉声说,"只要按下开关就能打开。前门里面有一个继电器开关,出去的时候向上一推,就可以通过车库旁边的另一个开关来控制车库门了。我们平时都不关车库门,有时坎迪出去时会关。"

"明白了。"

"你今天说话怪怪的。"她尖刻地说,"那天早上你也是这样。"

"我在这所房子里经历了一些相当奇怪的事。半夜枪响,醉鬼躺在前院草坪上,医生来了,却什么也不做。有个迷人的女人搂着我说话,好像把我当成了别人,墨西哥男仆爱扔刀子。那把枪的事真叫人遗憾。但你并不是真心爱你的丈夫吧?我好像之前也说过这话。"

她慢慢地站起来,平静得如同一潭死水,但她那对紫罗兰色的眸子似乎改变了颜色,也没有了平时的柔情。她的嘴唇开始颤抖。

"出……出什么事了吗?"她望向书房,慢吞吞地问道。

我还没来得及点头,她就跑了起来。眨眼间,她就到了门口,猛地打开门,冲进了书房。我要是以为会听到疯狂的尖叫,那我可就想错了。我没听到任何声音,不禁感觉糟糕透顶。我应该让她待在外面,按照老套的做法,慢慢地将坏消息公布出来:你做好心理准备,坐下吧,恐怕发生了一件非常严重的事……你费了很大力气说完这些,却没有带给任何人安慰,往往还会把事情弄得更糟。

我起身跟进了书房。她跪在沙发旁边,把他的头抱在胸前,他的血弄得她满身都是。她没有发出任何声音,只是闭着眼睛紧紧抱着他,跪在地上用力地前后摇晃着。

我回到外面，找到了电话和一本电话簿。我给看起来最近的警局打了电话。反正无所谓，他们会用无线电互相转告。打过电话后，我走进厨房，打开水龙头，把口袋里的黄色纸屑放进电动垃圾粉碎机里。接着，我把另一个壶里的茶叶也倒了进去。几秒钟后，那些东西就不见了。

我关掉水龙头，也关掉了电动垃圾粉碎机，回到客厅里，我打开前门，走了出去。

肯定有警察在附近巡逻，因为六分钟后，就有一名警察到了现场。我带他进了书房，只见艾琳还跪在沙发旁。警官立刻向她走过去。

"对不起，女士。我理解你的感受，但你不应该碰任何东西。"

她转过头，站了起来。"他是我丈夫。他中枪了。"

警官脱下帽子放在书桌上，伸手去拿电话。

"他叫罗杰·韦德。"她用尖细的声音说，"他是一位著名的小说家。"

"我知道他是谁，女士。"警官说着拨了电话。

她低头看了看自己的衬衫前襟。"我可以上楼把这个换掉吗？"

"当然。"警官向她点点头，对着电话说了起来，然后他挂了电话，转过身来。"你说他中枪了。你的意思是，有人开枪杀了他？"

"我认为是这个人杀了他。"她连看都没看我一眼就说道，说完便走出了房间。

警官看着我。他拿出一个笔记本，在里面写了些东西。"你叫什么名字？"他漫不经心地说，"再报一下地址。是你打电话报警的吗？"

"是的。"我把我的名字和地址告诉了他。

"放轻松，等奥尔斯警督来了再说。"

"伯尼·奥尔斯？"

"是的，你认识他？"

"当然，我和他认识很久了。他以前在地方检察官办公室工作。"

"他最近离开那里了。"警官说,"他现在是凶案组的副队长,隶属洛杉矶警察局。你是这家人的朋友吗,马洛先生?"

"按照韦德太太的说法倒也不算。"

他耸耸肩,微微一笑。"放轻松,马洛先生。你没带枪吧?"

"今天没有。"

"我最好确认一下。"确认过后,他朝沙发看了看,"发生了这种事,你可别指望做妻子的能讲道理。我们最好去外面等。"

37

奥尔斯中等身材,长得有些粗壮,他留着淡金色的短发,眼睛是浅蓝色的。他的眉毛又白又硬,在他还喜欢戴帽子的时候,每当他摘下帽子时,你总会有点儿惊讶地发现他的脑袋比你想象的要大。他是一个强硬的警察,对人生抱着悲观的态度,但实际上他是个很正派的人。他几年前就该升上警督了。他考了六次升级试,每次都名列前三。可惜县治安官不喜欢他,他也不喜欢县治安官。

他揉着下巴走下楼梯。在书房里,闪光灯已经闪了很长时间。人们进进出出。我则和一个便衣警察坐在客厅里等待着。

奥尔斯在一把椅子的边缘坐了下来,晃着双手。他嚼着一支未点燃的香烟,若有所思地看着我。

"还记得悠闲谷过去有门房、有私人警队的日子吗?"

我点了点头。"还有赌博。"

"当然。无论怎么样,赌博都是禁不了的。整个山谷现在依然是私有财产。就像以前的箭头湖和翡翠湾。我每次办案,总有一大堆记者围着,很久都没有像现在这样清静了。肯定有人在彼得森治安官耳边嘀咕了什么。这个案子的消息被封锁了。"

"他们真体贴。"我说,"韦德太太还好吗?"

"她表现得太轻松了。她肯定是吃药了。楼上有十几种药,甚至还有杜冷丁。这可不太妙。你的朋友们的运气最近都不太好,死了一个又一个。"

我对此没什么可说的。

"对饮弹自尽这种事,我向来都很感兴趣。"奥尔斯漫不经心地说,"太容易伪造了。他妻子说是你杀了他。她为什么要这么说?"

"她指的并不是字面上的意思。"

"这里没有别人。她说你知道枪在哪里,知道他会喝醉,还知道几天前的一个晚上他开了一枪,她只能和他扭打着才把枪从他手里抢过来。那晚你也在,你好像没帮上什么忙,是这样吗?"

"今天下午我搜了他的桌子,并没有找到那支枪。我之前告诉过她枪在哪里,让她把枪藏起来。她现在却说她不相信她丈夫会自杀。"

"'现在'是什么时候?"奥尔斯粗声问。

"她回家之后,我打电话报警之前。"

"你搜查了桌子。为什么?"奥尔斯抬起双手放在膝盖上。他漠然地看着我,好像不在乎我说的话。

"他喝醉了。我心想还是把枪收到别的地方为好。但那晚他并不是企图自杀,他只是演戏而已。"

奥尔斯点了点头。他从嘴里拿出嚼烂了的香烟,扔进一个托盘里,又拿出一支烟放进嘴里。

"我戒烟了。"他说,"我一抽烟就咳得厉害。但我还是摆脱不了那些该死的东西。不放支烟在嘴里,就感觉不舒服。你受雇在他一个人时照看他?"

"当然不是。他叫我来吃午饭。我们聊了一会儿,他写书写得不顺,感到有些沮丧,就决定喝几杯。你认为我应该把酒瓶从他手里夺走?"

"我暂时还没做任何思考。我只是想了解一下情况。你喝了多少?"

"我只喝了啤酒。"

"你这个时间出现在这儿,真是倒霉,马洛。那张支票是干什么用的?是他写的,签了名,还撕了。"

"他们都希望我能住在这里,保证他不做出什么出格的事。我说的他们,指的是他自己,他妻子,还有他的出版商,那人叫霍华德·斯宾塞。我想他此时身在纽约,你可以问问他。我拒绝了。后来韦德太太来找我,说她丈夫好几天没回家,她很担心,希望我能找到他,把他带回家。我照做了。之后,我还把韦德从他家的前院草坪上抬进屋里,让他上床睡觉。我不想掺和进来,伯尼。可事情老是主动找上门来。"

"跟伦诺克斯的案子没有关系吧?"

"啊,老天。根本就没有什么伦诺克斯的案子。"

"太对了。"奥尔斯干巴巴地说,他捏了捏膝盖骨。这时,有个男人从前门进来,跟另一位男警官说了几句话,便来到了奥尔斯面前。

"警督,外面有位洛林医生。说是有人打电话叫他来的。他是那位女士的医生。"

"让他进来。"

警察离开,过了一会儿,洛林医生拿着他整洁的黑包走了进来。他穿着一套热带精纺毛料西装,显得冷静而优雅。他从我身边走过,看都不看我一眼。

"韦德太太在楼上吗?"他问奥尔斯。

"是的……在她的房间里。"奥尔斯站了起来,"医生,你为什么给她开杜冷丁?"

洛林医生皱起眉头看着他。"我给我的病人开我认为适当的药方。"他冷冷地说,"我不需要解释原因。谁说我给韦德太太开了杜冷丁?"

"我说的。楼上的药瓶上面有你的名字。她的浴室里有很多常吃的药,就跟个药店差不多。也许你还不知道,医生,我们在市区有一个展览,里面有各种各样的药丸。冠蓝鸦、红雀、大黄蜂、蠢蛋球,还有很多。杜冷丁是最糟糕的,听说戈林①全靠那东西才能活。他们抓到他的时候,他一天要吃18颗。军医花了三个月,才减少了他的用药量。"

"我不知道那是什么意思。"洛林医生冷冷地说。

"你不知道?那真遗憾。冠蓝鸦是阿米妥钠。红雀是速可眠。大黄蜂是戊巴比妥钠。蠢蛋球是一种含有苯丙胺的巴比妥类镇静剂。杜冷丁是一种合成麻醉剂,很容易上瘾。你就这么开了出去?那位女士是不是得了什么重病?"

"对于一个敏感的女人来说,酗酒的丈夫确实是一个非常严重的问题。"洛林医生说。

"你没给他医过病吧?真遗憾。韦德太太在楼上,医生。谢谢你抽出宝贵时间。"

"你太无礼了,先生。我会去投诉你。"

"对,就这么办。"奥尔斯说,"但在你投诉我之前,先做点儿别的。让那位女士保持头脑清醒。我有问题要问。"

"我会做我认为对她的健康最有利的事。你知道我是谁吗?澄清一下,韦德先生不是我的病人。我不治酒鬼。"

"你只医治别人的妻子,对吧?"奥尔斯对他咆哮着说,"是的,我知道你是谁,医生。我吓得都要吐血了。我叫奥尔斯,奥尔斯警督。"

洛林医生上楼去了。奥尔斯又坐下来,冲我笑了笑。

"跟这类人打交道,你得圆滑点儿。"他说。

一个男人从书房里出来,走到奥尔斯面前。此人身材瘦削,神情

---

① 赫尔曼·戈林,纳粹德国元帅。

严肃，戴着眼镜，看他饱满的前额，就知道他很有头脑。

"警督。"

"说。"

"伤口是接触性的，典型的自杀，气压造成了大面积的肿胀。双眼突出，也是这个原因。我认为枪的外部不会有任何指纹，沾了太多的血了。"

"如果那个人睡着了或者醉得昏睡过去，有没有他杀的可能？"奥尔斯问他。

"当然有，但是没有迹象表明是他杀。那把枪是韦伯利内击锤手枪。通常情况下，需要非常用力才能扣动扳机，但只要轻轻一拉，就能射击。从反冲力可以看出枪的位置。到目前为止，我没有发现证据显示不是自杀。我估计死者的酒精浓度会很高。如果够高……"那人停下来，意味深长地耸了耸肩，"我也许会对自杀的结论持怀疑态度。"

"谢谢。通知验尸官了吗？"

那人点点头就走了。奥尔斯打了个哈欠，看了看表。然后他看着我。

"你想走吗？"

"当然，如果你允许的话。我还以为自己是嫌疑犯。"

"以后可能还要找你帮忙。待在能找到你的地方，就这一个要求。你也当过警察，很清楚规矩。有些时候就得抓紧调查，不然证据就消失了。现在这个案子正好相反。如果是他杀，谁想要他的命？他妻子？她当时不在家。你？倒是有可能，这栋房子里只有你一个人，你还知道枪在哪儿。完美的条件。一切具备，只是没有动机。我们也许会重点调查一下你的经历。我觉得你要想杀一个人，完全可以做得不那么明显。"

"谢谢，伯尼。我能理解。"

"用人不在家，出去了。所以肯定是某个碰巧过来的人。那个人知道韦德的枪在哪里，发现他喝醉了，睡着了或是昏了过去，趁着快艇轰鸣可以掩盖枪声的时候扣动了扳机，并且在你回屋之前逃了。根据我现在掌握的情况，我觉得这个可能性不大。唯一既有条件又有机会的人偏偏不会这么做，原因很简单，他是唯一兼具这二者的人。"

我站起来准备走。"好的，伯尼。我每天晚上都在家。"

"只有一件事很麻烦。"奥尔斯若有所思地说，"这个叫韦德的人是一个当红作家。有很多钱，还很有名。我本人对他写的垃圾不感兴趣。妓院里的人都比他的角色更迷人。这是个人品位的问题，与我作为警察的身份无关。有了这些钱，他在全县最适宜居住的地方之一拥有一座漂亮的房子，娶了个漂亮的妻子，结交了很多朋友，没有任何烦恼。我想知道的是，到底发生了什么事搞得他心力交瘁，不得不扣动扳机？肯定有事发生了。你知道的话，最好准备一五一十地说出来。再见。"

我走到门口。站在门口的人回头看了看奥尔斯，得到指示后便放我出去了。我上了自己的车，不得不避开堵在车道上的各种公务用车慢慢地开过草坪。在院门口，另一位警官打量了我一番，但什么也没说。我戴上墨镜，驱车回到主干道上。路上空无一人，十分安静。午后的阳光照射在修剪整齐的草坪上，以及草坪后面宽敞而昂贵的豪宅上。

在悠闲谷的一所房子里，一个名人死在了血泊中，但慵懒宁静的气氛并没有被打破。到目前为止，媒体对此事没有投入任何关注，仿佛这件事发生在遥远的国外。

在路的转弯处，两处庄园的围墙一直延伸到路肩，一辆深绿色的警车停在那里。一位警官从车里出来，举起了手。我停下来。他走到窗前。

"可以看一下你的驾照吗？"

我拿出钱包，打开递给他。

"请出示你的驾照。我不能碰你的钱包。"

我把驾照拿出来给了他。"出什么事了?"

他向车里瞥了一眼,把驾照还给我。

"没什么。"他说,"只是例行检查。对不起,打扰你了。"

他挥手示意我把车开走,之后便回到了停着的警车上。警察都是这副德行。他们做任何事,从不告诉你原因。这样你就不会发现其实他们自己也不知道。

我开车回家,给自己买了两杯冷饮,出去吃了晚饭,回来后打开窗户,解开衬衫的扣子,等待着什么事情发生。我等了很长时间。九点,伯尼·奥尔斯打电话让我去一趟,还要我不要在路上耽搁时间。

38

警察已经把坎迪带到了警局的接待室，让他坐在靠墙的一张硬椅子上。我从他身边走过，他看着我，眼神里写满了憎恨。我走进彼得森治安官的方形大办公室。那儿有很多奖状，都是老百姓为感谢他20多年勤勤恳恳为公众服务而送来的。墙上挂满了马的照片，每一张照片上都有彼得森治安官的身影。雕花办公桌的四角是马头装饰。固定在桌上的马蹄墨水瓶锃亮，钢笔插在填满白沙的配套马蹄里。每个马蹄都镶着一块金牌，上面写着某个日期里发生了些什么事。在一张一尘不染的吸墨纸中间放着一包布尔·达勒姆牌烟草和一包棕色的卷烟纸。彼得森竟然自己卷烟抽。他可以在马背上用一只手卷烟，还经常这样做，特别是当他骑着一匹大白马带领游行队伍的时候。那匹大白马配着墨西哥马鞍，鞍子上有漂亮的墨西哥银饰。他戴着墨西哥平顶宽边帽骑在马上。他骑术不错，他的马总是知道什么时候该安静，什么时候该调皮，这样治安官就可以带着他那冷静而神秘的微笑，单手控制住马。治安官作起秀来很有一手。他拥有鹰一般英俊的侧脸，现在下巴下面有点儿下垂，但他知道如何抬头，让双下巴不那么明显。为了把自己拍得英气十足，他可没少花心思。他50多岁了，父亲是丹麦人，给他留下了一大笔钱。局长看上去不像丹麦人，他的头发是黑色的，皮肤是棕色的，拥有雪茄店门前印第安人雕像一样沉着冷漠的姿态，脑子也跟印第安人差不多。但从来没有人叫过他骗子。警察部门里倒是有一些骗子，不仅愚弄了公众，也愚弄了他，但这些欺骗行为与彼得森治安官扯不上半点关系。他轻松当选，骑着白马走在游行队伍前面，在摄像机前审问嫌疑人。反正字幕说他是在"审问"。事实上，他从来没有审讯过任何人。他压根儿不懂怎么审讯。他只是坐在办公桌前，严肃地看着嫌疑人，向摄像机展示他的侧脸。闪光灯打开，摄像人员会恭敬地感谢治安官，嫌疑犯尚未开口就被带走了，治安官则会回到他在圣费尔南多谷的农场。在那里，总是可以随时联系到他。即便联系不到他本人，也可以和他的马谈谈。

有时，到了选举的时候，一些政客脑筋不清楚，妄想得到彼得森治安官的职位，还称他为"那个天生有个英俊侧脸的家伙"或"可以自行熏制的火腿"，但谁也没能成功撼动他的地位。彼得森治安官就是可以顺利地再次当选，而这证明了一个事实：在我们这个地方，即便你能力不足，但你只要不多管闲事，还有一张上镜的脸蛋和紧闭的嘴巴，你就可以永远担任一个重要的公职。此外，如果你骑在马上英姿飒爽，那你就更加无敌了。

我和奥尔斯走进去时，彼得森治安官正站在他的办公桌后面，摄影人员从另一扇门鱼贯而出。治安官戴着白色牛仔帽。他在卷烟，这是准备下班回家了。他严厉地看着我。

"这是谁？"他用浑厚的男中音问道。

"他叫菲利普·马洛，治安官。"奥尔斯说，"韦德开枪自杀的时候，房子里只有他一个人。需不需要拍摄？"

治安官打量着我。"不用了。"他说着转向一个留着铁灰色头发、看上去疲惫不堪的大个子，"有事找我的话，我就在农场，赫尔南德斯警监。"

"是的，先生。"

彼得森用粗头火柴点燃了香烟。他是在拇指指甲上擦亮火柴的。彼得森治安官不用打火机。他完全是那种"单手卷烟和点烟"的人。

他道了声晚安就出去了。一个面无表情、有一双冷酷黑眼睛的人跟着他一起走了出去，此人是治安官的私人保镖。门随之关上。他走后，赫尔南德斯警监走到办公桌旁，坐在治安官的大椅子上，角落里的速记打字员把工作台从墙边移开，好腾出地方活动活动。奥尔斯坐在办公桌的一头，看上去饶有兴味。

"好吧，马洛，开始吧。"赫尔南德斯轻快地说。

"为什么不给我摄影？"

"你听到治安官的话了。"

"是的，但是为什么呢？"我颇有微词。

奥尔斯哈哈大笑起来。"你很清楚是为什么。"

"你是说因为我又高又黑又帅，说不定会抢了治安官的风头？"

"别说了。"赫尔南德斯冷冷地道，"开始录口供了。从头开始讲。"

我从头开始讲起：我见了霍华德·斯宾塞，后来又见了艾琳·韦德，她要我去找罗杰，我找到了，她还要我去他家，我还说了韦德都要我做什么，以及我怎么发现他昏倒在家门边的木槿丛里，等等。速记员记录了下来。没人打断我。我说的这些都是真的。是真相，全都是真相。但并不是全部的真相。至于省略了什么，就是我的事了。

"不错。"赫尔南德斯终于开口道，"但还不完整。"这个赫尔南德斯冷静、能干、危险。治安官办公室里就该有个这样的人。"韦德在卧室里开枪的那晚，你进过韦德太太的房间，关了门在里面待了一段时间。你在里面做什么？"

"她叫我进去，询问韦德的情况。"

"为什么要关门?"

"韦德当时还没睡熟,我可不想弄出什么动静来。再说了,他家的男仆一直在附近转悠听墙角。韦德太太也让我把门关上。我没想到事情会变得这么严重。"

"你在里面待了多久?"

"不知道。两三分钟吧。"

"我认为你在里面待了两三个小时。"赫尔南德斯冷冷地说,"明白我的意思吗?"

我看着奥尔斯。奥尔斯则在出神。他像往常一样嚼着一支未点燃的香烟。

"你得到的消息并不准确,警监。"

"那就走着瞧吧。你离开房间后,就下楼到书房,在沙发上睡了一夜。也许我该说你睡觉的时候已经是后半夜了。"

"他打电话到我家里时,已经是差十分十一点了。那天晚上,我最后一次走进他的书房是凌晨两点多。如果你愿意,说是后半夜也无可厚非。"

"把男仆叫来。"赫尔南德斯说。

奥尔斯出去,把坎迪带了进来。他们让坎迪坐在一把椅子上。赫尔南德斯问了他几个问题,好确定他的身份。然后,他说:"好吧,坎迪……为了方便起见,我们就这么叫你吧……你帮马洛把罗杰·韦德抬上床后,都发生了什么事?"

我多少知道坎迪会怎么回答。坎迪用平静而粗野的声音,讲述了他那个版本的故事,几乎听不出任何口音。他似乎可以随意带出或去掉自己的乡音。他是这么说的:他一直在楼下,以防主人还有什么事需要他,他去厨房里弄了些吃的,剩下的时间就待在客厅里。在客厅里，他坐在前门附近的一张椅子上，看见艾琳·韦德站在她的房门口，还看见她脱了衣服。他看见她穿上一件睡袍，里面什么也没穿，又看见我走进她的房间，我关上门，在里面待了很久，他觉得是两个小时。他走上楼梯，听到床的弹簧咯吱咯吱响，还听到有人在小声说话。他把他的意思说得很清楚，末了还狠狠地瞪了我一眼，恨得闭紧了嘴巴。

"带他出去。"赫尔南德斯说。

"等一下。"我说，"我想问问他。"

"在这里，负责问问题的人是我。"赫尔南德斯严厉地说。

"你不知道怎么问，警监。你没去过现场。他在撒谎，他清楚，我也知道。"

赫尔南德斯向后一靠，拿起治安官的一支钢笔。他把笔杆弄弯。笔杆又长又尖，是用硬马毛做成的。他一放开笔尖，笔杆就弹了回来。

"问吧。"他终于说。

我面冲坎迪。"你看见韦德太太脱衣服的时候，你在哪儿？"

"我坐在前门边的一张椅子上。"他粗暴地说。

"在前门和两张相对摆放的沙发之间吗？"

"我说过了。"

"韦德太太在哪儿？"

"就在她房间的门里面，门开着。"

"客厅里开灯了吗？"

"开了一盏灯。那盏灯很高，他们说是落地灯。"

"阳台上开灯了吗？"

"没有。她卧室里开着灯。"

"她卧室里的灯是什么样的？"

"不是很亮。也许是床头灯。"

"天花板上的灯开没开?"

"没有。"

"你说她挨着房门站着,她脱了衣服后穿上了睡袍。什么样的睡袍?"

"蓝色的睡袍。就是那种居家便服。她用一条腰带系好。"

"所以,假如你没有亲眼看到她脱衣服,你就不知道她袍子下面穿了什么。"

他耸了耸肩,看上去有点儿心虚。"是的,确实如此。但我看见她脱了衣服。"

"你是骗子。客厅里没有任何地方能让你看到她在卧室门口脱衣服,更不用说看到她的房间里面了。除非她走到阳台的边缘,你才能看见。如果她真在阳台,那她就会看见你了。"

他用怨毒的眼神地瞪着我。我转向奥尔斯。"你去韦德家看过,赫尔南德斯警监则没有,还是他也看过?"

奥尔斯轻轻地摇了摇头。赫尔南德斯皱了皱眉头,什么也没说。

"赫尔南德斯警监,假设韦德太太在她卧室门口或在卧室里面,从韦德家的客厅,根本连她的头顶都看不到,哪怕坎迪站着也不行。况且他说他是坐着的。我比他高4英寸,我站在房子的前门里面,只能看到一扇开着的门的顶部。韦德太太必须走到阳台的边缘,坎迪才能看到他声称自己所见到的情形。她为什么要这么做?她为什么要在门口脱衣服?这讲不通。"

赫尔南德斯牢牢地注视着我。然后,他把目光转向坎迪。"那你在房里待了多久呢?"他轻声问我。

"他的话和我的完全相反。我所讲的内容都可以得到证明。"

赫尔南德斯对坎迪飞快地说了一串西班牙语,他讲得太快了,我听不懂。坎迪只是气哼哼地盯着他。

"带他出去。"赫尔南德斯说。

奥尔斯一甩拇指,打开了门。坎迪走了出去。赫尔南德斯拿出一盒香烟,把一支塞进嘴里,用一只金色打火机把烟点燃。

奥尔斯回到房间。赫尔南德斯轻声说:"我只是告诉他,如果有审讯,他在证人席上讲出刚才那番话,会因做伪证被判在昆廷监狱服刑一到三年。他似乎不怎么害怕。很明显他心里有鬼,他这人就是好色,这种事太常见了。如果他当时在家,我们就有理由怀疑是凶杀案,毕竟他十分可疑,只是他用刀的可能性更大。我之前还以为他为韦德的死感到非常难过。你有什么问题要问吗,奥尔斯?"

奥尔斯摇了摇头。赫尔南德斯看着我说:"明天早上再来一趟,给你的口供签名。到时我们会用打字机打出来。验尸报告应该在十点钟出来,至少可以得到初步的验尸结果。马洛,你对这个安排有什么不满意的地方吗?"

"你能换个问法吗?你这么问,似乎是在暗示我很满意。"

"好吧。"他疲倦地说,"你可以走了。我要回家了。"

我站起来。

"坎迪说的那些,我自然一个字都不信。"他说,"我只是希望这样能撬开你的嘴。但愿你不会闹情绪。"

"完全不会,警监。我一点儿情绪也没有。"

他们看着我走出去,没有说晚安。我沿着长走廊来到警局在希尔街的入口,上了我的车,开车回家。

一点儿情绪也没有,这个说法完全正确。我像星辰之间的太空一样空虚。回到家,我调了一杯烈酒,站在客厅敞开的窗户边喝着,听着月桂峡谷区丝兰大道上轰鸣的车流声,望着这座愤怒的大城市发出的炫目光亮，点点灯光，就悬于截断丝兰大道的山肩的上方。远处，警车或消防车的笛声时高时低，如同报丧女妖的哀号，它们的笛声从未有过长时间的静默。一天二十四小时，总有人在逃跑，也总有人试图抓住逃跑之人。在夜晚的城市，无数罪案发生，有人丧命、有人残废，被飞出的玻璃割伤、被方向盘或沉重的轮胎压碎。人们遭遇殴打、抢劫、扼喉、强奸和谋杀。有人挨饿、生病、觉得无聊，有人因为孤独、悔恨、恐惧而深陷绝望，有人愤怒、残忍、狂热，还有人哭到浑身发抖。这座城市不比其他城市差，繁荣兴旺，充满骄傲，这里也是一座失落之城，历经沧桑，空虚莫名。

到底如何，全看你坐在何处，以及你自己取得了什么样的成就。我没有功成，也没有名就。所以我不在乎。

我喝完酒就上床睡觉了。

39

审讯非常失败。验尸官担心公众不再关注这个案子，便在医学证据不完整的情况下强行开始审讯。他本不必担心。一个作家死了，哪怕他是个当红作家，也不会长时间占据新闻头条，再说了，那年夏天还偏偏是个多事之时。一位国王退位了，另一位国王被暗杀了。一周内三架大型客机坠毁。一家大型通讯社的负责人在芝加哥自己的汽车里被打成了筛子。24名囚犯葬身监狱大火。洛杉矶县的验尸官太不走运了。他错过了生活中的美好事物。

我离开证人席时看到了坎迪。他脸上带着灿烂却恶毒的笑容，我不知道这是为什么。和往常一样，他的穿着打扮有点儿过于考究，一身可可棕色的华达呢西装搭配白色尼龙衬衫，还系着深蓝色的领结。他在证人席上很沉静，给人留下了很好的印象。是的，老板近经常喝得酩酊大醉。是的，在楼上枪响的那晚，是他抬老板上床的。是的，最后一天，在他离开之前，老板要他去拿威士忌，但他拒绝了。不，他对韦德先生的文学作品并不了解，但他知道老板很有些沮丧。他不停地把写出来的东西扔掉，又从废纸篓里捡回来。不，他从来没听过韦德先生跟别人吵架，等等。验尸官从他嘴里套话，可惜收效甚微。早就有人指点过坎迪了。

艾琳·韦德穿着黑白两色的衣服。她脸色苍白，说话的声音虽低，发音却很清晰，连扩音器也不能让她的声音显得模糊。验尸官对她柔声软语的，像是戴着两副天鹅绒手套。他跟她说话的时候，好像很难忍住哽咽的声音。当她离开证人席时，他还起身鞠了一躬。她对验尸官微微一笑，那个笑容稍纵即逝，却还是差点儿让他被自己的口水呛到。

在出去的路上，她几乎连看都没看我一眼就从我身边过去了，但在最后一刻，她还是稍稍转了转头，轻轻颔首，好像我是她很久以前在什么地方见过的一个人，她却记不起来了。

审讯结束后，我在外面的台阶上碰到了奥尔斯。他正看着下面的往来车辆，也许他只是假装在看。

"干得好。"他头也不回地说，"恭喜你。"

"你把坎迪调教得很不错。"

"不是我，伙计。地方检察官认为性在这件案子里无关紧要。"

"哪方面的性？"

这时，他看向我。"哈，哈，哈。"他说，"我不是指你。"话音刚落，他的表情就变得冷淡起来。"这么多年了，这种事我早就见惯了。看多了也就腻烦了。这次情况有些特殊，就像一瓶特别的酒，私人珍藏，存了很多年，仅供有钱人享用。再见，你这个冤大头。什么时候你穿上20美元一件的衬衫了，记得给我打电话，我去伺候你穿外套。"

人们在我们周围上下台阶。我们站着没动。奥尔斯从口袋里掏出一根香烟，看了看，把它扔在水泥地上，用脚后跟踩碎。

"真是浪费。"我说。

"一根烟而已，伙计。又不是生活。过一段时间，也许你会娶了那个女人，是吗？"

"胡扯。"

他没好气地大笑出来。"我一直在和适当的人谈论不适当的事。"

他尖刻地说,"你有什么异议吗?"

"没有异议,警督。"我说着走下了台阶。他在我身后说了什么,但我没有停下脚步。

我去了弗劳尔街的一家咸牛肉餐厅,这正合我的心情。入口处的一块牌子上写着很粗鲁的内容:"仅限男士,女人和狗不得入内。"里面的服务也同样精致。胡子拉碴的服务员把食物扔到你面前,也不知会一声儿,就扣除了小费。食物简单却很美味,他们有一种棕色的瑞典啤酒,喝起来和马提尼酒一样烈。

我刚到办公室,就听见电话响了。奥尔斯说:"我正在去你办公室的路上,我有话和你说。"

他一定是在好莱坞警局或者那附近,不然也不会不到二十分钟就到了。他坐在客椅上,跷起二郎腿,低吼道:

"我刚才语气有点冲,对不起。还是忘了吧。"

"为什么要忘记?我们干脆把伤口割好了。"

"正合我意,只是不能声张。在某些人眼里,你这家伙行为不端,不过我很清楚你没做过什么坏事。"

"你说什么20美元一件的衬衫,是怎么回事?"

"见鬼,我当时就是有点儿心里起火。"奥尔斯说,"都是波特那个老家伙。他吩咐秘书让律师去找斯普林格地方检察官,并请地检官告诉赫尔南德斯警监你是他的朋友。"

"他不会自找麻烦这么做的。"

"你见过他,他和你说过话。"

"我是见过他,但就只有一面而已。我不喜欢他,但也许只是忌妒心在作祟。他派人叫我去,去了之后,他给我提了些建议。他是个大块头,性格强硬,我只知道这些。我觉得他那个人并不坏。"

"没有干净的方法可以赚到亿万美元。"奥尔斯道,"也许这位大亨认为他的手是干净的,但是,在积累财富的过程中,总有人被逼到墙角,总有些经营得还不错的小生意遭遇毁灭性的打击,不得不低价转让,体面的人失去了工作,股票市场被操纵,买代理权就像是买一本尼威特①的旧黄金那么便宜。有些法律是老百姓需要而有钱阶层不需要的,因为他们的利益会因此而受损,抽5%佣金的中介和大律师事务所只要能击败这些法律条文,数十万美元就到手了。有很多很多的钱,就有很大很大的权力,而权力会被滥用。现在就是这样一个体制。也许这是我们能得到的最好的体制,却仍然谈不上体制中的'象牙皂②',离理想情况还差得远呢。"

"你说这番话,活像个激进分子。"我说,成心刺激他。

"随便吧。"他轻蔑地说,"还没人调查过我。案子最后判定为自杀,你很满意吧?"

"不然还能是什么呢?"

"我估摸也没有别的可能。"他把粗硬的双手放在桌子上,看着手背上的棕色大雀斑。"我老了。他们说那些棕色的斑点是角化病,人一般过了50岁才会有。我是个老警察,老警察就是老浑蛋。关于韦德的死,有几点我仍有疑问。"

"比如呢?"我向后靠了靠,看着他眼睛周围被太阳晒出来的皱纹。

"即使你知道自己无能为力,也能嗅出犯罪的气味。那之后,你所能做的就是像现在一样,坐下来空谈一番。他没有遗书,在我看来,这很不寻常。"

---

① 英国金衡制单位,等于1/20盎司。
② 象牙皂是一款日化用品的名字,1837年由洋烛工人威廉姆等人在美国创立,迄今已有160多年历史,被誉为美国乃至全球制造企业的偶像,在清洁用品领域更是名列榜首。

"他喝醉了，可能只是突然发狂，冲动之下自尽的。"

奥尔斯抬起苍白的眼睛，把手从桌上拿开。"我翻了他的书桌。他会给自己写信，写了一封又一封。不管喝醉还是清醒，他都能操作打字机。有些内容很疯狂，有些充满滑稽，还有些透着悲伤。那家伙有心事。他写了很多字，但从来没有真正把自己的心事写出来。那家伙真要自杀，肯定会留下两页长的遗书。"

"他喝醉了。"我又说。

"对他来说，醉不醉都无关紧要。"奥尔斯疲惫地说，"还有一件事我很怀疑。他居然会在那个房间里自杀，任由妻子发现他。好吧，他喝醉了。但我还是觉得不合理。我想不通的第三点是，他扣动扳机的时间，正好赶上那艘快艇的噪声可能盖过枪声的时候。这对他有什么区别吗？只是巧合吗？更为巧合的是，偏偏在用人放假的时候，妻子忘了带钥匙，只好按门铃进屋。"

"她本可以绕到后面进来。"我说。

"是的，我知道。我说的只是一种可能。除了你，不会有人来开门，她在证人席上说她不知道你在。就算韦德还活着，在书房里写作，也听不到门铃声。他书房的门是隔音的。用人不在。当时还是个礼拜四。她竟然忘了这一点，就像她忘了带钥匙。"

"你也忘事，伯尼。我的车就停在车道上。所以她在按门铃前已经知道我在了，或者家里有别人。"

奥尔斯咧嘴一笑。"我忘了，是不是？好吧，当时的情况是这样的。你在湖边，快艇发出了很大的轰鸣声。顺便说一下，快艇上的两个人是从箭头湖来玩的，船是他们用拖车拖来的。韦德在书房里睡着了，或者昏了过去，有人早就把枪从他的书桌里拿走了，她知道你把枪放在那里，因为你之前告诉过她。现在假设她并没忘带钥匙，她走进屋子，看到你在湖边，去书房看见韦德睡着了，她知道枪在哪儿，就找出来，等待合适的时机把他打死，再把枪丢在后来被发现的地方，做完这些，她回到房子外面，等快艇开远了才按门铃，等着你来开门。有异议吗？"

"那动机呢？"

"是的。"他没好气地说，"这就是说不通的地方了。她想甩掉那家伙，其实容易得很。韦德本来就处在不利的地位，他经常酗酒，还对她动过粗。她肯定能得到大笔的赡养费，还能分到丰厚的财产。她完全没有动机。不过事发的时机太巧了。哪怕早五分钟，除非你参与其中，否则她是不可能做到的。"

我刚要说话，奥尔斯却举起了一只手。"放轻松。我不是在指控任何人，只是猜测罢了。就算晚五分钟后，得到的答案也是一样的。她有十分钟的时间来完成。"

"十分钟。"我怒气冲冲地说，"当时的情况是不可能预见到的，更不用说计划了。"

他向后靠在椅背上，叹了口气。"我明白。你知道答案，我也知道答案。但我还是有疑问。你到底为什么会和这些人在一起？那家伙给你写了一张 1000 美元的支票，写完又撕了。你说是他生你的气了。你还说反正你也不想要，绝对不会拿。也许吧。他是不是认为你和他妻子睡了？"

"别说了，伯尼。"

"我并没有问你做没做过，我只是问他是不是认为你做了。"

"答案是一样的。"

"好的，我们换个角度。那个墨西哥佬有韦德什么把柄？"

"据我所知没有。"

"墨西哥佬有很多钱，银行里有1500多美元，有各种各样的衣服，还有一辆崭新的雪佛兰汽车。"

"也许他在卖毒品。"我说。

奥尔斯从椅子上站起来，皱着眉头看着我。

"你真是个幸运的小子，马洛。你有两次都可能锒铛入狱，可你两次都逃脱了。这说不定会让你过度自信。你帮了那些人不少忙，却一分钱没赚到。我听说你帮了一个叫伦诺克斯的人的大忙。在那件事上，你也没捞到好处。你怎么赚钱糊口，伙计？难道你有一大笔存款，不用再工作了？"

我站起来，绕过桌子，与他面对面。"我是个浪漫的人，伯尼。夜里听到有人哭喊，我一定会去看看是怎么回事。这样赚不到一分钱。你有理智，所以你会关上窗户，把电视机的声音调大些。你还可能猛踩油门，离闲事远远的。你不会插手别人的麻烦事。多管闲事，只可能惹得一身臊。我最后一次见到特里·伦诺克斯，我们一起喝了我在家里做的咖啡，还抽了根烟。所以，后来我听说他死了，我就到厨房煮了些咖啡，给他倒了一杯，还给他点了支烟，等咖啡凉了，烟燃尽了，我便向他道了一声晚安。这样赚不到一分钱。你是不会这么做的。所以你是好警察，而我只是个私家侦探。艾琳·韦德很担心她丈夫，所以我出去找他，把他带回家。还有一次，韦德遇到了麻烦，打电话叫我去，我立马赶了过去，把他从草坪上搀扶起来，抬到床上，但我没有从中得到一个子儿。一丁点儿都没有。倒也不是什么都没有，有时候我的脸上会挨几拳，被丢进监狱，或是被曼迪·梅内德斯那样赚快钱的家伙威胁。但是没有钱，不是一分钱也没有。我的保险柜里有一张面额5000美元的钞票，但我绝不会花掉其中的一分一厘。因为我得到那些钱的方式有问题。一开始我只是把钞票拿在手里把玩,现在我依然时不时拿出来看看,但仅此而已。我一分钱都不会动。"

"肯定是假钱。"奥尔斯干巴巴地说,"他们不会印制面额那么大的钞票。你叽里呱啦地说了这么多,有什么目的?"

"没有目的。我告诉过你我是个浪漫的人。"

"我听到你说的了。你一分钱也赚不到。我也听到了。"

"但我随时都能让警察去见鬼。见鬼去吧,伯尼。"

"但如果我把你关在审讯室,用灯照着你,你就说不出让我去见鬼的话了,伙计。"

"那就走着瞧吧。"

他走到门口,猛地把门拉开。"你知道吗,伙计?你自以为很机灵,其实愚不可及。你不过是墙上的一道影子。我干警察有 20 年了,从来没有任何污点。有人骗我,我知道,有人问我隐瞒,我也知道。聪明人骗不了别人,只能骗骗自己。相信我,伙计。我都知道。"

他走出门口,关上了门。他穿过走廊,鞋后跟留下咚咚的声音。桌上的电话开始响的时候,我还能听到他的脚步声。电话对面的那个声音用清晰专业的腔调说:

"纽约找菲利普·马洛先生。"

"我就是。"

"谢谢。请稍等,马洛先生。电话接通了。"

接下来响起了一个我熟悉的声音。"我是霍华德·斯宾塞,马洛先生。罗杰·韦德的事,我们听说了。真是个相当沉重的打击。我们还不知道详细情况,但好像你也牵扯进去了。"

"事情发生的时候我在场。他喝醉后开枪自杀了。没过多久,韦德太太就回来了。仆人们都不在家,礼拜四是休息日。"

"你和他单独在一起?"

"我当时没和他在一起。我在房子外面,等他妻子回家。"

"我明白了。好吧,想必会进行讯问吧。"

"已经结束了,斯宾塞先生。确定为自杀。这事儿没怎么曝光。"

"真的吗?太奇怪了。"他听起来并不失望,更像是困惑和惊讶,"他是那么有名。我还以为……唉,别管我是怎么以为的了。我想我最好乘飞机过去,但我下周末才能到。我会给韦德太太发个电报。也许我能为她做点什么,再说一下那本书的事。我的意思是,可能他已经写得差不多了,我们再找人写个结尾。想必你终究还是接受了那份工作。"

"并没有。尽管他本人也这么要求过我。我直截了当地告诉他,我没法儿阻止他喝酒。"

"显然你连试都没试过。"

"听着,斯宾塞先生,你对情况一无所知。为什么不等了解之后再下结论呢?并不是说我一点儿都不自责。出了这种事,我想自责是在所难免的,况且我当时就在现场。"

"当然。"他说,"很抱歉我说了那样的话。太不应该了。艾琳·韦德现在在家吗?也许你并不清楚。"

"我不知道,斯宾塞先生。你为什么不给她打个电话?"

"我想她暂时不愿意跟任何人交流。"他慢慢地说。

"为什么?她跟验尸官说过话,眼睛都没眨一下。"

他清了清嗓子。"你听起来毫无同情心。"

"罗杰·韦德死了,斯宾塞。他有点儿浑,或许还有点儿天分。这些都不是我能理解的。他是个自负的酒鬼,对自己恨之入骨。他给我带来了很多麻烦,最后还给我徒添了很多悲伤。我为什么要同情他?"

"我刚才说的是韦德太太。"他不耐烦地说。

"我也是。"

"我到了会通知你。"他突兀地说,"再见。"

他挂断电话。我也挂了电话。我盯着电话看了两分钟,全身一动不动。然后我拿起桌上的电话簿,寻找一个号码。

40

我把电话打到西维尔·恩迪科特的办公室，有人告诉我他去法院了，傍晚才有空，问我要不要留下名字，我说不用。

我拨通了曼迪·梅内德斯位于长街的俱乐部的电话，今年那地方叫埃尔塔帕多，名字倒还不错。在美洲西班牙语中是沧海遗珠的意思。以前这家俱乐部不叫这名，其间更改过好几次名字。有一年，俱乐部连名字都没有，光秃秃的高墙上只挂了一个蓝色的霓虹灯数字，面向长街南面，背冲山丘，一条私家车道蜿蜒绕过俱乐部的一侧，从主街上看不到。这里非常高档，除了缉毒扫黄的警察、黑帮和出得起 30 美元吃珍馐美味的豪客，以及在楼上幽静的大包间里消费 50000 美元的主儿，没人对此地有多少了解。

接电话的是个女人，一问三不知，随后来了个带墨西哥口音的领班。

"你找梅内德斯先生？哪位？"

"名字就不提了，朋友。是私事。"

"请等一下。①"

我等了好一会儿。这次来的是个彪悍的家伙。他说话的时候像是在透过装甲车的缝隙讲话，或许那只是他脸上的一道口子。

---

① 原文为西班牙语 Un momento, por favor。

"说话。谁找他?"

"我叫马洛。"

"马洛是谁?"

"你是奇克·阿戈斯蒂诺?"

"不,我不是奇克。快点儿,报一下暗号。"

"小心我揍垮你的脸。"

那头响起咯咯的笑声。"别挂。"

终于又传来了一个声音。"喂,无名小卒。最近怎么样?"

"旁边没人吧?"

"你只管说,小卒子。我正在看歌舞表演节目的彩排呢。"

"你可以表演表演抹脖子。"

"观众要我再来一个怎么办?"

我哈哈大笑。他也笑了。"最近没多管闲事吧?"他问。

"你没听说吗?我又交了个朋友,他也自杀了。将来他们得管我叫'扫帚星'了。"

"好笑吧?"

"不,并不好笑。对了,有天下午我跟哈兰·波特喝茶了。"

"过得很滋润嘛。我从来不喝那玩意儿。"

"他让你对我好点儿。"

"我没见过那家伙,也没打算见。"

"他的手伸得很长。曼迪,其实我只想搞点儿小情报,比如打探保罗·马斯顿这个人。"

"没听说过。"

"你答得太快了。保罗·马斯顿是特里·伦诺克斯来西部前在纽约用过的名字。"

"所以呢?"

"有人通过联邦调查局的档案查过他的指纹,没有记录,说明他没在军队服役过。"

"所以呢?"

"要不要我画张示意图给你?你那个散兵坑的故事要么就是瞎掰的,要么就是发生在别的地方。"

"我可没说过事情发生在什么地方,小卒子。听我好心劝你一句,把那件事全忘了。既然我劝你了,你就该照着办。"

"噢,没问题。我做了不顺你心的事,就得脚上绑着石头游到卡特琳娜岛去。可别吓唬我,曼迪。我跟职业选手打过交道,你去过英国吗?"

"你得聪明点,无名小卒。在这样的城市什么事情都可能发生。连大个儿威利·马贡这样的壮汉都能出事。看看晚报吧。"

"既然你都这么说了,那我就去买一份。上面说不定有我的照片呢。马贡怎么了?"

"我不是说了吗,他出事了。我也是看了报纸才知道的。好像是有辆内华达牌照的车,车上有四个小子,马贡想去查下他们。那车就停在他家旁边。内华达牌照上的号码特别大,这玩意儿准是弄着玩的,但马贡觉得不好笑。结果两条胳膊都打上了石膏,下巴缝了三个地方,一条腿吊得老高。马贡这下老实了。这样的意外也能发生在你身上。"

"他得罪你了吧?我见过他在维克多酒吧前面把你的手下奇克摔在墙下。要不要我给治安官办公室的朋友打个电话,把这事跟他说说。"

"随便你,小卒子,"他不紧不慢地说,"随便你。"

"我还会告诉他,当时我刚和哈兰·波特的女儿喝完酒。这也算是佐证吧,你觉得呢?你不会想连她也收拾了吧?"

"你给我听好了,无名小卒……"

"你去过英国吗,曼迪?你和兰迪·斯塔尔、保罗·马斯顿或者特里·伦诺克斯,甭管他叫什么名字吧,你们几个在英国陆军待过吗?或许是在索霍区干过非法勾当,惹了一身臊,寻思在军队里面可以避避风头?"

"别挂。"

我等在那里,什么也没发生,我只能干等着,等到胳膊都酸了。我把听筒换到另一只手上。他总算回来了。

"给我听仔细了,马洛。你再搅和伦诺克斯的案子就死定了。特里是我的哥们,我跟他有感情,你跟他也有感情。我只能跟你说这么多了。那是个突击队,英国的。事情发生在挪威离海岸不远的一座岛上。那里的岛屿不计其数。时间是1942年11月。现在你能不能别蹚这摊浑水,让你那疲惫的脑子休息下?"

"谢谢,曼迪。我会休息的。你的秘密在我这里尽管放心。我不会跟不熟的人说。"

"去买份报纸,无名小卒,好好看看,记住了。狠角色大个儿威利·马贡在自家门口被人揍了一顿。天哪,麻醉醒来后,他自己都吓坏了!"

他挂断电话。我下楼买了份报纸,事情跟曼迪说的一样。报纸上有一张大个儿威利躺在病床上的照片,只能看到半张脸和一只眼睛,身上的其他部位缠着绷带。他伤得很重,但并不致命。那几个小子下手很有分寸,并不想要他的命。他毕竟是警察。在我们这座城市里,黑帮不杀警察,这种事只会留给青少年去做。在绞肉机里过一遍却依然活着的警察最有宣传噱头了。他迟早会好起来,回去工作。但从那以后有些东西再也见不到了,让他与众不同的最后一块铁骨被磨平了。他会成为活生生的教训:绝不能把那些为非作歹的家伙逼得太紧,何况你还是缉捕队的警员,进全城最好的馆子,开的是凯迪拉克。

我坐在那里,沉吟半晌,还是拨通了卡恩机构的号码,找乔治·彼得斯,但他出去了。我留下姓名,说有急事。他估摸五点半左右回来。

这之后,我去了好莱坞公共图书馆,在资料室一通查询后并没有找到我想要的东西。于是,我只好开着我的奥兹车,去市中心的主图书馆。我在一本英国出版的红色封面小书里找到了我要的内容,复印后便驱车回家了。后来我再次致电卡恩机构。彼得斯依然未归,我请那里的女职员让他把电话打到我家里。

我在咖啡桌上摆上棋盘,摆出"斯芬克斯"残局。残局印在英国象棋天才布莱克本著述的扉页上,布莱克本大概是有史以来棋风最有创新思维的棋手,虽然他在如今冷战式的对弈中一开始便没有胜机。要说"斯芬克斯"还真是名副其实,是一盘有着11种步法的残局。象棋残局的步法很少超过四五种,超过这个步法,难度会成几何级数增加。11种步法纯粹就是折磨。

每隔很长一段时间,赶上我心情十分糟糕时,我就会把这盘残局摆出来,寻找新的解法。这是一种悄悄发疯的好方法,都用不着尖叫,但离疯狂已经很近了。

五点四十分,乔治·彼得斯给我回了电话。我们寒暄了几句,又互相安慰了一番。

"想必你又掉进另一个坑里了。"他笑嘻嘻地说,"你干吗不换个比较安稳的工作,比如尸体防腐?"

"得学很长时间才能学会。听着,如果费用不是太高,我真想成为你们机构的客户。"

"这得看你想找我们干什么活儿了,老伙计,而且这事你得跟卡恩谈。"

"那不行。"

"呃，那就跟我说吧。"

"伦敦到处都是我这样的人，可我分不清他们是好是坏。他们称这种人为私家调查员。你们机构应该有关系。我要随随便便选个人，八成会上当。我要的情报应该很容易查到，希望尽快，下周末务必到手。"

"明说吧。"

"我想了解特里·伦诺克斯……说不定他也叫保罗·马斯顿，不管他叫什么名字吧。他以前参加过那边的突击队，1942年在突袭挪威的某个小岛时被俘。我想知道他是受什么机构委派的。陆军部应该有他的全部资料，不是什么绝密资料，至少我不这么认为。我们可以说是涉及继承问题所以才想调查。"

"你用不着找私家调查员，你直接写封信就能得到答案。"

"得了吧，乔治。这样的话我要三个月才能收到回信。我五天内就要结果。"

"你倒是考虑得很周全，兄弟，还有别的事情吗？"

"还真有。他们将重要的档案都保存在一个叫萨默塞特宫的地方。我想知道他的名字会不会因为某种关系也保存在那儿，出生、婚姻、归化方面的关系都有可能。"

"为什么？"

"你什么意思，为什么？忘了谁给钱了是吧？"

"万一两个名字都找不到呢？"

"那我就走进死胡同了。要是你的人查到什么资料，我需要经核证的复印件。你打算敲我多少钱？"

"那我得去问卡恩。说不定他压根儿就不会接这活儿。你的这种名声我们才不稀罕呢。如果他能让我去处理这事，而且你又不提起这层关系，我觉得300美元就行。按美元计算的话,那边的家伙捞不到多少。

他兴许会问我们要10基尼，不到30美元。再加上别的费用，一共也就50美元。低于250美元卡恩都不会开档。"

"专业收费标准。"

"哈哈。他可从没听过这词。"

"回头打电话给我，乔治，要一起吃个晚饭吗？"

"罗曼诺夫餐厅怎么样？"

"没问题，"我大声说，"只要我能订到位，不过我很怀疑。"

"我们可以用卡恩的专座。我碰巧知道他今晚有个私人饭局。他可是罗曼诺夫餐厅的常客。我们这一行的高级阶层的确能捞到不少好处。卡恩在这座城市可是个响当当的人物。"

"没错。这是当然。我认识一个人，跟这个人私交还行，他用小指甲盖就能让卡恩消失。"

"真有你的，小子。我就知道你总能绝处逢生。那七点左右在罗曼诺夫餐厅见。告诉领班，你在等卡恩上校，他会为你清出一个地方，到时候你就不会被编剧或者电视演员之类的三教九流撞来撞去了。"

"那就七点见。"我说。

我们挂断电话，我继续研究棋局。但"斯芬克斯"的残局似乎引不起我的兴趣了。没过多久，彼得斯又给我打了个电话，告诉我卡恩同意了，前提是我的事不能牵扯他们的机构。彼得斯说他立马给伦敦发封夜间电报。

41

接下来的那个礼拜五早上,霍华德·斯宾塞给我打了个电话,他说他到了丽兹－贝弗利酒店,希望我能在酒店的酒吧间跟他喝一杯。

"最好还是在你的房间里。"我说。

"你要愿意当然没问题,828号房。我刚和艾琳·韦德谈过。她似乎已经接受了这件事情,也看过罗杰留下的手稿了,她认为很容易就能续写完,成稿会比他别的作品短得多。不过宣传价值能够抵消这一点。我估摸你会觉得我们出版商都麻木不仁。艾琳整个下午都在家。她自然希望见我一面,我正好也想见见她。"

"我半小时后到,斯宾塞先生。"

他住在酒店西侧的一间宽敞漂亮的套间里,装有铁栏杆的狭窄阳台上配有高窗。房间内的家具都套了白底条纹的套子,地毯上是密密麻麻的花饰图案,这样的设计透着一股老派的气息,只不过凡是能放酒水的地方都铺着玻璃板。房间里一共放了19个烟灰缸。酒店房间是最能体现客人修养的地方,但丽兹－贝弗利酒店显然并不奢望客人有什么修养。

斯宾塞跟我握了握手。"请坐,"他说,"喝点什么?"

"随便,不喝也可以。我不必非得喝酒。"

"我想喝一杯阿蒙蒂亚雪莉酒。夏天的加利福尼亚可不是喝酒的好去处。在纽约，你可以喝四倍的量，宿醉程度却只有这里的一半。"

"我要一杯黑麦威士忌酸酒。"

他打电话叫了酒后，便坐在一把套着白底条纹坐垫的椅子上，他取下无边框眼镜，用手帕擦拭着。然后他重新戴上眼镜，小心扶正，看着我。

"想必你一定有心事，所以才希望在这里而不是在酒吧跟我见面。"

"我开车送你去悠闲谷，我也想见见韦德太太。"

他看上去有些许不安。"我不确定她是否想见你。"他说。

"我知道她不想，我可以借你的面子进去。"

"那我岂不是有失礼节？"

"她跟你说过不想见我吗？"

"那倒没有，她没有明说。"他清了清嗓子，"不过我感觉她把罗杰的死算到你头上了。"

"没错。她已经毫不掩饰地说了出来，他自杀那天下午对到场的警官就是这么说的。她对治安官办公室调查死因的凶案组警督八成也是这么说的。不过，她并没有对验尸官这么说。"

他往椅背上一靠，一根指头慢慢地挠着手心，这只是一种信手涂鸦的动作。

"你见她有什么好处呢，马洛？对她来说，那段经历太可怕了。我想她的人生肯定有过非常可怕的经历。为什么还要让她再遭一次罪呢？莫非你想让她相信你一点儿过失都没有？"

"她跟那位警官说是我杀了罗杰。"

"这不可能是她的本意，否则……"

这时门铃响了，他起身走到门边开门。宾馆送餐服务员端着酒走了进来，他用非常花哨的动作将酒放了下来，好像他提供的是七道菜的晚餐一般。斯宾塞签了单,给了50美分的小费。服务员走了。斯宾塞拿起他的雪莉酒走开了,像是不愿把我的酒递给我似的,我也没拿我的酒。

"否则怎样?"我问他。

"否则她准会对验尸官说点什么,对吧?"他蹙起眉头看着我,"我觉得我们说的都是废话。你见我是为了什么事?"

"是你想见我。"

他冷冷地说:"只是因为我在纽约给你打电话的时候,你说我的结论下得太仓促。我自然觉得你有事情要解释。好了,什么事?"

"我想当着韦德太太的面解释。"

"我不赞成你这么做,我觉得你最好自己安排。我非常尊重艾琳·韦德。作为生意人,如果可能,我想挽救罗杰的作品。如果真像你说的那样,艾琳对你有成见。那就更不能经由我把你带进她家了。得讲点道理。"

"没关系,"我说,"算了,我自己就能轻轻松松见到她。我只是想找人做个见证。"

"见证什么?"他几乎是在呵斥我。

"你当着她的面就能听到,否则就再也别想听了。"

"那我就不听。"

我站起来。"你大概做得对,斯宾塞。你想得到韦德的书,如果那本书有用的话。你还想做个好人。这两个抱负都值得赞赏。而这两个抱负我都没有。祝你好运,再见。"

他突然起身朝我走来。"等一下。马洛。我不知道你心里在想什么,但你似乎很难释怀。罗杰·韦德的死有什么蹊跷吗?"

"一点儿也没有。他是被韦伯利内击锤左轮手枪射穿脑袋的。你没看过审讯报告吗?"

"当然。"他站在我近前,看起来有些厌烦。"东部的报纸上登过,几天后,洛杉矶的报纸写得更加详细。当时他一个人在屋子里,不过,你离他不远。两个仆人,也就是坎迪和厨子,他们都不在,艾琳去市郊购物了,事情发生后才回来,当时湖面正好有艘快艇发出很大的噪声,盖过了枪声,所以连你都没听见。"

"没错,"我说,"后来那艘快艇开走了。我从湖边回来,进到屋里,听到门铃响了,便打开门,发现艾琳·韦德忘了带钥匙。那个时候罗杰已经死了。她在门口朝书房望了望,以为他在沙发上睡觉,便上楼去了自己的房间,出来后去厨房煮了些茶。在她看过书房后不久,我也去书房查看,发现没有呼吸声,我很快弄清楚了原因,于是立马报了警。"

"我觉得没什么蹊跷的。"斯宾塞平静地说,语气中咄咄逼人的气势不见了。"是罗杰自己的枪,一个礼拜前,他在自己的房间开过一次枪。你也看见艾琳奋力把枪从他手里夺了过来。他的精神状态、他的行为,以及他对作品沮丧的情绪,全都表露无遗。"

"她跟你说稿子写得不错,那韦德为什么还会对作品沮丧呢?"

"那只是她的观点,你知道。也许很糟糕,也许他没有达到自己的预期。继续说,我不是傻子。我看得出你还有话说。"

"调查这起案子的凶案组警督是我的一位老友。他就像斗牛犬和猎犬一样,是个精明的老警察。有几个细节他觉得有点儿蹊跷。罗杰可是靠笔杆子吃饭的人,为什么连封遗书都没留下?他为什么要以这样的方式开枪自杀,让妻子去承受这样的打击?他为什么非要在我听不见枪声的时候开枪?她为什么会忘带房门的钥匙,非得让别人开门才进屋?她为什么要在仆人休息的时候把他单独留在家中?别忘了,她说她不知道我会去那儿。如果她知道,这两条可以忽略。"

"天哪，"斯宾塞抱怨道，"你是说那个愚蠢的警察居然怀疑艾琳？"

"如果能想到动机，他会怀疑。"

"这也太荒唐了。为什么不怀疑你呢？你整个下午都有时间。如果是她干的，她就只有几分钟的时间，而且她还忘了带房门钥匙。"

"我的动机呢？"

他将手伸到后面，一把抓起我的那杯威士忌酸酒，一口灌了下去。他小心地将杯子放下，拿出手帕，擦了擦被冰凉的玻璃杯弄湿的嘴唇和手指，然后将手帕收起来，盯着我。

"调查还在继续吗？"

"不好说。但有件事情是确定的。他们现在要弄清楚他是否喝了很多烈性酒，醉得不省人事。如果真是这样，说不定还有麻烦。"

"所以你想当着证人的面跟她谈谈。"他慢慢说道。

"没错。"

"对我来说这无非两种可能，马洛。不是你吓傻了，就是你认为她吓傻了。"

我点点头。

"是哪种呢？"他严肃地说。

"我没吓着。"

他看了看手表。"真希望你疯了。"

我们看着对方，没再说话。

42

  向北穿过科德沃特谷,天气逐渐变热。我们爬上坡顶,朝圣费尔南多谷蜿蜒向下行驶时,有种喘不过气来的感觉,阳光也变得炽热起来。我斜眼瞟向斯宾塞,他穿着一件马甲,似乎一点儿也不怕热,显然还有更让他烦心的事。他的目光透过风挡玻璃直视着前方,一句话也没说。山谷里厚厚的一层浓雾正轻轻地往下飘荡。从上面看下去,就像地面升腾的一层薄雾,我们驱车进入其中,斯宾塞终于打破了沉默。
  "天哪,我以为南加州的气候不错呢,"他说,"他们这是在做什么?燃烧卡车旧轮胎吗?"
  "到悠闲谷就好了,"我安慰他道,"那边有海风。"
  "幸亏除了醉鬼他们还有别的,"他说,"我见过不少郊外富人区的居民,我觉得罗杰来到这里生活本身就是一场惨剧。作家需要刺激,不过不是酒瓶带来的刺激。这里除了晒黑的酒鬼什么也没有。我指的是上流社会的人。"
  我转了个弯,减速驶过尘土飞扬的道路,开到悠闲谷的入口,再次驶入柏油路,不一会儿,便感觉到了海风从远端湖泊的山间峡口吹拂过来。高高的洒水装置在修剪整齐的大草坪上旋转着。水滴掠过草叶,发出嗖嗖的声响。从房间紧闭的百叶窗以及园丁不偏不倚停在私家车道中间的卡车不难看出,眼下大部分有钱人都去别处了。然后我们便到了韦德家，我转过门柱，将车停在艾琳的那辆捷豹车后面。斯宾塞下了车，面无表情地穿过连着房子门廊的石板路。他按响门铃，门几乎在同一时间开了。坎迪站在门口，他穿着一件白外套，深色的面庞十分俊秀，黑色的眼睛炯炯有神。一切看上去都有条不紊。

斯宾塞走了进去。坎迪瞥了我一眼，迎着我的脸把门砰的一声关上了。我等了一会儿，什么也没发生，便又按了按门铃，听着铃声一直响。门突然被拉得大开，坎迪咆哮着走了出来。

"滚！去死吧！你想在肚子上来一刀吗？"

"我是来见韦德太太的。"

"她根本不想见你。"

"让开，乡巴佬。我来这儿有正事。"

"坎迪！"艾琳的喊声响起，她的声音很尖锐。坎迪面带怒容，最后瞪了我一眼，便折回屋内。我走进去，关上门。她站在两张面对面放置的长沙发的一端，斯宾塞则站在她旁边。她精神非常不错，穿着一条白色的高腰宽松长裤和一件白色中袖运动衫，左胸口袋里露出一条丁香色的手帕。

"坎迪最近越来越蛮横无理了，"她对斯宾塞说，"很高兴见到你，霍华德，这么远过来一趟真是有心了，不过我没想到你还带人来。"

"马洛开车送我来的，"斯宾塞说，"他也想见见你。"

"我不明白他为什么要见我，"她冷冷地说，终于还是看了看我，但可不像一个礼拜不见我她心里就空落落的。

"这得花点时间才能解释清楚。"我说。

她慢慢坐下来，我也在另一张长沙发上坐定。斯宾塞则蹙着眉头。他取下眼镜擦了擦。这让他皱起的眉头更自然了。然后，他在我这张长沙发的另一端坐了下来。

"留在这里吃午餐吧。"她笑意盈盈地对他说。

"今天可不行,谢谢。"

"不行吗?好吧,你要是太忙就算了。你只是想看那份手稿吧?"

"如果可以的话。"

"当然可以。坎迪!噢,他走了。手稿就在罗杰书房的桌子上。我去拿。"

斯宾塞站了起来。"我去拿可以吗?"

还没等她回答,他便往客厅的另一头走去。走着走着,他突然在艾琳身后 10 英尺的地方停下,紧张地看了我一眼,又继续往前走。我仍然坐在那里等着,这时,她转过头来,冷漠地瞪着我。

"你找我有什么事?"她毫不客气地问道。

"随便聊聊。我看你又戴上那个吊坠了。"

"我经常戴。这东西是很久以前一个非常要好的朋友送给我的。"

"没错。你跟我说过,这是英国军队的徽章,对吗?"

她拿起细链上的吊坠。"这是珠宝商仿制的,比原件小,是用黄金和珐琅做的。"

斯宾塞从客厅那头走了过来,再次坐下,将厚厚的一沓黄纸放在他面前鸡尾酒桌的角上。他漫不经心地瞥了一眼吊坠,目光落在了艾琳身上。

"能让我仔细看看吗?"我问她。

艾琳将项链转了转,解开卡扣,将吊坠递给我,确切地说是扔到我手上才对。接着,她双手交叉,搭在大腿上,面带好奇的神色。"你怎么这么感兴趣?这枚徽章属于一个叫'艺术家步枪团'的,那是一支地方防卫部队。送我吊坠的人很快就杳无音信了。在挪威的翁达尔斯内斯,1940 年可是个糟糕的年头,正是那年的春天。"她笑了笑,一只手做了个简短的动作。"他爱上我了。"

"在大空袭期间，艾琳一直待在伦敦。"斯宾塞用空洞的声音说，"她没法儿离开那里。"

我们两个都没搭理斯宾塞。"你也爱他。"我说。

她低下头，然后又将头扬起，我们的目光交织在一起。"那是很久以前的事了。"她说，"而且当时在打仗，什么奇怪的事情都可能发生。"

"韦德太太，事情没这么简单吧。我估摸你都忘了你透露过多少有关他的事。按照你的话说，'那种爱狂热、神秘、荒谬，一辈子只有一次'。从某种意义上来说，你仍然爱着他。我名字的首字母缩写跟他一样，实在太荣幸了。我猜想你当初选我应该跟这有一定的关系。"

"他的名字跟你的一点儿也不一样，"她冷冷地说，"而且他死了，死了，早死了！"

我把黄金珐琅吊坠递给斯宾塞。他不情愿地接了过去。"我早见过了。"他嘟囔道。

"我现在讲讲它的设计，你们听听看，"我说，"坠子上有把镶嵌金边的白珐琅宽刃匕首，刀尖朝下，匕首背面穿过一对上翘的淡蓝色珐琅翅膀，然后插入一个卷轴背面，卷轴上写着'勇者必胜'的字样。"

"似乎没错，"斯宾塞说，"可这有什么要紧的？"

"她说这是地方防卫部队'艺术家步枪团'的徽章，还说是这支部队的一个男人送给她的。那人于1940年春天在翁达尔斯内斯随英军参加在挪威的战役时失踪了。"

我将他们的注意力都吸引了过来。斯宾塞目不转睛地看着我。我不是在闲聊，他现在知道了。艾琳也知道，她那茶色的眉毛拧成一个结，显得很是不解。这应该不是装的。她这个样子，看起来很不友好。

"这是一个袖章，"我说，"这种袖章的出现是因为'艺术家步枪团'

被改编、隶属或者纳入——甭管专业说法是什么——英国特种空勤团了。他们原本是地方防卫部队，这种徽章是直到1947年才出现的，所以肯定不会有人在1940年把它送给韦德太太。而且，'艺术家步枪团'在1940年也没有登陆过挪威的翁达尔斯内斯。倒是有'舍伍德森林人'和'莱斯特郡'这两个军团。这两个都是地方防卫部队。却没有'艺术家步枪团'。我是不是很讨厌？"

斯宾塞将吊坠放在咖啡桌上，慢慢推到艾琳面前，却什么也没说。

"你以为我不知道吗？"艾琳轻蔑地问我。

"你以为英国陆军部不知道吗？"我回击道。

"这里面显然有什么误会。"斯宾塞柔声说。

我扭身过去狠狠地瞪了他一眼。"这只是一种解释。"

"另一种解释就是我撒谎了，"艾琳的语气冷若冰霜，"我根本不认识名叫保罗·马斯顿的人，从没爱过他，他也没爱过我。他从没给我军团徽章的复制品，也没在行动中失踪，他压根儿就没存在过。这枚徽章是我在纽约的一家店铺买的，那里专门出售进口英国奢侈品，比如皮货、手工皮鞋、军团和校服领带、板球衫，以及带有纹章的装饰物，等等。你对这个解释满意吗，马洛先生？"

"后半部分挺满意，前半部分可不行。肯定是有人跟你说过这是一枚'艺术家步枪团'的徽章，却忘了告诉你具体种类，兴许他也不知道。你的确认识保罗·马斯顿，他确实曾在那支部队服役过，他也的确在挪威的行动中失踪了，却不是发生在1940年，韦德太太。这件事是在1942年发生的，他当时就在那支突击队里，事情发生的地点也不在翁达尔斯内斯，而是在突击队发动突袭的一座沿海小岛上。"

"我觉得在这件事上没必要弄得这么紧张。"斯宾塞打起了官腔。这会儿，他正把玩着面前的黄色稿纸。我不知道他是在为我帮腔，还是根本没心思听下去。他拿起一沓稿纸，在手上掂了掂分量。

"你是打算论磅买这些稿子吗？"我问他。

他吃了一惊，勉强挤出一丝笑容。

"艾琳那时候在伦敦过得挺苦的，"他说，"有些事情容易记错。"

我从口袋里拿出一张折好的纸。"没错，"我说，"比如连跟谁结过婚也都记不清了。这是一份公证过的结婚证复印件。原件保存在卡克斯顿市政厅的登记署。结婚日期是 1942 年 8 月。双方的名字分别为保罗·爱德华·马斯顿和艾琳·维多利亚·桑普塞尔。其实韦德太太的话从某种角度上来说也没错。确实没有保罗·爱德华·马斯顿其人。这个名字是假的。因为军人只有被批准才能结婚。那人的身份是伪造的。他在部队里用的是另一个名字。我手头有他完整的服役记录。令我吃惊的是，大家似乎都没意识到，这种事情只须打听一下就能真相大白了。

眼下斯宾塞非常安静，他往后靠着，瞪大眼睛，不过并没有看我，而是盯着艾琳。艾琳也望着他，脸上带着女人非常擅长的半是歉意半是充满诱惑的浅笑。

"可他死了，霍华德，早在我认识罗杰之前就死了。这能有什么关系？这事罗杰全知道。我一直都是用婚前的姓。在那种情形下我不得不这么做。我的护照上就是这么写的。他在那次行动中牺牲后……"她停下来，慢慢呼吸着，一只手轻缓地放在膝盖上。"一切都结束了，一切都完了，一切都不复存在了。"

"你确定罗杰都知道？"他慢慢问她。

"他知道一些。"我说，"他对保罗·马斯顿的名字有印象。我问过他一次，他眼神很奇怪，但他没有告诉我原因。"

她没有理我，而是在跟斯宾塞说话。

"唉，罗杰当然全知道。"这会儿，她对斯宾塞耐心地微笑着，像是他的反应有点儿迟钝一样。女人常用的伎俩。

"可你为什么要在日期上撒谎呢？"斯宾塞淡淡地说，"那人明明是在1942年失踪的，你为什么要说1940年？为什么要戴一枚他不可能给你的徽章，硬要说是他给你的？"

"也许我迷失在某个梦里了，"艾琳柔声说，"更确切地说应该是噩梦。我的许多朋友都在轰炸中丧命了。那时候，说晚安的时候会尽量不让人听起来是在告别。结果往往是真的在告别。你要是跟军人告别，那情况更糟糕。死去的总是善良、温柔的人。"

他没说话，我也没说。她低头看着放在面前鸡尾酒桌上的吊坠，然后拿起吊坠重新扣在戴在脖子上的项链上，神情自若地往后靠去。

"艾琳，我知道我没有权利盘问你，"斯宾塞慢吞吞地说，"我们还是不要理会这件事了。马洛拿着徽章和结婚证这类东西小题大做，害得我一时都起了疑心。"

"马洛先生对这种细枝末节大做文章，"她平静地对他说，"但真正遇到大事的时候，比如要救一个人的命时，他却跑到湖边去看该死的快艇了。"

"你后来就再也没见过保罗·马斯顿了。"我说。

"他都死了我还怎么见？"

"可你并不知道他已经死了。红十字会并没有他的死亡报告。他说不定是被俘了呢。"

她突然打了个冷战，慢慢说道："1942年10月，希特勒下令将所有突击队的战俘都交给盖世太保。想必我们都知道这意味着什么。他们会在盖世太保的某个地牢受尽酷刑后被秘密处死。"她再次打了个冷战，然后怒气冲冲地看着我。"你真是个可怕的人，想让我重温那段往事，为一个小小的谎言惩罚我。要是你爱的人被那些人抓走了，你知道会发生什么吗,你知道你的爱人会有怎样的必然结果吗?我试图建立另一种记忆,哪怕是虚假的记忆,这有什么奇怪的?"

"我需要喝一杯,非常需要,"斯宾塞说,"我可以喝一杯吗?"

她拍了拍手,坎迪像往常一样不知从哪里冒了出来。

"你想喝什么,斯宾塞先生?"

"纯苏格兰威士忌,多倒点儿。"斯宾塞说。

坎迪走到角落那儿,从墙边拉出吧台。他拿出酒瓶放在上面,满满当当地倒了一杯。他折回来,把酒放在斯宾塞面前,正准备离开。

"坎迪,"艾琳平静地说,"说不定马洛先生也想喝一杯。"

他停下来,看着艾琳,脸色铁青而固执。

"不用了,谢谢,"我说,"我不喝。"

坎迪哼了一声便走开了。接下来又是一通沉默。斯宾塞放下半杯酒,点了一支烟,开始跟我说话,却没有看我。

"我相信韦德太太或者坎迪会开车送我回贝弗利山的,或者我也可以叫出租车。我想你的话应该说完了吧。"

我把那张结婚证的复印件重新折好,放在口袋里。

"你确定要这样?"我问他。

"任谁都会这样做的。"

"那好,"我站了起来,"看来只有我这样的傻子才会这么做。你是一流的出版商,干这行需要脑子,如果你有脑子的话,兴许就会知道我来这儿不是扮恶人的。我翻出这件陈年旧事也好,自掏腰包查证事实也好,不只是想找谁的麻烦。我调查保罗·马斯顿可不是因为盖世太保杀了他,不是因为韦德太太戴错了徽章,不是因为她记错了日期,也不是因为她在战争期间仓促地嫁给了他。我开始调查他的时候,对这些事情完全不知情,只知道他的名字。你们猜我是怎么知道的?"

"那准是有人告诉你的。"斯宾塞不客气地说。

"没错,斯宾塞先生。战争结束后,有人在纽约认出了他,后来还在本地的蔡森餐馆见过他和他的妻子。"

"马斯顿这个姓十分常见。"斯宾塞说,喝了一小口威士忌。他的头往旁边歪了一点,右眼皮往下垂了1英寸。于是我又坐了下来。"就连保罗·马斯顿这个名字也并非独一无二。比如大纽约地区的电话簿里就有十九个霍华德·斯宾塞,其中有四位中间没有缩写字母,就叫霍华德·斯宾塞。"

"对。那你说有多少个保罗·马斯顿的半边脸被延时爆炸的迫击炮弹炸伤,疤痕和整容手术留下的印记一眼就能让人瞧出来?"

斯宾塞顿时张大了嘴巴,发出沉重的呼吸声。他拿出手帕,轻轻拍打着太阳穴。

"你说有多少个保罗·马斯顿会救下两个凶悍赌徒的命?他们一个叫曼迪·梅内德斯,另一个叫兰迪·斯塔尔。这两个人还活着,记性也不错。他们觉得到了合适的时候,就会把一切说出来。为什么还要装呢,斯宾塞?保罗·马斯顿和特里·伦诺克斯就是同一个人。这个完全可以证明,没有任何疑问。"

我没期望有人大声尖叫着一蹦6英尺高,当然也没有人这么做,但眼下的沉默几乎和尖叫声一样喧闹。我感觉到了,感觉到它正包围着我,是那样的坚硬厚实。我能听见厨房里的水流声,能听见折好的报纸落在车道上的沉闷声响,能听见一名少年吹着不着调的口哨骑自行车离去的声音。

这时,我感觉后颈稍微有点儿刺痛,连忙躲闪了一下,我猛地转过身去,看见坎迪拿着一把刀站在那里,他那黝黑的脸上全无表情,但他的眼中有我从没见过的东西。

"你累了,朋友。"他轻声说,"我给你倒杯酒?"

"波旁威士忌加冰,谢谢。"我说。

"稍等,先生①。"他说。

他合上折刀,放进白色上衣的侧袋中,轻手轻脚地离开了。

我终于望向艾琳。她坐在那里,身体往前靠着,双手紧扣,头侧倾着,就算有任何表情也看不出来。她说话时清朗的声音有些空洞,像极了电话里报时间的机械声,只要你一直听下去——人们一般没理由没完没了地听——它就会不停地告诉你时间流逝了几分几秒,音调不会有一丝变化。

"霍华德,我见过他一次。就一次。我压根儿都没和他说话。他也没跟我说。他的变化太大了,头发全白了,他的脸……跟以前完全不一样了。但是,我们当然都认出了彼此,我们互相对视着。仅此而已。然后他从他房间走了出去,第二天他便离开了。我是在洛林家见到他和他妻子的。当时是傍晚时分,霍华德,你在场。罗杰也在。想必你也看见他了。"

"还有人给我们引见了,"斯宾塞说,"我知道他娶的人是谁。"

"琳达·洛林跟我说他就这样失踪了。他没有给出任何理由。也没有争吵。过了一段时间,那个女人就跟他离婚了。后来我听说她又找到了他。他非常落魄。两个人复婚了。天知道原因。我估摸是因为他没钱吧,而且他也无所谓了。他知道我嫁给了罗杰。我们就这样错过了对方。"

"为什么?"斯宾塞问道。

坎迪一言不发地把酒放在我面前。他看着斯宾塞,斯宾塞摇了摇头。

---

① 原文为西班牙语 De pronto, señor。

坎迪便悄声退下去了。没人注意他。他就像中国戏曲中在台上把东西搬来搬去的道具师傅，演员和观众像是当他不存在一样。

"为什么？"她重复道，"唉，你不会明白的。我们拥有的一切都失去了，永远都找不回了。他终究是没落到盖世太保手上，准是一些有良心的纳粹没有遵照希特勒的命令迫害突击队员，他这才活着回来了。我以前老骗自己说会再次找到他。他依旧热情、年轻，不失纯真。结果呢，我发现他娶了个红发荡妇，这也太恶心了。我早知道她和罗杰有一腿，相信保罗肯定也知道。琳达·洛林自然也知道，她自己也不检点，不过没有那么放纵。他们全是一路货色。你问我为什么不离开罗杰，回到保罗身边。他都拜倒在她的石榴裙下了，罗杰也拜倒在了同一个人的石榴裙下。得了吧。我需要比这更能激励我的东西。至于罗杰，我可以原谅他酗酒，不知道自己在干什么。他担心他的作品，他恨自己，因为他只是一个唯利是图的写手。他生性软弱、心有不甘，还屡屡受挫，但我能理解他。他只是个丈夫。保罗要么重要得多，要么什么都不是，结果他真就什么都不是。"

我喝了一大口酒。斯宾塞也把他的酒喝完了。这会儿，他正在挠长沙发上的布料，已经忘了面前的那堆稿纸：一个备受欢迎的已故作家未完成的手稿。

"我不会说他什么都不是。"我说。

她抬起眼睛，茫然地看了我一眼，然后再次垂下目光。

"说一无是处还是抬举他了。"她说，声音中又带着一股别样的讽刺意味。"他明明知道她是什么货色，却还是娶了她。然后又因为她正是他了解的那种人，就把她杀掉，逃走后又自杀了。"

"保罗没有杀她，"我说，"你很清楚。"

她平稳地直起身子，面无表情地看着我。斯宾塞发出一种奇怪的声音。

"杀她的是罗杰。"我说,"这点你也很清楚。"

"他告诉你的?"她轻声问道。

"他用不着告诉我,但是暗示过我几次,时机成熟了他就会告诉我或其他人,否则他自己都会崩溃。"

她轻轻摇摇头。"不,马洛先生。这不是他崩溃的原因。罗杰不知道自己杀了她。那时候他完全没了意识。他知道有些事情不对劲,拼命想记起来,但就是想不起来。他休克了,完全没有了那件事的记忆。也许事后会想起来,也许在他生命的最后一刻记起来了。不过之前肯定没有。之前肯定没有。"

斯宾塞近乎咆哮道:"这种事绝不可能发生,艾琳。"

"噢,还真发生过,"我说,"我就知道两个非常确凿的例子。其中一个案例是说有个醉得不省人事的家伙杀了一个在酒吧搭上的女人。女人脖子上系着一条用时髦别针扣住的围巾,他却用围巾把她勒死了。女人跟他回家后,接下来谁也不知道发生了什么事,只知道女人死了。警察抓住他的时候,他的领带上别着那个时髦的别针,可他完全不记得那玩意儿是怎么来的了。"

"一直没想起来吗?"斯宾塞问道,"还是只是当时不记得了?"

"他从没承认过,现在也无从问起了,他们用毒气把他处死了。另一个是头部受伤的案例。有个男人和一个有钱的变态住在一起,就是那种收集初版书、做些花里胡哨的菜,墙板后面有个非常昂贵的秘密图书馆的变态。后来两个人打起来了,满屋子扭打,从这个房间打到另一个房间,屋子乱糟糟的,有钱的家伙最终输了。凶手被抓到的时候,身上有几十处瘀伤,还断了一根手指。他只知道头疼得厉害,却找不到回帕萨迪纳的路了。他不停地绕圈子,在同一个加油站问路。加油站的人认定他是疯子,便打电话报警了。他绕到下一圈时,警察正等着他呢。"

"我不相信罗杰会这样。"斯宾塞说,"他跟我一样正常。"

"他喝醉酒后完全没了意识。"我说。

"我在他身边,看见他失去了意识。"艾琳冷静地说。

我冲斯宾塞咧嘴一笑,不能说笑得有多欢畅,但我的脸已经尽力了。

"她要告诉我们了,"我跟他说,"只管听着就好。她会告诉我们的,现在她忍不住了。"

"是的,没错。"她严肃地说,"有些事就算是关于仇敌的,我们也不愿说出来,更别说自己的丈夫了。如果我不得不在证人席上公开说出来,你也不会喜欢的,霍华德。如果那样的话,你的那位才华横溢、备受欢迎、还会赚钱的作家就会显得特别廉价。他特别性感,对吧?但那只在书页里。那个可怜的家伙居然想做到文如其人。那个女人对他来说只是猎物。我跟踪了他们,我本应该感觉羞耻的。现在不得不说出来,我也丝毫不觉得羞愧了。肮脏的一幕全被我看到了。她用来私通的客馆非常隐蔽,街边有车库和入口,尽头是个死胡同,有大树遮蔽。对罗杰这样的人,这种事也算在所难免,他不再是个令人满意的情人了。他醉得过了头,本想离开,但她追了出来,尖叫着,身上一丝不挂,手里还拿着一座小雕像。她的嘴实在太脏了,说的尽是极为恶毒的话,我根本无法说出口。后来,她想用那个小雕像砸他。你们都是男人,肯定知道没什么比听到一个本该有教养的女人说出污秽不堪的话更令人震惊的事了。他喝醉了,以前就有过突然施暴的行为,他发作了。一把将雕像从她手里抢了过来,接下来发生的事你们应该能猜到。"

"当时肯定流了不少血。"我说。

"血？"她苦涩地笑道，"你应该看看他回家时的样子。我跑向自己的车，准备逃离时，他就站在那里，低头看着她。接着，他弯腰抱着她进了客馆。那时候我知道他吓坏了，酒已经醒了一半。他大概过了一个小时才回家。他非常安静，见我在等他，他吓得不轻。不过，他已经醒了，只是头还有点儿晕。他的脸上、头发上、上衣前襟都是血。我领着他进了书房的盥洗室，帮他脱掉衣服，稍微清洗了一下，然后带他上楼洗了澡，安顿他上了床。我拿了个旧手提箱下了楼，把染上血的衣服放进了箱子里。我把脸盆和地板清洗干净后，拿出一条湿毛巾，把他的车子擦干净了。我把他的车开进来，又把我的车开出去，一路驶到查特斯沃思水库，你们不难猜出我是怎么处理那个装满血衣和毛巾的箱子了吧。"

她停了下来。斯宾塞正挠着自己的左手掌。她飞快瞥了他一眼，继续说下去：

"我不在的这段时间，他起床喝了很多威士忌。隔天早上他什么都不记得了。就是说，他对这件事没提半句，或者表现得只是宿醉了一场，心里没藏着任何事一样。我什么也没说。"

"他肯定好奇那些衣服去哪儿了。"我说。

她点点头。"我觉得他最终会好奇的，但他没有。那段时间似乎所有的事情都凑到一块了。报纸上铺天盖地都在报道，然后保罗失踪了，后来死在了墨西哥。我怎么知道会出这样的事情？罗杰是我丈夫。他做了可怕的事情，但她是个可怕的女人。而且他当时都不知道自己干了什么。当初报道这件事就挺突然的，后来突然就不再报道了。琳达的父亲准是做了什么。罗杰当然也看了报纸。而他在评论这事的时候就像个无辜的旁观者一样，只是碰巧认识涉案者罢了。"

"你不害怕吗？"斯宾塞轻声问她。

"霍华德，我怕得要命。万一他记起来了，大概会杀了我。他是个不错的演员，大多数作家都是，或许他早就知道了，只是在等待机会而已。但我没有把握。也许……也许他彻底忘了。而且，保罗已经死了。"

"如果他从来没提到你扔到水库里的那些衣服，那就证明他早就怀疑了。"我说，"别忘了，上次他在楼上开枪，我发现你拼命想把枪从他手里夺走，他在打字机里留了一篇稿子，说一个好人因为他死了。"

"他这么说的？"艾琳的眼睛瞪得恰到好处。

"他这么写的，用打字机打出来了。我把稿子撕了，他叫我这么做的。我以为你已经看过了。"

"我从来不看他在书房写的东西。"

"韦林杰上次带走他时，你看过他留下的字条。你甚至还在废纸篓里找到了什么东西。"

"那不同，"她沉着地说，"我在找线索，想知道他去哪儿了。"

"好吧，"我说着往后靠了靠，"还有吗？"

艾琳慢慢摇了摇头，看起来非常伤心。"应该没有了。那天下午在他自杀的最后时刻，他兴许记起来了。但我们永远不会知道了。我们想知道吗？"

斯宾塞清了清嗓子："马洛在整件事中起了什么作用？带他来这儿是你的主意。你说服我这么做的，你知道。"

"我非常害怕，怕罗杰，也担心他。马洛先生是保罗的朋友，应该是熟人中最后见他的人。保罗也许跟他说过什么。我得弄清楚。如果他是个危险分子，我希望他站在我这边。如果他查出真相，说不定还有办法救罗杰。"

这时，斯宾塞的态度突然毫无缘由地变得强硬起来。只见他身子前倾，下巴也扬了起来。

"艾琳，我就直说吧。这位侦探已经跟警察结下了梁子。他们之前还把他关进了监狱。警察怀疑他帮助保罗逃到了墨西哥。我叫他保罗，是因为你也这样称呼他。如果保罗是凶手，那可是刑事重罪。如果他能查出真相，洗脱自己的罪名，你觉得他会袖手旁观吗？你是这样想的吗？"

"霍华德，我害怕。你就不明白吗？我跟凶手住在同一个屋檐下，他可能是个疯子。我大部分时间都跟他单独待在一起。"

"我明白，"斯宾塞说，态度仍然很强硬，"但马洛没有接受你的聘用，你依然与罗杰单独相处。后来罗杰开了一次枪，在这之后的一个礼拜你还是孤身一人。接下来罗杰自杀了，只有马洛一个人在场，这也太巧了。"

"没错，"她说，"那又怎样？我有什么办法？"

"好吧，"斯宾塞说，"你是不是觉得马洛可能发现了真相，在罗杰已经开过一次枪的情况下，马洛会把枪递给他，并且说：'听着，老兄，你就是凶手，我知道，你妻子也知道。她是个好女人，受的苦已经够多了。就更别提西尔维娅·伦诺克斯的丈夫了。你何不体面一点儿，扣下扳机，这样大家就都认为你只是喝多酒酿成了悲剧？我去湖边溜达一下，抽根烟，老兄，祝你好运。噢，枪在这儿。里面有子弹，现在都是你的了。'"

"霍华德，你可真恶毒。我从来没有过这样的想法。"

"你却跟出现场的警官说是马洛杀了罗杰。这是什么意思？"

她瞥了我一眼，脸上带着些许羞怯的表情。"我那样说确实很不应该。我当时不知道自己在说什么。"

"也许你以为是马洛开枪杀了他。"斯宾塞平静地说。

她的眼睛眯缝起来。"噢，没有。为什么？他为什么这么做呢？这个想法很可怕。"

"为什么？"斯宾塞想知道，"这个想法哪里可怕了？警察也是这么想的。坎迪还向他们提供了一个动机。他说罗杰开枪把天花板打出一个窟窿的那晚，马洛在你的房间里待了两个钟头，而且是在罗杰吃了安眠药被安顿睡觉后。"

她的脸一下红到了耳朵根，呆呆地看着斯宾塞。

"他还说你没穿衣服，"斯宾塞丝毫没留情面，"坎迪就是这么跟警察说的。"

"但在死因调查的时候……"她的声音有些破碎。斯宾塞打断了她的话。

"警方不相信坎迪的话，所以在死因调查的时候他没提这些。"

"噢。"她如释重负地叹息了一声。

"而且，"斯宾塞继续冷冷地说，"警方当初就怀疑你，你的嫌疑还没被排除，只是没有找到动机。我想他们现在可能已经把动机拼凑好了。"

艾琳站起来。"我觉得你们两个最好离开我家。"她愤怒地说，"越快越好。"

"好了，这件事是不是你做的？"斯宾塞冷静地问道。他没有走，而是伸手去拿酒杯，发现杯子已经空了。

"什么是不是我做的？"

"罗杰是不是你杀的？"

她站在那里，盯着斯宾塞，只见她的脸紧绷着，面色苍白，之前的红晕消失了，脸上写满了愤怒。

"我只是问了一些你在法庭上会被问到的问题。"

"我出门忘带钥匙了，要进屋子只得按门铃。我回到家的时候他已经死了。这个大家都知道。天哪,你到底为什么会有这样的想法?"

他拿出手帕,擦了擦嘴唇。"艾琳,这栋房子我来过20次。我从来不知道大白天你们家的前门会上锁。我不是说你真开枪杀死了他,只是问问你。别告诉我没有这种可能。要做到这点很容易。"

"我杀死自己的丈夫?"她一字一顿地说,语气中满是惊讶。

"假设他是你丈夫,"斯宾塞仍旧用冷漠的语气说,"你嫁给他的时候,你还有一个丈夫呢。"

"谢谢你,霍华德。非常感谢。这是罗杰的最后一本书,他的绝唱,就摆在你面前,你拿上离开这里。我觉得你最好给警察打个电话,把你的想法告诉他们。我们的友谊也将画上精彩的句号,真是太精彩了。再见,霍华德,我现在非常累了,头疼得要命,想回房间躺会儿。至于马洛先生,想必这些都是他教唆你的。我只能对他说,就算罗杰不是他亲手杀死的,那也是他逼死的。"

她转身要走。我厉声说道:"韦德太太,等一下,我们还是把话说完吧,不必有这么大的敌意。我们都只想做正确的事。你扔进查特斯沃思水库的手提箱……重吗?"

她转身盯着我。"我说过那是个旧箱子。是的,非常重。"

"那你是怎么把它扔过水库周围高高的铁丝网的?"

"什么,铁丝网?"她做了个无助的手势,"我想一个人在紧要关头会爆发出异乎寻常的力气,做一些逼不得已的事情吧。我反正做到了。就这样。"

"那里根本没有铁丝网。"我说。

"没有铁丝网?"她木然地说,像是这话没有任何意义一样。

"而且罗杰的衣服上没有血。西尔维娅·伦诺克斯不是在客馆外面被害的，而是在床上。而且那里其实也没多少血，因为她已经死了。是被人用枪打死的，雕像的确把她的脸砸烂了，但砸的是一个死人。韦德太太，死人是不会流很多血的。"

她撇了撇嘴，鄙夷地看着我。"看来你就在现场。"她轻蔑地说。

随即她从我们身边走开了。

我们目送她离去，她慢慢上了楼梯，优雅的动作十分从容。她消失在了房间，身后的门关得很轻，却也非常严实。屋子里一片寂静。

"铁丝网是怎么回事？"斯宾塞有些糊涂地问我。他前后晃着脑袋，满脸通红，汗都出来了。他勇敢地接受了这一切，但对他而言并没有那么容易。

"我信口说的，"我说，"我从没去过查特斯沃思水库，怎么知道那儿的情况？也许有铁丝网，也许没有。"

"我明白了，"他不悦地说，"但重点是她也不知道。"

"当然不知道。两个人都是她杀的。"

43

什么东西轻轻地动了一下,我发现是坎迪站在沙发的一端看着我。他手里拿着一把弹簧刀。他一按按钮,刀刃便弹了出来。再一按,刀刃又缩进了刀柄里。他眼里闪过一丝圆滑的光。

"非常抱歉,先生,"他说,"我冤枉你了。是她杀了老板。我想我……"他不说了,刀刃再次弹了出来。

"不行,"我站起来伸出手,"坎迪,把刀给我。你只是一个好心的墨西哥仆人。他们会把所有的事情都推到你身上,也乐于这么做。有了这样的障眼法会让他们笑得合不拢嘴。你还不知道我在说什么,但我知道。他们已经把事情弄成一团乱麻了,现在即便想要捋顺,也没办法了。何况现在他们压根儿就不想捋顺。他们都没时间让你把名字说全了,很快就会从你这里弄来一份供状。过了礼拜二,再等三个礼拜,你就会被判处终身监禁,在圣金廷监狱蹲一辈子大狱。"

"我以前就跟你说过我不是墨西哥人,而是智利人,来自瓦尔帕莱索附近的维尼亚德尔马。"

"坎迪,把刀给我,这些我都懂。你是自由身,还存了钱,可能有八个兄弟姐妹等你回家。聪明点儿,回到你的家乡。这里的工作已经结束了。"

"工作多的是。"他平静地说。接着,他伸手将刀放在我的手中。"我这么做是给你面子。"

我把刀放进口袋。他抬头看了一眼阳台。"太太……我们现在怎么做？"

"什么也不用管。我们什么也做不了。太太很累了。她最近一直生活在巨大的压力下，不想被打扰。"

"我们得报警。"斯宾塞坚定地说。

"为什么？"

"噢，天哪，马洛。我们必须这么做。"

"明天再说。拿起你那堆没写完的小说稿，走吧。"

"我们必须报警。世上还有种叫法律的东西。"

"这种事情用不着我们来做。我们手上的证据连一只苍蝇都拍不死。这样的烂摊子还是让执法人员来收拾吧。让律师把事情办妥了。他们为另一批律师制定法律，让他们在一群被称为法官的律师面前分析得头头是道，好让别的法官说一审法官判错了，而最高法院又会说二审法官错了。世上当然有法律这东西。我们的脖子都被这玩意套得死死的。而所有的一切其实都是为律师揽生意。如果没有律师教那些黑帮老大如何周旋，你觉得他们能蹦跶多久？"

斯宾塞愤怒地说："这有点儿扯远了。有人在这间房子里遇害了。他恰好是一位作家，还是一位非常成功的大作家，但这也扯远了。他是个人，你我都知道是谁杀了他。世上总有正义吧。"

"明天再说。"

"如果你让她逍遥法外，那你岂不是跟她一样坏？马洛，我开始有点儿琢磨不透你了。如果你再警觉一点儿，本可以救下他的命。从某种意义上来说，是你让她逍遥法外的。而今天下午发生的一切是场彻头彻尾的表演。"

"没错。这就是一起伪装的桃色事件。你也看出来了,艾琳非常迷恋我。等这些事情平息了,我们说不定会结婚。她现在应该相当有钱。我还没从韦德家赚到一分钱,早就不耐烦了。"

他取下眼镜擦拭起来,又擦了擦眼窝处的汗,他重新戴上眼镜,看着地板。

"对不起,"他说,"今天下午我算是挨了一记重拳。当初知道罗杰自杀的事本就感觉非常糟糕。眼下的这个解读更是让我崩溃,光是知道这件事我就受不了。"他抬头看着我。"我可以信任你吗?"

"做什么?"

"不管是什么,肯定是正确的事情。"他捡起那堆黄色的稿子,塞在腋下。"不,还是算了吧。我想你知道自己在做什么。我是个相当成功的出版商,但这不是我擅长的事,看来我他妈的就是一个自命不凡的家伙。"

他从我身边走过,坎迪把他让过去,然后飞快跑到前门,拉开后继续把着门。斯宾塞朝坎迪轻点了一下头,走了过去。我也跟了上去,但在坎迪身边停了下来,看着他明亮乌黑的眼睛。

"老实点,朋友。"我说。

"太太很累了,"他平静地说,"她已经回房间了,不会有人打扰她。我什么都不知道,先生。我什么都不记得了……照你的吩咐,先生①。"

我从口袋里拿出刀递给他。他笑了。

"没人相信我,但我相信你,坎迪。"

"我也一样,先生。非常感谢②。"

斯宾塞已经坐进了车里。我上车发动后,在车道上倒好车,把他

---

① 原文为西班牙语 No me acuerdo de nada ... A sus órdenes, señor。
② 原文为西班牙语 Lo mismo, señor. Muchas gracias。

送回了贝弗利山。我让他在酒店的侧门下了车。

"一路上我都在想,"他下车时说,"我敢说她多少有点儿神经错乱,估计他们不会定她的罪。"

"他们连试都不会试,"我说,"但她并不知道。"

他费了不少工夫整理腋下的那沓黄纸,总算捋平了。然后,他朝我点点头,我看着他打开门,走了进去,我松开刹车,奥兹车慢慢驶离白色的路沿,那是我最后一次见到霍华德·斯宾塞。

我很晚才回家,疲惫不堪,很是压抑。这样的夜晚空气格外凝重,晚间的噪声十分沉闷,像是从远处传来的。天上挂着一轮朦胧的冷月。我在地板上踱着步,播放了几张唱片,却没有听进去。我似乎听见某处有个嘀嗒声一直响个不停,但屋子里没有嘀嗒作响的东西。嘀嗒声只在我的脑海里。我是一个孤身的临终看护。

我想起了第一次见到艾琳·韦德时的情形,以及第二次、第三次、第四次见她时的样子。但后来她的形象变得虚无,不再真实。一旦你知道某个人是杀人凶手后,这人就会变得虚无。有人只是因为仇恨、恐惧或者贪婪杀人。有的凶手很狡猾,他们精心策划,希望能够逍遥法外。有的凶手很愤怒,他们一点儿也不会思考。有的凶手痴迷死亡,把杀人当成变相的自杀。从某种角度来说,他们的精神都有问题,却不是斯宾塞说的那种神经病。

我终于上床时,天都快亮了。

刺耳的电话铃声把我从睡眠的黑井中拽醒。我在床上翻了个身,摸索着寻找拖鞋,这才意识到我只睡了两个钟头。我感觉自己像一道廉价小馆里只消化了一半的菜，眼皮黏在一起，嘴里全是沙子。我奋力站了起来，踉跄着走到客厅，把电话从托架上拿起，冲着话筒喊道："别挂。"

我放下电话，走进洗手间，用冷水拍了拍脸。窗外什么东西发出"咔嚓、咔嚓"的声响。我迷迷糊糊地看着窗外，发现一张面无表情的黄脸。那是一个礼拜来一次的日本园丁。我叫他"狠心的哈里"。这会儿，他正在修剪黄钟花，用的自然是日本园丁给你家修剪黄钟花的方式。你问他四次，他才会说："下个礼拜吧。"然后早上六点钟就会过来，在你家卧室的窗外"咔嚓、咔嚓"地剪枝条。

我把脸擦干，回到电话旁。

"哪位？"

"先生，我是坎迪。"

"早安，坎迪。"

"太太死了①。"他说。

死亡。无论在哪种语言里都是冰冷黑暗、无声无息的字眼。太太死了。

"希望不是你做的。"

"我想是吃药死的。是杜冷丁。我估计瓶里有四五十粒。现在没了。她昨晚没吃饭。今天早上我爬上梯子，从窗户往里看。她还穿着昨天下午的衣服。我扯破纱窗。太太死了，冷得像冰水。"

冷得像冰水。"你打电话给谁了吗？"

"是的，洛林医生。他报警了。还没到。"

"洛林医生，啊？正好是那个总是迟到的人。"

---

① 原文为西班牙语 La señora es muerta。

"我没有给他看信。"坎迪说。

"给谁的信?"

"斯宾塞先生。"

"坎迪,交给警方。别给洛林医生。只能交给警方。还有一件事,坎迪。别隐瞒任何事情,绝不能在他们面前撒谎。我们的确去过那儿。告诉他们真相。这次必须说实话,全部照实说。"

他稍微停顿后说:"好的。我明白了。再见,朋友。"他挂断了电话。

我拨通丽兹-贝弗利酒店的电话,找霍华德·斯宾塞。

"请稍等。我给您转前台。"

一个男人的声音说:"这里是前台,有什么可以为您效劳的?"

"我找霍华德·斯宾塞。我知道现在还早,但我有急事。"

"斯宾塞先生昨天傍晚退的房。他乘八点的飞机去纽约了。"

"噢,抱歉。我不知道。"

我到厨房去煮咖啡,煮了很多。咖啡的味道浓郁、强烈、苦涩、滚烫、无情、堕落。绝对是疲惫男人生命的源泉。

两个小时后,伯尼·奥尔斯打电话给我。

"好了,聪明的家伙。"他说,"来受罪吧。"

44

除了现在是白天,其他的跟上次差不多,我们是在赫尔南德斯警监的办公室里,治安官去圣巴巴拉参加狂欢周的开幕式了。在场的有赫尔南德斯警监、伯尼·奥尔斯、一个来自验尸官办公室的家伙,以及看着像是因为做堕胎手术被抓现行的洛林医生,还有个叫劳福德的人,是副地检官,来自地方检察官办公室,长得又高又瘦,面无表情,风传他的兄弟是中央大道区开私彩的老板。

赫尔南德斯面前有几张手写笔记,肉红色毛边纸,字是用绿色墨水写的。

"这次会议是非正式的。"等大家都舒服地坐在硬椅上后,赫尔南德斯说,"没有速记打字员,也没有录音设备。你们可以畅所欲言。韦斯医生代表验尸官,他决定要不要开展死因调查。韦斯医生?"

这人胖乎乎的,很开朗,看起来挺干练的。"我觉得没必要。"他说,"所有表象都符合麻醉剂中毒的特征。救护车抵达的时候,那个女人还有微弱的呼吸,处于深度昏迷状态,对所有的刺激都没了反应。在这种阶段,一百个怕是救不活一个。她的皮肤冰凉,不仔细检查都看不出来。她家的仆人以为她死了。她在大约一小时后正式死亡。我知道她偶尔有急性支气管哮喘,杜冷丁是洛林医生开给她在紧急情况下服用的。"

"韦斯医生，对于她服用的杜冷丁的剂量，有什么数据或者推断吗？"

"致死剂量，"他微微一笑道，"不知道服药史、先天和后天的耐药性数据，我们没办法快速得出结论。根据她的自白，她服用了2300毫克的药物，对于没有药瘾的人来说，这个量是最低致死剂量的四五倍。"他用怀疑的目光看着洛林医生。

"韦德太太不是瘾君子。"洛林医生冷冷地说，"处方剂量是一到两粒50毫克的药片。我最多允许她在二十四小时里服用三到四粒。"

"可是你一下子给了她50粒。"赫尔南德斯警监说，"这么大剂量的药放在身边是相当危险的，你不觉得吗？她的哮喘支气管炎有多严重，医生？"

洛林医生轻蔑地笑了笑。"跟所有的哮喘一样是间歇性的，没到我们术语称之为哮喘持续状态，到了这种程度就相当严重了，患者有窒息的危险。"

"韦斯医生，有什么要补充的吗？"

"呃，假设没有那封遗书，也没有别的证据显示她服用了多少药，那就可能是意外造成的药物过量。这种药的安全界限并不大。我们明天就能确定了。赫尔南德斯，拜托，你不是要扣下那封遗书吧？"

赫尔南德斯蹙起眉头看着办公桌。"我刚才还奇怪呢，不知道麻醉药居然是治疗哮喘的常规方法。人真是每天都能学到东西。"

洛林的脸涨得通红。"我说过了只是应急措施，警监。医生又不能随时出现在每个地方。哮喘病的发作非常突然。"

赫尔南德斯扫了他一眼，转头看着劳福德。"要是我把这封信交给媒体，你们办公室会作何反应？"

副地检官用空洞的眼神看着我。"赫尔南德斯，这家伙来这儿干什么？"

"我邀请他来的。"

"我怎么知道他不会把这里说的话都学给记者听？"

"是啊，他可是个大嘴巴。上回你抓他那次，你也领教过了吧？"

劳福德咧嘴笑了笑，还清了清嗓子。"我看过那份传说中的自白书。"他谨慎地说，"我一个字都不相信。这些背景你们都了解了，什么情绪崩溃、亲人丧命、滥用药物，以及大空袭期间战时生活的重重压力、那段秘密的婚姻、归来的丈夫，等等。她毫无疑问产生了一种负罪感，想通过移情的方式来净化自己。"

他停下来环顾四周，却只看到几张毫无表情的脸。"我无法代替地方检察官发言，但我个人觉得，即便那个女人还活着，你手头上的自白书也无法成为起诉她的依据。"

"你已经相信了一份认罪书，肯定不愿意相信另一份与其相反的认罪了。"赫尔南德斯不无挖苦地说。

"别激动，赫尔南德斯。任何执法机构都必须将公共关系问题考虑进去。如果报纸刊登这份认罪书，我们就麻烦了。这是肯定的。很多讨好卖乖的改革团体就等着这样的机会捅刀子。上周，也就是十来天前，对于你们缉捕队的一个警官被揍了一顿的事，大陪审团已经如临大敌了。"

赫尔南德斯说："好了，这是你的宝贝。替我签个收据。"

他把那些肉红色的毛边纸收起来，劳福德倾身下去签下一张表格。他拿起那些纸，折好放进胸前口袋，走出房间。

韦斯医生站了起来。他性格坚韧、稳重，为人和善。"上次我们针对韦德家的死因调查进行得太仓促了，"他说，"想必这次都不必调查了。"

他朝奥尔斯和赫尔南德斯点点头,又和洛林正式地握了握手,出了房门。洛林也起身准备离开,却有些犹豫。

"我是不是可以通知对案情感兴趣的相关方,案子不会继续调查下去了?"他生硬地说。

"抱歉耽误你这么久,让你不能照顾病人了,医生。"

"你还没回答我的问题,"洛林高声说,"我得警告你……"

"给我滚,小子。"赫尔南德斯道。

洛林医生差点儿被吓了个趔趄,随即转过身去,跟跟跄跄地出了门。门关上后,得有半分钟的时间谁也没说话。赫尔南德斯抖了抖身子,点燃一支烟,看着我。

"怎么样?"他说。

"什么怎么样?"

"你在等什么?"

"结案了?结束了?这就完了?"

"伯尼,你告诉他。"

"对,确实结束了,"奥尔斯说,"我本来要带她回来问话的。韦德不是自杀的。他喝了太多酒。但就像我之前跟你说过的那样,动机是什么呢?韦德太太的供词在细节上可能有问题,但也证明了她在监视他。她知道恩西诺客馆的布局。伦诺克斯家的女人抢走了她的两个男人。客馆发生的事跟你想象的完全对得上。有个问题你忘记问斯宾塞了。韦德是不是有一把毛瑟 P.P.K?对,他有一把毛瑟小型自动枪。我们今天已经跟斯宾塞在电话里聊过了。韦德醉得不省人事。那个倒霉的家伙要么以为自己杀了西尔维娅,要么人真是他杀的,还有一种可能,那就是他已经怀疑是他妻子杀了西尔维娅。无论哪种情况,他最终都会把实情抖出来。没错,他很久以前就开始酗酒了,但娶那个花瓶似人是他。墨西哥佬全知道。那个小王八蛋几乎什么都清楚。这个女人还活在梦中，她的一部分活在当下，但大部分在过去。如果她真动了春心，那也不是在她丈夫身上。你明白我在说什么吧？"

我没有回答他。

"你是不是也差点儿把她搞到手了？"

我仍旧没有回答他。

奥尔斯和赫尔南德斯同时咧嘴坏笑起来。"我们这种人也不是完全没有脑子，"奥尔斯说，"我们也知道她脱衣服的说法还有几分是真的。你说服了墨西哥人，他也相信你。他很痛苦，也很混乱，他喜欢韦德，希望弄清楚到底是怎么回事。等他弄清楚了便想动刀。这事跟他切身相关，他从没告发过韦德。韦德的妻子反倒泄露了出去，她故意把水搅浑，只为了迷惑韦德。结果事情就这样雪上加霜。我估摸她最后都怕韦德了。不是韦德把她从楼梯上推下去的，是她自己绊了一跤，韦德还想抓住她。坎迪也看见了。"

"这些都无法解释她为什么要我去他们的家里。"

"我倒可以想出几个理由。第一个理由算得上老掉牙了。每个警察都碰到过不下百次。你的情况让人琢磨不透，还曾帮伦诺克斯逃走，你是伦诺克斯的朋友，说不定还是他的挚友。他知道什么，他又跟你说过什么？他拿走了那把杀死西尔维娅的枪，知道那把枪发射过。韦德太太兴许认为他这么做是为了她。这样的想法会让她认为伦诺克斯知道她用过那把枪。伦诺克斯自杀了，她更是确信了这一点。而你呢？你的情况仍然让人琢磨不透。她想利用你，她可以对你用美人计，她有现成的借口接近你。如果她需要替罪羊，你自然是理想人选。或许可以说，她找了不止你一个替罪羊。"

"你太高估她的水平了。"

奥尔斯将一支烟掰成两半,半支放在嘴里嚼,半只夹在耳朵上。

"另一个理由是她需要一个男人,一个高大、强壮的男人,把他紧紧地搂在怀里,让她再次活在梦中。"

"她讨厌我,"我说,"我不相信这条理由。"

"当然,"赫尔南德斯冷冰冰地插嘴道,"你拒绝她了,但她可以不当回事。可是你又当着她的面,在斯宾塞在场的情况下,把整件事揭穿了。"

"你们两个最近是不是看过精神科医生?"

"天哪,"奥尔斯说,"你们没听说吗?眼下这种人专给我们添乱。我们就有两个这样的同事。弄得警察局不像警察局,倒像干医疗的。监狱、法庭和审讯室由着他们进进出出,他们写的报告足足有15页,解释某个小混混为什么抢劫酒肆或强奸女学生,或是向高年级的学生兜售大麻。再过十年,我和赫尔南德斯会做罗夏测试①和词语联想测验,而不是做引体向上或射击训练。我们出门办案,会拎个黑色的小包,里面装着便携式测谎仪或者几瓶吐真剂。可惜我们没有抓住殴打大个儿威利·马贡的四个王八蛋,否则我们或许可以重新调教调教他们,让这帮家伙爱上自己的妈妈。"

"我们可以撤了吗?"

"你还有什么没想明白的?"赫尔南德斯弹着橡皮筋问道。

"我想明白了。案子已经结了。韦德太太也死了,他们都死了。程序也非常合规。除了回家当这事从没发生过,也没什么好做的了。我正打算这么做。"

---

① 又称墨迹测验或罗夏墨渍测验,是人格测验的投射技术之一,在临床医学中应用广泛,由瑞士精神科医生、精神病学家罗夏创立。

奥尔斯拿下夹在耳朵上的半支烟看了看，像是不知道为什么会在那儿一样，他一甩手，把那烟扔到背后。

"那你嚷嚷什么？"赫尔南德斯说，"要不是她没别的枪可用了，说不定就能得满分了。"

"还有，"奥尔斯严肃地说，"昨天电话没坏。"

"噢，没错，"我说，"我要是昨天给你们打电话，你们准会跑过来，听一个混淆不清的故事，她只会承认撒了几个愚蠢的谎。我估摸今天早上你们拿到的是一份完整的认罪书。你们没让我看，但如果只是一份情书，就不会打电话给地方检察官了。如果当初认真调查过伦诺克斯的案子，就会有人挖出他的服役记录、他在哪儿受的伤等等情况，再顺藤摸瓜，他和韦德夫妇的关系就会浮出水面。罗杰·韦德知道保罗·马斯顿是谁。我碰巧咨询过一位私家侦探，他也知道。"

"有这个可能，"赫尔南德斯承认道，"但警方查案的程序可不是这样。哪怕没有压力逼着你结案，好让大众遗忘案情，你也不能拿一个一目了然的案子胡搞。我调查过几百起凶杀案。有的案子非常完整、干干净净，像是从教科书里搬出来的。大多数案子有的地方讲得通，有的地方讲不通。但如果有动机、手段，也有时机，还有认罪书，嫌疑人事后还自杀了，那案子就可以不管了。世界上没有哪个警局会有人力和时间去怀疑显而易见的结论。反对伦诺克斯是凶手的唯一理由是有人认为他是个好人，不可能干出这种事来，还有其他人同样可能是凶手。但其他人没有逃走，没有写认罪书，没有一枪把自己的脑浆打出来。只有他这么做了。至于说他是好人这点，那些在毒气室里、电椅上，或是在绞索下丧命的家伙，在邻居眼里，百分之六七十都跟富勒牙刷推销员一样老老实实，就跟罗杰·韦德太太一样老实、恬静，有着不错的教养。你要看她写的认罪书吗？没问题，那就看吧。我得到楼下大厅去一趟。"

他站起来，拉开一个抽屉，把一个文件夹放在桌上。"马洛，这里有五张复印件，可别让我逮着你偷看。"

他朝门口走去，又回头对奥尔斯说："你想陪我去跟佩索瑞克谈谈吗？"

奥尔斯点点头，跟着他出去了，办公室里只剩下我一个人时，我翻开文件夹的封面，看着里面的黑白复印件。我摸索着纸张的边角，数了数，一共六份，每份都有好几页，用回形针别在一起。我拿起一份，卷起来放进口袋里，然后开始看下面的一份。我看完后，便坐下来等着。过了大约十分钟，赫尔南德斯一个人回来了，他再次坐在办公桌后面，核对了文件夹里复印件的数量，接着放回办公桌里。

他抬起眼睛，面无表情地看着我。"满意了？"

"劳福德知道你有复印件吗？"

"不会从我这里知道。也不会从伯尼那里知道。是伯尼亲手复印的，怎么了？"

"少一份会怎样？"

他露出不悦的笑容。"不会。即便真丢了，也不是治安官办公室的人弄丢的。地方检察官办公室也有复印机。"

"警督，你不大喜欢地方检察官斯普林格，对吗？"

他一脸惊讶。"我？每个人我都喜欢，连你都不例外。滚吧，我得干活了。"

我起身要走。他突然道："最近你一直带枪吗？"

"有时会带。"

"大个儿威利·马贡带了两把。我不明白他为什么不用。"

"我估摸他以为所有人都怕他。"

"有可能。"赫尔南德斯漫不经心地说,他拿起一个橡皮筋,用两个大拇指将它拉长。他将橡皮筋拉得越来越长,最后那玩意啪的一声断了。他揉了揉大拇指被断了的皮筋弹疼的地方。"不管表面多坚韧,"他说,"每个人都有绷不住的时候。回见。"

我出了门,快步离开那幢楼。一朝做过替罪羊,永远都是替罪羊。

45

我回到卡修加大厦六楼我那狗窝一样的办公室，用每天早上收到的邮件玩了我经常玩的双杀游戏。把邮件从信件投递口扔到办公桌，再投到废纸篓，廷克传给了埃弗斯，埃弗斯又传给了钱斯。我在桌上腾出一块地方，把复印件在上面展开。我之前只能把它卷起来，以免弄皱。

我又看了一遍。内容写得十分详细，也合情合理，只要不抱着先入为主的心态，看了都会相信里面写的是真的。艾琳·韦德忌妒心作祟，一气之下杀死了特里的妻子，后来瞅准时机又杀了罗杰，因为她确信他知道她曾杀过人。那晚射向罗杰房间天花板的一枪也是她预谋的一部分。有一个问题没有得到答案，并且永远也不会有答案了，那就是罗杰·韦德为什么眼睁睁由着她完成她的计划。他一定知道结局是怎样的。所以他放弃了自己，也不在乎了。写作是他的工作，他几乎把一切都写了下来，偏偏对此事只字未写。

"我上次开来的杜冷丁还剩下46片。"她写道，"我现在打算把这些药都吃下去，再去床上躺着。门是锁着的。过不了多久，不管谁来也救不了我了。霍华德，对于我这样的死法，你得理解。我写完这些东西，就将迎来死亡。我写下的每句话都发自肺腑。我一点儿也不后悔，只可惜没能把他们一起杀死。对保罗，我也不后悔，他就是你听说的那个特里·伦诺克斯。他只是一个躯壳,不是我所爱并嫁给的那个男人,对我来说什么都不是。那天下午我见到他时,起初我并没有认出他,那也是他打仗归来后我唯一一次与他见面。然后,我想起了他是谁,他立刻就认出了我。他本该年纪轻轻就死在挪威的雪地里,是被我推向死亡的恋人。他回来之后,不光与赌徒为伍,还娶了一个富有的娼妇。他整个人都毁了、堕落了,说不定他以前就是个无赖。时间让一切都变得低劣、破败、千疮百孔。霍华德,生活的悲剧不在于美好的事物过早消逝,而在于它们会变得衰老和卑鄙。这种事不会发生在我身上。再见了,霍华德。"

我把复印件放在办公桌抽屉里,锁了起来。该吃午饭了,但我没心情吃东西。我从抽屉深处拿出酒瓶,倒了一杯,又从办公桌的钩子上取下电话簿,查到了《日报》的号码。我拨通了电话,要女接线员转接朗尼·摩根。

"摩根先生大约四点钟才回来。你可以打去市政厅的新闻办公室看看。"

我拨通了那里的电话,总算找到了他。他还记得我。"听说你很忙啊。"

"我有东西给你,如果你愿意看的话,不过我觉得你可能不想看。"

"是吗?比如呢?"

"一份认罪书的影印本,是两起谋杀案的凶手写的。"

"你在哪里?"

我告诉了他。他想了解更多信息,只是我不可能在电话里告诉他。他说他现在不负责犯罪新闻了。我说他仍然是一名新闻记者,在这个城市里唯一一家独立报社工作。他还想反驳。

"不管是什么,你从哪儿弄来的?我怎么知道值得我花时间。"

"原件在地方检察官的办公室里。他们是不会公布的，不然，他们一直隐瞒的两件事就将暴露于天下。"

"我等会儿给你回电话，我得跟上级商量一下。"

我们挂了电话。我去了杂货店，吃了一个鸡肉沙拉三明治，喝了一些咖啡。咖啡煮过头了，三明治吃起来充满了浓郁的味道，就像从旧衬衫上撕下的一块布料。美国人什么都吃，只要是烤熟的，用几根牙签串起来，边上露出生菜叶就行。菜叶最好有点儿蔫儿。

三点半左右，朗尼·摩根来见我。他依然又高又瘦，筋疲力竭、面无表情，和那天晚上他开车把我从监狱送回家时一模一样。他没精打采地和我握了握手，掏出一包皱巴巴的香烟。

"我们的主编谢尔曼先生说我可以来看看你手上的东西。"

"除非你同意我的条件，否则你一个字也别想报道。"我打开抽屉，把复印件递给他。他快速读完了四页纸，又慢慢回看了一遍。他看上去很兴奋，就像殡葬师在廉价葬礼上一样兴奋。

"我打个电话。"

我把电话推到办公桌的另一边。他拨了号，等了一会儿，说："我是摩根，给我接谢尔曼先生。"他等了一会儿，接电话的又是个女人，然后他找到了他要找的人，让他通过另一个号码回拨过来。

他挂了电话，把电话放在腿上坐在那里，食指按下了按钮。电话铃响了，他把听筒举到耳边。

"内容是这样的，谢尔曼先生。"

他读得又慢又清楚。最后，他停顿了一会儿，说:"等一下，先生。"他放下听筒，瞥了一眼我这边。"他想知道你是怎么弄到手的。"

我把手伸到桌子对面，从他手里拿过复印件。"你告诉他，我是怎么弄到的不关他的事。至于文件来自哪里，就是另一回事了，每一页后面的印章已经表示得很清楚了。"

"谢尔曼先生，这显然是洛杉矶治安官办公室的官方文件。想来真实与否很容易验证。还有，需要付出代价才能得到。"

他又听了一会儿，说："是的，先生。就在这里。"他把电话推过桌子，"他想和你谈谈。"

对面的声音很无礼，完全是一种命令式的口吻。"马洛先生，你的条件是什么？别忘了，《日报》是洛杉矶唯一一家会考虑报道此事的报纸。"

"谢尔曼先生，对伦诺克斯的案子，也没见你们报道过什么。"

"我知道。但在当时，那纯粹只是一桩丑闻，至于谁是凶手，一点儿疑问也没有。如果你的文件是真的，我们现在掌握的情况就完全不同了。你的条件是什么？"

"你得用照片影印的形式，将这份认罪书全文刊登出来。不然的话，你就一个字也别想印。"

"我们得先核实一下。你能理解吗？"

"我不清楚你要怎么核实，谢尔曼先生。去问地方检察官，他要么否认，要么干脆把认罪书给所有的报社一家一份。到了那个份儿上，他只能这么做。如果你去治安官办公室打听，他们只会把这件事推给地方检查官。"

"这就不用你操心了，马洛先生。我们有方法。你的条件呢？"

"我刚才告诉你了。"

"哦，你不想要点回报吗？"

"钱方面的回报就算了。"

"想必你很清楚自己该干什么。我要再和摩根说几句。"

我把听筒交还给了朗尼·摩根。

他说了几句,便挂断了电话。"他同意了。"他说,"我拿走这份复印件,他会去核实。他会照你说的做。缩小一半,大约占据1A版面的一半。"

我又把复印件递给他。他拿着,捏了捏自己长鼻子的鼻尖。"介不介意我说一句,我认为你是个大傻瓜。"

"我同意你的看法。"

"你现在改变主意还来得及。"

"不。还记得你开车送我从巴士底狱回家的那晚吗?你说我要跟一个朋友告别。我从来没有真正跟他道过别。如果你刊登了这份复印件,那我就完成了我的告别。这个告别,已经拖了太久了。"

"好吧,伙计。"他嘴角一歪,笑了出来,"可我还是觉得你是个大傻瓜。要我告诉你为什么吗?"

"那就说吧。"

"我比你想象的更了解你。这就是在报社工作令人沮丧的地方。总是知道很多事,却不能将这些事刊登出来。时间长了,人就变得愤世嫉俗。如果这份认罪书发表在《日报》上,一定会惹得很多人不高兴。地方检察官、验尸官、治安官和他的下属,一个有财有势但没有官职的平民波特,还有梅内德斯和斯塔尔这两个恶棍。你说不定会进医院,或者再次锒铛入狱。"

"我不这么认为。"

"随你怎么想,伙计。我只是告诉你我的想法。地方检察官生气,是因为他在伦诺克斯的案子上遮遮掩掩。即使伦诺克斯的自杀和认罪书让地方检察官的所作所为看起来合情合理,但仍然会有很多人想知道,既然伦诺克斯是无辜的,那他为什么认罪,又是怎么死的,他是真的死于自杀,还是被人杀害,为什么没有进行详细的调查,整个案子怎么会如此草草了结。而且,如果这份影印件的原件在他手里,他就会认为自己被治安官的人出卖了。"

"你们不需要把背面的印章也登出来,这样就看不出来源了。"

"当然不会。我们和治安官是好朋友。我们认为他是个正直的人,不会责怪他管制不了梅内德斯那种人。只要赌博在一些地方完全合法,在所有地方部分合法,就没有人能消灭赌博。这东西是你从治安官办公室偷来的。真不知道你是怎么逃掉的。想不想说一说?"

"不想。"

"好吧。验尸官会生气,是因为他搞砸了韦德自杀案。地方检察官在这件事上也给他开了绿灯。哈兰·波特会生气,是因为他用尽手段才掩盖住的一些事重见天日了。梅内德斯和斯塔尔会生气,不过我也说不清为什么,但我知道你被警告过了。谁惹那些家伙生气,肯定没好果子吃。你很可能会落得个和大个儿威利·马贡一样的下场。"

"马贡就是太极端了。"

"他为什么这样呢?"摩根慢吞吞地说,"因为那些家伙必须立规矩。他们不厌其烦地告诉你不要多管闲事,你就千万不可以多管闲事。不然的话,他们若是由着你去,别人就会觉得他们是废物。那些做生意的心狠手辣之徒、大人物、董事会是最看不上废物的。他们很危险。还有克里斯·马迪。"

"听说在整个内华达州,都是他说了算。"

"你听说的很对,朋友。马迪是个好人,但他知道什么适合内华达。里诺和拉斯维加斯那些有钱的流氓都很小心,不去惹马迪先生不高兴。不然的话,他们要缴的税很快就会大幅提升,与警方的合作关系也将同样急转而下。如此一来,东部的大佬们就觉得该做出改变了。你想做买卖,可要是不能和克里斯·马迪搞好关系,生意就做不下去。所以就要把他弄走，换个人替他。对他们来说，只有一个办法能把他弄走，那就是把他装进木箱。"

"他们从没听说过我。"我说。

摩根皱起眉头，挥动着一只胳膊，只是他这个动作没有任何含义。"他们不需要。马迪在塔霍湖内华达一侧的房产紧挨着哈兰·波特的房产。他们也许偶尔打个招呼。还有可能马迪的手下从波特的雇员那里听说有个叫马洛的小混混没完没了地谈论一些和他自己无关的事。这些话可能会传到洛杉矶的某个公寓，电话响起，一个肌肉发达的家伙得到暗示，便叫上两三个朋友，一起出去舒展舒展筋骨。即便有人想要了你的命或是痛揍你一顿，肌肉男甚至都不会问为什么。这种事对他们来说太常见了，他们不会有丝毫勉强。你就干坐在那里，等着胳膊被人打断吧。要不要把这个收回去？"

他把复印件递给我。

"你知道我想要的是什么。"我说。

摩根慢慢地站起来，把复印件放进上衣内袋里。"我可能是错的。"他说，"关于这件事，你可能知道得比我多。我不知道像哈兰·波特这样的人是怎么看待这世上的事的。"

"反正不会有好脸色。"我说，"我见过他，但他不会雇一群打手来教训我。这与他想要的生活方式有抵触。"

"在我看来，"摩根尖锐地说，"打电话阻止谋杀案的调查，与弄死证人阻止调查，只是方法不同而已。再见……希望以后还能再见到你。"

他缓慢地走出了办公室，如同被风吹走了一般。

46

我开车去了维克多酒吧,想喝一杯琴蕾,坐等傍晚版的《日报》发行上市。但是酒吧里挤满了人,半点儿乐趣也没有。我认识的那个酒保来到我面前,叫了一声我的名字。

"你喜欢加点儿苦味酒,对吧?"

"只是偶尔加一点儿。不过今晚要双份苦味酒。"

"最近没见你的朋友来,就是喜欢酒里放青柠的那个。"

"我也没见过他。"

他走开,随后把酒送来。我小口喝着,希望能多喝一会儿,我不想喝得面红耳赤。我要么就醉到不省人事,要么就保持清醒。过了一段时间,我又点了一杯琴蕾。六点刚过,卖报纸的孩子便走进了酒吧。一个酒保吆喝着叫他出去,但他还是麻利地向几位顾客卖了报纸,一个侍者这才抓住他,把他轰了出去。我就是其中一个顾客。我打开《日报》,瞥了一眼1A版。他们果然刊登了。那份认罪书就在上面。他们把内容变成白底黑字,还缩小了尺寸,占据了那一版面的上半部分。另一页上有一篇简短而直白的社论。还有一页登了朗尼·摩根写的署名专栏文章。

我喝完酒就离开了,在另一个地方吃了晚饭,然后开车回家。

朗尼·摩根在文章中对伦诺克斯案和罗杰·韦德"自杀"案所涉

的事实和事件进行了真实而简单的概括。这些事实都是公布过的。他没有添油加醋,也未进行推断,更未提及该归咎于谁,通篇文章简洁明了、条理分明。那篇社论则是另外一回事了,其中提出了一些问题,就像公职人员被抓了现行之后,报社会向他们抛出的问题一样。

九点半左右,电话铃响了,伯尼·奥尔斯说他会在回家的路上来找我一趟。

"看《日报》了吗?"他委婉地问,不等回答就挂了电话。

到我家之后,他抱怨了几句台阶太高,还问我有没有咖啡,他想来一杯。我说我去煮。在我煮咖啡的时候,他在屋子里转了转,就像在他自己的家里一样。

"你这人不讨人喜欢,连住的地方都这么偏僻。"他说,"房后那座小山的另一边是什么?"

"也是一条街道,怎么了?"

"随便问问。你的灌木丛需要修剪了。"

我把咖啡端到客厅,他在那里小口喝着。他拿了我的一支烟点上,吸了一两分钟便掐灭了。"我现在不喜欢这东西了。"他说,"也许是受了电视广告的影响,他们越是想卖什么,你就越是讨厌什么。天啊,他们一定认为公众是傻子。每次那些蠢货穿着白大褂、脖子上挂着听诊器,举起牙膏、烟、啤酒、漱口水、洗发水,或是一小盒能让肥胖的摔跤手闻起来像山间丁香花的东西,我总是记下以后就绝对不会再买那些玩意儿。见鬼,即使我喜欢,我也不会买。你看过《日报》了吧?"

"我有个朋友向我透过风。他是记者。"

"你有朋友吗?"他疑惑地问,"他没告诉你他们是怎么拿到材料的吧?"

"没有。在这种情况下,他没必要这么做。"

"斯普林格气得火冒三丈。副地检官劳福德今早才收到那份认罪书,他声称直接交给了上司,但这不免让人生疑。《日报》刊登的内容看起来是直接复制了原版。"

我啜着咖啡,什么也没说。

"他是自作自受。"奥尔斯继续说,"斯普林格应该自己处理的。我个人认为泄密的不是劳福德,他也是个政客。"他木然地盯着我。

"你来这儿干什么,伯尼?你不喜欢我。我们曾经是朋友,不过任何人都能和强硬的警察做朋友。只是我们的关系早就不如从前了。"

他向前倾着身子,微微一笑,不过笑得有些狰狞。"没有警察喜欢平头老百姓在他们背后干警察该干的事儿。韦德死的时候,你若是直言伦诺克斯的妻子和韦德有不正当关系,我早就破案了。如果你告诉我韦德太太和特里·伦诺克斯认识,那她肯定逃不出我的手心,我还可以抓活的。更有甚者,你一开始就坦白的话,韦德也许不至于丢掉小命,更别提伦诺克斯了。你觉得自己比猴子还聪明,是吧?"

"你想让我说什么?"

"没什么。太迟了。我告诉过你,聪明人骗不了任何人,只能骗自己。我和你说得很清楚。可你呢,全当耳旁风。识时务者为俊杰,现在你最好远走高飞。没人喜欢你,还有两个家伙,他们要是看哪个人不顺眼,下手可不会留情。有个线人给我的消息就是这样的。"

"我没那么重要,伯尼。咱们俩就别再朝对方大吼大叫了。韦德死前,你都没接触过这个案子。在那之后,对你、对验尸官、对地方检察官、对任何人,这件案子似乎都无关紧要。也许我做错了什么,但真相大白于天下了。你是可以在昨天下午抓到她,可你凭什么抓她?"

"凭你向我们举报的情况。"

"我?凭我背着你们干警察的活儿所得到的消息?"

他突然起身,脸涨得通红。"好吧,你这个自作聪明的家伙。艾琳·韦德本可以活着。我们本可以把她当嫌疑犯抓起来。你想让她死,你这浑球儿,你心里清楚。"

"我不过是想让她静静地审视一下自己而已。至于她怎么做,那是她的事。我要给一个无辜者洗清罪名。我之前一点儿也不在乎怎么达成目的,现在同样不在乎。你要对付我,我就在这里。"

"那些流氓会招呼你的,小子。用不着我动手。你觉得你无关紧要,不会劳动他们。作为一个叫马洛的私家侦探,的确不会。但事实并非如此。有人警告过你不要多管闲事,你却偏偏在报纸上当众揭穿他们的丑事,那就不一样了。你伤害了他们的自尊心。"

"真可怜。"我说道,"用你的话来说,光是想想,我的心就开始流血了。"

奥尔斯走到门口,把门打开,站在那里看了看脚下的红木台阶,又望着路对面山上的树木,以及街道尽头的斜坡。

"这里很好,很安静。"他说,"足够安静。"

他走下台阶,上车走了。警察从不说再见。他们总是希望能在嫌疑犯的队伍里再见到你。

47

第二天，事情很快闹得满城风雨。地方检察官斯普林格召开了早间新闻发布会，还发表了声明。他身材高大，红润的脸上有两道乌黑的眉毛，过早地长出了花白的头发。他是个手腕很高明的政客。

我看了那份据称是最近自杀的不幸女士所写的认罪书，这份文件可能是真的，也可能不是，即便是真的，显然也是死者在思维混乱的情况下写出来的。我愿意假定《日报》刊登这份文件是本着诚信善意的原则，尽管文件的内容存在着许多不合情理和自相矛盾的地方，这些我就不一一列举了。我的办公室将配合我尊敬的助手彼得森治安官的工作人员，尽快查清认罪书是否为艾琳·韦德亲笔，如果是，那我可以告诉各位，她写这些话时头脑并不清醒，双手也不稳定。就在几周前，这位不幸的女士发现丈夫自杀身亡，倒在血泊之中。想象一下，这样一场突如其来的灾难所带来的震惊、绝望和彻底的孤独吧！现在他们夫妇二人得以重聚，一起经历了死亡的痛苦。惊动死者的亡灵，能得到什么呢？朋友们，除了卖几份卖不出去的报纸以外，还有什么？什么都没有，我的朋友们，什么都没有。就让这件事到此为止吧。正如流芳千古的莎士比亚的戏剧巨著《哈姆莱特》中的奥菲莉亚一样,艾琳·韦德也戴了一朵别样的芸香①。我的政敌们想要借题发挥,但我的朋友和选民不会受蒙蔽。他们很清楚,我的办公室始终主张明智和成熟的执法方式,主张宽容的正义,也主张坚实、稳定和保守的政府。至于《日报》主张的是什么,本人无从得知,也不甚关心。还是由开明的公众自己判断吧。

《日报》早间版(他们是一份全天候的报纸)刊登了斯普林格的这篇废话,总编辑亨利·谢尔曼立即用署名评论予以了回击。

地方检察官斯普林格先生今天早上状态良好。他仪表不凡,是个大人物,说话时带有浑厚的男中音,听起来极为悦耳。他没有谈及任何事实,这也免去了我们的烦扰。无论何时,只要斯普林格先生愿意让我们向他证明有关文件的真实性,《日报》将非常乐意效劳。我们并不期待斯普林格先生采取行动重审在他的批准或指示下正式结案的案件,正如我们并不期待斯普林格先生在市政厅的高塔上倒立一样。正如斯普林格先生所言,打扰死者的亡灵有什么好处呢?而《日报》更愿意用不那么优雅的措辞表示,反正被害者都死了,找出凶手又有什么好处呢?除了正义和真相,什么也得不到。

本刊谨代表已故的威廉·莎士比亚,一来感谢斯普林格先生对《哈姆莱特》的赞赏,二来感谢他虽然不太准确但基本上还算恰当地引用了奥菲莉亚的典故。"你必须把芸香戴得别致一点儿"

---

① 芸香象征悔恨。

这句话不是说奥菲莉亚的,而恰恰是出自她之口。我们这些不那么博学的人,一直搞不清楚她究竟是什么意思。不过没必要继续讨论了。这句话听起来不错,也有助于混淆问题。也许我们也可以引用这部得到官方认可的戏剧作品《哈姆莱特》中的一段话,这话是一个坏人说的,却极为有道理,那就是:"让大斧头砍在罪人的头上吧。"

朗尼·摩根中午给我打电话问我觉得怎么样。我告诉他,我觉得这给斯普林格带不来什么实质性的教训。

"只有书呆子会这么以为。"朗尼·摩根道,"他们已经知道他的底细了。我的意思是你作何感想?"

"我什么也没想。我只是坐在这里,等一只柔软的鹿皮鞋狠踩我的脸。"

"我不是那个意思。"

"我仍然身强体健。别再吓唬我了。我得到了我想要的。伦诺克斯若是还活着,他可以径直走到斯普林格面前,往他眼睛里吐口水。"

"你已经代伦诺克斯吐过了。到了这时,斯普林格也明白了。他们有上百种方法整治他们不喜欢的人。我想不明白你为什么要费那么大力气。伦诺克斯也不是什么好人。"

"这有什么关系?"

他沉默了一会儿,说:"对不起,马洛。是我造次了。祝你好运。"

例行的道别之后,我们挂了电话。

下午两点左右,琳达·洛林给我打电话。"请不要提名字。"她说,

"我刚坐飞机从北边那个大湖飞过来。有个人为昨晚《日报》上的报道发了很大的火。我那个马上就要变成前夫的丈夫挨了一拳,正好打在眉心的位置。我离开的时候,那个可怜的家伙还在掉眼泪呢。是他飞过去说了报道的事。"

"马上就要变成前夫的丈夫是什么意思?"

"别傻了。这次父亲同意了。巴黎是个好地方,适合人不知鬼不觉地离婚。所以我很快就会动身过去。如果你还有点儿理智,就该把上次你给我看的精美刻板的钞票花掉一点点,去一个很远很远的地方。"

"这跟我有什么关系?"

"这是你问的第二个蠢问题。除了你自己,你骗不了任何人,马洛。你知道他们是怎么射杀老虎的吗?"

"我怎么会知道?"

"他们把一头山羊拴在桩子上,自己则躲在暗处。这对山羊来说真是太残忍了。我喜欢你。我不知道为什么,但我确实喜欢你。我不乐意看到你成为那只山羊。为了干成这件正确的事,你连命都豁出去了,你认为是正确的事,你就会坚持到底。"

"你真好。"我说,"我冒险做一件事,还吃了大亏,但我至少努力过了。"

"别逗英雄了,你这个傻瓜。"她厉声说,"我们认识的一个人选择成为替罪羊,但你没有必要模仿他。"

"如果你在这里多待一阵,那我请你喝一杯。"

"来巴黎请我喝一杯吧。巴黎的秋天美不胜收。"

"我也想。我听说那里的春天更迷人。我从未去过,所以不清楚是不是。"

"你要是一直这个样子,永远都去不了。"

"再见,琳达。我希望你能找到你想要的。"

"再见。"她冷冷地说,"我总是能找到我想要的。可当我找到了,我就不想要了。"

她挂了电话。那天剩下的时间没有发生任何事。我吃了晚饭,把奥兹车留在一家二十四小时汽车修理厂检查刹车片。我打车回家。街上像往常一样空无一人。木信箱里有一张免费肥皂优惠券。我慢慢地走上台阶。柔和的夜晚弥漫着淡淡的雾霾。山上的树几乎一动不动。没有风。我打开门,推到一半就停了下来。门离门框大约有 10 英寸。屋内很黑,一点儿声音也没有。但我感觉房间内有人。也许是因为弹簧发出了轻微的吱嘎声,我瞥见房间那头有白色夹克一闪而过。也许是因为在这样一个温暖宁静的夜晚,门内的房间里仍然不够暖。还有可能是因为空气中弥漫着一股人的气息。也许只是我过于紧张了。

我侧身从门廊走到平地,俯身藏在灌木丛中。什么都没发生。屋内没有灯光,我听不到任何动静。我左侧的皮带套里装着一把枪,枪托朝前,是短管警用点 38 手枪。我猛地拔出枪,不过枪没有用武之地。四周依然静悄悄的。我觉得自己是个大傻瓜。我直起身,抬起一只脚正要朝前门走,突然一辆汽车拐了个弯,飞快地向山上驶来,悄无声息地在台阶前面停了下来。那是一辆巨大的黑色轿车,看车身线条像凯迪拉克。也许是琳达·洛林的车,不过有两点很可疑。没有人开车门出来,朝向我这边的窗户都紧闭着。我再次蹲在灌木丛里,等待着、倾听着,可我什么也没听到,什么也没等到。只有一辆黑色的汽车一动不动地停在我家门口的红木台阶跟前,车窗紧闭。即使汽车的马达还在运转,我也听不到。这时,一盏红色的大灯咔嗒一声亮了起来,灯光照到屋角外 20 英尺的地方。那辆大车非常缓慢地倒车,直到灯可以照到房子前面,把引擎盖上方的空间都照亮了。

警察不开凯迪拉克。开红色车头灯凯迪拉克的都是大人物,比如市长和警察局长,还可能是地方检察官或流氓。

大灯来回移动。我趴在地上,但灯光照样找到了我,牢牢地定格在我身上。可除此之外,什么都没发生。车门仍然没有打开,屋里仍然一片寂静,没有灯光。

突然,低沉的警报声响起,一两秒钟后就停了。房子里终于灯火通明,一个穿着白色晚礼服的男人从屋里出来,走到台阶的顶端,看向侧面的墙壁和灌木丛。

"进来吧,无名小卒。"梅内德斯笑着说,"你家来客人了。"

我抬手就能给他一枪。就在这时候,他后退了一步,时机就这样错过了。即使我刚才能打死他,现在也太迟了。那辆车后部的一扇窗户降下,我能听到窗户打开的声音。接着,一支全自动手枪砰砰开了几枪,子弹全都落在离我 30 英尺远的河岸斜坡上。

"进来吧,无名小卒。"梅内德斯在门口又说了一遍,"没有别的地方可去了。"

我只好站直身体,走了过去,大灯的灯光一直随着我移动,分毫不差。我把枪放回腰带上的枪套里。我走上红木小平台,穿过大门,在门内停了下来。一个男人坐在房间的另一头,跷着二郎腿,一支枪斜靠在他的大腿上。他又高又瘦,身体结实,他的皮肤干巴巴的,只有生活在阳光炽热的气候里的人才会这样。他穿着一件深棕色的华达呢夹克,拉链几乎开到了腰部。他看着我,眼睛和枪都没有动。月光下,他稳得如一堵土坯墙。

48

我盯着那个人看了很久。跟着,只见侧面人影一闪,我的肩膀随即传来一阵疼痛。一直到指尖,我的整条胳膊都麻木了。我转过身,看到动手的是一个长相凶恶的大个子墨西哥人。他没有笑,只是看着我。他的一只古铜色的手中攥着一把点 45 口径的手枪,就垂在身侧。他留着八字胡,一头油亮亮的黑发向后梳着,后脑勺上扣着一顶脏兮兮的宽边帽,皮质带子分成两股,松散地垂在散发着汗味的手缝衬衫的前襟上。没人能比粗暴的墨西哥人更粗暴,正如没人能比温和的墨西哥人更温柔,没人能比诚实的墨西哥人更诚恳,最重要的是,没人能比悲伤的墨西哥人更伤心。这家伙心狠手辣,再也找不到更狠的角色了。

我揉了揉胳膊,感觉有点儿刺痛,依然又麻又疼。即便我现在想拔枪,也握不住,我会把枪掉在地上。

梅内德斯向墨西哥大块头伸出手。他似乎连看都没看,就把枪扔了过去,梅内德斯一把接住。他来到我面前站定,脸上冒着亮光。"你希望我打你哪里,小卒子?"他的黑眼睛闪着光。

我目不转睛地看着他。这样的问题不需要回答。

"我问你话呢,无名小卒。"

我舔了舔嘴唇,也问了一个问题。"阿戈斯蒂诺呢?我还以为他是你的枪手呢。"

"奇克现在就是个软蛋。"他温柔地说。

"他一向都是软蛋，就像他的老板一样。"

坐在椅子上的人眨了眨眼睛。他露出一个似笑非笑的表情。那个打得我手臂不能活动的狠角色既不动也不说话。不过我知道他还在呼吸，我能闻到。

"有人撞到你的胳膊了，小卒子？"

"我被一块墨西哥玉米卷饼绊了一跤。"

梅内德斯手一抖，甚至都没看我一眼，就用枪柄照着我的脸狠狠来了一下。

"别跟我耍嘴皮子，小卒子。你没时间做这些了。我警告过你，而且是很郑重的警告。我不辞辛苦地亲自上门，我让一个人闭嘴，他最好闭嘴。否则，他就别想看到第二天的太阳。"

我能感觉到有血顺着我的脸颊往下流。我能感觉到被打中的颧骨已经完全麻木，透着疼痛，连带着我的脑袋也疼了起来。这一击不算狠，但他用的武器非常坚硬。我还能说话，没人阻止我。

"曼迪，你怎么亲自动手了？我还以为这种苦差事都是干倒大个儿威利·马贡的那帮小子干的呢。"

"这是你我之间的事。"梅内德斯轻声说，"我教训你，完全是出于个人原因。至于马贡，那是公事。他居然认为可以对我呼来喝去，是我给他买了衣服和车子，在他的银行保管箱里放满了钱，还付清了他家房子的抵押款。警察缉捕队的这些小子都一样。就连他孩子的学费都是我给的。我对他这么好，那浑蛋应该感恩戴德才对。可他是怎么做的呢？他竟然走进我的私人办公室，在我手下面前扇我耳光。"

"为什么？"我问他，隐约希望能勾起他对别人的怒气。

"因为有个浓妆艳抹的婊子说我们的骰子有鬼。那个贱货似乎和他睡过。我让人把她赶出了俱乐部，还把她的钱都还给了她，一分钱都不差。"

"可以理解。"我说，"马贡应该知道，职业赌徒不会出老千，根本没这个必要。可我又是哪里惹到你了？"

梅内德斯思考着我的问题，又给了我一拳。"你下了我的面子。在我们的圈子里，对一个人最多只能警告一次。哪怕对方是个厉害角色。他得了警告，就得照办，不然你就没法儿控制了。你控制不住局面，也就别想混了。"

"我有预感，原因远不止如此。"我说，"请原谅，我得拿条手帕。"

那把枪对着我，我拿出手帕擦了擦脸上的血迹。

"你就是个偷窥者，不值得一提。"梅内德斯慢吞吞地说，"你以为能把曼迪·梅内德斯当猴子一样耍，让我沦为别人的笑柄，丢尽颜面。我可是梅内德斯。我该用刀对付你，小卒子。我应该把你剁成一块一块的。"

"伦诺克斯是你的朋友。"我看着他的眼睛说，"他死了，像条狗一样被埋在土里，下葬的地方连块墓碑都没有。我只是做了一些事，证明了他的清白。这让你难堪了，是吗？他救过你的命，现在他自己没命了，这对你而言竟然毫无意义。你最看重的就是扮演大人物。除了你自己，你根本不在乎别人。你算是哪门子大人物，你只会说大话。"

他面沉如水，向后挥起手臂，第三次朝我袭来，这次他用了全力。趁他向后抡起胳膊的当儿，我向前跨了半步，一脚踢在了他的心口上。

我没有思考、没有计划，也没有计算我有多大机会或者有没有机会。我受够了他的胡言乱语，我浑身都痛，还流了很多血，也许我只是被打得昏了头。

他弯下腰，喘着粗气，枪从他手中滑落。他胡乱伸手去够枪，喉咙深处发出紧绷的声音。我用膝盖撞在他脸上。吃痛之下,他尖叫起来。

坐在椅子上的那个人哈哈大笑。我吃了一惊,他拿着枪站起来。

"别弄死他。"他温和地说,"他是我们的诱饵,活着才好用。"

这时,前厅的阴影里有了动静,奥尔斯从大门走了进来,他眼神空洞,面无表情,整个人都很镇定。他低头看着梅内德斯。梅内德斯跪着,脸贴着地。

"软骨头。"奥尔斯说,"还不如一锅粥。"

"他才不是软骨头。"我说,"他是受伤了,是个人就有可能受伤。大个儿威利·马贡是软骨头吗?"

奥尔斯看着我,另外那个人也看着我。门口心狠手辣的墨西哥佬没发出一点儿声音。

"把那该死的香烟从你嘴里拿开。"我对奥尔斯吼道,"要么抽,要么就丢掉。我看到你就烦。我受够你了,就这样。我讨厌警察。"

他先是一惊,随即咧开嘴笑了。

"这是我们的一个局,小子。"他高兴地说,"你伤得很重吗?那个讨人厌的家伙打你的漂亮脸蛋了?好吧,要我说,你这是自找的,你挨一顿揍,受受教训也挺好。"他低头看着曼迪。曼迪跪着,正试图爬起来,活像是从井里往上爬一样,一次爬几英寸,还直喘粗气。

"身边不跟着三个赚黑心钱的律师提醒他闭紧嘴巴,这小子就说起来没完没了。"奥尔斯道。

他猛地把梅内德斯提起来。曼迪的鼻子在流血。他从白色晚礼服里掏出手帕,贴在鼻子上,一句话也没说。

"你上当了,亲爱的。"奥尔斯小心地告诉他,"我一点儿也不为马贡伤心,他罪有应得。但他是个警察,像你这样的小混混就该离警察远点儿，永远都不要惹上警察。"

梅内德斯放下手帕，看看奥尔斯，看看我，又看着一直坐在椅子上的那个人。他慢慢转过身，看着门边那个强悍的墨西哥人。他们都看着他，脸上没有丝毫表情。突然之间，曼迪不知从哪里掏出一把刀，猛地扑向了奥尔斯。奥尔斯向侧面一闪身，用一只手就掐住他的喉咙，毫不费力地打掉了他手里的刀，在这个过程中，他始终一副漫不经心的样子。奥尔斯展开双脚，挺直腰板，微微弯曲双腿，一只手抓住梅内德斯的脖子，揪着他双脚离地。他拎着曼迪走过地板，把他按在墙上，随即让他下来，但没有放开他的喉咙。

"你敢碰我一根手指头，我就要你的命。"奥尔斯说，"一根手指头。"他说完便放下了双手。

曼迪轻蔑地朝他笑了笑，看了看自己的手绢，把它重新叠好遮盖住有血的部分，之后又用手帕捂住鼻子。他低头看着他用来打我的枪。坐在椅子上的那个人懒洋洋地说："没子弹，你拿到也没用。"

"我上当了。"曼迪对奥尔斯说，"真有你的。"

"你要找三个大块头打手。"奥尔斯说，"来的则是三个内华达州的警察。拉斯维加斯有人不喜欢你不记得向他们请示就私自行事。有人想和你谈谈。你可以跟三位警官一起走，也可以跟我走，到时候让你尝尝被一副手铐挂在门后面的滋味。那儿有两个小子很想和你接触接触。"

"愿老天保佑内华达。"曼迪平静地说，又看了看门边那个墨西哥狠角色。然后，他迅速在胸前画了个十字，走出了前门。墨西哥佬跟着他。那个皮肤发干的人捡起枪和刀，也出去了，随手关上了门。奥尔斯一动不动地等着。外面传来砰砰关车门的声音，一辆汽车消失在了夜色中。

"你确定那些人是警察？"我问奥尔斯。

他转过身来，好像很惊讶看到我在那儿。"他们都有警徽。"他简短地说。

"干得好，伯尼。棒极了。你觉得他能活着到拉斯维加斯吗，你这个冷血的浑蛋？"

我走进浴室，放了冷水，把毛巾浸湿，贴在跳动着作痛的脸颊上。我看着镜子里的自己。我的脸都肿得变形了，又青又紫，还有很多参差不齐的伤口，都是枪柄打在颧骨上造成的。我左眼下面也有一块乌青。接下来几天，我都得是这副死样子。

从镜子里可以看到奥尔斯的身影出现在我身后。他把那该死的没点燃的香烟在嘴唇上滚来滚去，就像一只猫在戏弄一只只剩下一口气的老鼠，想让它再跑掉一次。

"下次别再觉得自己比警察聪明了。"他粗声粗气地说，"你以为我们让你偷那份复印件，只是为了好玩吗？我们早料到曼迪不会放过你，也与斯塔尔谈清楚了。我们跟他说，我们的确禁不了赌，但我们可以设置障碍，让他们很难赚到钱。在我们管辖的范围内，黑帮打了警察，即使是个坏警察，也不可能逍遥法外。斯塔尔表示他本人与此事无关，他们的帮派也很生气，会好好教训教训梅内德斯。所以，得知曼迪要找几个外地的混混去料理你，斯塔尔就派了三个他认识的人，他们开的是他的车，钱也都是他出的。斯塔尔就跟拉斯维加斯的警察局长差不多。"

我转身看着奥尔斯。"沙漠里的土狼今晚可以享用大餐了。祝贺你。当警察，还真是一份绝妙又令人振奋的理想工作，伯尼。警察这职业只有一个漏洞，那就是当警察的人。"

"你真倒霉，大英雄。"他突然用冷酷粗暴的语气说，"看见你走进自家的客厅挨了一顿臭揍，我还忍不住笑了。经过此事，我升官了，小子。

这是一项肮脏的工作,必须用肮脏的方式来做。要让这些家伙开口,就得让他们感受到压力。我们不会让你受重伤,但不得不由着他们揍你几下。"

"那实在是太抱歉了。"我说,"很抱歉让你承受这样的痛苦。"

他把绷紧的面孔凑到我的脸前。"我憎恶赌徒。"他用粗哑的声音说,"我讨厌他们,就像我讨厌毒贩一样。他们助长了一种像毒品一样让人堕落的恶疾。你以为里诺和拉斯维加斯那些赌场只提供没有害处的消遣?呸,他们招待的都是小人物、只想不劳而获的笨蛋,以及口袋里揣着薪水袋,进去逛一圈便输掉周末杂货钱的家伙。有钱的赌徒输了40000美元,只是笑笑,不当回事,还会回来再赌,输掉更多钱。但是,朋友,大赌场靠的不是有钱的赌徒。他们的油水都来自10美分、25美分、50美分,有时是1美元,甚至是5美元。赌博这种非法勾当赚的钱源源不绝,就像是浴室水管里流出的水,永远不会有停止的时候。任何时候有人想干掉职业赌徒,我都赞成。我举双手双脚赞成。任何时候,州政府从赌博行业中敛财,还美其名曰税收,这个政府就是在保护黑帮的生意。理发师或美容院的女孩拿出2美元去赌。这个钱就到了赌博集团手里,这才是真正的利润来源。老百姓想要一支诚实正直的警察队伍,对吧?要这样一支队伍有什么用?去保护那些有优待卡的人?在这个州,赛马场不仅合法,还全年无休。他们诚信经营,州政府也从中分了一杯羹,赛马场投入1美元,下注的人就得投入50美元。一张赌注卡上有八到九场比赛,其中一半都是小到没人注意的比赛,只要有人要求,比赛就会被操控。骑师想赢就只有一个办法,输掉比赛却有二十种方法,每隔八个杆子就有一个管事看守,不过只要骑师是个行家,管事就拿他没办法。那是合法的赌博,伙计,是干净诚信的生意,州政府批准的。因此就是对的吗?在我看来不是。因为这是赌博，培养出了很多赌徒，从整体来看，赌博就只有一种，是害人的东西。"

"感觉好些了吗？"我问他，在我的伤口上抹了些白碘酒。

"我是一个老警察，疲惫、心力交瘁，我心中只有怒火在燃烧。"

我转过身来盯着他。"你真是个好警察，伯尼，但你完全错了。从某种意义上说，警察都是一样的。他们弄错了责怪的对象。有人在赌桌上输掉了自己的薪水，警察就去禁赌。有人喝醉了，警察就去禁酒。有人开车撞死了人，警察就禁止生产汽车。有人带女孩去酒店乱搞被抓，警察就禁止性交。还有人从楼上摔下来，警察就禁止盖房子。"

"哦，闭嘴！"

"我当然会闭嘴。我只是个普通老百姓。换个话题吧，伯尼。这世上有暴徒、犯罪集团和打手，并不是因为有狡诈的政客和他们在市政厅和立法机构的走狗。犯罪不是恶疾，而是一种症状。警察就像医生，开阿司匹林为你治脑瘤，只不过警察更愿意用警棍把病治好。我们是一群粗野、富有的野蛮人，犯罪是我们为此付出的代价，有组织犯罪则是我们为创造出组织这种东西而付出的代价。犯罪会在很长时间里伴随着我们。有组织犯罪只是金钱的肮脏一面。"

"那干净的一面是什么？"

"我从来没见过。也许哈兰·波特可以告诉你。我们喝一杯吧。"

"你走进那扇门的时候，看起来很有气魄。"奥尔斯说。

"曼迪拿刀刺你的时候，你看起来更有气魄。"

"握个手吧。"他说着伸出手来。

我们喝了酒，他从后门离开了，他前一晚来侦察的时候，就是撬开后门进来的。后门是向外开的，木头已经干燥萎缩，要撬开简直易如反掌。只要把插销从合页上敲下来,剩下的就容易了。临走时,奥尔斯还指给我看了看门框上的一个凹痕。他要去小山那边的另一条街,他的车子停在那里。他要打开前门也是信手拈来,但破坏了门锁,肯定会惹人耳目。

我看着奥尔斯穿过树林,手电光在他身前晃来晃去,然后,他消失在了山坡上。我锁上门,又调了一杯淡酒,回到客厅坐了下来。我看了看手表。时间还早,可我感觉已经到家很久了。

我走到电话旁,拨通了接线员的电话,把洛林家的电话号码告诉她。管家问了是谁打来的,便去看洛林太太是否在家。她正好在家。

"我还真是山羊。"我说,"但他们活捉了老虎,我只受了点儿轻伤。"

"你得找个时间详细给我讲讲。"她的声音听起来是那么遥远,好像她已经身在巴黎似的。

"我可以边喝酒边讲给你听,如果你有时间的话。"

"今晚吗?我在收拾东西准备搬出去呢。恐怕我出不来。"

"好吧,我明白。我只是觉得你可能想知道。谢谢你提醒我。这件事跟你老爸一点儿关系都没有。"

"你确定?"

"非常确定。"

"等一下。"她离开了一段时间,回来后语气缓和多了,"也许我能抽空喝一杯。在哪里?"

"你选吧。我今晚没有车,但我可以叫出租车。"

"说什么傻话呢,我去接你,但得要一个小时或更久。你住什么地方?"

我告诉了她,她挂断了电话,我打开门廊灯,站在敞开的门口里面,呼吸着黑夜的气息。天气凉快多了。

我回屋给朗尼·摩根打电话，但联系不上他。然后，为了好玩，我给拉斯维加斯水龟俱乐部的兰迪·斯塔尔先生打了个电话。他可能不会接我的电话。但他接了。他的声音听起来镇定、干练，是那种见过大场面的人特有的声音。

"很高兴接到你的电话，马洛。特里的朋友就是我的朋友。我能为你做什么？"

"曼迪上路了。"

"去哪儿的路？"

"去拉斯维加斯，还有你派来的三个打手，他们开的是一辆黑色大凯迪拉克，打着红色的大灯，还拉响了警笛。想必那车是你的吧？"

他大笑两声。"就像一些报纸记者说的，在拉斯维加斯，我们都把凯迪拉克当拖车。到底发生了什么事？"

"曼迪带着几个小混混来我家埋伏我。说得难听点儿，他是想给我点儿颜色瞧瞧，报纸上登了一篇文章，他似乎觉得是我的错。"

"是你的错吗？"

"我不是报社老板，斯塔尔先生。"

"我手下也没有开凯迪拉克的小混混，马洛先生。"

"他们可能是警察。"

"那我就更不清楚了，还有别的事吗？"

"曼迪用手枪柄打我。我踢了他的心口，还用膝盖撞了他的鼻子。他似乎很不服气。尽管如此，我还是希望他能活着到拉斯维加斯。"

"我相信他会的，如果他已经上路的话。恐怕我得结束我们的谈话了。"

"等一下,斯塔尔。你有没有参与奥塔托克兰的事?还是曼迪一个人干的?"

"你说什么?"

"不要骗我,斯塔尔。曼迪看我不爽,原因不是他说的那么简单,只是那样的话,不值得他到家里埋伏我,像对大个儿威利·马贡那样对付我。这样的动机并不充足。他警告我不要多管闲事,不要调查伦诺克斯的案子。但我调查了,因为一切都是机缘巧合。于是他做了我刚才告诉过你的事。所以肯定有更充分的理由。"

"我明白了。"他慢慢地说,语气仍然温和镇定。"你觉得特里的死有隐情?比如说,他不是开枪自杀,而是别人开的枪?"

"在我看来,细节可以说明很多问题。特里写了一份认罪书,但那是假冒的。他给我写了一封信,还把信寄了。是旅馆里的一个行李员或服务员偷偷地把信带出去邮寄的。他自己则被困在旅馆里出不来。信里有一张面额很大的钞票,信刚写好,就响起了敲门声。我想知道是谁进了房间。"

"为什么?"

"如果来的是行李员或服务员,特里一定会在信上加一行字说明一下。如果是警察,信就寄不出去了。那会是谁呢,为什么特里要写那份认罪书?"

"不知道,马洛。我对此一无所知。"

"很抱歉打扰你了,斯塔尔先生。"

"不打扰,很高兴接到你的电话。我会问问曼迪是否知情。"

"好吧,如果你再见到他时他还活着。如果见不到,就调查一下吧,不然别人也会查。"

"你吗?"他的声音变得冷酷起来,但还是很镇定。

"不,斯塔尔先生。不是我。是一个不用费吹灰之力,就可以把你轰出拉斯维加斯的人。相信我,斯塔尔先生。相信我。我没有夸张。"

"我会见到还能喘气的曼迪。别担心,马洛。"

"想来你也是个无所不知的人。晚安,斯塔尔先生。"

49

一辆汽车停在我家门前,车门开了,我走出去,站在台阶顶上喊了两声。但那个中年黑人司机一直扶着车门,让琳达·洛林下车。然后,他拿着一个旅行提包跟着她上了台阶。我只好耐心等着。

她走到台阶顶端,转向司机说:"阿莫斯,马洛先生会开车送我到旅馆去。谢谢你。我明天早上给你打电话。"

"是的,洛林太太。我可以问马洛先生一个问题吗?"

"当然,阿莫斯。"

他把旅行提包放在门里,琳达从我身边走进屋里,只留下我们两个。

"'我老了……我变老了……我要把裤脚卷起来。'这是什么意思,马洛先生?"

"没什么意思。只是听起来很有趣。"

他微微一笑。"这句话出自《J. 阿尔弗雷德·普鲁弗洛克的情歌》。还有一句是这样的。'在房间里,女人们来来往往/谈论着米开朗基罗。'你觉得这是什么意思,先生?"

"我觉得那家伙不太了解女人。"

"我也这么想,先生。尽管如此,我还是非常喜欢 T.S. 艾略特。"

"你说'尽管如此'?"

"是的,我说了。马洛先生。这么说不对吗?"

"那倒没有,不过千万不要在百万富翁面前这么说。他可能会认为你要搞恶作剧。"

他悲伤地笑了笑。"我做梦都不会那么做的。你是不是出了什么事,先生?"

"没有。都是事先安排好的。晚安,阿莫斯。"

"晚安,先生。"

他走下台阶,我回到屋里。琳达·洛林站在客厅中央,环顾四周。

"阿莫斯毕业于霍华德大学。"她说,"对于你这样一个危险人物,你住的地方并不安全,是不是?"

"这世上就没有安全的地方。"

"瞧瞧你这张脸,是谁把你弄成这样的?"

"曼迪·梅内德斯。"

"那你对他做了什么?"

"没什么。踢了他一两脚。他中了圈套,正在前往内华达的路上,身边有三四个强悍的内华达警察。别再提他了。"

她在长沙发上坐了下来。

"想喝点什么?"我问。我拿出一盒香烟递给她。她说她不想抽烟,喝什么酒都可以。

"香槟吧。"我说,"我没有冰桶,不过反正酒也是冰的。存了好几年了,有两瓶。是红带香槟。想必味道不错,我对酒不太在行。"

"你存酒干什么?"她问。

"为你。"

她嫣然一笑,仍然盯着我的脸。"你脸上都是伤口。"她伸出手指,轻轻地碰了碰我的脸颊。"给我留的?不太可能吧。我们才认识几个月。"

"那我就是留着等待我们的相识。我去拿。"我拿起她的旅行提包,提着穿过房间。

"你把包拿去哪儿?"她厉声问道。

"这是一个旅行提包,对吗?"

"把包放下,到这儿来。"

我照做了。她的眼睛亮晶晶的,但又透着一丝困倦。

"真稀奇。"她慢慢地说,"太稀奇了。"

"什么意思?"

"你从来没碰过我一根指头。没有抛媚眼,没有言语挑逗,没有乱摸,什么都没有。我还以为你是个粗暴、刻薄、卑鄙、冷酷的人呢。"

"我想我有时的确是这样的人。"

"现在我到了这里,想来不会有什么开场白,我们喝点儿香槟之后,你就打算抱起我,把我扔到床上。是吗?"

"坦白地说,"我说,"我确实有过这样的想法。"

"那我真是受宠若惊,可假如我并不想那样呢?我喜欢你。非常喜欢。但这并不意味着我想和你上床。我不过是碰巧带了一个旅行提包,你就急于下结论了?"

"可能是我弄错了。"我说。我走过去拿起她的旅行提包放回了前门。"我去拿香槟。"

"我不是有意要伤害你的感情。也许你可以把香槟留着,等有更好的时机再喝。"

"我只有两瓶。"我说,"真正适合的场合需要一打。"

"我明白了。"她说,突然生气了。"我只是一个备胎,你在等更漂亮、更有吸引力的女人出现。非常感谢。现在是你伤害了我的心,但知道我在这里很安全,想来也是件好事。如果你以为一瓶香槟酒就能使我变成一个放荡的女人,我可以向你保证,你大错特错了。"

"我已经认过错了。"

"我告诉你我要和丈夫离婚,我让阿莫斯带着旅行提包把我送到这里,并不代表我很随便。"她说,仍然很生气。

"该死的旅行提包!"我咆哮道,"去他的旅行提包吧!要是再提一句,我就把那该死的东西从前门台阶上扔下去。我是请你来喝一杯的。我现在去厨房拿酒。就是这样。我根本没想过把你灌醉。你不想跟我上床,我完全理解。你没有理由愿意。但我们还是可以喝一两杯香槟的,对吧?我们大可不必争论谁会在什么时候、什么地方,喝了多少香槟之后受到诱惑。"

"你用不着发脾气吧。"她满脸通红地说。

"这不过是另一种策略而已。"我咆哮道,"这样的招数我知道 50 个,但都很可恶,充满了虚伪、试探和挑逗。"

她站起来,走到我身边,用指尖轻轻抚摸我那布满伤口的青肿的脸。"我很抱歉。我很疲倦,也很失望。请对我好一点。我不是那种招之即来的女人。"

"你并不疲累,心里的失望也不比大多数人更深。按常理来说,你应该和你妹妹一样浅薄、娇生惯养、滥交。可奇迹发生了,你并不是那个样子。你继承了你们家族诚实正直的性格和大部分的勇气胆量。你不需要任何人对你友善。"

我转身走出房间,穿过门厅来到厨房,从冰箱里拿出一瓶香槟,打开瓶塞,迅速倒满两个浅杯,我端起其中一杯喝了一口,呛得眼泪横流,但我还是把杯子里的酒喝光了。我又倒满酒,把酒瓶和酒杯放在托盘上,端去客厅。

她不在那里。旅行提包也不在。我放下托盘,打开前门。我并没有听到开门声,况且她也没有车。我根本没有听到任何声音。

这时，她的声音从我身后传来："傻瓜，你以为我逃了？"

我关上门，转过身来。她解开了头发，赤脚穿着植绒拖鞋，身上是一件晚霞色的日本印花丝绸长袍。她慢慢地向我走来，脸上羞涩的微笑有些出乎我的意料。我把杯子递给她。她接过抿了几口香槟，便把杯子递回给我。

"味道不错。"她说。然后，她静静地投入了我的怀里，一点儿也不做作。她把嘴贴在我的嘴上，轻启朱唇，舌尖与我的舌尖纠缠在一起。良久，她把头向后拉开，但仍然搂着我的脖子。她的双眸中闪烁着亮光。

"我早就想这样了。"她说，"我得让你觉得我是个无法轻易到手的女人。我也不知道为什么。也许只是神经过敏吧。我不是那种放荡的女人，你觉得遗憾吗？"

"如果我认为你是，那在维克多酒吧第一次见到你时，我就跟你调情了。"

她慢慢地摇了摇头，微微一笑。"我也觉得你不会，所以今天我才来这里。"

"也许只是那天晚上不会。"我说，"我当时没心情。"

"也许你在酒吧里从来不和女人调情。"

"很少。光线太暗了。"

"但很多女人去酒吧，就是为了调情。"

"很多女性早上起来也有这种想法。"

"但在某种程度上而言，酒就是春药。"

"那医生都要推荐了。"

"提医生做什么？我要香槟。"

我又吻了她几下。这真是轻松愉快的事。

"我想亲亲你那可怜的脸蛋。"她说完便照做了。"是滚烫的呢。"

她说。

"我身体的其他地方都是冰凉的。"

"才不是。我要香槟。"

"为什么?"

"我们不喝,香槟就没气了。再说了,我喜欢香槟的味道。"

"好吧。"

"你心里是不是深深地爱着我?如果我跟你上床,你会爱我吗?"

"也许吧。"

"你不必跟我上床,你知道的。我并不是绝对坚持。"

"谢谢你。"

"我要香槟。"

"你有多少钱?"

"全部吗?我怎么知道?大约 800 万美元吧。"

"那我决定和你上床了。"

"贪财的家伙。"她说。

"香槟是我买的。"

"让香槟见鬼去吧。"她说。

50

一个小时后,她伸出一只裸露的胳膊搔我的耳朵,说:"你愿意考虑娶我吗?"

"就算连六个月都维持不了?"

"老天,就算连六个月都维持不了。"她说,"难道不值得吗?你对生活抱着什么期待?非要对所有事都十拿九稳?"

"我 42 岁了,向来独来独往。你有钱,有点儿被金钱宠坏了,不过不算太严重。"

"我 36 岁。有钱并不可耻,和有钱人结婚也不可耻。大多数有钱人都不配拥有金钱,也不知道如何使用金钱。但这样的情况不会持续太久。也许会再次爆发战争,战争结束后,除了恶棍和骗子,大家都没钱了。我们其余的人必须缴税,最后弄得身无分文。"

我抚摸着她的头发,把一绺缠在手指上。"你可能是对的。"

"我们可以飞去巴黎好好玩玩。"她用胳膊肘撑起身子,低头看着我。我能看到她眼睛里的光芒,却读不懂她的表情。"你觉得婚姻有什么不好吗?"

"100 个人中有两个能在婚后得到幸福。其余人只是在竭力维持自己的婚姻而已。20 年后,男人只剩下车库里的一张工作台。美国女孩个个儿出色。美国的太太们却专横跋扈,占了太多的地方。再说了……"

"我想喝香槟。"

"再说了,"我说,"这对你而言不过是个小插曲。只有第一次离婚让人难过。那之后就只是钱的问题了。你不会有任何麻烦。十年后,你在街上与我擦肩而过,说不定都想不起到底在哪里见过我。如果你注意到我的话。"

"你自负、自满、自信,你就是个不可捉摸的浑蛋。我想喝香槟。"

"这样你才会记得我。"

"你还很傲慢,简直就是个脸上带着点儿青肿的自大狂。你觉得我会记得你?不管我和多少男人结婚或上床,你认为我都会对你念念不忘?凭什么?"

"对不起。我太张狂了。我去给你拿香槟。"

"我们在一起,难道不甜蜜、不合情合理吗?"她讽刺地说,"我是个有钱的女人,亲爱的,我还会更有钱。只要值得,我可以把全世界买给你。你现在有什么?家里空荡荡的,连狗和猫都没有。你还有一间闷热的小办公室,坐在里面等生意上门。即使我和你离婚,也不会让你再回到从前的样子。"

"你要怎么把我留在你身边呢?我可不是特里·伦诺克斯。"

"拜托,不要提他好不好。也不要提韦德的妻子,那个金发冰美人,更不要提起她那可怜的酒鬼丈夫。你想成为唯一拒绝我的男人吗?这有什么值得骄傲的?我已经尽我所能地赞美你了。我是在向你求婚呀。"

"你给了我很大的赞美。"

她哭了起来。"你这个傻瓜,大傻瓜!"她的脸颊被眼泪打湿了。我能感觉到她脸上的泪水。"假设我们的婚姻持续了六个月、一年或两年。除了你办公桌上的灰尘、活动百叶窗上的污垢和空虚生活带来的寂寞，你还会失去什么？"

"你还想要香槟吗？"

"好吧。"

我把她拉到怀里，她靠着我的肩膀哭泣。她不爱我，我们都对此心知肚明。她不是在为我哭泣。只是话说到这个份儿上，她不掉几滴眼泪，就说不过去了。

过了一会儿，她拉开我们之间的距离，我下床，她去浴室整理仪容。我拿了香槟。她回来时，脸上带着微笑。

"我刚才哭了，真对不起。"她说，"六个月后，我甚至会忘记你的名字。把酒拿到客厅吧。我想有点光亮。"

我照她说的做了。她像以前一样坐在长沙发上。我把香槟放在她面前。她看了看玻璃杯，但没有拿。

"那个时候，我会介绍一下我自己，我们会一起喝一杯。"我说。

"像今晚这样？"

"再也不会像今晚这样了。"

她举起香槟酒，慢慢地喝了一点，然后坐在长沙发上转过身体，把剩下的酒泼到了我的脸上，接着又哭了起来。我拿出一块手帕，擦了擦我的脸，又给她擦了擦。

"我不知道我为什么要那样做。"她说，"可看在老天的分上，千万不要说我是个女人，也别说女人做任何事都不清楚为什么。"

我又往她的杯子里倒了些香槟，与她调笑几句。她慢慢地喝了下去，随后转向另一个方向，倒在我的膝盖上。

"我累了。"她说，"这次你得抱我回房。"

过了一会儿她就睡着了。

早上，我起床煮咖啡时她还在睡觉。我洗了澡，刮了胡子，穿上衣服。

她醒了过来。我们一起吃了早餐。我叫了一辆出租车，拎着她的旅行提包下了台阶。

我们互相道别。我目送出租车远去，之后便走上台阶，来到卧室，把床弄乱，又重新铺好。一个枕头上有一根黑色长发。我的胃里像是压着一个铅块。

对这种情况，法国人还有句谚语来着。不管什么事，那些浑蛋都有谚语，还总是一语中的。

说一声再见，就是死去一点点。

51

西维尔·恩迪科特说他会工作到很晚,我可以在晚上七点半左右去找他。

他有一间大办公室,里面铺着蓝色的地毯,一张十分古朴的四角雕花红木办公桌一看就很值钱。几个常见的玻璃门书架里装着芥末黄色的法律书籍,墙上挂着几幅漫画家斯派的漫画,画上是著名的英国法官,南墙上只挂着一幅奥利弗·温德尔·霍姆斯大法官的巨大肖像画。恩迪科特坐在一张带有衬垫的黑色皮椅上,旁边是一张有活动盖板的办公桌,上面放满了文件。任何一个室内设计师都会觉得这个办公室无可挑剔。

他穿着衬衫,看上去很疲倦,但他天生就是这个样子。他正在抽一支淡而无味的香烟。烟灰落在他松了的领带上。他那头柔软的黑发乱七八糟。

我坐下后,他静静地盯着我看了一会儿,说:"我从没见过你这样顽固的杂种。别告诉我你还在调查那个烂摊子。"

"有件事我一直想不通。现在我可以假设你是代表哈兰·波特先生去监狱见我的吗?"

他点了点头。我用指尖轻轻地摸了摸自己的脸。伤口愈合了,脸也消肿了,但肯定有一拳伤到了神经。有部分脸颊依然麻木,我总是忍不住去摸。时候到了，自然会好起来。

"还有，你是不是以地方检察官临时员工的身份去的奥塔托克兰？"

"不错，可你别老揭人伤疤了，马洛。那时候，这可是大有用处的人脉关系。也许我以前把它看得太重了。"

"但愿你们现在仍有联系。"

他摇了摇头。"不，早就结束了。波特先生现在通过旧金山、纽约和华盛顿的律所处理法律方面的事务。"

"想必他对我恨之入骨了，如果他会想到这件事的话。"

恩迪科特笑了。"说来也怪，他认为责任都在他的女婿洛林医生身上。像哈兰·波特这样的人总要找个承担责任的人。他自己是不可能错的。他觉得洛林要是没给那个女人开危险的药物，这一切就都不会发生。"

"他错了。你在奥塔托克兰看到了特里·伦诺克斯的尸体，是不是？"

"确实如此。在一家家具店的后面。那里没有正规的停尸房。那家店也做棺材。尸体是冰的。我看到太阳穴上有伤口。如果你有所怀疑，那我可以告诉你，身份没有问题。"

"不，恩迪科特先生，我没有怀疑，因为以他的情况而言，这几乎是不可能的。不过他也做了一些伪装，对吧？"

"脸和手都变黑了，头发也染黑了。不过脸上的伤疤仍然很明显。当然还有指纹，用他在家里摸过的东西很容易进行对比。"

"那边的警察怎么样？"

"都是些大老粗。一把手勉强认识几个字。但他懂指纹。你知道，那儿很热。就跟在火炉里一样。"他皱起眉头，把香烟从嘴里拿出来，漫不经心地扔进一个巨大的黑陶容器里。"他们只能从酒店运来冰块。"他补充道，"很多很多冰块。"他又看了看我。"没有防腐措施，所以必须快速处理。"

"你会说西班牙语吗,恩迪科特先生?"

"会一点儿。酒店经理为我做翻译。"他笑了,"那家伙衣着考究,八面玲珑,看起来很粗鲁,但他很有礼貌,乐于助人。所以事情很快就办好了。"

"我收到了特里的一封信。想必波特先生知道此事。我告诉过他的女儿洛林太太,还给她看过。里面有一张'麦迪逊肖像'。"

"什么?"

"一张面额5000美元的钞票。"

他扬起眉毛。"真的吗?嗯,他当然给得起。他们复婚那会儿,他妻子给了他25万美元。我有个想法,他本来就打算去墨西哥生活,远离所发生的一切。我不清楚那笔钱怎么样了,我没打听过。"

"这是那封信,恩迪科特先生,如果你想看看的话。"

我拿出信交给他。他读得很仔细,律师看东西就是这样。他把信放在办公桌上,往后一靠,有些出神。

"文笔倒是不错。"他平静地说,"我不明白他为什么这么做。"

"你是指自杀、认罪,还是指写信给我?"

"当然是认罪和自杀了。"恩迪科特厉声说,"这封信倒是可以理解。你为他做了那么多,至少得到了合理的报酬。"

"邮筒的事,我怎么也想不通。"我说,"特里说在他房间窗户下面的街上有一个邮筒,酒店服务员会把信举起来给他看一眼,再投进去,这样特里就可以看到信已经寄出了。"

恩迪科特的眼睛里闪过一丝睡意。"那又怎么样?"他漠不关心地问道。他从一个方盒里又拿了一支过滤嘴香烟。我把打火机举过桌子给他点烟。

"奥塔托克兰那种地方没有邮筒。"我说。

"继续。"

"一开始我对那个地方也不太了解，后来我查了一下。那就是个小村子，人口有10000到12000。一条街道只有一部分铺了路面。警察局长有一辆福特A型车作为公务车。邮局设在一家肉店的角落里。有一家旅馆和两家小酒店，没有平坦的公路，还有一个小机场。有很多人去那附近的山里打猎，所以才建了机场。去那里，只有这么一个像样的途径。"

"继续。打猎的事，我已经知道了。"

"要说那儿的街上有邮筒，就好比说那里有赛马场、赛狗场、高尔夫球场、回力球墙面，或是带彩色喷泉和室外演奏台的公园。"

"那就是他搞错了。"恩迪科特冷冷地说，"也许他看到的是一个像邮筒的东西，比如说垃圾桶。"

我站起来，伸手拿起信叠好，放回口袋里。

"垃圾桶。"我说，"当然，肯定是的。上面绘有代表墨西哥的绿色、白色和红色，还用很大的字体清晰地注明了'爱护城市环境'几个字。当然是西班牙文。周围还躺着七条癞皮狗。"

"别跟我抖机灵，马洛。"

"很抱歉展现出了我机灵的一面。还有一个小问题，我已经和兰迪·斯塔尔谈过了。这封信到底是怎么寄出来的？按照信上所说，方法是预先安排好的。肯定有人和他说过下面有邮筒。这么看来是有人说谎了，而那封夹着5000美元的信照样寄出来了。很有趣吧，你说呢？"

他吐出烟，看着烟雾飘散开来。

"你的结论是什么？还有，你为什么要告诉斯塔尔？"

"斯塔尔和一个叫梅内德斯的浑蛋是特里在英国军队里的战友,现在已经有人让梅内德斯这家伙人间蒸发了。从某种程度上而言,他们不是好人,我应该说几乎从每个方面来说他们都不是善类,但他们仍然有自尊心。出于明摆着的原因,这里有人故意掩盖真相。在奥塔托克兰也有人掩盖了真相,只是原因完全不同。"

"你的结论是什么?"他又问了一遍,语气更尖锐了。

"你呢?"

他没有回答我。于是我感谢他抽出时间见我,便离开了。

我开门的时候见他皱着眉头,但我认为他确实是想不通。也许他只是在试图回忆酒店外面是什么样,有没有邮筒。

又一个轮子开始转动,整整转了一个月,事情才出现了新的眉目。

在一个礼拜五的早上,一个陌生人在我的办公室等我。此人衣冠楚楚,是个墨西哥人,也可能是南美人。他坐在敞开的窗边,抽着一支味道很呛的棕色香烟。他身材颀长,举止优雅,留着整洁的深色胡子,一头深色头发比普通人长一些。他穿着一套松织材料制成的浅黄褐色西装,戴着一副绿色太阳镜。他彬彬有礼地站了起来。

"是马洛先生吗?"

"我能为你做些什么?"

他递给我一张折叠的纸。"这是拉斯维加斯的斯塔尔先生给你的字条。你会说西班牙语吗?①"

"会,但讲得不流利。最好用英语。"

---

① 原文为西班牙语:Un aviso de parte del Señor Starr en Las Vegas, señor. Habla Usted Español?

"那就说英语吧。"他说,"对我来说都一样。"

我接过那张纸看了看,上面写的是:"来人是我的朋友西斯科·马约雷诺斯。想必他能帮你。斯塔尔。"

"我们进去吧,马约雷诺斯先生。"我说。

我为他把门开着。他走过时,我闻到了一股香水味。他的眉毛也非常精致。然而,他或许并不像看上去的那么文雅,因为他的两边脸上都有刀疤。

52

他在客椅上坐下,跷起二郎腿。"有人告诉我,你想了解伦诺克斯先生的一些事。"

"我只想知道最后发生了什么。"

"我当时就在现场,先生。我在那家旅店工作。"他耸了耸肩,"不是什么重要的职位,当然只是临时工。我是白班接待员。"他说一口流利的英语,但带着西班牙语的节奏。西班牙语,应该说是美式西班牙语,有着明显的抑扬顿挫,在美国人听来似乎与要表达的意思无关,就如同大海的波浪一样。

"你看起来不像是会干那种工作的人。"我说。

"人都有时运不济的时候。"

"是谁把信寄给我的?"

他拿出一盒香烟。"来一根?"

我摇了摇头。"太呛了,不适合我。我喜欢哥伦比亚香烟。古巴香烟简直可以要了我的命。"

他微微一笑,又点了根烟,吐出烟雾。这家伙太他妈优雅了,我都开始烦他了。

"我知道信的事,先生。伦诺克斯先生的房间有人把守着,服务员不敢上去。用你们的话说,那些人像是警察或侦探。所以是我亲自把信送到了邮局。是在开枪之后,你懂的。"

"你应该看看里面。里面有一张面额很大的钞票。"

"信是封着的。"他冷冷地说,"El honor no se mueve de lado como los congrejos. 这句话的意思是,荣誉不像螃蟹一样横着爬,先生。"

"我很抱歉。请继续说吧。"

"我走进房间,把守卫关在外面,就看到伦诺克斯先生左手拿着一张 100 比索的钞票。他的右手里有一把手枪,面前的桌上放着那封信,边上还有一张纸,不过我没看到上面的内容。我一开始没要他的钱。"

"他给多了。"我说,但他对我的讽刺没有反应。

"他坚持让我收下,所以最后我还是收了,后来交给了服务员。我是把咖啡放在托盘上端进去的,于是我把信塞在托盘的餐巾下面,就这么带出了房间。警察狠狠地瞪了我一眼,不过什么也没说。枪声响起的时候,我才下了一半楼梯。我立即把信藏起来,跑回楼上。警察想把门踢开,还是我用我的钥匙打开了门,那时伦诺克斯先生已经死了。"

他的指尖沿着办公桌的边缘轻轻移动,接着叹了口气。"至于剩下的事,你肯定知道了。"

"旅馆客满了吗?"

"没满,没有。只有六位客人入住。"

"美国人?"

"有两个北美人,是来打猎的。"

"是真正的外国佬,还是墨西哥移民?"

他伸出指尖,缓缓地划过膝盖处的浅黄褐色布料。"我认为其中一个很可能是西班牙血统。他那口西班牙语带着边境口音。很不雅。"

"他们靠近过伦诺克斯的房间吗?"

他猛地抬起头,但他戴着绿色眼镜,我看不清他的眼神。"他们为什么要这样呢,先生?"

我点了点头。"嗯,你能来一趟告诉我这些,真是太好了,马约雷诺斯先生。请向兰迪转达我的谢意。"

"没关系,先生①。这没什么。"

"以后他有时间,还是派一个清楚自己在说什么的人过来吧。"

"先生?"他的声音柔和而冰冷,"你怀疑我的话?"

"你们张口闭口谈的都是荣誉。荣誉有时是小偷的遮羞布。不要生气。好好坐着,我换个说法。"

他高傲地往后一靠。

"记住,我只是猜测。我可能是错的。但我也可能是对的。这两个北美人去那里是有目的的。他们是坐飞机去的,假装去打猎。其中一个叫梅内德斯,是个赌徒。他用别的名字登记入住,也可能没有。这一点我无从得知。伦诺克斯知道他们在那里,也知道他们去干什么。他给我写信,因为他感到内疚。他把我当傻瓜耍了,只是他这个人太善良,心里过意不去。他把那张 5000 美元的钞票放在信里,因为他有很多钱,也知道我是个穷光蛋。他还在信中写了一个极不寻常的暗示,我也许能领会,也许不能。他这种人,总希望做正确的事,可最后总是事与愿违。你说你把信送到了邮局。你为什么不把信放进旅馆前的邮筒里呢?"

"邮筒,先生?"

---

① 原文为西班牙语 No hay de que, señor。

"就是邮筒。我想用西班牙语说就是 cajón cartero 吧。"

他笑了。"奥塔托克兰不是墨西哥城,先生。那儿是个非常原始的地方。奥塔托克兰的街上有邮筒吗?那里没人知道邮筒是干什么用的。也不会有人收邮筒里的信。"

我说:"好吧,暂且不提这件事。你并没有端着托盘把咖啡送到伦诺克斯先生的房间,马约雷诺斯先生。你没有经过警察身边进入房间。但那两个北美人进去了。当然,那个警察已经被搞定了。还有几个人,肯定也被搞定了。其中一个北美人从后面袭击了伦诺克斯。他夺过毛瑟枪,打开其中一颗子弹,取出弹药,再把那颗子弹装回枪膛。他拿枪指着伦诺克斯的太阳穴,扣动了扳机。伤口看起来很难看,却没有要他的命。这之后,他被用担架抬了出去,身上盖着东西,隐藏得很好。后来美国律师赶到了,但这时伦诺克斯经过了麻醉,被放在也制作棺材的家具店的幽暗角落里,身边都是冰块。美国律师看到伦诺克斯躺在那里,浑身冰冷,不省人事,太阳穴上有一个血淋淋的黑色伤口,就跟死人没有差别。第二天,棺材入土,只是里面装的是石头。美国律师带着指纹和无可挑剔的文件回了国。你觉得怎么样,马约雷诺斯先生?"

他耸了耸肩。"有这个可能,先生。干成这事,不光需要很多钱,还得有势力。如果这位梅内德斯先生与奥塔托克兰的重要人物有交情,比如镇长啦,旅店老板啦,那就有可能。"

"也有这个可能。真是个绝妙的主意,也解释了为什么他们选中奥塔托克兰这样一个偏远的小地方。"

他立即微微一笑。"这么说来,伦诺克斯先生可能还活着,是吗?"

"当然。自杀肯定是假的,只是为了让世人认为认罪书可信。整件事必须做得足够逼真,才能骗得了一个当过地方检察官的律师,但如果适得其反，就会让现任地方检察官出丑。这位梅内德斯并不像他自认为的那么强硬，但他也够心狠手辣的，就因为我多管闲事，他就用枪柄打我。所以他肯定有理由。假死的事万一泄露，梅内德斯就将陷入国际丑闻之中。墨西哥人跟我们一样，也不喜欢坏警察。"

"这一切都是有可能的，先生，对此我很清楚。但你指责我撒谎。你说我没有进过伦诺克斯先生的房间取信。"

"你已经在里面了，伙计。那封信就是你写的。"

他抬起手摘下墨镜。没有人能改变自己眼睛的颜色。

"现在喝琴蕾，想必有点儿早。"他说。

53

墨西哥城的整容手术水平真不赖。怎么可能不好呢？那儿的医生、技术员、医院、画家、建筑师和我们这里的一样优秀，有时甚至更出色一点。硝烟反应石蜡测试法就是一个墨西哥警察发明的。他们无法把特里的脸变得完美无缺，但他们已经做了很多，甚至改变了他的鼻子，取出一些骨头后，鼻梁扁平了一些，少了几分北欧人的特点。他们不可能把伤疤去掉，便在他的另一边脸上也弄出了两道疤。而刀疤在拉丁国家并不少见。

"他们还在这里做了神经移植。"他说着摸了摸曾经满是疤痕的那半边脸。

"我的猜测与真相相差多少？"

"非常接近了。只有一些细节不对，但那并不重要。我们做的时候很仓促，有些事都是临时想出来的，就连我自己也不知道会发生什么。他们要我做一些事，好留下清晰的痕迹。曼迪不希望我给你写信，但我坚持。他低估你了。关于邮筒的事，他没注意到。"

"你知道是谁杀了西尔维娅吗？"

他没有直接回答我。"告发一个女人犯了谋杀罪，是一件相当困难的事，即使她对你来说并不重要。"

"现实就是这么残酷。哈兰·波特也参与了？"

他又笑了。"他有没有参与,又怎么会让别人知道呢?想必不会。我猜他以为我死了。谁会告诉他我没死呢,除非是你。"

"我和他总共也没说过几句话。曼迪最近怎么样?他还好吗?"

"他很好。他在阿卡普尔科①。是兰迪帮他过去的。但他们不喜欢对警察动粗。曼迪没你想的那么坏。他有心。"

"蛇也有心。"

"那么,来杯琴蕾怎么样?"

我没有回答他,而是起身走到保险柜前。我转动旋钮,拿出装着"麦迪逊肖像"和五张散发着咖啡味的100美元的信封。我把所有的钱都倒在桌子上,并拾起那五张100美元的钞票。

"这些我收下了。我做调查花费的开销差不多是这个数目。至于那张"麦迪逊肖像",我挺喜欢摸着玩,现在还给你。"

我把钞票摊在他面前的桌子边缘。他看了看,但没有碰。

"你留着吧。"他说,"我有很多。你本可以什么都不管的。"

"我知道。艾琳杀了自己的丈夫,如果能侥幸逃脱,说不定她的情况会好起来。当然,她丈夫无足轻重,只是一个有血肉、有思想、有情感的人罢了。但是,他也知道发生了什么,并且很努力地忍受现实。他是个写书的。你可能听说过他。"

"听着,对于我做过的事,并不完全控制在我自己手里。"他慢慢地说,"我不想让任何人受到伤害。留在这里,我一点儿机会也没有。一个人不可能在这么紧急的情况下把方方面面都考虑周全。我害怕极了,就跑了。我该怎么办呢?"

"我不知道。"

---

① 墨西哥南部港口城市。

"她疯疯癫癫的，反正也会杀了她丈夫的。"

"是的，有这个可能。"

"好吧，放松点儿。我们找个凉快又安静的地方喝一杯吧。"

"我现在没时间，马约雷诺斯先生。"

"我们曾经是很好的朋友。"他遗憾地说。

"是吗？我不记得了。在我看来，那是另外两个人。你以后会一直住在墨西哥？"

"是的。我这次都是偷渡过来的。我的身份向来都不合法。我告诉你我出生在盐湖城，可实际上我出生在蒙特利尔。我很快就要成为墨西哥公民了。只需要一个好律师就能办妥。我一直很喜欢墨西哥。到维克多酒吧喝一杯琴蕾，不会有多大风险。"

"拿起你的钱，马约雷诺斯先生。上面的血太多了。"

"你是个穷光蛋。"

"你怎么知道？"

他把钞票拿起来，用瘦削的手指捏着展平，随手放进上衣内袋。他咬着嘴唇，他的牙齿非常白，只有在棕色皮肤的衬托下，牙齿才会显得这么白。

"那天早上你开车送我去蒂华纳，我把能告诉你的都和你说了。我给了你机会报警，让你告发我。"

"我并不生你的气。你就是那种人。有很长一段时间我都无法理解你。你举止优雅、品质出众，可你这个人就是有些地方不对劲。你有自己的标准，还按照这些标准要求自己，但这是你的私事，无关道德与良知。你生性善良，是个好人。但你既和流氓无赖相交，也与老实人为朋，和这两种人在一起，你都很快乐。只要那些流氓能说一口流利的英语，有文雅的吃相。你是个道德失败主义者。一开始，我想这也许是战争造成的，可后来我觉得你可能天性如此。"

"我不明白。"他说，"我真的不明白。我想补偿你，但你不接受。有些事我不能和你多说。你听了，是不会赞同的。"

"这是我听过的最好听的话。"

"很高兴我还有让你欣赏的地方。我遇上了大麻烦，又碰巧认识一些善于处理大麻烦的人。因为很久以前在战争中发生的一件事，他们欠了我一个人情。那可能是我这辈子唯一一次当机立断，做了正确的事。所以现在我需要他们了，他们就仗义伸出了援手。这世上不止你一个人没有明码标价，马洛。"

他把身体探过办公桌，猛地从我的烟盒里拿走一支烟。在黝黑的皮肤下，他的脸上泛起了不均匀的红晕。衬托之下，伤疤变得十分明显。我看着他从口袋里摸出一个别致的打火机，点燃了香烟。他身上的香水味飘了过来。

"特里，你曾深深地吸引过我，一个微笑、一个点头、一个挥手，一起在各处安静的酒吧安静地喝上几杯，这一切是那么美好，打动了我的心。别了，朋友。我不会说再见。在说'再见'仍有意义的时候，我已经对你说过了。我的那句'再见'里，有我的悲伤与寂寞，是我与你的诀别。"

"我回来得太晚了。"他说，"整容手术需要不少时间。"

"如果不是我查到这一步把你逼出来，你根本就不会来。"

他的眼里突然闪着泪光。他马上又戴上了墨镜。

"我不太确定。"他说，"我还没有拿定主意。他们不想让我告诉你任何事。我只是还没拿定主意。"

"别担心，特里。总会有人在你身边为你拿主意的。"

"我参加过突击队，伙计。突击队是不收废物的。我受了重伤，和那些纳粹医生在一起一点儿也不好玩。这件事对我产生了很大的影响。"

"这些我都知道,特里。你在很多方面都是个很好的人。我不是在评判你。我从来没有。只是你已经不再属于这里了。你早就离开了。你穿着考究的衣服,喷着香水,就像50美元一次的妓女一样优雅。"

"那只是装样子而已。"他近乎绝望地说。

"但是你很愉快,不是吗?"

他的嘴角下垂,形成一抹苦笑,他耸了耸肩,是那种拉丁式的耸肩,富有表现力,也充满了活力。

"当然。这一切不过是一场戏,如此而已。这里……"他用打火机敲了敲自己的胸口,"……却空无一物。我的心以前也是满满当当的,马洛。很久以前的确是的。好了,想来事情也该结束了。"

他站起来。我也站了起来。他伸出一只瘦削的手。我和他握了手。

"别了,马约雷诺斯先生。很高兴认识你,尽管我们的见面是如此短暂。"

"再见。"

他转身走了出去。我看着门关上,听着他的脚步声沿着人造大理石走廊渐渐远去。过了一会儿,他的脚步声变小,随即消失。但我仍在听。听什么呢?是不是希望他突然停下脚步,转身折回,劝我改变想法?他没有这么做。那是我最后一次见到他。

我再也没见过他们那些人,警察除外。人类至今尚未发明出与警察告别的方法。

The Long Goodbye